De París a la Patagonia

D1603609

De París a la Patagonia

Maki Miró Quesada

Obra editada en colaboración con Grupo Editorial Planeta – Argentina

Diseño de la portada: Departamento de Arte de Editorial Planeta
Ilustraciones: Nicole de Sarnez

© 2011, Maki Miró Quesada
c/o Guillermo Schavelzon & Asoc., Agencia Literaria
www.schavelzon.com

Todos los derechos reservados

© 2012, Grupo Editorial Planeta S.A.I.C.
Publicado bajo el sello Emecé ®
Buenos Aires, Argentina

© 2012, Editorial Planeta Mexicana, S.A. de C.V.
Bajo el sello editorial PLANETA M.R.
Avenida Presidente Masarik núm. 111, 2o. piso
Colonia Chapultepec Morales
C.P. 11570 México, D.F.
www.editorialplaneta.com.mx

Primera edición impresa en Argentina: marzo de 2012
ISBN: 978-950-04-3441-6

Primera edición impresa en México: marzo de 2012
ISBN: 978-607-07-1064-3

Impreso en los talleres de Litográfica Ingramex, S.A. de C.V.
Centeno núm. 162, colonia Granjas Esmeralda, México, D.F.
Impreso en México – *Printed in Mexico*

Para mi mamá, quien solía decirme:
«Hijita, deberías escribir».

Uno siempre debe hacerle caso a su mamá.

> *«No puedes evitar que las aves*
> *de tristeza sobrevuelen tu cabeza.*
> *Pero no dejes que aniden en tu pelo».*
> ANTIGUO PROVERBIO CHINO

Las historias de amor, de bienes raíces y las mudanzas han regido mi vida. Siempre he dejado al destino tomar las decisiones que tengan que ver con el país, el hogar y el corazón, y las he seguido ciegamente, o como una inconciente, depende de cómo se vea. Esto me ha traído épocas de felicidad inesperada y bastantes tristezas también. Los lugares y las casas han sido pura felicidad; las historias de amor... otra cosa por completo. Pero si hubiese titubeado y me hubiese atormentado con la duda de si me iba o me quedaba, habría permanecido hasta ahora en el mismo sitio y las historias que se desarrollan aquí nunca hubieran ocurrido.

Con solo dos hijas mujeres en la familia desde muy temprano quedó bien claro que mi hermana menor era la deportista, buena jinete, esquiadora intrépida en cualquier montaña, amante de los animales y, a espaldas de nuestros ingenuos padres, una coqueta irresistible. Tenía a todos los primos embelesados corriendo detrás de ella. Yo, en cambio, era la intelectual, la *nerd* y un desastre total en el departamento de enamorados. Tampoco era una belleza: un poco narigona, el pelo crespo, las piernas chuecas y encima chata, no de estatura, sino de *poitrine*, o sea, cero tetas. Tomé clases de ballet desde muy temprano y se me enderezaron las piernas, la *poitrine* eventualmente hizo su aparición y un excelente cirujano plástico arregló lo demás. El pelo crespo y/o alaciado ha estado de moda por turnos durante los últimos cuarenta años y por ende yo también.

7

Nuestros cuentos preferidos a la hora de dormir, cortesía de mi madre, una verdadera santa, transcurrían en ese lugar lejano al que pensábamos que nunca llegaríamos: la edad adulta. Noche tras noche mi madre nos contaba el mismo cuento que adornaba conforme pasaba el tiempo. En el cuento, mi hermana vivía en una enorme granja rodeada de animales, especialmente de perros —sus perros siempre dormían a sus pies o, peor aún, dentro de su cama— mientras que emperifollada con elegantísimos vestidos yo iba a bailes donde conocía toda clase de gente fascinante. Eventualmente me casaba con un europeo regio —de preferencia con título de nobleza— y vivía feliz por siempre en un castillo.

Casi lo logro.

A lo largo de mi vida adulta las historias se desenvolvieron de manera mucho más ordinaria y, luego de uno que otro ensayo y error, error y ensayo, las cosas parecían más o menos bien encauzadas, aunque sin castillo a la vista. Pero un día la vida que tenía y la garantía de felicidad eterna que me prometía tuvieron un abrupto final cuando me sorprendió una muerte inesperada. El choque me hizo aterrizar con los pies sobre la tierra y conocer el lado más oscuro del corazón humano.

Y me puse el marcador de nuevo en cero.

* * *

John llevaba cinco semanas desaparecido y cinco horas muerto cuando su cuerpo fue hallado por un grupo de chiquillos que jugaba fútbol en la playa. Estaba de espaldas, la cara volteada hacia el mar, su terno de corte impecable hecho jirones apenas cubría su cuerpo largo y delgado. Una media sonrisa flotaba en sus labios. Al menos así fue como lo describió la prensa al día siguiente, cuando fue noticia de primera plana en todos los diarios: MINERO MÁS RICO DEL PAÍS ES HALLADO MUERTO EN PLAYA DEL SUR.

Siguiendo las instrucciones de los secuestradores, la familia de John había logrado mantener la noticia del secuestro fuera de los medios y, mientras todavía creían que John Murphy estaba vivo y que lo soltarían en cualquier momento, los medios habían respetado sus deseos al pie de la letra. John tenía muchos amigos en todos los niveles sociales y de todas las tiendas políticas y cada cual apostaba a que pronto sería devuelto sano y salvo. Eso terminó cuando hallaron su cadáver.

MILLONES SE PAGARON ¿QUÉ PASÓ?, chillaban los titulares de los tabloides tres días después.

Efectivamente, ¿qué había ocurrido?

John y yo salíamos juntos de cuando en cuando desde hacía mucho. A él le había tomado un buen tiempo darse cuenta de que estaba enamorado de mí. En cambio yo lo supe desde que lo vi por primera vez, en mi época de chiquilla pretenciosa, imposiblemente crédula e insoportablemente creída. Después de muchos encuentros y desencuentros hacía dos años que vivíamos juntos. Tres meses antes del secuestro, John me había pedido que me casara con él. Las propuestas formales no iban con él, así que un día, después del almuerzo, se sentó en el sofá con un café en la mano y con su cara de vergüenza me dijo:

—Quiero que estemos juntos siempre.

—Juntos siempre ¿cómo?

—Tú sabes, estar siempre juntos, como dos ramas. O pegados como moco o como chicle o como tú prefieras, como casados.

—Me estás dando varias opciones —le respondí con cara de póker—. ¿Cuál de ellas es?

—¿Te quieres casar conmigo? —me preguntó, esta vez en serio.

Pasaron unos segundos y el silencio en el cuarto se hizo pesado.

—Caray, me vas a decir que no —me dijo levantándose con cara de desconcierto, listo para batirse en retirada.

—No, pero te voy a hacer esperar —le contesté, y acortando lentamente el espacio que nos separaba me lancé a sus brazos, lo que le arrancó una enorme sonrisa y terminamos los dos nuevamente en el sofá.

La risa, sin embargo, duró poco. Unas semanas después John desapareció y la espera comenzó. Al principio su familia me incluía en todas las reuniones, capitaneadas por su hermano, a quien todos apodaban «el Mellizo». Era un hombre insignificante cuyo miedo a su propia sombra era tan solo un poco menor a la envidia que le tenía a John, quien no solo era más guapo y mucho más inteligente, sino también muchísimo más rico que él. Según el Mellizo, los secuestradores pedían un rescate exorbitante; él estaba tratando de ganar tiempo para reunirlo o para que redujeran la cantidad.

—Pero John tiene plata suficiente como para pagarlo —le dije.

—Sí, pero solo si vendemos un montón de bienes —me contestó, mirando para otro lado.

Ya, pero es su plata y son sus bienes ¿no?

—Entonces véndelos. Eso es lo que haría John si estuviera en tu lugar y tú en el suyo —le respondí irritada por su indecisión—. Tenemos que sacarlo de donde esté lo antes posible.

—Sí, claro, ya lo sé, ¿qué crees que estamos haciendo? —me contestó impaciente—; tienes que dejarme hacer las cosas a mi manera.

Justamente eso es lo que yo más temo.

—¿Quiénes son los secuestradores, lo sabemos acaso? —le pregunté.

—No, no lo sabemos. Podrían ser terroristas o narcos, nadie lo sabe con seguridad —contestó cortante.

—No lo puedo creer —insistí—. La policía tiene que tener alguna pista.

—Cree lo que quieras —me dijo poniendo fin a la conversación—, eso es todo lo que te puedo decir.

Al día siguiente, el Mellizo mandó a uno de los abogados de John a mi casa.

—Es mejor que ya no vayas más a las reuniones. El Mellizo siente que no puede manejar la situación contigo ahí diciéndole lo que tiene que hacer. Le parece que lo estás presionando demasiado.

¿…?

—¿Y eso te parece mal? John lleva casi tres semanas secuestrado. ¿Puedes imaginarte por lo que estará pasando él? —le contesté impaciente.

—Mira, todos estamos preocupados por John, especialmente su hermano que lo quiere más que nadie. Tienes que entender que familia es familia, y que ellos dos han estado unidos desde el comienzo. A fin de cuentas, tú solo vives con él desde cuándo... ¿hace un año?

—Dos. Sin contar el hecho de que nos conocemos hace quince.

—Ok, dos años, ya, pero no eres su esposa. Deja que la familia se encargue del asunto. Yo te mantengo al tanto.

Diez días después me llamó.

—Ya se pagó el rescate. Deberían soltarlo en las próximas dos horas.

—¿Dónde? —le pregunté.

—No estoy autorizado para decírtelo.

—¿Cuánto pagaron? —volví a preguntar.

—Todo lo que pidieron, ciento veinte millones de dólares.

Al día siguiente encontraron el cuerpo de John en la playa y mi mundo se vino abajo.

Me quedé en nuestro departamento, entumecida y aterrada con el teléfono en la mano marcando una y otra vez el número de la casa del Mellizo. Los periódicos desparramados a mis pies traían todos la noticia en primera plana. Cada vez que llamaba escuchaba la misma grabación: «Telefónica le informa que el número que usted ha marcado está fuera de servicio». Llamé a la oficina de John y logré hablar con su secretaria, una chica inteligente y leal que le tenía una admiración sin límites y lo creía capaz de caminar sobre las aguas.

—Me despidieron. El Mellizo llamó esta mañana para decir que va a cerrar la oficina. Nos liquidaron a todos y nos tenemos que ir ahora mismo porque van a vender el edificio —dijo entre sollozos.

—¡Cuánto lo siento!, ya no llores. Si vuelve a llamar, por favor dile que necesito hablar con él, y por favor ya no llores. A John no le hubiera gustado verte así —le dije bajando la voz.

Llamé al abogado y después de una larga espera se acercó al teléfono.

—Te iba a llamar, pero las cosas han estado frenéticas por aquí. ¿Y tú cómo estás? —preguntó, así de paso nomás.

—¿Cómo crees que puedo estar? John está muerto. ¿Qué pasó? Tú me dijiste que pagaron el rescate —le increpé, tratando de controlar la rabia.

—No sé qué pasó, confiábamos en esta gente. Por supuesto que pagamos, yo mismo entregué la plata —dijo a la defensiva.

¿En quién confiábamos? ¿En los secuestradores?

—He llamado varias veces a la casa del Mellizo, pero su número ha sido desconectado, ¿por qué? —realmente me estaba esforzando por no perder los papeles.

—El Mellizo está deshecho. No quiere ver a nadie ni hablar con nadie. También está muy preocupado por su mujer y sus hijos. Tuve que mandar a desconectar el teléfono porque la prensa no lo dejaba en paz.

—Pero necesito hablar con él, tengo que saber qué paso con John —insistí.

—En este momento él no puede decirte más de lo que ya te dije —me contestó con un tono concluyente.

—¿Dónde está John ahora? Quiero verlo —le dije.

—Está en la morgue. Mañana se lo entregan a la familia para el entierro. Yo te llamo antes para llevarte al cementerio —se ofreció—. Mientras tanto, trata de no preocuparte demasiado y descansa un poco.

Me metí en la cama, llamé a unos amigos de John y les dejé mensajes. Ninguno me devolvió la llamada. Dos días después, una nota en el periódico informaba que John había sido enterrado en un lugar desconocido, en estricto privado y que solo la familia más cercana había asistido para evitar la curiosidad de los morbosos.

Volví a llamar a la oficina del abogado. Esta vez me comunicaron de inmediato con su asistente, quien me informó que el doctor había salido de viaje.

—Le diré que usted llamó cuando regrese —se ofreció.

—¿Y cuándo será eso?

—No lo sé, el doctor no dijo cuándo estaría de vuelta.

Me sentía como si estuviera viviendo en un sueño o más bien dentro de una pesadilla, en una celda rodeada de muros de algodón muy altos que se iban cerrando poco a poco hasta cortarme el aire. No podía escalarlos y terminarían por asfixiarme. Donde iba solo encontraba respuestas evasivas o caminos sin salida. Me pasaba el día llamando a los amigos y asociados de John, pero no lograba hablar con nadie; mis noches transcurrían en vela, despierta por el dolor. Momentos antes de que amaneciera lograba dormir un par de horas y apenas despertaba, durante unos segundos, no me acordaba de lo que había pasado. Pero al poco rato volvía el recuerdo con el que tenía que vivir otro día más.

Una mañana me llamó el chofer de John.

—Yo sé dónde enterraron al señor John, señorita. Si desea yo la puedo llevar.

Acepté. No fue fácil encontrar la tumba. Estaba en una esquina alejada del lugar donde estaban enterrados sus padres y otros parientes. La lápida solo tenía sus iniciales, J.M., y la fecha del día de su muerte, solo que estaba equivocada. Le dejé rosas rojas, no porque me gustaran sino porque el rojo era el color preferido de John.

Cuando regresé a mi casa, el portero me entregó un sobre con el membrete del estudio del abogado de John, dentro del cual encontré una carta fechada el mismo día en que apareció el cadáver y que decía que tenía treinta días para dejar el departamento. Dado el tiempo transcurrido, solo me quedaban ocho. Le escribí una carta al Mellizo y fui en mi carro hasta su casa, en un último intento por verlo. Encontré las persianas cerradas y a un guachimán parado junto al portón.

—La familia se ha ido, señorita —me dijo.

—¿A qué se refiere con que se ha ido? ¿Adónde se ha ido? —le pregunté.

—No sabría decirle. Se fueron ni bien enterraron al pobre señor John, que Dios lo tenga en su gloria —dijo persignándose—. Por ahí escuché que tenían miedo de que siguieran los secuestros y que por eso agarraron sus maletas y se fueron.

—¿Y usted sabe dónde se fueron? —insistí una vez más.

—No, pero las empleadas me contaron que se estaban llevando harta ropa de invierno, que hacía frío donde se iban, así que se habrán ido a Canadá pues, o a Europa, no sé —dijo ya con cara de malhumor y dando la conversación por terminada.

—Bueno, gracias —le contesté, y puse marcha atrás en el carro.

—Disculpe señorita, no la había reconocido —se acercó, ya con otra cara—. ¿Usted no es la novia del señor John?

—Sí.

—Mi más sentido pésame, señorita, cuánto lo siento. Era un hombre bueno, yo trabajé para él durante veinticinco años. Era justo, siempre se preocupó por mejorar las condiciones de los trabajadores de la empresa. Todos lo vamos a extrañar mucho.

—Sí, ya lo sé, yo también lo voy a extrañar mucho —le dije dándole la mano, que él apretó con fuerza.

El mismo día que dejé el departamento los periódicos anunciaron que la compañía minera John Murphy había sido vendida. GIGANTE MINERA GLOBAL ADQUIERE JMMC POR CANTIDAD NO ESPECIFICADA.

JMMC era el orgullo de John. Él nunca hubiese aceptado venderla, pero ya no tenía ni voz ni voto, su hermano era su único heredero y no estaba disponible para hacer declaraciones. En todo caso, seguramente parte de la plata de la venta se usó para el rescate, un *post scriptum* bastante triste para una historia más triste aún.

Una vez que se vendió JMMC fue como si John no hubiese existido jamás. Los periódicos se olvidaron pronto del asunto y cuando me cruzaba con sus amigos, cosa que sucedía rara vez, yo notaba que ellos se sentían incómodos si su nombre salía en la conversación. Las persianas de la casa del Mellizo permanecieron cerradas y poco tiempo después la casa también se vendió. Alguien mencionó que un amigo había oído a través de otros amigos que estaba viviendo en Europa con su familia. Nunca confirmé si era cierto porque no supe nada más de él. La vida no regresó a la normalidad, al menos para mí. Con el tiempo me acostumbré a ese dolor sordo y persistente en el pecho y aprendí a vivir con él. Cerré lo que quedaba de mi corazón y lo puse a hibernar para que el resto de mí pudiera seguir viviendo.

Pasado el shock inicial, tuve dos cosas bastante claras y eso me ayudó a tomar todas mis decisiones de allí en adelante. La primera era que esta vida no es un ensayo para un estreno lejano, sino que sucede en tiempo real y hay que vivir el momento. Y la segunda, que no podría vivir sin saber la verdad. No me importaba cuánto tiempo me tomara. Yo iba a averiguar quiénes mataron a John y por qué lo hicieron.

Mi vida se había partido en mil pedazos demasiado chicos como para recogerlos y mi futuro se había hecho humo, o había sido derribado por fuego enemigo, dependiendo de cómo se viera. De cualquier forma, el quedarme en la ciudad no era opción para mí. Además, si quería averiguar la verdad de lo que le pasó a John, debía irme. No sabía dónde encontraría las respuestas, pero mi instinto me decía que cruzara el mar y, en tiempos difíciles, el instinto es el mejor instrumento de sobrevivencia. ¿Adónde debía ir? Ese ya era otro tema. Poco después el destino intervino como a menudo suele hacerlo, disfrazado de otra cosa. A veces es difícil reconocerlo y las cosas solo son claras mucho más tarde cuando ya no se puede hacer nada para cambiar de rumbo o cuando ya no importa.

En este caso se me presentó bajo el aspecto más improbable y puso a París en mi camino.

Frené un poco mis ganas de zarpar y, dejando mis instintos de lado, no me fui inmediatamente. Me tomé varios meses para desenmarañar algunos asuntos que habían quedado liados, enredadísimos en realidad, debido a la muerte inesperada de John. El hecho de que su familia simplemente hubiese desaparecido empeoraba aún más la situación. Vivía siempre con miedo y dolor, recordando una y otra vez nuestros últimos momentos felices, recordando cómo todo lo que rodeaba a John parecía estar siempre envuelto por una luz especial. No podía aceptar ni entender ese gran vacío, frío y gris, en el que se había convertido mi vida.

Pasaba los días quitándome de encima a diversos acreedores que me exigían que usara mis escasos recursos para pagar las deudas que quedaron pendientes generadas por nuestro costoso estilo de vida, y esquivando a un personaje de lo más desagradable que me llamaba casi a diario. Insistía en que era el «socio silencioso» de John y me pedía que lo recibiera lo antes posible. Luego de varias llamadas y de escabullirme en taxis para evitar cruzarme con él las raras veces que salía —aparentemente el tipo se pasaba el día entero parado frente a mi edificio—, pensé que lo mejor sería tomar al toro por las astas y acepté recibirlo en mi departamento.

—¿Usted seguramente estará al tanto de que John me debía plata por un negocio de petróleo en que nos metimos juntos? —dijo, viscoso y espeso como el petróleo mismo.

—John jamás hablaba de sus negocios conmigo. A él le parecía de muy mala educación aburrir a una mujer con esos temas —le respondí.

De hecho no se puede decir lo mismo de ti.

—Sí, por supuesto, entiendo perfectamente, John nunca vio la necesidad de molestarla con detalles aburridos. Pero verá usted, también hay terceros detrás de mí, personas que no conocían a John y que no serán tan comprensivas —aclaró con una sonrisa que hubiese hecho honor a un lagarto.

Es posible que yo fuera un poco ingenua por la vida sobreprotegida que había llevado hasta entonces, pero hasta yo era capaz de reconocer una amenaza cuando la veía.

—¿De cuánto estamos hablando? —le pregunté, tratando de aparentar más confianza de la que en realidad sentía.

Me lanzó una cifra que me dejó fría.

—Usted sabe que yo no tengo esa cantidad de dinero —le dije.

—Eso ya lo sé. Pero están las joyas que le regaló John y, sobre todo, la famosa colección de oro precolombino. Sabemos que todavía la tiene —agregó.

Este tipo sabe todo.

—No me pida que haga eso. Esas joyas me las regaló John; y en cuanto al oro, bueno, elegimos muchas de esas piezas juntos —le respondí mansamente.

—Oiga, puede que yo no sepa tanto de mujeres como John, ni que sepa hablarles tan bonito como él, pero hay dos cosas que sí sé de usted. La primera es que ya no se puede quedar aquí. Las cosas se han puesto bien feas para usted y no tiene amigos que la apoyen, y por amigos me refiero a personas poderosas, y ahora que ya no está John los tiburones la están rondando.

Sí, contigo a la cabeza.

—¿Y la segunda?

—Sé que usted quiere saber qué le pasó a John. Aquí no va a encontrar las respuestas. Nadie va hablar con usted, se han puesto todos en su contra. Usted ya estaba planeando irse, ¿no es verdad? —me preguntó directamente.

No me quedó más que admitirlo.

¿Habría algo que este hombre no supiera de mí?

—Esa sería una buena movida. Fíjese, este es el trato: usted me entrega la colección de oro y la mayoría de las alhajas, puede quedarse con el anillo de compromiso, y... —titubeó.

¿Me habré topado con un tiburón con principios?

—Y yo le daré un nombre. El nombre de una persona con muchos contactos que la puede llevar hacia la gente que sabe por qué mataron a John pese a que se pagó el rescate —afirmó.

—¿Cómo puede estar tan seguro? —empecé a preguntarle.

—¿Seguro de qué? ¿De que se pagó el rescate? Eso es algo que yo sé, confíe en mí.

Inexplicablemente empezaba a confiar en él. De hecho, confiaba más en él que en toda esa sarta de abogados hipócritas con los que había tratado últimamente, a los que se tendría que colgar desde un quinto piso por los pulgares para que den una respuesta directa.

—¿Y dónde está esa persona?

—No lo sé con exactitud, él siempre se está moviendo de un sitio a otro, tiene que hacerlo por su profesión.

¿Y qué profesión será esa?

—Pero ahora está en Europa, probablemente en París, si eso es lo que quiere saber —me respondió evadiendo mi pregunta anterior—. Él maneja sus asuntos desde allí. Si usted va a París y hace unas cuantas averiguaciones discretas es muy probable que él mismo la contacte.

—¿Y por qué haría eso? —le pregunté, empezando a ver una luz al final del túnel.

—Es difícil que los de afuera entiendan, pero esta gente tiene su propio código de honor, y por ahí se está diciendo que su honor fue maltratado y que esto le ha jodido en el alma —me explicó.

—¿Pero qué tiene que ver John con todo esto? —le pregunté, mientras mi confianza en él iba *in crescendo* conforme avanzaba nuestra conversación.

—Exactamente no lo sé, pero él la puede ayudar. Eso sí lo sé.

Sentí que esa era toda la información que le sacaría, aunque me olía que sabía algo más. Así que me levanté, me dirigí a mi cuarto, y al poco rato regresé con un sobre manila de los grandes con todas mis joyas adentro.

—Si regresa mañana por la tarde tendré todas las piezas de oro embaladas y se las podrá llevar, no sin que antes me dé ese nombre —le dije entregándole el sobre.

—Guarde usted el sobre —respondió muy formal mientras me lo devolvía— ya me lo entregará mañana con el oro, y yo le traeré el nombre que usted quiere.

LIBRO 1
PARÍS

«A menudo pensaba que la civilización había llegado a su cenit en las márgenes del Sena. La vida en París era a la vez elegante, irónica y lúcida; un estilo vital y libertino que se tornaba profundo en medio de su propia sutil superficialidad».

VOLTAIRE (1740)

— 1 —

Una linda tarde de junio me encontraba en París almorzando en el antiguo Avenue antes de que se convirtiera en «L'Avenue», la cantina predilecta de la jauría *fashonista* y la *beautiful people* seguidora de John Galliano, *fashonista* supremo. Me acompañaba un viejo amigo, mucho mayor que yo, de mis días de estudiante en Ginebra y, dicho sea de paso, la única persona a la que conocía en toda la ciudad. Había pasado casi un año desde que mataron a John y aún sin el papelito en mi cartera, París igual sería la ciudad que hubiese elegido, un refugio donde guarecerse de recuerdos trágicos y experiencias desagradables, un lugar donde podía perderme entre la multitud y así, finalmente, sentirme segura. Había tomado la decisión de venir en un instante, pensando que con el solo hecho de presentarme aquí conjuraría al hombre misterioso que guardaba las respuestas que yo buscaba. Ya tenía una semana en París y como era de esperarse nadie me había contactado por ningún medio; es más, no había hablado con un alma hasta que me topé con mi viejo amigo Ellis ojeando revistas de arte en un quiosco de la Place de L'Alma. Parecía muy contento de verme y de inmediato insistió en que almorzáramos juntos.

—¿Y qué vas a hacer ahora? —me preguntó Ellis después de haber pedido como era su costumbre dos *plats du jour*, una Perrier para él y una Coca Cola para mí.

—No tengo la más mínima idea. No quiero quedarme en mi país, tengo demasiados malos recuerdos y, además, sin John se ha puesto aburridísimo. Realmente no lo sé. Nueva York no es una opción. Es una ciudad muy acelerada y no me siento con fuerzas como para enfrentarme a eso y Ginebra es demasiado tranquila.

Obviamente no le dije a mi querido amigo la razón principal por la que planeaba quedarme en Europa por un tiempo: el pedacito de papel con el nombre de una persona entregado a cambio de una buena parte de mis bienes terrenales.

—¿Y qué hay de tu hijo?

—Está terminando el *college* en Long Island, le va bien. No quiero involucrarlo con lo que pasó. Es mejor que acabe sus estudios. Ya yo lo visitaré durante las vacaciones —le contesté. Siempre sentía una punzada en el corazón cuando recordaba que estaba lejos.

—¿Por qué no te vienes a vivir a París?

—Para empezar, porque no tengo dónde quedarme y, además, tampoco tengo trabajo.

—Bueno mira, yo tengo un *pied—à—terre* muy chiquito que casi no uso. Te puedes quedar ahí hasta que encuentres algo. Y en cuanto al trabajo, no te preocupes demasiado, de hecho algo aparecerá —me aseguró, mientras un inesperado aire de ternura se colaba en su sonrisa.

Me tomó completamente por sorpresa. Viniendo de Ellis, esto era una primicia y una oferta inusualmente generosa de su parte. Tenía fama de amarrete y estaba muy arraigado a sus costumbres inmutables de solterón cosa que de hecho era a pesar de tener tres matrimonios en su haber. Su oferta no solo era mucho más de lo que yo hubiera esperado: era justo lo que necesitaba. Nunca había vivido en París ni conocía a nadie que viviera allí. Pero gracias a una educación poco ortodoxa cortesía de mis amorosos padres trotamundos —mucho Baudelaire, cero matemáticas— nunca podré desentrañar nada vagamente científico pero hablaba francés a la perfección. Además, París era mi mejor pista para encontrar a Alfredo Montino, el hombre que andaba buscando.

Los autos lujosos se desplazaban lentamente por las calles laterales de l'Avenue Montaigne y podía oler los castaños en flor. Me quedé mirando a las mujeres súper *chic* que salían de Dior marcando el paso —clic—clac sonaban los tacos en la vereda— con grandes bolsas de compras en la mano. De pronto las luces cambiaron y pasó una chica montada en una bicicleta, su falda inflada en el aire primaveral. Fue el momento que escogí para voltearme hacia a Ellis.

—Ok, acepto —le dije con auténtica gratitud, sintiendo que se me levantaba un gran peso de encima y una pequeña sensación de anticipación nacía en mi interior después de tantos meses de silencio en mi corazón.

Así de rápido quedó zanjada la cuestión. Ellis me ofrecía mi mejor opción, ¡qué va!, mejor dicho mi única opción.

Unos meses después llamé a Ellis para avisarle que tenía las maletas hechas y que estaría llegando a París los primeros días de noviembre. Según un amigo en común, esta noticia desató una serie de llamadas paniqueadas a medio Ginebra: «¡La *péruvienne* está llegando! Nunca va a conseguir un departamento en París, todo el mundo sabe que es imposible. Y trabajo, menos. Fijo que se termina quedando en mi casa para siempre y cuando esté vieja, sin seguro social y sin seguro médico, voy a tener que instalarle rampas y contratar a una enfermera para que la cuide».

Cabe mencionar que yo gozaba de excelente salud y que no había cumplido aún los cuarenta, que es la nueva edad

«Madame necesita un break».

reproductiva para las mujeres de mi generación. Pero nada de eso tenía la menor relevancia para Ellis, un pesimista profesional. Fiel a la clásica estrategia masculina de huir frente al peligro que se avecina, tomó el primer vuelo a Heathrow para ir a visitar a su hija en Londres, casada con un banquero de la City, y me dejó un juego de llaves con el conserje.

Llegué al aeropuerto París-Roissy una mañana nublada de noviembre con tres maletas gigantescas y solo una preocupación en la cabeza: cómo íbamos a entrar mis tres maletas y yo dentro de un pequeño taxi francés. El hombre que manejaba la estación de taxis inmediatamente tomó cartas en el asunto.

—Lo que *Madame* necesita es un *break* —dijo, sin dejar lugar a discusiones.

¿Como en «I need a break»*?* Why, yes of course*!*

No podía haber estado más de acuerdo con él, solo que en francés la palabra *break* —y dudo mucho que sea una palabra francesa— significa camioneta, que en la situación en la que me encontraba era justo el tipo de *break* que necesitaba.

No pasaron ni dos semanas cuando encontré un departamento precioso sobre el Sena, con techos altísimos y una vista espectacular de la Tour Eiffel y Les Invalides. Llamé a Ellis para agradecerle y avisarle que dejaría su departamento. Una vez que la amenaza de quedarme para siempre en su casa se disipó no tardó en regresar a París. La razón oficial era que iba a ayudarme con la mudanza, pero sospecho que en realidad quería asegurarse de que efectivamente me mudaba. El día acordado nos encontramos frente al edificio con mis tres maletas en la vereda esperando a la señora que traía las llaves. La mujer no llegaba y Ellis no pudo con su genio.

—¿Estás segura de que quedaron para hoy? A lo mejor este no es el sitio. ¿Quizás apuntaste mal la dirección? Mejor volvemos a meter las maletas al auto.

Ellis, eres de campeonato. Genio y figura.

Por fin apareció la señora toda agitada y llena de excusas, y los tres eventualmente llegamos al departamento del último piso con una vista como para caerse de poto. Orgullosa, le pregunté a Ellis qué opinaba de esta maravilla. Caminó hasta la ventana que tenía más cerca, miró hacia el tráfico que circulaba más abajo y me dijo:

—No está mal, si no te importa no volver a dormir nunca más.

Hace muchos años en plan de turista joven tomé uno de esos *bateaux-mouches* —bien *kitsch*— que recorren París remontando el Sena. Cuando los reflectores del barco apuntaron hacia los edificios de piedra del siglo XVII iluminando las magníficas fachadas de la margen del río recuerdo que me pregunté: «¿Qué tipo de gente vivirá allí?».

Ahora lo sabía, era gente como yo.

Me instalé en l'Avenue de New York como un pichón en su nido. El edificio estaba en la *Rive Droite* y bastaba un poco de sol débil en el horizonte para calentar el departamento y tenerlo bien iluminado, aún en los largos meses de invierno. La casera me había dejado una cama, una silla, una mesa, una lámpara y un teléfono de discado rotativo al que le faltaba el número 9, cosa que hacía de las llamadas una actividad tan dependiente del azar como la ruleta. Trepada sobre la silla tembleque que se balanceaba con mi peso, procedí a pintar mi cuarto de un tono gris claro. De rato en rato cuando levantaba los ojos y miraba la Tour Eiffel abarcando todo el marco de mi ventana tenía que pellizcarme. No podía creer mi buena suerte ni la belleza que me rodeaba. Además era la primera vez que me sentía a salvo en más de un año. De vez en cuando me acordaba del nombre en ese pedazo de papel guardado en mi cartera, pero me sacaba el pensamiento de la mente. Sentía que podía esperar, que llegado el momento sabría a quién preguntarle. Hasta entonces no había conocido a nadie y tenía cero vida social. Pero no me importaba para nada. Me la pasaba leyendo en los cafés o caminando por Les Tuileries cuando las tardes eran menos frías, absorbiendo todos los sonidos nuevos. Me tomaba gran parte del día conocer los alrededores. Busqué en vano una zona cerca de la casa donde pudiese comprar lo básico. La dueña del café del primer piso, *Madame* Morel, quien inicialmente me pareció muy severa pero luego resultó tener un buen corazón, me explicó claramente cómo eran las cosas en el barrio.

—Aquí no hay nada, *Madame*. Esto es *désertique*. Tiene que ir por la rue de Longchamps para encontrar un carnicero y un panadero, pero le advierto, no son baratos.

Tenía razón. Baratos no eran, ni de lejos, y la calle para llegar donde estaban era cuesta arriba, pero una vez ahí… ¡ah! la calidad de la comida. Bien valía la pena la trepada. Por las noches me quedaba viendo la pésima programación francesa en los cuatro canales de señal abierta (no había cable en el edificio) en un diminuto televisor con antenas de conejo forradas con papel aluminio para mejorar la recepción. Pero más que nada me quedaba echada en la cama mirando la Tour Eiffel bañada en oro mientras que los reflectores de los *bateaux—mouches* iluminaban las paredes de mi cuarto como el interior de una pecera. Esas noches despierta en mi cama dos palabras daban vueltas dentro de mi cabeza «Alfredo Montino, Alfredo Montino» como una tonada pegajosa. No necesitaba ver el papelito dentro de mi cartera para visualizar esa letra de trazos delgados e inseguros con el nombre de la persona que había venido a buscar o que tarde o temprano, si tenía suerte, me encontraría a mí.

La Navidad llegó y se fue sin un hipo en mi radar. Diciembre es el peor mes en París, cielos permanentemente grises, de hecho, todo el que puede se va a esquiar a Mégève,

Gtsaad o por lo menos a Courchevel para evitar la depresión invernal. Yo casi no salía, me quedaba todo el tiempo en el departamento para evitar la lluvia penetrante y las calles mojadas, donde casi todas las parejas parecían estar yéndose a tomar unos tragos o a disfrutar de una comida en algún restaurante acogedor y romántico. Para Año Nuevo fui a ver una película que estaban pasando en los Champs Elysées, calculando salir bien pasada la medianoche. Lo logré. Caminando de regreso por las veredas evité las latas de cerveza regadas y las botellas de vino vacías. La policía, *full* indumentaria antidisturbios, patrullaba las calles que ya se empezaban a vaciar.

Llegué a mi departamento sin incidentes, pero con la seguridad de haber tocado fondo y que el año próximo de hecho tenía que ser mejor. No me podía imaginar un Año Nuevo peor que este. Visto de otra manera, sentía que lo más duro había quedado atrás y ahora jugaba con ventaja.

— 2 —

Dos meses después estaba ordenando cuentas y papeles acumulados y botando viejas boletas y recibos, cuando me topé con el nombre de un embajador a quien había conocido brevemente en Ginebra a través de amigos en común y que según me habían informado estaba destacado en París. Soy pésima para llamar a gente que no está esperando mi llamada. Pero las caminatas silenciosas por Les Tuileries —la palabra clave aquí es silenciosas— me estaban afectando y al diplomático en cuestión me lo habían descrito como un soltero inteligente, sumamente culto y sociable y con una gran red de amigos; un buen punto de partida para lanzar mis propias redes. Aunque estaba un poco nerviosa, me armé de valor y agarré el teléfono.

Por último, ¿qué tan mal podía resultar la cosa?

Bastante mal.

Decidí llamarlo a su casa un domingo por la tarde, a una hora en que la mayoría de personas están libres, ociosas o trabajando en su jardín. No este tipo. Su ama de llaves me informó que *Monsieur l'Ambassadeur* se encontraba en su despacho y me dio su número privado.

—¿Quién habla? —me contestó una voz poco amable, algo desconfiada y nada diplomática.

Le di mi nombre.

—¿Quién le dio este número?

¡Ayayay, para qué llamé!

—Su ama de llaves, una persona muy perspicaz que de inmediato se dio cuenta de que soy una amiga —fue lo único que atiné a decir. Opté por no deshacerme en excusas lo que podría haber significado la estocada final a mis esfuerzos por aparentar estar tranquila y *cool*; y de paso el tiro de gracia a mi vida social, por lo menos en esa embajada.

—Acabo de llegar y todavía no he terminado de instalarme —fue su respuesta, esta vez en un tono menos áspero.

—Igual que yo. También acabo de llegar —le contesté, aferrándome a la única salida que me quedaba.

—Déme su número de teléfono. Yo la llamaré luego, dentro de un par de semanas, cuando lleguen mis cosas.

Accedí de inmediato y colgué, sintiendo que los cachetes me quemaban de vergüenza.

Fiel a su palabra me llamó a los pocos días para invitarme a un té sabatino con algunos artistas y músicos, unos cuantos amigos, y unos compatriotas suyos de paso por París. En lenguaje diplomático era una Lista C, pero también era un comienzo. Unos días después del té recibí otra llamada, esta vez de su secretaria, quien se convertiría luego en mi amiga, invitándome de parte del Embajador a una comida en la embajada.

—Será un buffet, no un *diner placé*. Habrá un concierto de piano primero. Por favor, déme su dirección para hacerle llegar un *pour mémoire*.

Ok. Esta era una comida de Lista B. Por lo visto, había pasado algún tipo de prueba. ¿El manejo correcto de una taza de té? O mejor aún, ¿el arte de la conversación civilizada con extraños que probablemente no volvería a ver? Esto último mucho más difícil. No importan las razones, se trataba de un ascenso.

Fui con algo de temor, completamente justificado, pues al llegar y recorrer los salones —la enorme residencia tenía varios salones de recepción — me di cuenta de que entre los más de sesenta invitados yo no conocía ni a un alma. En cambio ellos parecían conocerse todos entre sí, aunque resultaba un misterio saber cómo se diferenciaban ya que tanto las mujeres como los hombres se veían igualitos. Las mujeres tenían lo que los franceses llaman «una edad cierta», en lugar de «una cierta edad», o sea casi todas pasaban los cincuenta. Sin excepción vestían el uniforme parisino para comidas. Llevaban el inevitable vestidito negro, el pelo en diferentes tonalidades de rubio y una que otra joya de oro, siempre muy discreta. La mitad usaba vinchas de terciopelo la otra mitad una pashmina de colores. Los hombres, la mayoría cincuentones y sesentones vestidos con idénticos trajes de rayas finas azul marino y corbatas con diseños de animalitos, parecían integrar una convención de prósperos banqueros.

Mi anfitrión me presentó a uno que otro grupo de invitados como su nueva amiga sudamericana. Esto no impresionó a nadie cosa que me dejó en libertad para darme una vuelta y fingir estar absorta en la colección de plata colonial del Embajador, que ya había visto dos semanas atrás. Gracias a Dios, cuando estaba a punto de empezar el concierto, divisé a Lola, una amiga de mi época de Suiza. De pura casualidad miró hacia mí y reconociéndome al instante me sonrió de oreja a oreja. Me saludó desde lejos y a los primeros acordes del piano se acomodó en un asiento cercano al mío. Cuando terminó el concierto nos pusimos a conversar. Me contó que hacía poco había perdido a su marido y que estaba viviendo en París con sus hijos. Prometió que me llamaría para almorzar juntas y ponernos al día. Al poco rato anunciaron que el buffet estaba servido.

—¿En qué mesa estás? —me preguntó—. Yo estoy en la cuatro.

—Yo en la seis... Ay, Lola, no creo que me quede para la comida. Aparte de ti no conozco a nadie aquí, además no es un *diner placé* o sea que no creo que importe si me voy.

—¡No seas tonta! La mesa seis es la del Embajador. ¡No te puedes ir! Quédate, puede que sea divertido —me contestó mientras se iba a su mesa, perdiéndose entre los invitados.

No quedé para nada convencida e hice un último intento de escaparme sin que nadie lo notara, pero descubrí que la mesa seis, ubicada en el centro del hall principal y frente a la puerta de salida, bloqueaba mi ruta de escape. Solo pude sonreírle de forma tímida al Embajador que me miraba fijamente con una expresión extrañada, y caminar hacia él con toda la desenvoltura de la que era capaz. Ya de cerca noté que de las diez o doce sillas alrededor de la mesa, la única desocupada era la que estaba a la derecha de Su Excelencia. Era obvio que nadie se había sentido cómodo con la idea de ocupar un asiento tan encumbrado al lado de nuestro anfitrión. Así que no me quedó otra cosa que sonreír ampliamente mientras me preguntaba por qué diablos no me había quedado en mi departamento con un buen libro. Con la sonrisa congelada tomé asiento y asumí el rol —para nada deseado pero sí muy envidiado— de invitada de honor. El Embajador, diplomático profesional hasta la punta de sus bien pulidas uñas, ni pestañeó y me volvió a presentar a los demás. Esta vez todos fueron encantadores y amabilísimos, prestándome mucha atención e inquiriendo sobre mi persona y mis circunstancias. No podía dejar de pensar que —*in petto*— probablemente se estaban preguntando ¿quién es esta? y ¿por qué está sentada ahí? Pero eso ya no me importaba, por fin empezaba a relajarme y a divertirme.

Ya no era solo un comienzo, era un *debut*.

Los franceses tienen un dicho, *le hazard fait bien les choses* (La casualidad hace bien las cosas) y en este caso el encuentro fortuito con Lola le dio un empujón necesario a mi vida en París. Dos días después de la comida me llamó y quedamos en encontrarnos para almorzar en la Brasserie Stella de l'Avenue Victor Hugo —punto de reunión del grupo BCBG, o sea, *bon chic, bon genre*— del XVI *Arrondissement*. Y fue así como al día siguiente de su llamada y frente a un exquisito salmón fresco con hierbas acompañado de una botella de Pouilly Fuissé bien helada, nos pusimos al día. Lola era una mujer fuerte pero con un lado muy tierno y con una naturaleza franca y directa, cualidad cada vez más rara en su mundo y un deleite en el mío. Siempre decía lo que pensaba y sus comentarios directos por lo general iban condimentados con lisuras que por ser como era a nadie le molestaban. Esto seguro también se debía a su belleza impresionante, la misma que le abrió todas las puertas de París cuando muy joven llegó para trabajar como modelo de Saint Laurent. Tampoco le hizo daño casarse más tarde con un playboy guapísimo de República Dominicana dueño de una cuadra de caballos de polo y con toda la plata del mundo. Con un pelo largo, lacio y negrísimo Lola era una mezcla de princesa india y pantera. Saint Laurent la amaba, su marido la adoraba, y muchas de las chicas en París la envidiaban, aunque se hizo de verdaderas amigas entre aquellas de espíritu más libre.

—Si me quedo es por mis hijos. Todavía son chicos, están por terminar el colegio y extrañan a su papá. Por ahora no quiero descompaginarlos más regresando a República Dominicana, aunque sé que a la larga lo haré —dijo con algo de resignación.

—¿Pero por qué habrías de regresar? —le pregunté—. Llevas tantos años aquí.

—Sí, es verdad. Pero los chicos tienen que aprender a conocer su verdadero país y a manejar sus negocios —contestó con una sensatez que me hizo pensar que pese a todos esos años entre el *jet set* y los partidos de polo, Lola tenía los pies bien puestos sobre la tierra.

—Pero ¿y tú? ¿Crees que te podrás acostumbrar a ese tipo de vida de nuevo? ¿No extrañarás París?

Lola me miró y me lanzó su gran sonrisa, tanto más encantadora porque tenía los dientes del centro separados, como los de Lauren Hutton, un rasgo que tuvo el buen tino de no cambiar jamás.

—Ya he tenido suficiente París para el resto de mi vida. No me importa si no vuelvo a ir a otra comida o a otro baile. He ido a todos y cada uno de los que me han invitado en los últimos veinte años. Con el tiempo te darás cuenta de que esta ciudad podrá ser bellísima, pero también puede ser cruel con los extranjeros. Nunca somos realmente aceptados, solo tolerados, excepto, claro, por un grupo de amigos que puedo contar con una mano y que me pueden ir a visitar a República Dominicana cuando les provoque.

Probablemente tenía razón, pero no le di mucha importancia a su comentario. Aquel día de primavera, el primero de muchos que pasaría en París, nada podía hacerme perder el entusiasmo por un sitio que siempre me había parecido inaccesible, glamoroso, rodeado de misteriosas promesas y que, por fin, tenía a mi alcance.

Yo vivía aquí y no pensaba irme a ninguna parte.

Antes de pararse para irse, Lola insistió en pagar la cuenta, dejó una propina generosa y dijo que daría una comida grande en su casa para unos amigos de Santo Domingo que estaban en París por la temporada.

—No tengo ni idea de cuántos van a venir. Mi casa parece un circo, con gente entrando y saliendo. Ahora mismo tengo a seis quedándose conmigo… bueno, creo que son seis, puede que sean más.

Claro que no los podía contar. El enorme tríplex con vista al Bois de Boulogne donde vivía Lola podía alojar a una docena de personas sin que jamás se toparan entre ellas. De eso me di cuenta al entrar en el vestíbulo la noche de la fiesta. La casa, imponente bajo cualquier estándar, era también muy linda y de un gusto exquisito, aunque quizás demasiado clásica para mí. No me había imaginado a Lola viviendo en una casa de este tipo. Mis pasos resonaron sobre el parquet de Versailles encerado del gran hall circular de la entrada. El hall redondo tenía una puerta que daba a un enorme living con unos sofás espectaculares; otra puerta abría a una biblioteca con *boiseries* pintadas en un original tono verde esmeralda. Ambos salones terminaban en una terraza con maceteros de petunias blancas y vivaces altas desde donde podía verse el bosque.

Este grupo de invitados era mucho más joven y alegre que el de la embajada, el nivel de la bulla y del humo era elevado, aun para París. Esa noche no conocí a nadie en especial, solo a dos jugadores de polo guapetones y bien educados pero sin mucho que decir. La comida se sirvió tarde, pero estuvo buenísima, cocinada a la perfección y presentada de forma muy simple. Justo en eso radicaba todo el arte. Había varias mesas redondas con manteles oscuros hasta el piso y arreglos de peonías blancas y rosadas en el centro. La mesa del buffet bajo la ventana principal del comedor era atendida por un mayordomo de saco y corbata azul marino y camisa blanca muy *chic*. Se sucedían pequeñas fuentes de plata con platos engañosamente simples de pechugas de pollo en mantequilla con estragón, ravioles diminutos en salsa de crema, láminas casi transparentes de *carpaccio* con arúgula, papitas nuevas en *robe de chambre* y perejil silvestre picado. Todo parecía hecho en casa y las fuentes, llanas y sencillas, eran rellenadas nuevamente ni bien se empezaban a vaciar de manera que la comida siempre estaba caliente.

Me fui temprano. Sabía que para Lola y sus invitados latinoamericanos la cosa iba para rato y la noche recién empezaba, pero todavía me sentía más como espectadora que como actriz, y para mí la función había terminado. Además el día siguiente prometía ser largo y difícil. Por fin habían llegado mis muebles. Los de la mudanza habían dejado un mensaje diciendo que vendrían temprano por la mañana para entregarlos en mi nuevo departamento.

Al día siguiente, poco antes de las nueve seis tipos bien fornidos empezaron a sacar las cajas embaladas del camión y a acomodarlas en la vereda. Para subirlas hasta el último piso —el mío— instalaron una plataforma movible sobre una especie de ascensor contra la fachada del edificio. En el ascensor promedio francés solo caben dos personas muy delgadas y un Yorkshire Terrier, y el de mi edificio no era la excepción.

A mitad del proceso los vecinos del piso de abajo, una pareja muy simpática y atractiva que conocí brevemente cuando recién llegué, bajó a observar el alboroto en primera fila. François era muy alto, con pelo muy negro y rasgos eslavos, un aire de ironía indolente flotaba a su alrededor. Louis era mucho más bajo, con mechones de pelo rubio cenizo estudiosamente despeinados sobre su cara pícara y pecosa; ese día estaba vestido con una chaqueta corta de una tela preciosa que le daba un aspecto de duendecillo moderno. Esta pareja había salido a relucir durante la comida del Embajador cuando la persona sentada a mi derecha me preguntó dónde vivía. Al responderle mencionó de pasada que conocía a unas personas en el edificio mientras hacía un gesto aprobatorio al respecto.

—Empezaron como peluqueros y hacían sus prácticas en el mismo *salon de coiffure*. Ahora se han convertido en anticuarios y siempre trabajan en pareja, conocen a todo París. Todavía nos referimos a ellos cariñosamente como los *Bigoudies*.

Mucho después cuando los llegué a conocer bien los rebautizaría como Pancho y Lucho (les encantaba el sonido «macho» de sus apodos latinos), pero en mi corazón siempre serían los *Bigoudies*.

—¡*Ah bonjour*, vecina! Veo que llegaron sus cosas. ¡Qué emocionante! Ahora ya podrá dar fiestas maravillosas —exclamó Louis, el más extrovertido de los dos.

—Sí, qué maravilla, ¿no? Estoy feliz de tener por fin mis cosas en el departamento. Aunque no estoy segura sobre las fiestas. Solo he ido a dos y algo me dice que los grupos que he conocido hasta ahora no se mezclarían bien —respondí cautelosa.

—Pero, querida *Madame*, nosotros nos encargaremos de eso de inmediato. París necesita sangre nueva. Son los extranjeros como usted quienes dan vida a las fiestas. Los franceses ya han sido anulados por su famoso malestar y su *joie de vivre* es cosa del pasado. Todo por culpa de ese horrible Mitterrand, ¿no es verdad François? Anda, tú dile.

François, que parecía más absorto en mirar de refilón a los forzudos levantando mis muebles, se volteó y respondió:

—Pero por supuesto. Contamos con usted para que alegre las cosas por aquí. Estamos hartos de las mismas caras, aunque se hagan nuevos *facelifts*.

—Ok, está bien, pero por favor no me llamen *Madame*, si van a venir a mis fiestas tienen que llamarme por mi nombre.

A eso de las cinco de la tarde, justo antes de que el equipo de mudanza empezara a cobrarme doble tarifa por horas extra —con los sindicatos franceses no se juega—, el último de mis muebles fue elevado en la plataforma y metido con éxito por la ventana. François y Louis se habían ido mucho más temprano no sin antes pedirme que los acompañara a un *house-warming party* que iba a dar una joven *contessina* recién llegada a París para dirigir el departamento de accesorios de Hermès. Acepté y se fueron caminando a paso acelerado hacia el Alma, no fuera a ser que les pidiera hacer algún esfuerzo físico; Louis parloteando y gesticulando con los brazos y François lanzando una última mirada lujuriosa hacia todos esos músculos sudorosos. Terminada la faena reuní a los hombres de la mudanza y les ofrecí una ronda de cerveza y vino tinto en el café de *Madame* Morel, además de unos cuantos francos. Luego de despacharlos subí al departamento y me enfrenté a una verdadera pirámide Maya de cajas colocadas en el gran salón. Sesenta y cuatro en total que llegaban hasta las vigas del techo.

Al día siguiente me pasé más de una hora pensando cómo atacar mi Everest. Totalmente desanimada bajé donde *Madame* Morel en busca de té y apoyo, y en este caso también de un consejo. Al entrar al café aproveché un momento en que *Madame* Morel hacía un alto entre la gente que le pedía cigarrillos, café o un *rouge* y me acerqué a ella tímidamente. *Madame* Morel era una mujer formidable del norte de Francia cuya mirada severa y dedicación al trabajo inspiraban el mayor de los respetos entre su clientela y no poco temor en mí. Siempre logró hacerme sentir como alguien básicamente inútil.

—Francine, la mesera, termina su trabajo un poco después de las tres. Como usted sabe solo sirvo almuerzo y no abro de noche. No sirve de nada que abra de noche, sería solo para que me roben. Ella podría ayudarla a desempacar. Claro que tendrá que pagarle lo que se suele pagar, cincuenta francos por hora, pero en negro. Usted tendrá que arreglarlo en privado con ella, *Madame*, yo no puedo darme por enterada —me dijo al mismo tiempo que servía café a dos trabajadores, metía un *croque monsieur* bajo el grill, vendía agua embotellada a unos turistas y le daba el vuelto a un cliente. Solo *Madame* Morel podía estar detrás del mostrador y solo ella manejaba la caja.

—Por supuesto, *Madame* Morel. Gracias, muchas gracias. Solo dígale que toque el timbre, que la estaré esperando. Otra vez muchas gracias por su ayuda —le dije con mi sonrisa más sincera para congraciarme con ella, cosa que no surtió ningún efecto. *Madame* Morel era un hueso duro de roer y no me la iba a ganar con un poco de zalamanería sudamericana.

—De nada —me respondió como una reina despidiendo a un lacayo.

Salí del café lo más rápido que pude para no seguir con los excesivos e innecesarios *mercis*.

Francine apareció muy puntual. Trabajamos sin parar y en absoluto silencio hasta la hora en que tenía que irse a tomar el metro que la llevaría de vuelta a su casa. Prometió que regresaría al día siguiente y que pasaría dos tardes más para ayudarme a terminar de desempacar. Decidí bajar con ella en el ascensor y de paso salir a comer algo. Nos despedimos en la esquina y por primera vez en el día respiré hondo y miré el cielo del anochecer. El cielo en París durante las noches de primavera es de un color muy especial, no importa cuán tarde sea nunca llega a ser negro. Permanece de un azul profundo, azulísimo, el azul que los franceses llaman con razón *bleu France*.

Me dirigí cuesta arriba hacia Chaillot y entré en Charrette, un famoso *tea-room* que sirve ensaladas deliciosas a toda hora del día acompañadas por una masa de hojaldre que es como para morirse. Pensaba que en dos meses se cumpliría un año desde que tuve esa conversación con Ellis en L'Avenue. Los castaños volverían a florecer, solo que esta vez tenía todo el tiempo del mundo para disfrutarlos. Empezaba a sentirme en París como en mi casa.

¿Sería también París la casa de Alfredo Montino?

Las luces de la Tour Eiffel estaban todavía encendidas cuando volví, agotada, a mi departamento. Al abrir la puerta me invadió un olor extraño pero vagamente familiar. Era un olor a sal y a humedad y al principio no pude adivinar qué era ni de dónde venía hasta que noté el montón de sábanas y toallas que Francine había dejado extendidas sobre la mesa de la entrada. Luego de pasar meses apretujadas en un contenedor al fondo de la bodega de un barco, la ropa blanca esparcida liberaba el olor preciso de mi país, de la casa que dejé en esa lejana ciudad costeña cubierta permanentemente por un manto de neblina gris que viene del Pacífico, que se impregna en todo y en todos, y que ahora era cosa del pasado.

— 3 —

La comida *chez la Contessina* fue una velada mucho más desordenada que las otras a las que había ido, con gente que entraba y salía, mujeres regias arregladas hasta los dientes, hombres de todas las edades y un fuerte contingente gay que venía de Roma y traía un chisme muy jugoso sobre un alto oficial del Vaticano. Estos de inmediato se llevaron a los *Bigoudies* a otro cuarto, quienes estaban demasiado alborotados como para acordarse de presentarme. Al final no me fue tan mal sola. Apenas los perdí de vista confundidos dentro del comité de recepción que desapareció en la habitación contigua en un solo de risitas, se me acercó un *roué*, un *vieux beau*, como se les dice en Francia a los playboys veteranos, esos a los que todavía les queda algo de la pinta y lo saben. Este estaba muy bronceado, tenía el pelo entrecano y los ojos grises; era guapo, sí, pero de una manera demasiado estudiada. Se presentó solo y sin mayor preámbulo me informó que era hijo de padre egipcio y madre francesa y que andaba buscando una nueva amante ya que la última se había esfumado con una cantidad considerable de joyas de su *coffre fort*. Todo esto me lo soltó de una forma tan natural que no hubiera podido tomarlo a mal sin quedar como una mojigata. También mencionó su colección de arte africano y un yate —supuse que grande— anclado en Cannes.

—Estoy harto de la típica mujer francesa de mundo. Son frías, calculadoras e implacables. Me encantan las sudamericanas por lo bellas y femeninas. Tuve dos novias venezolanas. También salí con una salvadoreña lindísima, pero después de un mes de estar juntos me dijo que se le había perdido el anillo que le regalé, un diamante enorme, en la *toilette* del Relais Plaza. Era mentira claro pero, ¡*hélas*!, qué se va a hacer, así son las mujeres bellas.

¿Todavía circula este modelito? Me sentía como Alicia en el País de las Maravillas cayendo en la madriguera del conejo.

—Quizás debería buscarse otro tipo de mujer, ¿sabe? Una no tan bonita pero más sincera —fue mi dócil respuesta.

—Mi querida niña, estuve casado con una chica norteamericana muy rica, de una muy buena familia de Chicago. Era una rubia despampanante y pensé que había encontrado a la mujer perfecta. Bueno resultó ser puritana al extremo y sin imaginación, y me aburrí a muerte con ella. Después de todo, yo vivo en París, no en Peoria —me explicó en tono medio ausente, mientras me lanzaba una mirada de arriba abajo de esas que desvisten.

—Pobre, parece que la vida lo ha tratado mal —le dije medio en burla.

—Ahora está siendo mala conmigo. No me gusta eso en una mujer.

—Tiene razón, perdóneme. No lo tome a mal. Yo apenas lo conozco. Quién soy yo para juzgarlo, ¿no?

—Te perdono si sales a comer conmigo mañana. Podrás conocerme mejor y quizás no seas tan dura.

A este tipo no se le escapaba una. Me había tuteado sin más trámite y no podía decirle que no sin aparecer tan convencional como su ex de la tierra de los Grandes Lagos y los Caterpillar. Me pidió mi dirección y quedó en que pasaría por mí a las ocho en punto. Concluida con éxito su pesca del día, se desplazó hacia otro grupo. A primera vista un trío de típicas parisinas frías, calculadoras e implacables.

Hmmm…

Un poco antes de las diez, Fabrizio, un amigo de la *Contessina* a cargo de preparar la pasta que comeríamos esa noche, saltó como un fauno silvestre desde la minúscula cocina hasta el salón anunciándole a *Madame la Comtesse* con un pronunciado falsete que la comida estaba servida. Esto trajo de inmediato a Pancho, Lucho y a dos afeminadísimos romanos de vuelta al living.

40

Mientras yo había estado jugando al gato y al ratón con mi *date* del día siguiente, el living —que era largo y angosto— había sido transformado como por arte de magia en un comedor con varias mesitas cubiertas con manteles largos de algodón estampado con flores malva y verde limón, cada una con un florero de Murano iridiscente con lilas blancas como centro de mesa. A su vez cada florero estaba rodeado de pequeñas réplicas del centro de mesa con velitas misioneras dentro.

—*Cara, carissima,* venga a sentarse con nosotros —dijo Louis, en gran disfuerzo romano y dando palmaditas al asiento junto al suyo que estaba guardando para mí.

—¿Dónde se metieron? Me dejaron sola y terminé aceptando salir con un personaje de reputación dudosa que fijo que tiene las peores intenciones hacia *la mia persona* —les dije riéndome.

—¿Quién? ¡Por favor, díganos, *cara signora*! —preguntaron en dúo mariposeo.

—Allí, el que está en la última mesa —contesté, señalando discretamente bajo el mantel.

—¡*Ah, non*! Tenga mucho cuidado, si no va a terminar pasando el verano en su yate en la Côte d'Azur, muerta de aburrimiento. Lo mismo les pasó a tres chicas que conocemos —dijo Louis mientras François le daba un codazo para que bajara la voz.

—No tengo la menor intención de ir, simple y llanamente porque me mareo en todo lo que flota. Pero me muero de curiosidad por ver su colección de arte africano —dije en tono conciliador.

—He oído que realmente vale la pena verla —dijo François, accediendo—, vaya entonces y nos cuenta todo. De hecho, nos gustaría poder echarle un vistazo —continuó de golpe poniendo cara de comerciante.

—Ok, prometo darles un informe completo y hablarle maravillas de ustedes dos.

Dicho esto, nos levantamos para elegir y servirnos entre *penne all arrabbiata, fusilli con carciofi e rucola, farfalle con funghi porcini*, *vitello tonnato* y un surtido de verduras gratinadas a la perfección, con un chorrito de aceite de oliva, lo más rico que había probado en mi vida. Felicité efusivamente al improvisado chef.

—Usted es demasiado *gentile, carissima signora*, pero el mérito no es mío. El secreto está en comprar todos los ingredientes en Italia —respondió Fabrizio orgulloso.

—Es verdad, es usted demasiado *gentile* —dijo François *sotto voce*—. Cualquiera pensaría que con lo que le pagan en Hermès, la *Contessina* podría habernos servido algo más que tallarines.

No más incursiones en el mundo romano para Louis y François. Habían retornado —muy patriotas— al enrarecido mundo del *Tout Paris* donde reina la frase que lapida y donde servir pasta aunque sea la mejor simplemente no se hace. La comida siempre debe incluir carne, algún ave y, muy de vez en cuando, pescado. La pasta es estrictamente para Portofino y los fideos son solo para los niños.

Me reí con sus comentarios aunque en el fondo soy fanática de la pasta. Pero al mirar por la ventana abierta hacia el domo dorado de Les Invalides, iluminado como una iglesia bizantina, me juré nunca servir fideos en París. Regresamos en el auto de Louis, un modelo chico y del montón —los parisinos que aspiran a cierto prestigio intelectual o artístico presumen de su indiferencia por los carros lujosos—, y nos dirigimos a toda velocidad por el Quai Voltaire cruzando el puente a la Place de la Concorde. Las impresionantes fuentes lanzaban chorros de agua contra el cielo de la noche. Louis dobló rápidamente a la derecha hacia los Champs Élysées rechinando sobre la pista.

Sentada en el asiento de atrás, lancé una última mirada a la famosa plaza, escenario de una gran parte de la historia de Francia y el lugar que mi padre eligió para mostrarme París por primera vez. Era de noche, tenía once años y estaba dormida cuando me sacudió el hombro y me dijo suavemente «Despierta. Quiero que veas la plaza más linda de la ciudad más linda del mundo». Estaba exhausta después de varios vuelos largos y horas oyendo el monótono ruido del avión, pero le obedecí, me senté y miré por la ventana del taxi. Los autos y las luces me dieron la impresión de que estaba despertando dentro de un cuento. De muchas maneras, esa primera impresión de asombro ha permanecido en mí intacta hasta hoy. Vivo en París pero mi vida diaria tiene cierto viso de ensueño y, a veces como ahora, puedo escuchar la voz de mi padre sentado a mi lado, con su abrigo de camello y el sombrero de fieltro que siempre usaba para viajar, esperando ilusionado la reacción de la niña flacuchenta agarrada de su mano mirándolo con los ojos abiertos como platos.

El día siguiente llegó demasiado rápido. Apenas tuve tiempo de arreglar mi departamento antes de salir volando a dos entrevistas de trabajo con empresas de la industria del lujo con las miras puestas en Sudamérica, donde esperaban entrar por la puerta grande. Liquidando rápidamente mis escasos conocimientos en ventas y mis contactos, concluí sin éxito ambas reuniones para regresar a prepararme para la cita con el Romeo de Venezuela y el Caribe. Ingenua yo, supuse que pasaría por mí —de ahí todo el orden y la limpieza de la mañana— pero mandó a su chofer, uniformado con una gorra y saco gris en un lujoso Jaguar con olor a cuero para que me condujera las cuatro cuadras que me separaban de su casa. Vivía en los dos últimos pisos de un impresionante edificio *art déco* en Cours-la-Reine con vista al río. Su chofer abrió la puerta con su propia llave y me hizo pasar a la biblioteca. No había muchos libros pero sí una foto a todo color sobre la chimenea de un yate enorme, perfilado contra la bahía de Cannes.

—¿*Madame*, desea algo para tomar?

—Solo agua, gracias —contesté mientras pensaba que sería mejor mantenerme lúcida hasta saber a qué íbamos a jugar esta noche y, más importante aún, quién iba repartir las cartas.

El vaso de agua llegó pero mi anfitrión se hizo esperar. Lo podía escuchar hablando por teléfono en alguna parte de la casa. Esto continuó por un rato largo, tanto que estaba a punto de pararme e irme —después de todo mi departamento quedaba cerquísima— cuando por fin apareció.

—Siento la demora. Me disculpas, ¿no?

Este tipo da todo por sentado, hasta las excusas.

—Claro, no te preocupes, estuve mirando tu yate —le dije toda mansa por fuera pero furiosa por dentro, aguantándome las ganas de soltarle que era un maleducado por mandar a su chofer y un grosero por hacerme esperar.

—Mandé tomar esa foto el año pasado. Uso bastante el barco, en realidad me paso todo el verano en él. Tienes que venir el próximo julio —dijo, sin considerar a) que yo pudiese tener ya otros planes (que por el momento no era el caso) o b) que quizás no me gustaba navegar (que siempre era el caso).

No le contesté, me pareció innecesario.

—Ven, te voy a enseñar lo que has venido a ver —dijo, haciendo un gesto para que lo siguiera.

¿…?

—Deja ya de poner esa cara de preocupación. No te estoy proponiendo nada indecoroso, te estoy hablando de mi colección. La fui juntando durante todos los años en que iba y venía del África, además, déjame que te diga que te ves más vieja cuando frunces el ceño —agregó sin nada humor. Obviamente lo decía en serio.

Subimos un nivel por una escalera escondida, misma película de terror. ¿Estaría a punto de sufrir una muerte prematura? ¿Descuartizada o quizás comida cruda? Esta última opción metafóricamente hablando, *of course*. La primera no sé.

Llegamos al nivel más alto del edificio. Una galería muy larga daba a una terraza iluminada con reflectores llena de figuras de piedra con aspecto amenazador separada por una mampara de vidrio. El interior de la galería estaba repleto de artefactos africanos en madera, corcho y paja. Nunca, a excepción del Met, había visto tanto arte africano junto, era verdaderamente impresionante y él lo sabía.

—No me esperaba esto. Es increíble, no sabía que tu colección fuera tan grande —le dije muy impresionada—. ¿Cómo fue que te interesaste?

—Mi familia tenía plantaciones de caucho en Camerún y por muchos años, cuando iba por negocios o de visita, me traía algo de cada viaje. En esa época no costaban nada, pero hoy en día algunas de estas piezas valen una fortuna —iba explicando mientras me conducía hacia un ala con espejos de pared a pared que todavía no había visto.

En medio de máscaras tribales, tambores y dioses de la fertilidad con enormes pitos erguidos había una mesa para dos con mantel blanco de lino, copas de cristal, un salero, un pimentero y, como centro de mesa, un lindo candelabro de plata. El chofer reapareció esta vez vestido con un pantalón, un saco blanco largo y un fez rojo oscuro sobre la cabeza. En sus manos enguantadas traía una fuente con una corvina entera al vapor, papitas redondas doradas a la perfección y puntas de espárragos verdes acompañadas de una salsa holandesa ligera y deliciosa. Lo felicité por el suntuoso pescado, el excelente servicio y el estupendo Borgoña blanco que apenas probé.

—Hassan se encarga de todo. Maneja, cocina y sirve la mesa. Tan solo cambia de sombrero y *¡voilà!* cambia de personaje —dijo con un aire de suficiencia—. También ayuda el hecho de que su familia haya estado con nosotros por tres generaciones y que mi madre lo haya entrenado.

—¿Tu madre es la señora de las fotos de abajo? —le pregunté, recordando las numerosas fotos que había visto colocadas sobre cada superficie plana de la casa, que mostraban a una mujer despampanante y enjoyada como una deidad egipcia.

—Sí, ella es *maman*. Fue una de las grandes bellezas de su época, todo París estaba a sus pies. Se casó con mi padre cuando tenía veinte años y vivieron en El Cairo hasta

Nunca había visto tanto arte africano junto.

que Nasser asumió el poder —esto último lo dijo con una expresión de nostalgia—. Después, cuando regresamos a París mis padres solían dar fiestas maravillosas en nuestro *hotel particulier*. *Maman* estuvo en la lista de las mejor vestidas muchas veces y mi padre le regalaba joyas increíbles e insistía en que solo se vistiera de *haute couture*.

—¿La ves a menudo? —le pregunté, no sabiendo qué otra cosa podía decir ante logros tan formidables.

—Por supuesto. Almuerzo con ella todos los días en Neuilly donde vive hasta ahora. Para mí sigue siendo la mujer más fascinante que he conocido y conoceré, y la más bella también —dijo con total naturalidad.

Y ahí residía su secreto, la razón de su permanente búsqueda de mujeres deslumbrantes, dóciles, y tambien extremadamente materialistas. En su incesante transitar para encontrar a *maman* mi anfitrión estaba siendo trasquilado por una tira de aventureras latinoamericanas de costumbres licenciosas y poca moral, al menos en lo que a plata se refiere.

Hassan nos trajo el postre, dos *cocottes* de porcelana china con mousse de chocolate blanco y chocolate amargo acompañados de fresas silvestres en una fuente de cristal. No se podía esperar una comida más perfecta en un ambiente más grandioso pero mi anfitrión todavía me transmitía mala onda, al igual que esos dioses paganos que parecían tener la mirada fija sobre mi postre.

Terminada la comida sugirió que tomáramos el café abajo en el salón.

—Nada de café para mí, Hassan, solo una manzanilla, gracias —dije mientras nos acomodábamos en el gran sofá de terciopelo de seda marrón, frente a la chimenea de piedra sobre la cual colgaba, naturalmente, un retrato tamaño natural de *maman* en toda su magnificencia.

—Permíteme que te diga que estás en una situación extremadamente difícil para una mujer. Estás sola, no tienes pareja ni marido y en París hasta un marido ausente puede ser un plus y, si tiene plata y está lejos, mejor aún. Estás recién llegada pero si dejas que pase mucho tiempo vas a pasar a ser historia y serás tratada como tal —dijo con seriedad.

—¿Y qué te hace pensar que me quiero «emparejar» con alguien? —le contesté, sintiéndome como una inadaptada total.

—No seas necia, toda mujer necesita un hombre. Pero las mujeres de tu generación con algo de educación siempre están esperando a que aparezca el hombre perfecto y, mientras tanto, la vida se les pasa —parecía algo irritado por mi débil intento de emancipación femenina—. ¿Sabes? Yo conocí a John Murphy. Era un hombre encantador y entiendo lo que perdiste. Pero lo perdido, perdido está, y tienes que pensar en tu futuro.

—No sabía que conocieras a John —le respondí, sintiendo una punzada mientras pensaba qué chico es el mundo, qué enterado está este tipo y demás cosas por el estilo.

—Sí, vino a pasar una semana en otro bote que tuve, hace años —agregó.

—¿Conoces a un Alfredo Montino? —le pregunté.

—No, no lo conozco, aunque el nombre me suena. ¿Es amigo tuyo? —preguntó entre socarrón y suspicaz.

—No, es más como un amigo de John —le respondí sin mentir del todo pero con tono de punto final y capítulo cerrado—. Pero volviendo a lo que dijiste antes, puede que tengas razón cuando dices que a las mujeres les va mejor cuando tienen un hombre a su lado en vez de estar solas, pero por ahora estoy contenta como estoy —agregué, esperando haber usado el mismo tono de capítulo cerrado y punto final.

—Bueno, cuando decidas que la marea ha cambiado, quisiera que consideraras pasar algo de tiempo conmigo, es decir, en forma regular. Tú sabes que estoy dispuesto a esperar un poco y a invitarte a salir unas cuantas veces para que me conozcas mejor. No eres ninguna tonta y sé que vas a pensarlo —dijo, logrando que sonara como una propuesta de negocios.

Me gustaban sus ojos, especialmente cuando sonreía, pero tenía un aire de desilusión que me deprimía. Me acompañó hasta el vestíbulo donde nos esperaba el multi-facético Hassan, esta vez en el rol de empleado doméstico con caftán negro largo. Mientras me alcanzaba mi abrigo anunció que el taxi de *Madame* esperaba abajo.

¿Qué? ¿Y el Jaguar?

Parecía que al Jaguar ya lo habían acostado probablemente en algún garaje a algunas cuadras de distancia.

—Antes de que te vayas quiero enseñarte algo —dijo mi cuasi pretendiente mientras me llevaba hacia lo que parecía ser su dormitorio. Tranquila, sabiendo que Hassan estaba lo suficientemente cerca como para oír, lo seguí. En la habitación había una cama enorme enteramente cubierta por un cubrecama de piel de visón oscuro que no parecía ser de criadero sino salvaje.

—¿Qué te parece? *Fabuleux, ¿non?*

¿Qué le podía decir? De pronto me sentí que estaba en la Mansión Playboy, sucursal París, por cortesía del Hugh-Hefner-del-Nilo aunque con mejor comida y definitivamente mejor arte.

—*Absolument.*

A la mañana siguiente el teléfono sonó muy temprano. Eran François y Louis que querían que les contara hasta el último detalle de la noche anterior. Les dije que la colección era efectivamente muy completa y probablemente hasta única en su género pero les aclaré que para mí la jugada no valía la pena. En otras palabras, que se las arreglaran solos si querían hacer negocios con él.

En el fondo lo que buscaban saber es si existía la posibilidad de que me convirtiera en la próxima amante enjoyada. Los hice aterrizar rapidito aclarándoles que a pesar de que los estimaba mucho por ningún motivo tomaría ese camino, al menos no por ahora. De momento batieron la retirada, desilusionados pero no vencidos. Regresé a mi periódico matutino, cortesía de la *femme de ménage* que venía a limpiar mi departamento tres veces por semana, y me puse a revisar las páginas de avisos en busca de ofertas de empleo o casas en el campo, lo que encontrara primero. Me quedaba todavía un poquito de plata que tenía guardada para comprarme un techo. Había decidido invertirla en una casa de campo antes de que se hiciera humo o, mejor dicho, se fuera en zapatos, buen vino o flores. Pero para no tocar mis ahorros necesitaba trabajar.

¡Bingo! Ahí estaba. Un aviso que ofrecía «una bellísima masía en Provence, con valor histórico agregado».

Valor histórico… hmmm… seguro que es viejísima.

Pero estaba en la única región de Francia que más o menos podía ubicar en un mapa y por una cantidad casi igual a la que me quedaba. Sintiéndome de lo más suertuda, doblé el periódico y volví con renovado apetito a mi desayuno. Mientras saboreaba un *brioche* tostado contemplaba las *péniches* navegando río arriba en el Sena cargadas al tope de grava y arena y algunas de ellas con un diminuto carrito en el techo. Decidí llamar a la *Contessina* para agradecerle por la comida de unos días atrás y de paso, por qué no, averiguar si había alguna posibilidad de trabajo en Hermès. Pero estaba ocupada, así que dejé mi número con su asistente. En el interín llamó Lola para almorzar juntas en el recién estrenado Hotel Costes, cosa que acepté. Para cuando había terminado de vestirme, la *Contessina* —más simpática de lo que recordaba— me devolvió la llamada y sin pensarlo dos veces le pregunté si quería reunirse con Lola y conmigo. Accedió inmediatamente. Había oído hablar de Lola y dijo que la consideraba un icono, sus propias palabras.

El Costes estaba en vías de convertirse en *el sitio* ese año y todos los años siguientes. Sin embargo de momento todavía era una novedad que pasaba de boca en boca y solo lo frecuentaban los *cognoscenti*. Más adelante se volvería un éxito empresarial y los hermanos Costes, dueños del proyecto, repetirían la fórmula en una docena de locales más. Pero esa primavera el nuevo hotel y sus ambientes para comer llenos de encanto y decorados por Jacques Garcia eran todo un suceso. Si bien era novedad ya andaba repleto de rubias con pinta de modelos, músicos barbudos y la gente de Sony Music. No era raro encontrarse codo a codo con unos tipos guapísimos del Medio Oriente con aspecto peligroso, hablando por varios celulares a la vez, o con George Clooney. El personal tenía esa actitud displicente que ha hecho famosos a los restaurantes de Nueva York y todos, sin excepción, vestían de negro.

La *Contessina* y yo llegamos al mismo tiempo y fuimos conducidas de inmediato a la Royale, el salón detrás del patio al final de la veranda con una gran chimenea que funciona de verdad. Empezamos con «un Perrier con una tajada de limón, sin hielo», hasta que llegó Lola y puso fin a todas esas tonterías.

—Tres copas de champagne, por favor, y después vemos qué pasa —dijo, iluminándonos con su famosa sonrisa—. ¡Hola! Yo soy Lola —añadió, extendiéndole la mano a la *Contessina*.

—Hola, encantada de conocerte. He oído hablar mucho de ti. Adoro tu estilo, fuiste la primera modelo latina en París, rompiste la regla —no cabía duda de que la *Contessina* era una *fan*.

—Muy gentil de tu parte, gracias. Eso fue hace miles de años. ¡Pero no hablemos de moda, por favor, estoy totalmente fuera de eso! —agregó riendo, y volteándose hacia mí preguntó:

—¿Y qué hay del aviso del que me hablaste esta mañana, el de la casa en Provence?

—Nada, todavía no he llamado —contesté.

—¿Casa? ¿Dónde? —preguntó la *Contessina*.

—Tú sabes, es solo una especie de vieja masía cerca de Saint Rémy —fue mi respuesta.

—¿Y qué piensas hacer allí? ¿Ir a jugar a Carolina de Mónaco?

Lola y yo soltamos la carcajada, primero porque era gracioso y segundo porque, en parte, había dado en el clavo. Durante nuestro primer almuerzo le había confiado a Lola que sentía que estaría mejor en un sitio alejado para lamer mis heridas aún no cicatrizadas; pero ahora la idea de alejarme de París era cada vez menos atractiva.

—Bueno, sí y no, todavía no lo sé. El hecho es que no tengo mucha plata para invertir en una casa de campo y la masía está a un precio razonable —fue mi insulsa respuesta.

—¿Estás loca? —respondió la *Contessina*—. Para poder tener una *residence secondaire* en Provence necesitas tener un segundo carro, varios fines de semana largos y una buena reserva en el banco. Y no necesariamente en ese orden. Necesitas un carro allá porque si no, ¿cómo te movilizas una vez que llegues? Y vas a tener que encontrar un trabajo que te permita total flexibilidad, es un viaje de cinco horas por tren, más el tiempo que tienes que manejar. Además de todo esto necesitarías un presupuesto aparte para todas las mejoras que vas a tener que hacerle a la casa. Y créeme, ¡las reparaciones nunca terminan! —parecía que hablaba por experiencia propia.

—Tienes razón —dijo Lola—. A todos mis amigos en el Midi les han robado por lo menos dos veces, con perros, alarmas y hasta con gente en la casa. Conozco a una pareja con una casa bella por Apt, en realidad un pequeño *château*, que incluso salió en la revista «Interiors». Bueno, se metieron mientras dormían y se llevaron dos o tres chimeneas de piedra tallada, unas verdaderas bellezas del siglo XVIII, seguramente hasta tenían un cliente para ellas. También cargaron con unas piezas antiguas de cerámica de Apt. ¡Hasta usaron la carretilla del jardín para llevarse las cosas desde la casa hasta el coche!

¿En qué se estaba convirtiendo Provence? ¿En Kabul o en Kinshasa?

El tratamiento del baldazo de agua fría resultó innecesario ya que al regresar a casa me encontré con que la chica de la limpieza había botado el periódico. No llegué a apuntar el número, no volví a ver el aviso y allí terminó la cosa.

— 4 —

Poco a poco los días se hicieron más largos y más cálidos y las tardes más luminosas. Ya había terminado de arreglar mi departamento, los cuadros y cortinas colgaban de las paredes recién pintadas y los pocos muebles buenos que rescaté de la debacle del año pasado lucían en lugares clave. Lo demás consistía en mesitas compradas en Ikea cubiertas con una tela de seda rayada amarilla con rosado fuerte que encontré en el Marché de Saint Pierre, al pie de Sacré Coeur, donde se consiguen telas increíbles por menos de cien francos el metro, algo que toda mujer en París —que ni muerta gastaría cinco veces más por la misma tela en Davis Hicks— sabe. Todavía no se materializaba ningún trabajo, así que decidí darme un respiro. Había llegado el momento de organizar una fiesta. Pancho y Lucho y, por supuesto Lola, fueron convocados y creo que hacer la lista de invitados con los *Bigoudies* riéndose a gritos, más irreverentes que nunca y tachando dos de cada tres nombres, fue tan divertido como la fiesta en sí misma que, dicho sea de paso, salió bastante bien.

El living era lo suficientemente grande para colocar dos mesas redondas para seis personas y puse una tercera en mi cuarto, que estaba al lado, así mientras comían todos los invitados tenían la vista de la Tour Eiffel, que era *too much*. Los que venían al departamento, especialmente por la noche, se quedaban boquiabiertos. Incluso los franceses. Cada mesa tenía una vajilla con diseño diferente. ¿La razón? Simplemente porque no tenía un juego igual para dieciocho personas. El efecto final resultó bastante original y más divertido. Puse maceteros grandes de porcelana con hortensias blancas y azules alrededor del cuarto, también sobre mi escritorio, que estaba cubierto de un tafetán blanco hasta el piso —de Saint Pierre, por supuesto— y que para la ocasión hacía las veces de mesa de buffet. Contraté a dos de los mozos de mi amigo el Embajador, duchos en lidiar con invitados puntillosos, y yo misma preparé en casa toda la comida.

Absolument.

El tema del menú había exigido una minuciosa planificación. En París puedes tener una casa preciosa del siglo XVIII repleta de personal de servicio —que no era mi caso— y llenar un cuarto de gente interesante —que esperaba fuera el caso—, pero si la comida no es buena, gasto inútil. La voz correría como pólvora y la gente encontraría excusas para no ir una segunda vez. Por otro lado si la comida era sencilla y simple pero buena y preparada en casa, la buena reputación quedaba asegurada. Entonces, acatando la regla de oro de mi difunta abuela, preparé cinco platos, el número mágico: una fricasé de pollo con champiñones diminutos y hierbas, tomates maduros cocinados lentamente en una salsa picante, ensalada de lentejas con una fuerte vinagreta de mostaza, arroz salvaje —una primicia americana para muchos— y un *carré* de chancho glaseado con salvia fresca y mermelada de moras.

El chancho casi no fue.

El día anterior había hecho las compras para la comida y terminé en una cola sin orden de llegada aparente donde *Monsieur* Jacques, el mejor carnicero del barrio. Cuando llegó mi turno le pedí la pieza de chancho. *Monsieur* Jacques, para todo efecto práctico ignorando olímpicamente mi presencia —aún no me había convertido en su clienta—, empezó a cortar la carne lanzándome miradas oblicuas de franca sospecha.

—¿Y me puede decir cómo piensa preparar esto? —preguntó esta vez sin mirarme.

—Bueno, primero lo dejo reposar la noche en sal gruesa para que suelte toda la grasa. Por la mañana enjuago

54

la sal y lo seco bien —respondí. Media docena de severas amas de casa francesas a mi alrededor había dejado de hablar y escuchaba mi respuesta con total atención—. Luego lo embadurno con mermelada de alguna fruta oscura, en este caso de moras, y con salvia fresca y lo meto al horno —agregué rápidamente por si se me iba el valor.

Descendió entonces un silencio sepulcral sobre la tienda y sobre todos los ahí presentes. Nadie decía nada, pasó un minuto, pasaron dos, hasta que por fin *Monsieur* Jacques se dignó a dirigirme la mirada.

—¿Y por qué no aprovecha y embadurna mi lomo fino con manjarblanco de una vez? —dijo.

En ese momento me acordé que los franceses de la vieja escuela consideran que las combinaciones agridulces que tanto gustan a los asiáticos y americanos de ambos hemisferios son una aberración. Pero ya era demasiado tarde para cambiar mi menú y en todo caso la mayoría de mis invitados era de diferentes partes del mundo, incluyendo Asia y América. Pero sobre todo no me iba dejar intimidar por el carnicero.

—Bueno, yo creo que usted está equivocado —le respondí, tratando de aparentar más seguridad de la que realmente sentía dadas las circunstancias. Hubo una exclamación casi audible de horror por parte de las estupefactas caseras pues todas ellas estaban fascinadas con *Monsieur* Jacques.

—Si desea, después de la comida le traigo una tajada para que usted mismo pruebe —le dije, finalizando así el intercambio. Y con toda la dignidad de la que era capaz le pagué a *Madame* Jacques en la caja y me retiré sintiendo seis pares de ojos clavados en la espalda.

El lomo de chancho, dorado a la perfección, descansaba ahora sobre una fuente en mi diminuta cocina. La fiesta agarraba viada gracias a la rápida repartición de copas de excelente y bien helado champagne a todos los invitados ni bien iban llegando. La mezcla de asistentes era buena, el champagne aún mejor, las cosas empezaban bien.

En Francia cuando uno es invitado a una comida hay ciertas reglas que son de rigor: una es no llevar flores. No hay peor pesadilla para una anfitriona que ya está un poquito estresada que tener que ponerse a buscar un florero del tamaño adecuado para el ramo que por supuesto no va con los colores que ella eligió. La otra es que está prohibido llegar tarde, o peor aún, no llegar nunca; esta última ni siquiera es una opción. En París las cenas son casi siempre sentadas y una anfitriona a la que han dejado plantada se asegurará de que el maleducado (*voyou*) o maleducada (*voyourette*) no vuelva a ser invitado por la sociedad civilizada.

Como *apéritif* antes de la comida un buen champagne no tiene pierde, incluso en las ocasiones más modestas. Casi no hay bocaditos para no malograr el apetito y guardarlo para lo que se viene, es decir, la comida en sí. Jamás vienen los platos servidos, *¡quelle horreur!*, eso es solo para restaurantes. Cuando pasa el mozo por la mesa los invitados se sirven porciones muy pequeñas y esto, que podría ser una muestra de buenos modales, es en realidad una cuidadosa probada para ver qué tan buena está la comida antes de lanzarse de lleno. Todas las fuentes, así sean pasadas por un mayordomo, una empleada, o en el caso de una comida informal entre los propios invitados, circulan dos veces. Hubo una famosa embajadora norteamericana que tenía un excelente chef francés a su servicio pero que decidió obviar eso de pasar la fuente dos veces para los que querían repetir (*too long*). Esto causó gran frustración entre sus invitados parisinos. «Las comidas en la Embajada Americana son excelentes pero se sirven muy a la apurada» fue el fallo final en contra de la Embajadora quien equivocadamente había pensado que en París la hora de comer es tan buena como cualquier otra para hacer negocios.

Después de la segunda ronda no quedó nada de mi lomito de chancho y muy poco de todo lo demás. La comida parecía ir a paso firme y seguro, al menos en lo que respecta al aspecto culinario. Felizmente nadie me trajo flores pero sí varias cajas de chocolates de La Maison du Chocolat y Puyricard, y cuatro o cinco paquetitos simpáticos que se veían muy prometedores.

A mi derecha se había iniciado una discusión acalorada sobre la reapertura del Louvre y la nueva Pirámide de Pei.

—Esa estructura de vidrio que han estacionado en el corazón mismo del Louvre se encuentra totalmente fuera de lugar en un palacio francés que albergó a nuestros reyes. No tengo paciencia con todos estos comerciantes que quieren convertir el Louvre en un Monoprix con precios más caros —dijo un conocido crítico de arte—. Esto no es Wall Street, no todo se trata de dinero.

—Pero entonces, ¿cómo hacer para mantener vivos los museos? —me aventuré a comentar, un poco fuera de mis límites de conocimiento.

—¿Y por qué razón, *Madame*, habrían de mantenerlos con vida? —respondió.

Touchée.

—¡Lucharé hasta el final para que los salones de exhibición se mantengan como antes, un poco a oscuras, con algo de polvo, y cerrados al público la mitad del tiempo por las huelgas del sindicato. Así un pobre crítico como yo no será maltratado por pandillas de mocosos que no saben nada de arte y que hasta van a las exhibiciones con el *walkman* puesto —dijo el crítico empezando a agitarse.

—Me contaron unos amigos en Nueva York que Tom Krens, el director del Guggenheim, va a empezar una revolución y piensa prestar colecciones enteras del Guggenheim a otros museos, por una tarifa, claro —dijo una amiga de Lola sentada frente a mí.

—Sí, y parece que hasta planea prestar el nombre —comentó el hombre sentado a su lado.

—¿Y por qué no franquicias como Mac Donald's? ¡Es lo único que falta para que el arte en nuestro país se convierta en un artículo de consumo rápido y de bajo precio! —intervino nuevamente el crítico de arte, quien ya se estaba poniendo de un alarmante tono púrpura. Pero salvo por el peligro de una posible apoplejía la discusión le daba a todos los invitados algo jugoso que comentar.

—Pero, *cher ami,* no puede pretender que las cosas permanezcan iguales para siempre —intercedió un muchacho muy guapo que la *Contessina* había traído como su acompañante y a quien había presentado como un abogado.

—Ahí es donde usted se equivoca, *Monsieur,* puedo pretender y desear y anhelar que las cosas permanezcan iguales. Aunque i*hélas*! la corriente de la historia está en mi contra —dijo el crítico de arte suspirando profundamente. El joven abogado se pasó la mano por su pelo rubio —algo escaso debo admitir— y me miró de frente a los ojos con el comienzo de una sonrisa casi imperceptible y hasta juraría que me hizo un guiño discreto.

—Estoy de acuerdo, *cher Monsieur.* El Estado debería encargarse de nuestros museos, para eso nos cobran suficientes impuestos, y no arrastrarnos a aventuras desconocidas que ponen en peligro la idea que tenemos en Francia de lo que es un museo —contestó la mujer sentada frente a mí—. Eso es mejor dejárselo a los americanos que tanto les gusta arriesgarse y apostarlo todo a la ruleta. Claro que son una nación joven sin ningún sentido de la historia.

Estábamos nuevamente recorriendo esa senda de amor-odio por donde siempre han transitado Francia y los Estados Unidos exceptuando la breve luna de miel que tuvieron después de la Segunda Guerra Mundial, conocida como *le Plan Marshall.* Según Felix Rohatyn, socio de Lazard Frères y diplomático ocasional que salvó a Nueva York de la bancarrota en 1972, Francia y los Estados Unidos son los únicos dos países que creen que su misión es convertir al resto del mundo a su forma de ser y de pensar. Algo que nunca pasa con los italianos, con todo su arte, o con los chinos, con todo su tamaño. A pesar de ello según Rohatyn, Francia y los Estados Unidos se admiran mutuamente en secreto por los extraordinarios logros que cada uno ha alcanzado en diferentes campos a lo largo de la historia. He llegado a la conclusión, al menos en lo que a la gente de buen gusto se refiere, que el amor pesa más que el odio.

Los de las otras mesas se unieron a la conversación que se había hecho general. Por mi parte yo había cumplido con mis deberes de anfitriona: la comida había estado buena y la sobremesa estaba muy entretenida. Entretenida y con harta cultura incluida, alejada por completo de temas tan innombrables como los negocios, la religión, los hijos y las nanas. Me tomé unos segundos para observar la vista espectacular. La Tour Eiffel brillaba como un faro, debajo había un ballet ininterrumpido de barcos que remontaban el río y, sin dejar de escuchar con una oreja la conversación, pensé, «Por esto también vine a París. Por noches como esta, llenas de intercambios apasionados sobre cosas que solo son importantes en las mentes de unas cuantas personas».

Cuando nos levantamos de la mesa, el acompañante de la *Contessina* se me acercó.

—Resulta un poco triste y a la vez conmovedor ver cómo los franceses nos aferramos al pasado. El pasado, usted sabe, fue tan glorioso, tan espectacular en todo aspecto, que para muchos a partir del siglo XVIII todo se fue en picada. Me apena ver esto porque ese pasado glorioso es como una armadura de malla de metal que nos está llevando muy rápido hacia el fondo del mar —dijo sonriendo, desmintiendo la solemnidad de sus palabras con una mirada divertida.

—Su postura me parece muy pragmática, supongo que eso le viene de ser abogado —le respondí, haciendo un gesto hacia un sofá vacío.

—¡No, para nada! —dijo riéndose y pasándose otra vez la mano por el pelo—. Yo sería el último en pensar o racionalizar como abogado. Debe estar pensando en mi padre.

—¡Ah!, disculpe, pensé que era abogado —le dije.

—Bueno, en cierta forma, supongo que lo soy. Estudié derecho en La Sorbonne y hasta hice un año de lectura de leyes en Oxford, pero nunca he practicado. La firma de mi padre representa a Hermès, pero lo que realmente quiero ser es fotógrafo profesional.

Un tipo lleno de sorpresas.

—Me encantó la comida, las mesas estaban lindas. Me hubiese gustado traer mi cámara y venir más temprano para fotografiarlas sin los invitados —dijo con toda seriedad.

Debe estar bromeando, ¿no?

—Le digo la verdad, no me mire como si no lo dijera en serio.

¿Dónde más, excepto en París, existen hombres que te halagan por la decoración de la mesa? ¿Especialmente hombres guapos, de no más de treinta y cinco años y cien por ciento heterosexuales?

—Me gustaría llevarla en mi moto este fin de semana, mostrarle París desde otra perspectiva.

—Eh, no sé, ¿y si llueve? —le respondí para ganar tiempo. Después de todo era el acompañante de mi amiga.

—Miraré por la ventana el sábado por la mañana y la llamo. También le rezaré al que pronostica el tiempo y le traeré un casco. Bueno, ya me tengo que ir. A diferencia mía, la *Contessina* es como una de esas norteamericanas adictas al trabajo y mañana se tiene que levantar temprano.

—¿Y usted no se levanta temprano?

—Nunca antes de las diez. Es la mejor hora de la mañana. Recojo mi periódico y voy a tomar desayuno al Flore, a tres cuadras de mi casa. Voy ahí todos los días por un jugo de naranja, un café y un croissant.

—Aunque vivo un poco lejos del Flore, cada vez que puedo yo también voy por ahí. Me encanta la terraza, hasta en invierno.

—Nunca me siento ahí, quizás por eso no la haya visto antes. Yo siempre me ubico en la parte de atrás, donde puedo leer mi periódico en paz.

Mientras nos parábamos, la *Contessina* se dirigía hacia nosotros dándome otra oportunidad de admirar su estilo. Tenía puesta una falda de seda con un estampado medio gitano, una chompita abierta, delicada, casi etérea, con las mangas subidas. Su pelo era largo y perfectamente despeinado —un *look* que solo los mejores estilistas pueden lograr. Unos cuantos rizos suaves le caían por la cara enmarcada por grandes aretes de plata. Con la cara lavada —las italianas «bien» no se maquillan, las francesas tampoco— y las cejas gruesas naturales, La Contessina tenía un perfil clásico como se ve en las antiguas monedas romanas y unas manos fuertes, de dedos largos y delgados, que delataban una larga línea de mujeres con clase.

—Riquísimo todo. Un éxito. Mañana voy a Milán a chequear nuestra boutique allá, te llamo por la noche cuando regrese —me dijo despidiéndose, mientras los otros invitados hacían lo mismo y emprendían el lento descenso hasta el primer piso, apachurrados de tres en tres en el diminuto ascensor.

Cerré la puerta y apagué todas las luces salvo las dos últimas velas que quedaban prendidas. Pasó un *bateau-mouche* debajo de mi ventana, sus luces dibujando arabescos en el techo del living. Me quedé sentada ahí, sintiéndome un poco vacía después de toda la bulla. En momentos como este, el dolor de lo que había perdido hace casi dos años volvía como si fuese un tren a gran velocidad atravesándome, dejando un hueco como un túnel grande en el centro de mi cuerpo, una sensación que no se iba ni con fiestas ni comidas.

Dos días después me encontré nuevamente en la carnicería, la comida de anteanoche solo un grato recuerdo. Llegó mi turno y le pedí a *Monsieur* Jacques un par de costillitas de ternera, dos bistés —nunca compro solo uno de algo, es muy deprimente— y un poco de *rosette de Lyon*, el salame francés. Cuando me alcanzaba la carne no me aguanté más y le dije con cara de suficiencia:

— ¿Sabe? El lomo de chancho que preparé el otro día fue todo un éxito. Le hubiese traído una tajadita pero no quedó nada.

Monsieur Jacquès, con su mandil blanco amarrado adelante y hacia un costado como corresponde a su oficio, siguió cortando y rebanando la carne. Luego de una pausa teatral —el hombre debió ser actor— alzó la mirada desde su mostrador y con una sonrisa que se fue ampliando, me dijo:

—¡Ah!... la gran cocinera.

Este pequeño intercambio selló para siempre el futuro de nuestra relación y me ganó el respeto de las admiradoras mudas detrás de mí. Sospecho que la mitad de ellas estaban enamoradas de *Monsieur* Jacquès. Después de todo era un hombre grande y guapo, con una abundante melena de pelo blanco y un manejo insinuante de las palabras: un verdadero *flirt*, justo como nos gusta a las mujeres.

También era un carnicero de primera.

Tarde por la noche sonó el teléfono. Llovía y yo yogurteaba frente a la tele, como diría François. Era la *Contessina* que, sin mayor preámbulo, fue directo al grano.

—Estoy agotada después de haberme pasado todo el día regateando con nuestros representantes en Milán, pero no quería acostarme sin llamarte antes. Mi amigo se ha quedado impresionado contigo, no hizo más que hablar de ti en todo el trayecto hasta mi casa.

—Yo pensé que tú estabas saliendo con él.

—¡Nooo, para nada! Nuestras familias han sido muy unidas desde siempre. Fue su papá quien me consiguió el puesto en Hermès. Él es más como un hermano para mí.

—Ah, bueno, entonces háblame de él. Parece bien joven.

—No parece, *es* bien joven. Tiene treinta y seis.

¡Uy!

—Es un eterno adolescente, encantador, de los que nunca maduran.

—¿A qué te refieres? No me dio esa impresión, es más, a juzgar por su conversación me pareció muy maduro —le contesté, puede que un poco a la defensiva.

—Sí, en realidad es brillante, y es por eso mismo que su padre está tan decepcionado, porque no sienta cabeza. Un día decide darse la vuelta al mundo en solitario, como hizo hace dos años, después se va al África de caza mayor y luego quiere ser corresponsal de guerra y parte a Bosnia. La última es que quiere hacerse fotógrafo profesional.

—Sí, eso fue lo que me dijo.

—¿Ves? A eso me refiero. Estudió derecho y pasó todos los exámenes habidos y por haber, pero no le interesa trabajar en el estudio del padre. Deja que te advierta, *cara*, lo único constante en la vida de este hombre son las chicas, de preferencia modelos y cuanto más jóvenes mejor.

—¿Entonces qué quiere conmigo? —pregunta obvia.

—Hmmm… no estoy segura. Podrías representar un reto para él. Eres atractiva, quizás no tan joven como las chicas con las que normalmente sale, pero todavía de una edad interesante. Creo que nunca ha estado con alguien como tú. Él es de los que piensa que las mujeres bonitas tienen el cerebro hueco y, claro, sirven solo para una cosa, que no incluye conversar.

Me reí, sonaba tan cliché. ¿Pero qué sabía yo? Quizás todavía existieran hombres así.

—Solo lo he visto enamoradísimo una vez y fue de una chica que era realmente linda pero con muy mal carácter. Alguna vez me ha dicho que solo le gustan las mujeres malas y frígidas, que eso es lo que verdaderamente lo vuelve loco. O sea, supongo que eso te descarta a ti —y las dos soltamos la carcajada.

—Dijo que me iba a llamar para dar una vuelta en moto. Bueno, con suerte llueve y zafo del asunto —nos volvimos a reír—. Cambiando un poco de tema, te quiero pedir un favor. ¿Me podrías conseguir una entrevista con alguien en Hermès? Tengo que ponerme a trabajar y cuanto antes mejor.

—Veré qué puedo hacer, no es fácil. Son bien exigentes a la hora de contratar y, una vez que estás adentro, son más exigentes todavía. Créeme, sé de lo que estoy hablando —dijo sin mucha convicción, pero prometió que de todos modos haría el intento y colgamos.

El sábado siguiente esperaba parada en la vereda, lista para el paseo en moto. No llovía ni iba a llover. Es más, era un lindo día y hasta hacía algo de calor. Mi nuevo amigo había llamado temprano dándome instrucciones: 1. que me levante de inmediato de la cama. 2. que me ponga un jean cómodo y viejo y 3. que lo espere abajo. Vi la moto antes de oírla. Venía directo hacia donde yo estaba, por entre las filas de árboles altos, esquivando el tráfico y adelantando a los vehículos más lentos. Frenó justo delante de mí, con una parada suave y técnicamente perfecta que impresionó debidamente a los clientes de *Madame* Morel sentados en la terraza. Se hizo una pausa en las conversaciones y lo miraron con atención por encima de sus *cafés-crème* y croissants.

Tenía puesta una casaca marrón tipo Harrison Ford en «La Joya del Nilo», de esas con aspecto usado y viejo pero que cuestan una fortuna porque en realidad son nuevas. Traía puesto un casco grande y negro y uno rosado en la mano para mí.

—Espero que le quede —dijo mientras me lo ponía.

—Y buenos días para ti también —le contesté sin moverme, pasando al *tu* para marcar territorio o precedencia mientras él me ajustaba la correa del casco.

—Disculpa. Perdona, soy un maleducado —respondió él siguiéndome la pauta mientras trataba de plantarme un beso, algo difícil con el casco puesto—. Quiero que salgamos de la ciudad antes de que empiece el tráfico de fin de semana, pero primero tengo que hacer un par de cosas.

—Creí que ibas a enseñarme París —le dije entre preguntando y dando por hecho que así sería.

—Bueno, sí, eso también, pero pensé que sería mejor salir al campo. Un día como este no se puede desperdiciar, es espectacular, más aún para esta época del año —me contestó, acelerando y haciendo un gesto para que subiera atrás—. Agárrate bien, al comienzo iremos despacio, pero en la autopista manejaré más rápido, solo relájate y pégate bien a mí.

Hmmm… esto empieza bien.

Maniobró la enorme BMW —toda una señora máquina— con facilidad y salimos hacia la avenida. Lo último que alcancé a ver fue a *Madame* Morel escudriñando desde la puerta de vidrio del café.

Nunca había hecho algo así, es decir, nunca había estado trepada en una moto grande en medio de una ciudad grande, especialmente una ciudad tan maravillosa como París en primavera. Sentía correr el aire a mi costado. A esa hora de la mañana el sol jugaba sobre el Sena haciendo centellear el agua con miles de estrellas brillantes y diminutas, las hojas de los árboles encima de nuestras cabezas tenían ese verde tierno, nuevo y limpio, libre aún del polvo del verano; todo parecía recién lavado para la ocasión. Me había pasado casi dos años con un sabor a tiza en la boca, años en los que hubiese apostado hasta el último centavo a que nunca más volvería a sentirme tan llena de vida, pero me había equivocado. Tomamos la pista rápida junto al río y atravesamos el Louvre por el pase subterráneo para salir a la altura de los quioscos de libros que se extienden a lo largo del Quai Malaquais. Estacionamos, nos quitamos los cascos y nos pusimos a ojear libros y revistas usados. Lo pesqué mirándose absorto en el espejo retrovisor, arreglándose el pelo.

Y atravesamos el Louvre por el paso subterráneo.

Bueno, quizás no puede dejar de mirarse al espejo.

El futuro fotógrafo andaba tras un libro de fotos de autos antiguos pues me contó que le había salido un trabajo para fotografiar la próxima carrera de las 24 horas de Le Mans.

—¡Te felicito! ¿Cuándo será eso? —sentía que le debía algún cumplido luego de mi pensamiento poco amable momentos atrás; parecía realmente complacido y orgulloso.

—El mes entrante, ¿te gustaría ir conmigo? —me ofreció. Es una carrera única.

—¡Gracias, me encantaría! A no ser que para ese entonces ya haya conseguido trabajo —agregué, feliz ante la novedad de estar entre más bólidos potentes haciendo mucho ruido.

Encontró dos libros antiguos de autos de carrera y se puso a regatear insistentemente con el encargado del puesto, un viejo gordo con un Gauloise mojado y maloliente —de hecho, uno de los últimos Gauloises que quedaban en París— colgado de sus labios gruesos. Nos fuimos con las manos vacías.

—Pedía demasiado por esos libros y no lo valen —dijo con cara de niño picón.

¿Amarrete también? Bueno, ¿y qué sé yo de libros de autos viejos? Pues eso, nada.

Volvimos a subir a la moto, pasamos volando frente a La Samaritaine por el Quai des Fleurs, donde venden flores, plantas en macetas y aves exóticas, y luego por la tienda de Graines Vilmorin, el lugar perfecto para conseguir todo tipo de semillas para el jardín. Volteamos a la derecha en el Pont Neuf y cruzamos el río pasando por la estatua de Enrique IV, cariñosamente apodado «*Le Vert Galant*», punto de encuentro de amantes y pintores de domingo. Maniobrando en slalom por una serie de callecitas angostas llegamos a Le Bon Marché, una tienda de departamentos muy cara y muy *chic* en la *Rive Gauche*, cuyo engañoso nombre —El Mercado Barato— debería ser cambiado por El Mercado Caro a la brevedad. Estacionamos y entramos. Quizás mi abogado-fotógrafo no fuera adicto al trabajo, pero sí era amante del *shopping,* al menos para mí. Yo solo salgo de compras en los cambios de estación y solo luego de un exhaustivo *window-shopping.* De esa manera sé de antemano dónde está lo que quiero y no pierdo tiempo.

Esto me convierte en una mala compañera para ir de compras.

Empezamos a recorrer los pasillos de Balthazar, la sección de ropa de hombres en el primer piso de la tienda, a paso de tortuga. Por lo menos así me parecía a mí. Mi amigo buscaba «un saco de lino liviano de verano, de un tono ni muy crema ni muy maíz, no muy estructurado, pero tampoco demasiado suelto». A mí me han hecho vestidos completos en el tiempo que le tomó a este tipo encontrar no uno sino dos sacos que cumplieran con sus requisitos.

—¿Qué te parece este? Dime de verdad ¿qué tal me queda? —me preguntó probándose el primero por tercera vez mientras se pasaba la mano por el pelo.

La verdad es que todo esto me importaba un pepino. La mañana estaba a punto de convertirse en mediodía y ya me podía imaginar el tráfico espantoso que encontraríamos a la salida de París. Todos los buenos restaurantes estarían llenos, y yo, sin desayuno, empezaba a sentirme un tanto hambrienta y bastante aburrida; bueno, en realidad, estaba a punto de perder la calma.

—Está perfecto y te queda muy bien, ni siquiera deberías considerar el otro —le contesté dulcemente. Debo señalar que cuanto más alterada estoy, más dulce me vuelvo. En ocasiones así temo que si me pongo aunque sea un poquito mordaz terminaré por decir una pesadez de la cual me arrepentiré.

—Hmmm, no estoy seguro, ¿no te parece que el otro me queda mejor?

Este tipo estaba decidido a malograrnos «un día espectacular, más aún para esta época del año».

68

—No —le respondí sin más.

Se quedó dudando por un buen rato, hasta que por fin se decidió —por el otro, por supuesto— y se dio media vuelta para irse.

—¿Cómo, no vas a pagar? —le pregunté sorprendida.

—¿Estás loca? ¿No viste el precio del saco? —dijo mirándome horrorizado, como si yo fuera de otro planeta—. Tengo una amiga que trabaja aquí y de vez en cuando la invito a salir. Ella tiene cuarenta por ciento de descuento en una prenda al mes. Yo le doy las referencias y ella hace la compra.

Combinar el arte de pasarlo bien mientras se le saca tajada al chancho no está mal. Hay gente que vive toda una vida sin saber hacerlo.

Finalmente llegamos a la campiña y fue un lindo paseo. Dejamos atrás la autopista para tomar unos caminos flanqueados por álamos altos y lomas verdes, rodeados por bancos de lilas al pie de paredes medio desmoronadas de granjas vacías. Cada cierto tiempo aparecía un pueblecito perfecto como una postal. Las casas de piedra color arena con techos de tejas ondulantes se apiñaban como un rebaño de ovejas tímidas y regordetas alrededor de una vieja iglesia con un alto campanario. Al llegar a la cima de la siguiente colina pudimos ver en el horizonte otros pueblos igualitos a los que habíamos dejado atrás, encerrados dentro de campos cuadriculados en diferentes tonalidades de verde hasta perderse de vista. En ese momento me acordé de mi amigo el Embajador —quien viene de un país de pampas infinitas y cielos interminables— contándome sobre la primera vez que salió al campo en Francia, hace ya muchos años. Se dirigía en auto con algunos amigos a un almuerzo en un *château*. Luego de más de una hora de atravesar a cortos intervalos un pueblo tras otro le preguntó al chofer, «¿Y, cuándo llegamos al campo?».

Toda Francia es un gran jardín.

Al restaurante, en cambio, no llegamos nunca. Después del episodio del saco y antes de dejar París, nos detuvimos en una *boulangerie* en el Marché de Buci para comprar un par de sándwiches y algo de fruta en un puesto, también pusimos agua y una botella de Pavé des Chartrons en la mochila de la moto. Una hora más tarde nos estacionamos cerca del hermoso pueblo de Barbizon, bajo un sauce junto a un riachuelo. A pesar del incesante ataque de una colonia de hormigas era un buen sitio para un picnic, fresco y con una agradable brisa bajo la sombra del árbol.

—Esto es mucho mejor que comer en un restaurante, ¿no te parece? —dijo, tomándose lo que quedaba del vino y pasándose otra vez la mano por el pelo—. Deberías ver esos restaurantes campestres elegantones, como los de ese pueblo que pasamos. Todos ellos son trampas para turistas. Una vez llevé a una chica al mejor restaurante de allí y la cuenta fue *un scandale*. Me molesté tanto que me levanté y me fui sin dejar propina.

Al instante me reconcilié con la idea de no haber ido a un buen restaurante. Considerando las opciones, prefiero unas cuantas hormigas a tener que salir de un Relais & Château con el rabo entre las piernas, soportando la mirada despectiva de un *maître d'hôtel* francés.

— 5 —

Ellis estaba de regreso en la ciudad. Llamó para invitarme a almorzar y quedamos primero en ir a dar una vuelta por Drouot —versión francesa y más modesta de Christie's y Sotheby's— para ver unos dibujos. En un día normal no me agarran ni a tiros para llevarme a una polvorienta casa de remates, pero con Ellis de guía la expedición se anunciaba un poco más interesante. Ellis era un erudito en arte y un gran *amateur* de dibujos de los siglos XVII y XVIII especialmente las *sanguines* y lograba que un paseo por los mustios salones de la venerable galería cerca del viejo Halles de París fuera una lección interesante siempre y cuando uno se armara de paciencia. Estudiaba cada dibujo con la minuciosidad de un experto y la concentración de un miope y en esas estábamos cuando algo aburrida decidí explorar los pasillos alejados de la sala y me di con un tesoro escondido: un cuarto repleto de joyas de segunda mano. Fila tras fila de escaparates, cada uno exhibiendo docenas de estuches con una mezcolanza de prendedores, sortijas y pulseras, algunas realmente exquisitas, y todo a unos precios ridículamente baratos.

—Ellis, tienes que venir a ver esto —le dije después de encontrarlo, mientras lo arrastraba a la cueva de Alí Baba.

—No seas necia, no vine aquí para estar mirando un montón de chucherías. Esto es algo serio. Estoy detrás de un dibujo muy especial y tengo que saber algo más sobre él antes de hacer mi oferta. Y en todo caso, ¿no estarás pensando en pedirme que te compre algo, no? —dijo dándole una mirada displicente a las joyas, en su tono irónico de siempre.

—¡*Merde!*, me descubriste —le contesté sonriendo en mi interior ante la sola idea que el amarrete de Ellis comprara una joya.

—Algunas de las cosas que ves no están mal, pero desde el momento que salieron de la tienda perdieron un treinta por ciento de su valor. Las demas son baratijas y siempre lo fueron.

Cruel.

—No sabía que se podían conseguir tan baratas —le respondí, aún entusiasmada.

—No se puede. Para cuando se realiza el remate todas las piezas buenas ya se han vendido a joyeros o clientes especiales. Lo que sale a remate es lo de segunda. Claro que de vez en cuando encuentras una *perle rare,* algo realmente exquisito, pero para eso, como para todo lo demás que está a la venta en Drouot, tienes que venir todos los días a chequear.

—Ya veo —le respondí desinflada.

—Vámonos a almorzar ahora para poder encontrar una mesa decente —dijo guiándome lentamente pero con firmeza hacia la puerta de salida.

Ellis había desechado la idea de ir al nuevo Avenue (demasiado a la moda y lleno de *Eurotrash* o simplemente *trash*. ¡*Zut*, justo lo que me encanta del sitio!). Nos fuimos a dos pasos de allí, al Relais Plaza, su vieja cantina. Nos llevaron a una mesa chica frente al bar donde hace millones de años un amigo de mi padre, muerto hace mucho tiempo, me contó un chiste bien cochino que yo en mi total inocencia no entendí. Fue un momento incomodísimo para él más que para mí. Bien hecho, no me gustaba nada el viejo verde.

Deshaciéndose en atenciones, el *maître d'hôtel* vino a tomar nuestro pedido. Como ya era una tradición arraigada en nosotros, pedimos el *plat du jour* con una botella de Perrier para él y una Coca Cola para mí, la única forma de comer barato en un buen restaurante. Muchas veces a lo largo de los años he estado tentada de obviar el *plat du jour* y pedirme un *Homard Thermidor* —aunque creo que ya ni existe en los menús— espárragos blancos con salsa *mousseline*, *tournedos* Rossini con todos sus acompañamientos, y una *bombe glacée* con *fraises de bois* fuera de temporada, solo para ver la cara de Ellis.

Quién sabe, quizás algún día lo haga.

—El *plat du jour* para mí también, por favor —dije dócil, siguiendo su ejemplo.

—Han llegado ecos hasta Ginebra que no te está yendo nada mal —dijo, cauteloso.

—Sí, es verdad. La vida aquí me gusta y he conocido a gente interesante. También he ido a una que otra fiesta. Todavía estoy buscando trabajo, y ahora sí que es urgente —le respondí, sabiendo que Ellis no levantaría un dedo para ayudarme a conseguir algo. Una cosa era prestarme un departamento vacío y otra alterar su rutina.

Joven y recién divorciado, convenció a sus hijos pequeños que la guardería infantil de Ikea —donde los padres pueden dejar a sus hijos bien supervisados mientras hacen sus compras— era en realidad un parque de diversiones. Y así todos los domingos los llevaba al Ikea cerca de Ginebra para poder leer su periódico en paz. Se tomaba varios expresos cortados, cortesía de la tienda, y de cuando en cuando les hacía a los chicos un adiós distraído a través de la ventana.

Nunca en todos esos años compró ni siquiera un cojín.

—Ya encontrarás trabajo, tienes que ser paciente. Los franceses son muy difíciles, especialmente con todo lo relacionado a empleos y a impuestos, por eso vivo en Ginebra. Pero tú eres una mujer llena de recursos y al final encontrarás algo —dijo poniéndole fin al tema—. ¿Estás viendo a alguien en particular?

Entre bocado y bocado de una diminuta ensalada de vainitas y pedacitos casi microscópicos de salmón, le conté a Ellis de mis dos prospectos, el coleccionista egipcio y el abogado-fotógrafo-motociclista-etc.

—Conozco al Coleccionista. Muy buen gusto en arte, pésimo gusto en mujeres, pero si estás buscando a alguien que te financie unas cuantas buenas joyas, no como esas baratijas que te tenían tan entusiasmada esta mañana, entonces deberías pensar en ese. No conozco al otro muchacho, pero sí a su padre por reputación, un hombre brillante. El hijo parece ser como la mayoría de la gente joven de ahora, que cada dos días quiere algo diferente.

—Ninguno es lo que quiero. Soy muy joven para el primero y muy vieja para el segundo y no estoy lo suficientemente desesperada para ninguno de los dos.

Ellis soltó una carcajada, cosa inusual en él.

—Ven, quiero llevarte a que conozcas a alguien —dijo cuando salíamos del restaurante—. Es alguien que sí va estar a tu medida.

Ellis me llevó a una casa casi escondida al final de una calle sin salida por la rue Saint Guillaume en el VI *Arrondissment*.

Uno de esos lugares secretos que París guarda celosamente de las miradas curiosas y un sitio verdaderamente encantador. Desde el callejón de adoquines que daba a la casa, bordeado de rododendros silvestres y lilas blancas, salía un aria bellísima por las ventanas abiertas. Una serie de arcos de fierro forjado tapados por enredaderas contribuían a dar una impresión de frescura de verano; una fuente de piedra gorgoteaba a la izquierda y a la derecha una media docena de palomas blancas se hacía arrumacos.

Entramos en un amplio hall con piso de lajas antiguas y por la puerta frente a nosotros vi a una mujer alta y rubia arreglando flores en una gran urna de porcelana blanca.

—Esta es la única casa en París donde puedes aparecerte sin previo aviso —dijo Ellis, dándome un suave empujón para que entrara.

La mujer alta volteó hacia nosotros y con una voz muy clara exclamó:

—¡Ellis, que bueno que hayas venido! Usted debe ser la amiga sudamericana de quien Ellis me ha hablado tanto —dijo, extendiéndome la mano—. Bienvenida, *Madame*, hacía tiempo que no veía a este viejo zorro —agregó con una sonrisa cálida y pícara.

—Hola, Laurence, te ves muy bien, como siempre — dijo Ellis plantándole un beso en cada mejilla.

—¡Qué mentiroso eres! No he tenido tiempo ni de arreglarme el pelo. Estoy hecha un desastre —contestó acomodándose unos mechones de color rubio Tiziano que se le habían soltado de un moño apurado—. ¡Y esta casa! Debería ordenarla un poco pero ¡quién tiene tiempo! Espero que me disculpen. Mis hijas estuvieron almorzando con los más chicos y yo anduve ocupada en el jardín. Acabo de entrar y quiero arreglar las flores antes de que llegue Philippe —decía todo esto mientras iba de un lado a otro por el cuarto, recogiendo cintas y todo tipo de objetos no identificados.

—Su casa es realmente encantadora —comenté con absoluta sinceridad.

74

Se escuchaba un aria que salía por las ventanas abiertas.

—¡Gracias, es muy amable de su parte! Es solo una casa vieja que se está viniendo abajo, pero simplemente no la podemos dejar. Los sofás necesitan tapices nuevos, tendría que cambiar las cortinas y hay pila de perro por toda la alfombra. ¡Gracias a Dios que no se nota con esta luz! —sus frases en *staccato* salían una tras otra entre risas—. Déjenme terminar con este *bouquet* antes de que se me mueran las flores y les invito té y una torta que quedó del almuerzo.

Sus movimientos eran eficientes y un arreglo enorme en diferentes tonalidades de rosado y verde con toques de blanco por aquí y por allá empezó a cobrar vida; para rematar colocó una rama de hiedra enrollada en la base del florero. El efecto era tan espectacular como el propio cuarto. Las paredes estaban cubiertas de una tela verde claro del mismo tono del mar en invierno. Los preciosos sillones Louis XV, así como unos recipientes de cristal grandes llenos de diferentes tipos de conchas exóticas y caracoles blancos se conjugaban para dar la impresión de que estábamos bajo el agua. Había acuarelas de jardines y estatuas por todos lados y un espejo enorme con un marco de conchas blancas iridiscentes colgaba encima de la chimenea.

Efectivamente todo se veía gastado y hasta algo raído, pero era un ejemplo perfecto del *shabby chic*.

Cuando Laurence fue a la cocina a preparar el té, le pregunté a Ellis sobre ella, sobre ellos.

—Yo pasé un par de semestres en Harvard con Philippe; luego él regresó a Francia, se casó y tuvo dos hijas. Su mujer falleció muy joven y Laurence es la hija de un amigo nuestro. Desde que tuvo uso de razón, ella moría por Philippe y no quiso salir nunca con nadie. Se quedó huérfana a los veinte años. Philippe estaba solo y supongo que se dio cuenta de que nadie lo iba a querer tanto como Laurence. Han estado casados por más de treinta años y tienen cinco hijas, además de las dos mayores, un total de siete mujeres. Cuatro ya están casadas y tienen hijos.

—Es medio raro para Francia ¿no? Eso de tener una familia tan grande —pregunté.

—No si conoces a Laurence. Ella es de esas familias francesas tradicionales, gente muy sólida y chapada a la antigua; tanto ella como Philippe son muy católicos y Laurence todavía está locamente enamorada de él. Ella es feliz cuidando niños, ancianos, perros abandonados y pájaros heridos.

Justo en ese momento entró un perro chusco, grande y amarillo seguido por su dueña, que cargaba un azafate de plata con el té.

—¡Cassoulet! ¡Váyase a la cocina, perro malcriado! —sus órdenes cayeron sobre oídos sordos—. Este perro hace lo que le da la gana pero es un viejo amoroso, ¿no es verdad, Cassoulet? —dijo, rascándole detrás de las orejas—. Siempre sabe cuándo hay torta de chocolate —agregó, pasando tajadas generosas de Nemesis, una torta riquísima que no lleva harina, de lejos mi preferida. A Cassoulet también le tocó su porción.

—¿Y está contenta en París? —preguntó dirigiéndose a mí—. Los franceses podemos ser tan difíciles con los extranjeros. Realmente es una pena.

Le aseguré a Laurence que hasta el momento no tenía quejas, quizás debido a que la mayoría de mis amigos eran extranjeros también.

Soltó una carcajada.

—Tiene que venir a almorzar el domingo, así nosotros sabremos más de usted y de su vida aquí y usted podrá ver de cerca a una familia francesa de verdad. Algunas de las chicas van a estar aquí, pero nunca sé quién viene y quién no, ¡ah!, y claro, también conocerá a Philippe.

—Conocer y nada más —murmuró Ellis en un aparte con sonrisa maliciosa—. Philippe es estrictamente propiedad privada y si te atreves a dirigirle la palabra o incluso a saludarlo durante los primeros dos años de conocerlo, Laurence no te volverá a invitar.

—¡Ellis! ¡Eres terrible, eso es totalmente falso! —respondió Laurence, haciendo gestos de desesperación hacia mí—. Por favor, *Madame*, no haga caso de lo que dice este pobre hombre desquiciado.

—Es la pura verdad, acuérdate de mis palabras —siguió Ellis con cara de absoluta seriedad.

—Me encantará venir el domingo y le prometo no mirar a su marido, menos aún hablarle, pero solo si me llama por mi nombre y me habla de tú —le dije sonriendo y pensando en lo bien que me caía.

Continuamos hablando por una hora, como si nos conociéramos de toda la vida; no recordaba haberme sentido tan en casa desde que dejé mi país. Por fin llegó el momento de irnos. Ellis estaba preocupado de perder su tren a Ginebra y yo muerta de ganas de quedarme más tiempo.

Salimos de la casa. Yo caminaba delante con una canasta grande de flores que Laurence insistió en que me llevara.

—Puedes traerme la canasta de vuelta el domingo —me dijo Laurence, que iba unos pasos atrás con Ellis, mientras terminaban de ponerse al día. Cuando el carro dio una vuelta les hice adiós a Laurence y a Cassoulet, que estaban parados bajo los arcos de fierro forjado.

—Laurence es la única santa laica que conozco —viniendo del cínico de Ellis, este era un comentario sorprendente—. No tiene ni una pizca de maldad en el alma.

En todos los años que conocí a Ellis fue la primera y única vez que lo escuché alabar a alguien sin reparos. Él era la personificación del hombre de mundo, displicente, egoísta, que solo pensaba en su propia satisfacción y de paso avaro. Se dice que la gente que no es generosa con su plata tampoco es generosa con su corazón, pero parece que en el fondo del corazón de Ellis quedaba un pedacito no afectado por sus propios intereses. El pedacito que me llevó a conocer a Laurence dándome una amiga para toda la vida.

De regreso a mi departamento me encontré con dos mensajes del Coleccionista en la grabadora. Eran para invitarme al teatro y a comer con otra pareja más dentro de un par de días. Lo de la pareja hacía el prospecto ligeramente más atractivo. De hecho no tenía ganas de un *tete-à-tete* con él. Pero pensé, *¿salir con otra pareja? ¿Por qué no, total, qué puede pasar?*

Pues cualquier cosa podía pasar. Y pasó.

Al salir del Theatre de Marignan caía una de esas lluvias suaves de primavera. París tiene cerca de once mil taxis, un poco menos que Nueva York donde basta con levantar el brazo o dar un silbido para que ¡*presto*! aparezca uno como por arte de magia. Aquí en cambio primero hay que llamar al despachador, luego de un promedio de cuatro minutos de espera y de proporcionar un sinfín de datos, además de la dirección y el teléfono, hay que esperar equis minutos más. Después de todo este rollo, existen dos posibles respuestas: o «habrá una demora de cinco a ocho minutos» o «no hay taxis disponibles en su sector, llame más tarde».

Felizmente ahí estaba Hassan, esperándonos con el Jaguar.

Nos llevó a Lipp, donde de inmediato nos guiaron a la banqueta del lado derecho del restaurante, saltándonos olímpicamente la cola de sufridos turistas que aguardaban pacientemente una mesa. Siempre me he preguntado cómo funciona eso de las ubicaciones preferentes en los restaurantes *chic* y he llegado a la conclusión de que esa discriminación solo sirve para los que saben de antemano dónde está Siberia y dónde está la Royale. Como los relegados a Siberia ni siquiera saben que los han relegado están encantados de sentarse en cualquier parte y comen felices sin rechistar.

Los cuatro nos moríamos de hambre, así que dejé de lado mis divagaciones intrascendentes y me concentré en pedir algo del menú. Llegaron ostras, *gigot d'agneau avec flageolets* —pierna de cordero con frejolitos tiernos— y champagne para todos. La pareja era un par de cincuentones, el marido bien plantado, con pinta de jugador de tenis profesional; la mujer, bonita, tenía un perfil clásico y una mirada de serenidad —o quizás de cansancio. No habíamos hablado mucho desde que salimos del teatro y la obra, graciosa y conmovedora a la vez, seguía ocupando nuestros pensamientos cuando por el rabillo del ojo vi a Roman Polanski cenando con unos amigos dos mesas más allá. Es hora de avivar un poco las cosas, pensé, así que un poco por tomarle el pelo al acartonado Coleccionista y también porque siento verdadera admiración por el cineasta me lancé:

—¡Miren quién está allí, Polanski! El hombre es un genio, voy a pedirle su autógrafo.

—Estás bromeando ¿no? —dijo el Coleccionista totalmente serio.

—No, claro que no. Realmente lo admiro.

—Ni se te ocurra. La idea es ridícula y muy embarazosa. Uno no hace esas cosas en Lipp —contestó, más severo esta vez.

Su amigo, sentado frente a mí, escuchó todo este intercambio en silencio. Volteó un momento para mirar al cineasta antes de mirarme de frente a los ojos y decir:

—¿Si yo le consigo el autógrafo se acostaría conmigo?

¿Qué?

—¿Perdón?

—Escuchó bien —respondió sin inmutarse.

Al igual que mi pareja por lo visto.

¿Quién es esta gente?

—Si realmente espera que le responda, la respuesta es no —le dije.

¿Qué más le podía decir?

La situación se hacía cada segundo más absurda.

—¿Y si le ofrezco algo de dinero, además del autógrafo?

Mi reacción no se hizo esperar. Empecé a levantarme para zamparle una cachetada a esa cara bronceada e impávida que me miraba desde el otro lado de la mesa. Su mujer, adivinando el gesto, detuvo mi brazo suavemente y me dijo:

—No le haga caso, *Madame*. Probablemente se desmayaría si usted aceptara y de hecho se retractaría.

¿?

—Ignórelo. Lo hace a cada rato. No le preste atención —dijo impasible, dándole un sorbo delicado a su champagne.

En la vida hay misterios y misterios y para mí este era inexplicable. ¿Qué es lo que hace que una mujer amable como ella aguante a un patán como ese? ¿Y que encima tenga una sarta de hijos con el patán en cuestión? Este último detalle me fue divulgado en algún momento de la conversación durante esta comida, que terminó siendo como cualquier otra, a excepción de los primeros cinco minutos.

Lo más notable después de este intercambio fue la indiferencia —y, hasta podría decirse, la actitud absolutamente *cool*— exhibida por mi *date* frente a todo el episodio. ¿Habría estado tanteando la posibilidad de un *partouze* o, por lo menos, un *ménage à trois*? No pensaba quedarme con él el tiempo suficiente como para averiguarlo.

Íbamos saliendo, yo conversaba con la mujer como si nada hubiera pasado, mientras el Coleccionista conversaba con su amigo demostrando que efectivamente para él no había pasado nada, cuando de pronto nos encontramos con los *Bigoudies* que justo llegaban. Jamás pensé que me pondría tan contenta de ver a alguien que no fuera de mi familia inmediata.

—¡Qué agradable sorpresa! —exclamé desde el fondo de mi corazón.

Beso, beso. François y Louis, vestidos de punta en blanco, hacían su gran entrada en Lipp. Era la oportunidad ideal para presentárselos al Coleccionista y quitarme la mala sensación que tenía en la boca.

—¿Así que ustedes son los famosos Pancho y Lucho de quienes tanto he oído hablar? —dijo un sonriente y encantador Coleccionista.

—Sí, *Monsieur*, y somos nosotros los que estamos muertos de ganas de conocerlo y de que nos permita darle una miradita a una de las grandes colecciones que aún quedan en París —respondió Louis, con una sonrisa pícara plasmada en su cara de duendecillo rubio.

—Ustedes son los expertos —respondió el Coleccionista.

—Es usted demasiado amable, *Monsieur*. Nosotros somos solo dos muchachos pueblerinos tratando de abrirse un camino en esta perversa ciudad —dijo François, flirteando abiertamente.

Si supieran qué tan perversa.

—Si me dan su número los llamaré la próxima semana para que vengan a tomarse un trago o a comer y vean la colección —les dijo el Coleccionista, abriendo una diminuta agenda Hermès de bolsillo.

—¡Estupendo! Gracias, *Monsieur*. Estaremos encantados de ir —exclamaron a coro y de manera galante.

Había dejado de llover. El Coleccionista y yo íbamos en silencio total en el Jaguar. La otra pareja vivía cerca de Lipp y a Dios gracias decidieron irse a pie.

—Ya quítate esa cara de amarga. No te sienta —dijo.

—No estoy amarga. Solo trato de entender qué fue lo que pasó ahí adentro, sobre todo por qué ni te inmutaste.

—Ahora te estás poniendo tonta. Esto es París, nadie arma un escándalo por una sonsera así. Si lo haces, pronto serás catalogada de *fatigante*, y eso es lo peor que le puede pasar a una mujer —siguió mientras trataba de ocultar un bostezo—. ¡Ah!, y antes de que me olvide, anda cambiando esa cara que te tengo noticias. El nombre que mencionaste la otra noche, Alfredo Montino, pues ayer recordé algo —comentó en tono indiferente, pero observando mi reacción cuidadosamente.

—¿Sí? —dije, con el corazón palpitando más fuerte.

—Me acordé que lo conocí hace algunos años, aquí, en París. Era muy reservado y sus orígenes eran algo oscuros. ¿Italiano? ¿Argentino? ¿Sirio? No estoy seguro. Difícil saberlo porque hablaba varios idiomas a la perfección, pero definitivamente había algo del Medio Oriente en él. Se rumoreaba que trabajaba para la CIA, pero al final alguien bien informado comentó que era un *marchand* de armas muy importante. En todo caso, solo lo vi un par de veces. La plata parecía no faltarle, ofreció una que otra fiesta y después, como muchos antes que él y sin duda como muchos que vendrán, desapareció del mapa.

—¿Y no sabes dónde vive ahora?

—No tengo la más remota idea —respondió, poniéndole fin a nuestra conversación al mismo tiempo que llegábamos a mi edificio.

Mis salidas con el Coleccionista y la información que recibí de él esa noche sobre Alfredo Montino tenían algo en común: ambas empezaban de manera auspiciosa y terminaban en un callejón sin salida. Sentía algo de gratitud hacia él pero nada más. Estaba decepcionada con mi suerte en la elección de amigos hombres, claro, sin incluir a los *Bigoudies*, a quienes había dejado en Lipp haciéndome gestos y muecas a través del vidrio cuando me iba. El futuro no se veía muy prometedor, pero eso iba a cambiar muy pronto.

Estaba a punto de conocer a Guy de La Mothe, Duque de Louvois, Par de Francia, Grande de España y un verdadero amorcito.

— 6 —

El teléfono timbraba en alguna parte de mi cabeza y medio dormida aún estiré el brazo para contestar. Al Embajador se le había hecho costumbre llamarme todos los días puntualmente a las ocho. Las invitaciones a su Embajada también llegaban con regularidad. Nos habíamos hecho grandes amigos y teníamos una relación perfecta basada en la empatía y la mutua necesidad. No había noche de la semana que él no saliera y como tenía un sentido del humor punzante sus comentarios sobre *le Tout Paris*, ácidos y acertados, me mantenían bien informada sobre todo lo que sucedía. Él sabía que yo no repetiría lo que me contaba. Por otro lado yo era una mujer libre y sin compromiso, siempre disponible para invitaciones de último minuto; hubiese sido muy incómodo para él invitar a último momento a

Los dejé haciendome muecas detrás del vidrio de Lipp.

una francesa miembro del *beau monde* parisino. Esta afortunada conjunción de factores me permitía asistir a una serie de eventos sociales que de otra forma no me hubiese enterado ni que existían.

Se había convertido *de facto* en mi mentor. Sus comentarios podían ser implacables pero nunca estaban muy lejos de la verdad. El Embajador conocía bien su mundo. No se hacía ilusiones sobre algo que no era y navegaba por las aguas infestadas de tiburones de la Ciudad Luz con increíble destreza y una buena dosis de audacia. Pasaba gran parte de su tiempo repartiendo sus atenciones entre duquesas veteranas que se lo peleaban entre sí.

Me contó la última de una de las damas a las que él se refería como «las Bellas», un grupo de media docena de mujeres híper nerviosas, provenientes de grandes familias, casadas con fortunas importantes, que lucían caras jaladas y miradas desenfocadas, probablemente como resultado de demasiado Botox. «Las Bellas» rara vez vivían el momento, preocupadas como estaban por ser las primeras en todo. Una de ellas había dejado a su marido multimillonario por el profesor de equitación de su hija y hasta se hablaba de un posible casamiento (*¡Mon Dieu!*).

Se había fugado a Martinica en lo que prometía ser un exilio permanente con muy buen sexo.

—En París más que en cualquier otra parte del mundo hay que respetar los códigos —sancionó el Embajador solo medio en broma—. Un paso en falso y te ganas cien años de destierro a la punta de la mesa. Lo mismo pasa con los matrimonios. La gente siempre estará más dispuesta a perdonar a alguien por quedarse sin un centavo —más aún si no deja de tener clase y sigue siendo un buen conversador— que por casarse mal. Cualquier cosa menos casarse con alguien por debajo del nivel social de uno… ¡Eso sí asegura la muerte social!

—¿Todo eso no resulta un poco pasado de moda? ¿Y qué hay de los que se casan como dices tú con alguien de un nivel social más alto? ¿Acaso eso no eleva al cónyuge automáticamente a su nivel?

Su respuesta me cayó como la guillotina.

—En París, jamás. Tal vez en Estados Unidos, pero no sabría decírtelo —contestó, descartando de lleno toda posibilidad que el continente americano fije patrones de comportamiento social.

Guerra avisada no mata soldado. Haciendo caso de la advertencia no le conté el episodio de la noche anterior en Lipp y el comportamiento vulgar de personajes que nunca serían invitados a la Embajada.

Cambié de tema —no me quedaba otra cosa— aunque en secreto no podía dejar de sentir algo de envidia por la descarrilada señora, quien seguro en este mismo instante estaba revolcándose feliz con su jinete bajo palmeras tropicales.

—¿Y cómo van los planes para esta noche?

—Todo perfecto. Todo está listo —contestó. Su respuesta no me sorprendió. Igual no pude dejar de admirar la seguridad que tenía en sí mismo y en que nada podía salir mal en una de sus fiestas, cosa que efectivamente ocurría. Todo terminaba siempre como se había planeado. La única desventaja de la impecable organización era justamente que le quitaba espontaneidad al asunto. La posibilidad de alguna revelación inesperada o una metida de pata es algo necesario para no aburrirse y no debe descartarse a la ligera ni en las comidas ni en la vida diaria.

—¿Cuántos invitados son?

—Sesenta *placés* en seis mesas de diez. Voy a usar los manteles de Porthault celestes con blanco que me regaló una señora a la que llevé al matrimonio real en Luxemburgo el año pasado, el juego de porcelana de Sèvres y la cristalería Val Saint Lambert. Habrá *loup de mer* con ramitas de tomillo en sal gruesa seguido por *beef Wellington* y un *soufflé glacé au Grand Marnier* de postre. ¿Qué te parece?

—Perfecto —le dije sin un ápice de ironía.

—Tengo a dos ex-ministros, un ex-jefe de estado —(*ese fijo que es Giscard*)— un par de príncipes sin corona, dos o tres miembros de la Casa de Francia, sin corona también.

Pero tengo una Infanta de España ¡ahí sí hay corona! y su marido —dijo orgulloso.

—Bravo —estaba esperando eso de mí.

—He invitado a unos cuantos nombres de la vieja aristocracia francesa, a una que otra de «las Bellas» con sus poderosos maridos y a algunas de sus amantes. Todos los demás son extras, como en las películas.

Mi categoría. Extra quizás, pero definitivamente en la Lista A.

Fue una noche ideal, bañada por la famosa luz azul de París. Los días no terminaban y las horas azules del anochecer se hacían más largas con la primavera avanzando lentamente hacia el 24 de junio, la noche de San Juan, la más larga del año.

Como era una comida formal salí de casa muy temprano, acatando otra de las reglas de oro de mi abuela, «Ojo con ser la menos importante y la última en llegar». Por uno de esos misterios del tráfico parisino llegué a la Embajada en un dos por tres. Hay días en que todo fluye y uno llega puntual a cualquier compromiso. Otros días se puede estar horas atracado en un tráfico espantoso, y cuando hay manifestaciones callejeras, simplemente no se puede llegar. Fui la tercera en aparecer y por ende la ronda de presentación fue cosa de un minuto. Empecé a agacharme para saludar a un señor mayor con el porte y la cabeza de un gran león que estaba sentado en un sofá, cuando se me reventaron tres botones de mi chaqueta *faux Lacroix*, pop—pop—pop, en perfecta sincronía. Debo admitir que el vestido dos piezas me quedaba un poquitín ajustado.

—¡Louvois! —rugió el león con una voz estentórea al ponerse de pie para besar mi mano—. Qué encantadora. Recién llega y ya se está desvistiendo —agregó.

Mayor pero no chocho.

En ese mismo instante supe que seríamos grandes amigos, o más. Pero emergencias son emergencias y luego de recoger los tres botones del piso fui en busca del ama de llaves del Embajador, la segunda persona más importante en la Embajada y mi aliada incondicional.

—No se preocupe, *Madame*, en un momento se lo arreglamos —dijo, mientras se hacía cargo del asunto con hilo y aguja—. ¿Y cómo va la fiesta? ¿Ha conocido a alguien interesante? —una alcahueta por naturaleza, desde el comienzo había hecho lo imposible por emparejarme con su jefe.

—Solo a un señor muy distinguido de nombre Louvois —le respondí.

—¡Ah!, ese debe ser *Monsieur de la Mothe, Duc de Louvois* —dijo con orgullo—. Un gran señor.

—¿Ah sí?

—Sí, *Monsieur le Duc* pertenece a una de las familias más antiguas de Francia, tiene un *château* bellísimo a una hora al oeste de París. *Monsieur l'Ambassadeur* fue invitado y me contó cómo era. Su esposa es una mujer muy rica, extranjera si no me equivoco—. Era una buena pupila, sus chismes eran tan detallados como los de su patrón.

—Ah, ya veo.

—Bueno, usted sabe cómo es, *Madame*, después de la guerra —se refería a la Primera Guerra Mundial, por supuesto— las antiguas familias francesas se vieron obligadas a casarse con norteamericanas y sudamericanas ricas para poder quedarse con sus *châteaux*, pero claro que *Madame* ya sabe todo eso —terminó, cortando el hilo del último botón.

—Sí, bueno, muchísimas gracias —le dije plantándole un beso en la mejilla. Hubiese sido impensable darle una propina.

Cuando regresé al living la fiesta estaba en pleno apogeo y los invitados buscaban sus sitios en las mesas. Yo encontré el mío de inmediato, estaba entre el Duque de Louvois y un miembro de *l'Académie Française* conocido por su amor hacia las mujeres y por sus penetrantes ojos azules. Mientras jalaba mi silla, Louvois me lanzó una gran sonrisa como la de un felino mirando su cena, pero antes de que pudiera hacer algún comentario sobre la comida o lo que fuera, mi vecino de la izquierda abrió el fuego.

—Verla, *Madame*, es enamorarse. Y cuando uno se enamora, ¿qué hay que hacer para verla?

¡Uyuyuy!

—No creo que eso sea muy difícil, *Monsieur*, todo depende de la perseverancia del hombre en cuestión —le respondí.

Qué tal sarta de mentiras, apuesto a que le dice lo mismo a cada mujer que conoce. Debe haber practicado la frasecita desde que entró a l'Académie *hace veinte años.*

Tenía razón. En los años siguientes me lo encontré varias veces más, y nunca dio el menor indicio de reconocerme.

Habiendo iniciado el *Académicien* la conversación desde un punto tan exaltado, lo único que quedaba es que rodara cuesta abajo, cosa que ocurrió pese al empeño que le pusimos los dos.

Louvois intervino en el momento preciso.

—Suficiente, *mon vieux*, está monopolizando a mi vecina y eso es algo que no permitiré —dijo Louvois, solo medio en broma.

Ahora bien, un miembro de *l'Académie Française* suele ser oficialmente reconocido como un *Immortel* y esto no es en broma. En Francia, *l'Académie,* fundada por Louis XIII en 1637 para defender la integridad del idioma francés, se toma muy en serio. Pero un *Académicien*, inmortal o no, no le llega al tobillo a un Duque de Francia, especialmente con el linaje de Louvois. La imponente figura de Louvois contribuía también a producir un efecto intimidante en los meros mortales.

—Bueno, volviendo al tema que nos ocupaba —dijo, todo eficiencia—. Nuestro amigo el Embajador no hace más que hablar maravillas de usted, pero le he detectado un defecto que debe y puede ser remediado —continuó en tono solemne.

—¿Y cuál sería ese defecto, *Monsieur*? —pregunté yo, con aires de falsa humildad.

—Usted me rechaza.

—¿Cómo así? —le pregunté, totalmente sorprendida.

Luego de un momento de suspenso dijo:

—Nunca ha venido a Louvois.

—¿Y de quién es la culpa? —dije, en el mismo tono.

—Definitivamente no es mía. Lo lógico es que usted que llega como una brisa de aire fresco a esta aburrida sociedad parisina venga a visitarme —agregó, aparentemente muy satisfecho consigo mismo.

Mejor dejate llevar por la corriente.

—Le ruego acepte mis humildes excusas, *Monsieur*, por este lapsus imperdonable —respondí, siguiéndole la cuerda.

—Las aceptaré a condición de dos cosas. Una, que me llame Guy. Mi nombre es Jean, pero mi padre también era Jean, así como mi hijo y el mayor de mis nietos. Esto es parte de una tradición familiar sumamente confusa, así que yo opté por hacerme llamar por mi tercer —¿o cuarto?— nombre. La segunda condición es que venga a Louvois lo más pronto posible —esto último sonó más como una orden que una invitación.

—Gracias, Guy. Me encantará ir no solo por enmendar mi mal comportamiento sino porque me gustaría mucho ser su invitada —le respondí, verdaderamente contenta con la idea de conocer tanto el *château* en Louvois como a este personaje extraordinario.

—Listo. En eso quedamos entonces —dijo, lanzándole una mirada triunfal al *Académicien* quien, pese a sus esfuerzos por estirarse y escuchar nuestra conversación, tuvo el buen tino de no interrumpir—. Mañana a primera hora llamaré al Embajador para coordinar una fecha en la que ambos puedan venir a quedarse por el fin de semana.

Segundos antes de que empezara la tormenta, un trueno estalló como un latigazo sobre mi cabeza justo en el momento preciso en que entraba, apresurada, a L'Avenue. El cielo de París se mostraba oscuro y amenazador, parecía que era de noche más que de día, y en la calle la gente corría buscando dónde protegerse de la lluvia. Me recibió el *manager* del restaurante, el doble de Tom Ford que siempre, así fuese la hora punta del almuerzo, me conseguía una buena mesa sin necesidad de darle un beso en el cachete.

—Estará mejor adentro. Está muy oscuro para sentarse afuera —me aconsejó mientras me instalaba en la elegante banqueta *bordeaux* de la rotonda.

—¡Gracias! vamos a ser dos —dije—. Estoy esperando a una amiga para almorzar.

—No se preocupe. En cuanto llegue yo le aviso que usted esta acá —respondió, y se fue a atender a otro cliente. Su enorme y omnipresente Labrador marrón se quedó echado allí, en el mismo centro del restaurante golpeando la cola sin que nadie lo molestara. A ningún cliente se le hubiera ocurrido protestar y el personal del restaurante simplemente le daba la vuelta o le pasaba por encima. Además, todo el mundo sabe que los franceses adoran a los perros y los prefieren, de lejos, a los niños.

Lola no llegaba todavía, cosa que no me importaba en lo absoluto. Acababa de tener una entrevista con la mandamás de Armani Couture. Necesitaban una vendedora y había conseguido que me recibiera gracias a una llamada del Embajador, a quien ella le debía un favor. La entrevista había resultado un fracaso. Una vez que *Madame la Directrice* accedió a verme cancelando su deuda con su Excelencia me hizo saber sin el menor reparo que no tenía la menor intención de darme nada: ni un trabajo, ni una posición temporal, ni un descuento —que no venía al caso, ya que mi situación no me permitía comprar nada allí—, ni siquiera la oportunidad de poner un bien calzado pie dentro de la imponente entrada de la Place Vendôme. Yo estaba de lo más desconcertada. Pensé, ¿qué tan difícil puede ser vender Armani si hablas cuatro idiomas, tienes una noción de lo que es la moda y buenos contactos? La respuesta es: nada difícil. Seguía tratando de encontrarle algún sentido a la entrevista fallida cuando apareció Lola, bronceada y con el pelo más corto.

—De verte nomás me doy cuenta que tu viaje fue un éxito —me paré para el beso.

—Cada vez que regreso a República Dominicana me doy cuenta de todo lo que me estoy perdiendo. La gente es tan cálida, tan amigable, realmente saben cómo pasarla bien —contó mientras se sentaba a mi lado y pedía dos copas de champagne; decirle a Lola que no querías tomar era un ejercicio inútil—. Mi cuñado... ¿te conté que mi marido tiene un hermano menor? —me preguntó.

—No, creo que no.

—Bueno, él tiene un barco nuevo que es una delicia y nos fuimos con un grupo de sus amigos por todas las playas de la isla. ¡Aguas cristalinas y también litros y litros de Cristal-Roederer! —dijo riéndose. Lola tan esencial... siempre fiel a lo importante.

—¿Así que estás de vuelta en la *party life*?

—En realidad no. El viaje fue mitad negocios y mitad placer, *moitié-moité*. Tuve que ir a ver la hacienda azucarera que tenemos allá y, créeme, felizmente fui. Me encontré con un montón de cosas que no me gustaron y ahora más que nunca estoy convencida de que lo mejor que puedo hacer es regresar con los chicos —esto último lo dijo con gran convicción—. Y tú, ¿cómo has estado?

Le solté toda mi frustración de la mañana.

—¡Uy! Conozco a esa tipa. Era modelo de Saint Laurent antes de mi época. Una pesada. Es una de las mujeres más antipáticas de París, es más, aun entonces las chicas que trabajaban con ella decían que era una zorra intrigante, todo el mundo la odiaba —pocas veces había visto a

Lola tan exaltada—. No te preocupes, *sweetie*, tú eras perfecta para el puesto. Al contrario, eres casi demasiado culta como para ese trabajo y fijo que pensó que si te contrataba terminarías tomando su puesto.

—¿Tú crees eso? —Yo no estaba tan segura.

—Estoy segurísima. Yo sé cómo operan estas mujeres. Primero se consiguen un amante rico. Después, cuando envejecen y el amante rico quiere cambiarlas, negocian un paracaídas dorado. Bueno, quizás no tan dorado, pero paracaídas igual. El hombre hace un par de llamadas entre amigos que han estado en la misma situación y le consigue un trabajo a su futura ex-amante por lo general en la moda y casi siempre vitalicio. Viene a ser una especie de plan de jubilación y, créeme, funciona muy bien por donde lo veas —dijo con absoluta seriedad.

—¿Entonces por qué crees que se sintió amenazada?

—Una mujer como ella es de armas tomar. No se arriesga. Es una sobreviviente nata y un plan de pensión permanente siempre puede ser anulado en favor de una mujer más joven y competente —respondió con una sonrisa sugerente.

—Ok, ya entendí. La próxima vez me presento con falda larga, zapatos chatos, anteojos y aparento ser sumisa y medio boba.

—¡Eso último tendría que verlo! —y las dos soltamos la carcajada.

Nos pedimos una ensalada de vainitas, champignones de París con culantro picado y un *steak tartare aller et retour*, que viene a ser simplemente una hamburguesa medio cruda, apenas sellada a la parrilla, con todas las proteínas que ambas necesitábamos. Y por supuesto dos copas más de champagne.

—¿Y tú conociste a alguien mientras estuve fuera?

—Bueno, hubo una comida donde el Embajador y me senté junto a Guy de Louvois, ¿lo conoces? —le pregunté.

—Claro que lo conozco, es un amor. Juega a hacerse el hosco y el malo, pero en realidad es un oso de peluche y un caballero a la antigua.

—¿Cómo así lo conoces?

—Su mujer, Mimi Pearson, era una de las súper clientes de Yves cuando yo trabajaba allí. Durante años lo único que se ponía era Saint Laurent. Es sudafricana ¿sabes? Y está podrida en plata.

—¿Pearson Diamonds? —le pregunté tanteando.

—*Exactement* —dijo Lola.

—Sí, por ahí escuché que no era francesa.

—No es francesa pero muere por Francia y por su título de duquesa. Claro que se lo ha ganado financiando a Louvois, al hombre y al lugar. Tienen tres o cuatro hijos, no estoy segura de cuántos exactamente porque uno murió hace poco, fue una tragedia. Muy mala suerte en realidad. Ellos han estado felizmente casados durante siglos a pesar de que a Louvois le chiflan las mujeres —agregó Lola.

—Me invitó a pasar un fin de semana en Louvois. ¿A ti qué te parece? ¿Crees que debería ir?

—*¡Absolument!* Louvois definitivamente vale la pena. Es uno de los *châteaux* más románticos de Francia y él es un excelente anfitrión. Para suerte tuya ya está bien entradito en años, cosa que estarás segura —añadió.

—¿Segura?

—Antes los fines de semana en Louvois eran memorables por el incesante cambalache entre parejas y la cambiadera nocturna de cuarto a cuarto. Nadie permanecía en una misma cama toda la noche. Pero eso era antes. Ahora los dos están bastante tranquilos o resignados, y reciben en su fabuloso salón siguiendo la mejor tradición proustiana.

—Lo describes como si fuera una película de la *Belle Époque*.

—En cierta forma lo es. Hoy en día, si quieres saber cómo era la Francia de antes, o vas a al cine o vas a Louvois.

—Me convenciste —le respondí, y con un tono de ni me va ni me viene le pregunté—: Hablando de hombres, ¿conoces a un tal Alfredo Montino?

—No, ¿por qué? ¿Es un jugador de polo? —me preguntó distraída, mientras jugaba con su *steak-tartare*.

—No, creo que no. Parece que vive o vivía aquí. No lo conozco, es solo que alguien me dijo que lo debería buscar y conocer cuando viniese a París. Pensé que quizás lo habías oído nombrar.

—No, para nada, lo siento.

La lluvia caía a chorros, la rotonda estaba repleta y no quedaba una mesa vacía. Por el rabillo del ojo veía los lujosos autos que llegaban, sus dueños entregando las llaves a los encargados del parqueo. L'Avenue fue de los primeros restaurantes en París con la novedad del valet parking, un servicio que hoy en día se encuentra en cualquier *bistrot* de barrio.

Al final de nuestro almuerzo, cuando estábamos en el café, Lola bajó su taza de pronto y me miró fijamente a los ojos.

—Dicho sea de paso, ¿qué vas a hacer este verano? —me preguntó.

—Ni idea —le respondí. Todavía me sorprende cómo la gente hace sus planes con tanta anticipación. Siempre tengo miedo de que si hago planes estaré tentando al destino y me moriré antes o algo por el estilo. El primer año que viví en Nueva York saqué entradas para la ópera con meses de anticipación. Todo el mundo me recomendó hacerlo y me pareció de lo más sensato. Durante la temporada solo fui a una de las siete funciones y ni siquiera pude regalar las entradas que me sobraron. Nunca más.

—Bueno, escúchame, este verano he decidido alquilar una casa en Saint-Tropez. Tiene miles de dormitorios y un montón de servicio que viene incluido. Sería regio si pudieras venir —me ofreció.

—Me encantaría, gracias. Pero este asunto del trabajo me tiene preocupada y tengo miedo de salir de París y perderme la oportunidad de mi vida de convertirme en vendedora —le dije riéndome.

—No te preocupes, la casa está alquilada para julio y parte de agosto. Nunca he sabido de alguien que empiece a trabajar en París en pleno verano. ¿Quién se quedaría aquí para contratarla? —preguntó perpleja.

95

—Igual, ojalá que todavía quede algún trabajo para cuando llegue septiembre —agregué buscándole la mirada a Lola quien, para entonces, tenía la suya fija en la ventana del costado, en los autos que pasaban bajo la lluvia. Se le veía pensativa y parecía estar en otra.

—Hola, ¿estás ahí? —le pregunté, poniendo mi mano sobre la suya. Lola volvió lentamente su mirada hacia mí, pero sus ojos seguían en algún paraje escondido de su memoria—. ¿Dónde te fuiste?

No respondió de inmediato. Parecía que le costaba trabajo arrancarse de lo que la tenía absorta. Sus labios estaban cerrados, su boca era una línea delgada y tensa, sus ojos simplemente estaban tristes.

—A ninguna parte o, mejor dicho, a un lugar que no puedo describir. Hay algo que a veces ocupa todo el espacio que hay en mi corazón y me pone la mente en blanco. ¿Tú crees que algún día logre deshacerme de la sensación de que todo lo bueno que me iba a pasar en la vida ya pasó y que los recuerdos son más reales que la vida misma? —No era una pregunta retórica, ella realmente esperaba una respuesta.

—No sé, *sweetie,* realmente quisiera saberlo, pero hay algo de lo que sí estoy segura. La vida es más fuerte que cualquier cosa. No importa qué tan trágica o tan grande haya sido una pérdida, la vida continúa, quieras o no —respondí, totalmente ajena al ruido y a la gente a nuestro alrededor—. Mira Lola —continué— dos años puede ser un montón de tiempo, o solo unos segundos, dependiendo de cómo te sientas cuando te levantas por la mañana. Y después de dos años, el dolor puede ser exactamente igual, yo lo sé. La única diferencia es que aparece a intervalos cada vez más largos y por un tiempo cada vez más corto. Eso es todo. Créeme.

Podía ver que sus ojos se estaban llenando de lágrimas y cómo hacía un esfuerzo por mantener el control. Yo pensaba todo el tiempo «si se pone a llorar, lloro también». Nunca, jamás, he podido aguantarme el llanto cuando otra persona llora, así sea mi mejor amiga o mi peor enemiga, bueno, quizás no mi peor enemiga. También me preocupaba cómo se verían un par de latinas llorando a lágrima viva en la mejor sección de L'Avenue. Probablemente significaría el tipo de exilio que el Embajador vaticina para la gente que no puede controlar el llanto o el trago.

Nada de eso ocurrió y Lola no me dejó pagar la cuenta.

—Tú estás desempleada, ¿recuerdas?

Nos despedimos en la vereda y la abracé un poco más de lo normal; ella tenía un taxi esperándola pero yo preferí caminar. El cielo se había despejado, la tormenta se alejaba a mis espaldas y mi casa quedaba al frente. Normalmente desde el restaurante era una caminata corta y placentera. Crucé la Place de l'Alma sobre el viaducto donde Diana de Gales encontraría su final. Mientras caminaba sobre las hojas mojadas pegadas al pavimento tratando de no resbalar, intenté olvidar la tristeza que había visto en los ojos de Lola y mis palabras triviales y concentrarme en la belleza a mi alrededor. Todo se veía limpio y brillante, recién lavado por la lluvia. Pero esa tarde por más que trataba no bastaba. ¡Vamos hija, anímate, estás en París!, me decía. ¡Mira la belleza de puente, el río! ¡Mira los edificios, los castaños en flor!

Pero no fue suficiente, ni para empezar.

Freud lo resumió todo en una simple frase: «En la vida solo se necesitan dos cosas: trabajo y amor». Razón tenía. Sin embargo, yo necesitaba algo más, encontrar a Alfredo Montino y averiguar por qué mataron a John. Pero estaba lejos de alcanzar cualquiera de esas metas. La tarde había enfriado y me encontré de pronto tiritando con mi delgado saco de verano. Helada y desempleada, apuré el paso. Un letrero de neón parpadeaba en mi corazón: «vacante», «vacante».

Al llegar a mi edificio divisé a Lucho en la entrada sacudiéndose el agua de encima como un Cocker Spaniel; el pelo rubio cenizo pegado al cráneo, su saco color lavanda de media estación completamente arruinado y él desconsolado.

¡Sacrébleu! ¡Qué día!

—¿Qué hace aquí afuera con esta lluvia? ¡Se va a morir de una pulmonía con esa ropa empapada!

—¡Me moriré, pero no antes de matar a François! ¡Salió hace horas y se llevó mis llaves! —se quejó Louis—. La llave de repuesto está en el café y está cerrado.

—Se olvidó que hoy es sábado —le dije.

— Sí, por completo. *Merde alors.*

Miré mi reloj, eran las cuatro y media, la hora en que *Madame* Morel volvía de su visita semanal a su hermana, la peluquera. Dicho y hecho. Empezó a asomar un paraguas negro volteando la esquina.

—Ahí llega la solución a su problema —le contesté señalándola.

Madame Morel traía puesto su impermeable-toda-estación, sus zapatos-todo-terreno y en el pelo lucía una permanente *à la Queen-Elizabeth II.*

—*Bonjour, Madame; bonjour, Monsieur* Louis. Veo que otra vez se olvidó su llave —había un inconfundible tono de reprimenda en su voz.

—*¡Ah non!* Esta vez no. *Bonjour, Madame* Morel, es *Monsieur* François quien tiene la culpa —dijo Lucho, en un solo de indignación y buenos modales.

—¿*Ah bon?* —respondió *Madame* Morel mientras empujaba la puerta del café y sin ceder un centímetro de territorio—. Aquí tengo sus llaves —y abrió un cajón al lado de la caja registradora para entregárselas a Louis. Inevitablemente, *Madame* Morel me recordaba a *Mademoiselle* Wirz, la directora del colegio al que fui cuando era chica, una mujer severa que siempre me hacía sentir como si tuviera seis años.

—Acompáñeme a mi departamento. Así pasa un ratito mientras me quito esta ropa mojada y se calienta un poco —sugirió Louis mientras ascendíamos lentamente en el

98

minúsculo ascensor. El departamento de ellos quedaba justo debajo del mío.

—Bueno, pero solo puedo quedarme un momento.

El departamento de los *Bigoudies* era un ejemplo perfecto de *haute-gay décor*. Un perfume de velas Rigaud flotaba en el ambiente donde podían verse alfombras de pelo mullido, libros apilados encima de sillas, banquetas y otomanas. Había obeliscos y columnas de lapislázuli, ónix, madera y mármol de distintos tamaños y texturas (*¿quién dijo falo?*) sobre casi todas las superficies originalmente hechas para sentarse y las paredes estaban forradas con una suntuosa tela de rayas marrones y doradas, como las tiendas de campaña de Napoleón. Por todos lados había bustos del Emperador y de dioses griegos intercalados con torsos de gladiadores romanos bien dotados, orquídeas blancas dentro de vasitos de plata sobre mesitas *Directoire* y fotos enmarcadas de François y Louis vestidos de etiqueta en todos los lugares que han estado de moda durante los últimos 25 años.

Seguía reflexionando sobre *Madame* Morel y su encomiable dedicación al trabajo, su forma directa y su absoluta honradez —todos los inquilinos del edificio le dejaban sus llaves y jamás se había perdido nada—, cuando salió Lucho con una bata color granate y pantuflas de terciopelo, secándose el pelo con una toalla y leyéndome el pensamiento.

—Es formidable, ¿no?

—¿*Madame* Morel? *Absolument*. De verla nomás se me traba la lengua y me siento como si tuviera seis años —comenté, sintiéndome un poco regañada al igual que él.

—A mí me pasa lo mismo. Increíble, ¿no? Su peinado es igualito al casco de Minerva, impenetrable.

Si hay alguien capaz de opinar sobre peinados, ese es Louis.

—Pero aunque no lo crea —continuó—, no sé qué le hace François, pero con él se pone toda coqueta. Bueno quizás no tanto como coqueta —dijo sonriendo maliciosamente— pero sí la hace reír.

—¿*Madame* Morel se ríe? Tendría que verlo para creerlo.

Un letrero de neón palpitaba en mi corazón.

No lo creía muy posible. Más debía ser la admiración de Lucho por los modales seductores de Pancho.

El teléfono empezó a sonar en el otro cuarto. Lucho se fue al dormitorio a contestar y lo pude escuchar a través de la puerta abierta hablando muy animado. Regresó con una sonrisa de oreja a oreja.

—¿Adivine qué, *ma chère*? Su amigo el Coleccionista nos ha invitado a almorzar mañana a su casa. «Un grupo de conocedores de arte», dijo, y claro que espera que usted vaya también. ¡Qué emoción! —exclamó agarrándome las manos.

—¡Me alegro por ustedes! Pero no voy a poder ir. Tengo un almuerzo de domingo en casa de una familia francesa tradicional.

—¿Alguien que yo conozca? —preguntó curioso como un gato.

—No, no creo. La verdad es que solamente conozco a la madre, Laurence, una mujer muy cálida y maternal, ¡ah!, y a su perro Cassoulet también —le respondí.

—¡Cassoulet! ¡Qué espanto!, ¿por qué no lo llamaron Caviar? ¿Está segura de que no prefiere venir con nosotros?

—Segurísima.

—Hmmm… ¡qué pena! Creo que él estaba contando con usted o, en el peor de los casos, con otra mujer joven —agregó pensativo—. No hay peor mezcla que una sarta de maricas y vejestorios almorzando juntos para pasar el rato.

Maravilloso París, donde ni los gays están contentos si no hay una mujer.

—¿Y por qué no le dicen a la *Contessina*? Los domingos por lo general los tiene libres. Es el único día en que puede respirar —le sugerí.

—¡Espléndida idea! Es joven, bonita y lo mejor de todo, italiana, o sea *leggera,* no le importará ser invitada a último minuto —contestó Lucho, ya con el buen humor recuperado. Pero no duró mucho. François acababa de entrar para ser recibido con recriminaciones medio histéricas de Louis.

—¡Eres un malvado! Me dejaste afuera en la lluvia. Estaba congelado y ya estaría muerto si no fuera por la ayuda de nuestra amable vecina y, claro, la de tu *chou-chou, Madame* Morel —le increpó Louis en tono desgarrador, parte de un papel bien ensayado.

—No veo el menor signo de tu inminente deceso —respondió François, seco como siempre.

—¡Tu crueldad no tiene límites! —exclamó Louis, la imagen misma del maltratado.

Salí calladita, dejándolos solos para que discutieran como lo hacen las parejas felices, blandiendo espaditas de madera en peleas que son puro teatro y donde la sangre nunca llega al río.

Al día siguiente, a la una en punto, llegué a Saint Guillaume con un par de botellas de champagne y una caja de chocolates metida en la canasta de Laurence. La reja de afuera estaba sin llave, le di un empujoncito con el pie y entré, caminando tentativamente hacia la casa por el callejón. A mitad de camino salió un comité de bienvenida conformado por niños de diversas edades y Cassoulet dando brincos y ladrando en medio de todo el alboroto.

—¡Abajo, abajo, Cassoulet! —gritó Laurence mientras abría la puerta de la cocina con una cuchara de palo en la mano y los crespos revueltos escapando de un moño que parecía un nido en espera de pajaritos.

—Adelante, adelante, querida, deje todo aquí nomás —dijo arrimando de un lado para otro el cerro de chaquetas, bolsos, palos de golf y sombreros amontonados sobre una banqueta—. Estos chicos son un peligro para mi salud mental —continuó, con una sonrisa radiante de oreja a oreja.

Hice lo que me indicó. Aprendí muy pronto que era inútil discutir con Laurence. Mucho más fácil era dejarme llevar como un botecito de papel empujado por el viento fuerte de su personalidad. Me hizo un gesto para que la siguiera a su cocina, un espacio grande y desordenado que olía divinamente.

—No hay nada listo todavía. ¿Le gusta el *navarin d'agneau?*

¿*Agneau*? ¿*Cordero*?

—Sí, me encanta.

Y el *navarin* también aunque no sepa la traducción.

—Ese va ser el plato principal. Nunca sé cuántos vamos a ser, así que voy aumentando la salsa del *navarin* conforme vayan llegando —dijo riéndose—, pero primero vamos a tomar una sopa de zanahorias que le encanta a los chicos. Nunca le pongo crema de leche, es solo puré de zanahorias y nada más. El secreto está en echarle una tacita de jugo de naranja al final, ¡ah!, y también frío un poquito de perejil, culantro o cualquiera de las yerbas que crecen en el jardín para salpicar luego un poco encima, así le doy el toque verde.

En los años por venir Laurence se convertiría en mi propio *Escoffier*, en mi escuela particular de *Cordon Bleu*; me dio más recetas que cualquier libro de cocina, más consejos sensatos que cualquier psiquiatra y más amor desinteresado que cualquier ser humano. El misterio radicaba en que aunque hacía lo mismo con todos los demás, aún así lograba que cada uno de nosotros se sintiera especial.

Ese día estaban cuatro de las hijas, dos solteras y dos casadas. Todas tenían los ojos claros de su mamá y las piernas largas y el pelo oscuro de su papá. No podía decirse que fueran lindas, con sus peinados *grunge*, sus uñas pintadas de negro y ropa retro, pero tenían esa esencia del *sexy chic* parisino que las diferenciaba del montón. Hablaban en clave, se reían al unísono y daban la impresión de pertenecer a una sociedad secreta a la que su madre inútilmente trataba de entrar.

Por alguna razón inexplicable desde ese primer almuerzo ellas me aceptaron.

Compartíamos el champagne helado cuando Philippe —que había llegado tarde después de un juego de golf— dijo mirando a Laurence:

—Qué suerte que Laurence tenga amigas tan amables que traen champagne para el almuerzo —el tono y la expresión seria.

—Pero, Philippe, *mon chéri*, tenemos botellas y botellas de buen champagne en el sótano. Si me hubieses dicho que querías champagne las hubiera subido inmediatamente —protestó Laurence toda agitada—. No sabía que hoy te provocaba tomar champagne —añadió consternada.

—Pero si siempre me provoca tomar champagne, *chère amie* —respondió Philippe, utilizando el muy privado y muy francés *vous*.

—*Oh maman*, no le hagas caso, está bien. Además todos sabemos que papá solo toma vino tinto —dijo la hija número tres.

—Bueno, sí... supongo que sí —dijo Laurence no muy convencida—. Igual debí haberlo sabido.

Las chicas se hacían —y me hacían— guiños a espaldas de Laurence. La hija número dos me codeó y susurró:

—Esto se repite casi todos los domingos en Saint Guillaume. Después de un tiempo te acostumbras.

Nos dirigimos despacio al comedor, las hijas rodeándome y preguntándome sobre mi país, mi vida en París y mi opinión sobre los hombres franceses. El comedor resultó ser una sorpresa y un deleite, uno de los cuartos más originales a los que he entrado. Sobre el fondo blanco de las paredes había guirnaldas, flores y pájaros pintados en diferentes tonalidades de rosado coral. Las mamparas de vidrio daban a una terraza con una ramada de glicinas blancas. Adentro el piso era de lajas grandes de mármol con un diseño de rombos en mármol rosado en el centro. Una araña Louis XVI con velas de cera de abejas colgaba sobre la mesa. El mantel era turquesa pálido y llegaba hasta el piso. El efecto era mágico, romántico y muy cálido a la vez.

En el centro de cada plato en un bol blanco la famosa sopa de zanahorias daba unos toques color naranja fuerte a ese mar de tonos pastel.

—Espero que le guste la sopa —dijo Laurence preocupada. Sus preguntas y respuestas transmitían siempre algo de agitación.

—Esta buenísima, me encanta.

—Bueno, hay más si quiere —dijo, pasando una bellísima sopera de plata.

—Por lo que veo, no mucho más —fue el comentario seco de Philippe.

—Pero, *mon chéri*, te aseguro que preparé un montón, solo que no contaba con que los más pequeños iban a traer amiguitos —protestó Laurence.

—Laurence, sabes muy bien que nunca preparas suficiente —fue su veredicto.

Durante este intercambio, las chicas no dejaban de mirarse y sonreírse entre ellas y a mí, con la expresión resignada de quienes ya están acostumbradas a estas cosas.

—Hay toneladas de *navarin d'agneau* para compensar —dijo Laurence sonriéndome.

—Pero, Laurence, yo odio el *navarin d'agneau* —insistió Philippe.

—No, no lo odias, *mon chéri*. Lo que no te gusta es la *blanquette de veau* —dijo Laurence con infinita paciencia.

Toda la comida continuó en esa nota, Philippe quejándose y Laurence firme al timón, mientras las chicas y yo intercambiábamos miradas.

—Ellis me cuenta que ha hecho muchos amigos aquí en París. Me sorprende, ya que él no es de los que anda presentando a la gente —dijo Laurence cambiando el tema.

—Bueno, me la presentó a usted —me aventuré.

—¡Es cierto!, que Dios lo bendiga. Fue muy generoso de su parte. En realidad es muy posesivo con sus amigos, yo diría que no la quiere compartir con nadie más que con nosotros. ¡No somos lo suficientemente finos como para ser considerados competencia! —dijo riéndose.

—Es la pura verdad, *maman*. El tío Ellis, en realidad no es nuestro tío pero lo conocemos de toda la vida, es tan esnob que creo que considera que somos muy ordinarios y que no estamos a la altura del *Tout Paris*, el *Tout Gstaad* o el *Tout*-Lo-Que-Sea —agregó la hija número cuatro, sirviéndose una porción minúscula de *tarte fine* de frambuesa. Todas las hijas eran flacas y comían como pajaritos.

—*Ma chérie*, haces que parezca peor de lo que es —contestó Laurence, y después dijo dirigiéndose a mí:

—No es una mala persona y tengo que agradecerle por acompañarme todos los años al Festival de Salzburgo, ya que no puedo contar con el viejo cocodrilo cascarrabias de mi marido —agregó, mirando con ojos acaramelados a Philippe, que estaba concentrado en el postre—. A él solo le interesa el golf.

De pronto el comedor fue invadido por una tribu de niños pequeños que apenas llegaban a la mesa, acompañados por Cassoulet y un par de compinches perrunos también invitados para el almuerzo. Laurence empezó a repartir pedazos de la tarta de frambuesas entre manitas pegajosas y lenguas perrunas. Las migajas que caían al piso eran recogidas inmediatamente por Cassoulet y compañía.

—¡Laurence, su comedor no es patio de juegos! —amonestó Philippe—. Ya está decidido. El próximo año vendemos la casa —esto lo dijo como para mi información—. Los chicos simplemente se tendrán que ir a comer al restaurante. Con o sin sus perros —esto último, dirigido a Laurence.

Esta misma escena con ligeras variantes se repetiría cada domingo a la hora de almuerzo en Saint Guillaume y en nada cambiaría la primera impresión que tuve ese día. Salí convencida de que Laurence se moría de amor por Philippe, que él estaría perdido sin ella y que al contrario del dicho según el cual «la gente feliz no tiene historia» la casa de Laurence estaba repleta de historias que contar. También pensé que si bien habitaban mundos totalmente diferentes, Philippe y Laurence, y François y Louis compartían una característica en común: vivían en un universo privado donde discutían y se amistaban como solo puede hacerlo la gente que se quiere de verdad.

—¿No le parece que me he adelgazado un poquito desde la última vez que me vio? —me preguntó Laurence, dándose palmaditas en la barriga mientras me acompañaba a la reja— mis hijas son flacas como espaguetis.

—Bueno, sí, yo diría que un poco, sí.

¿Cómo se contesta a esa pregunta?

—En estas casas todos pueden comer de todo y no engordan. Las chicas son iguales a Philippe, ¡comen y comen y nada se les pega a los huesos! —agregó de buena gana—. Para mí es una lucha constante bajar de peso, a veces me siento como un caballo percherón en una caballeriza de purasangres.

—Ah no, Laurence, de ninguna manera.

Ese era su tendón de Aquiles. Ella se consideraba el patito feo entre los cisnes, Philippe incluido. Laurence no era gorda en lo absoluto. Pero en una familia de altos y flacos ella sobresalía como un Rubens de la escuela flamenca, rubia, redonda y sensual.

—¡La próxima vez que venga a visitarnos voy a estar flaca como una vara! —dijo plantándome dos besos resonantes en las mejillas—. ¡Ya verá, se lo prometo! —agregó, haciendo un prolongado adiós con la mano.

Lo único que yo deseaba ver la próxima vez que viniera y todas las veces siguientes era a la misma Laurence de hoy.

A la mañana siguiente bajé y me encontré con un sol radiante de primavera y con los *Bigoudies* revisando su correspondencia en la entrada.

—¡Justo la persona que queríamos ver! La pasamos divino en el almuerzo de ayer. Impresionante colección. *Non pareil* —exclamó Lucho entusiasmado.

—Y gracias por haber hecho el contacto. Él no recordaba habernos visto en la fiesta de la *Contessina* —continuó Pancho.

¡Qué se iba acordar! Si él estaba tras las chicas y ustedes tras los chicos.

Distintos cotos de caza.

—¿Y qué hay de la *Contessina*? ¿Llegó a ir?

—Sí, y fue el toque perfecto. Como todas las italianas tiene cultura de sobra pero no lo hace sentir, así que las cosas se dieron ligeras y divertidas. Estamos casi seguros que sí le interesa vender. Habló varias veces de querer empezar una vida nueva y diferente —agregó Lucho.

¿O querrá decir una mujer nueva y diferente?

—Entonces la cosa promete —dije cautelosa.

—Sí, sí, vamos a trabajar en eso. Podría ser una gran oportunidad para nosotros, la venta del siglo.

Sí que la necesitaban. *Le Tout Paris* sabía que la última venta que habían organizado —la subasta de una obra desconocida de un antiguo gran maestro francés— había sido un fiasco. El cuadro resultó ser falso. Nadie ponía en duda que el dueño los había engañado, pero igual, ellos sabían que socialmente estaban en libertad condicional, invitados solo por ser divertidos y por su sentido del humor malicioso. Los *Bigoudies* estaban en la cuerda floja. Un paso en falso y se venían abajo para siempre. Y sin red.

Nos despedimos y yo me fui a tomar el bus 63 a Saint Germain des Prés. Me senté al lado de la ventana —las ventanas son grandes como en los autobuses de turistas— con la vista panorámica de l'Esplanade des Invalides, los chicos volando sus cometas, y el Pont Alexandre III con el Grand y el Petit Palais en el fondo. Nos desplazamos silenciosamente por el Quai d'Orsay, un bello edificio que hace las veces de Ministerio de Relaciones Exteriores y donde a menudo por las noches pueden verse los salones del segundo piso completamente iluminados por las arañas doradas del siglo XVIII, brindando a cualquier transeúnte la oportunidad de atisbar una gran recepción de diplomáticos vestidos de gala y condecoraciones. El bus continuó su camino en línea recta bajo las copas de los árboles del Boulevard Saint Germain, pasando por los paraderos Musée d'Orsay, Université y Bac-Saint Germain hasta llegar al corazón mismo de Saint Germain des Prés, a la plazuela con la iglesia, el Café de Flore y el Deux Magots. Allí bajé y fui de frente al quiosco de la esquina con La Hune, una de mis librerías preferidas; la otra es Galignani en la Rue de Rivoli.

Con el diario bajo el brazo crucé la pista angosta hacia el Flore. Solo quedaban dos mesitas diminutas en la vereda, y por esas decisiones que toma el destino por nosotros se me ocurrió ir a ver si el Fotógrafo estaba adentro. Efectivamente, allí estaba, al fondo, casi escondido detrás de su «Libération» el diario de la *gauche caviar*. Estuve parada frente a él por unos segundos antes de que notara mi presencia.

—*Bonjour*, ¿cómo estás? —dijo sonriendo y doblando a un lado su periódico. Luego se estiró sobre el café y los croissants para darme un beso en la mejilla.

—Así que era cierto eso de que vienes a desayunar aquí —le respondí, contenta ante el prospecto de tomar el mío acompañada.

—¿Por qué? ¿Pensaste que te estaba mintiendo? —preguntó, poniendo cara de serio y pasándose la mano por el pelo.

—No, no.

Sentía que me estaba poniendo roja, ¡*merde*!

—Siéntate conmigo, me hará bien un cambio en mis hábitos de soltero —dijo, haciéndome sitio en la banqueta al lado suyo.

Pedí dos huevos pasados, los mejores del mundo —¿por qué serán tan buenos en el Flore?— y *mouillettes*, unos bastoncitos de pan baguette tostado con apenas un rastro de mantequilla. Además, una tetera de *Earl Grey* y un pote con mermelada de frambuesa, únicamente por gula.

Conversamos de esto y de aquello por un buen rato, compartiendo puntos de vista sobre los últimos acontecimientos en el frente político. Él estaba a favor de las semanas de 35 horas de trabajo. Yo, por otro lado, opinaba que si los franceses continuaban en esa vena los chinos se los iban a tragar como *dim sum*.

—¿Qué tiene de difícil ceder un par de días de tus vacaciones cada año para compensar el poco tiempo que el trabajador promedio en Francia pasa trabajando en la semana? —pregunté con vehemencia, esto viniendo de alguien que no trabaja.

—Tú no entiendes. No podemos dar un paso atrás en las batallas libradas y renunciar a las ventajas sociales adquiridas —respondió con igual vehemencia, esto viniendo de alguien que jamás tuvo que pelear por nada en su vida. Una típica discusión de café francés.

Sin embargo, yo lo estaba encontrando cada vez más interesante, por lo menos en comparación con el día del paseo campestre y él, de hecho, me estaba mirando de otra manera. Hacía rato que había terminado lo último de los huevos pasados. Él se había comido dos croissants que bajó con una taza de café. La mañana se estaba convirtiendo en mediodía y a ninguno se nos ocurría movernos. Una de las cosas más maravillosas de París es que te puedes quedar sentado todo el día en un café, sin trabajo a la vista, leyendo y conversando sin sentirte como un vago que sobrevive gracias a la asistencia social.

—¿Sabes qué fue lo primero que me atrajo de ti? —preguntó, pasándose la mano entre el pelo y definitivamente flirteando.

—No, ¿qué fue?

—La noche de la fiesta tú presumías de muy *chic* y perfecta con tu vestido escotado pero tenías la media corrida —dijo con algo de picardía en los ojos.

—Lo notaste —le contesté sorprendida.

—Sí. Te vi cruzando y descruzando las piernas para ocultarlo y me pareció bastante divertido, considerando… —dijo sonriendo.

¿Considerando qué? ¿Que me creo tan perfecta?

Pero no lo tomé a mal. No lo dijo con malicia ni con sarcasmo, al menos no lo detecté.

—Eso y el hecho de que te parecías a Charlotte Rampling. Ella siempre me ha gustado. Es inaccesible y misteriosa —agregó muy serio.

¿O simplemente mayor? ¿Era la fantasía de un muchacho que vio «Portero de Noche» cuando era chico, o se trataba de una atracción por cualquier mujer con cara sufrida y ojos tristes?

Charlotte Rampling, hmmm... no está mal. Hay cosas mucho peores que parecerse a ella.

—Gracias. Lo tomaré como un halago. A mí también me gusta ella. Aunque no me la imagino con la media corrida, quizás con la blusita de seda y encaje rasgada, un pecho al aire y sin sostén —reí.

—¿Blusa de encaje rasgada? Ok, ahí congelo la imagen —dijo sonriendo.

—Bueno, te dejo con tu imagen. Fue un gusto verte —dije mientras me paraba para irme.

—Espera, no te vayas tan rápido. ¿Recuerdas que te hablé de las 24 Horas de Le Mans? Acabo de firmar un contrato con el auspiciador, ¿siempre te interesa ir? —preguntó.

—Claro que me interesa.

—Muy bien, yo voy primero en mi moto, pero te daré los horarios del TGV y nos reunimos allá.

—Ok.

—Voy a estar fuera por diez días tomando fotos de una fábrica en el norte. Es un trabajo pesado y aburrido pero paga. Te llamo cuando regrese.

Salimos al mismo tiempo y noté que esta vez no se quejó de la cuenta. El Flore es todo menos barato, ni siquiera es razonable. Claro que no estás pagando solo por lo que comes, sino por sentarte en un pedacito de París de incalculable valor y por el honor de caminar a la sombra de Sartre a quien, según dicen, se puede entrever a veces detrás del espeso humo azul al fondo de la sala.

La moto estaba estacionada en la vereda. Antes de ponerse el casco, se pasó otra vez la mano por el pelo y se agachó para plantarme un beso fuerte y fugaz en la comisura de los labios. Arrancó y se fue, dejando una estela de perfume con olor a vainilla y varias preguntas en el aire.

— 8 —

El Peugeot del Embajador atravesó las rejas abiertas de par en par del *château* de Louvois. Hacía mucho tiempo que las imponentes puertas de bronce coronadas con el escudo de los Louvois no eran operadas por un guardián. La caseta del guardián se había convertido en otro bello elemento del pasado y la reja funcionaba con un sistema de clave disimulado dentro un artefacto como en cualquier edificio en París.

El parque alrededor del *château* estaba en flor, rododendros, peonias y delphiniums se mezclaban en los bordes, a lo largo del camino de gravilla que conducía a la casa. Por momentos aparecían y desaparecían jardines secretos que se vislumbraban a través de cercos vivos. El trasfondo era de un verde intenso, con suaves e interminables colinas. Todo lo que el ojo alcanzaba a ver era territorio Louvois. La vívida sensación de haber entrado en un mundo distinto al presente se esfumó de golpe al escuchar la voz estentórea de Guy de Louvois, quien venía a nuestro encuentro acompañado por un enorme Retriever dorado y dos Jack Russels que saltaban sobreexcitados entre ladridos.

—¡Bienvenidos a Louvois! —dijo nuestro anfitrión, caminando hacia nosotros con los brazos extendidos y haciendo el signo de «V» de la Victoria.

¿A quién me recordaba con ese gesto? A Churchill, por supuesto.

—¿Cómo estuvo el tráfico? —preguntó con curiosidad.

Los extranjeros piensan a menudo que la principal preocupación de los franceses es el amor, pero se equivocan. El primer tema de interés —y muy alto en la lista de prioridades— son los impuestos y, en segundo lugar por una nariz, la comida. Después siguen la hora y el tráfico. La puntualidad es un deporte nacional. La gente lleva la cuenta de quién llega tarde —y por cuántos minutos— y el tráfico es tan errático que se presta a largos debates sobre a qué hora salir, cuánto se tardará en llegar y cuál será la mejor ruta a tomar. Guy no era la excepción y su curiosidad estaba fundada en la premisa que cuando uno es invitado a pasar unos días en una casa de campo debe tomar siempre la ruta sugerida por el anfitrión o sufrir las consecuencias si se atrasa. Además, a diferencia de los despistados invitados citadinos, los que viven en el campo siempre insisten que les toma la mitad de tiempo hacer el trayecto.

El comité de recepción incluía un *valet* para el Embajador y una mucama para mí, y con el equipaje en mano nos condujeron a nuestros cuartos en el segundo piso. Los dormitorios eran bellísimos y decorados al más puro estilo clásico francés, exclusivamente Louis XV y Louis XVI, con kilómetros de telas estampadas de *Braconnié* y grandes baños equipados con lo mejor de la gasfitería moderna: el resultado afortunado de la unión del patrimonio Louvois con la fortuna Pearson.

—Tomaremos el té en la biblioteca. Dejen todo en sus cuartos, vayan a empolvarse la nariz o a hacer lo que tengan que hacer y bajen de inmediato —fueron las órdenes impartidas por nuestro anfitrión antes de que subiéramos. El Embajador empezaba a verse algo malhumorado.

En la biblioteca, muy acogedora y de estilo inglés, conocí al resto de las personas invitadas a pasar el *weekend*. Todos sin excepción eran franceses y estaban sentados en diferentes partes del cuarto. En el centro sobre un sofá rojo rubí estaba Mimi Pearson, Duquesa de Louvois, piel bronceadísima, ojos azules, vestida con un voluminoso caftan (la Duquesa no era *petite*) de atrevidos estampados africanos en naranja y verde. Definitivamente un ave del paraíso entre los conservadores gris-beige (*grège*) de las otras señoras. Su única concesión al *high country look* eran las zapatillas de terciopelo guinda bordadas con el escudo de los Louvois, iguales a las que tenía puestas su marido. Me miró de arriba a abajo abiertamente mientras me dirigía hacia ella para saludarla.

¡Uy!...

Le sonreí. Ella me sonrió también.

—Hola, ¿cómo estás? Ven, siéntate aquí. Quiero hablar contigo. Guy me cuenta que eres excelente compañía —me dijo en inglés señalando el sitio vacío al lado de ella en el sofá.

¿?

—Aunque te parezca raro y quizás no lo sepas, él detesta ir a París. La otra noche sin embargo regresó encantado de la comida de nuestro amigo aquí presente, gracias a ti —me dijo con una voz ronca, el resultado de un consumo de al menos un par de cajetillas diarias a juzgar por el cenicero repleto que tenía al lado.

—A mí también me encantó conversar con él, estuve muy entretenida —le respondí cautelosa.

—Lo criaron muy mal. Engreído a más no poder por ser el hijo mayor —ya tú sabes, el nombre famoso y todo lo demás— y maltratado por una sádica institutriz inglesa, *Nanny Wilson*. Sus padres eran muy fríos y siempre andaban de viaje, así que en el fondo es un gran tímido y solo se siente a gusto en Louvois.

Esto era casi demasiada información para un primer encuentro, sobre todo viniendo de una duquesa francesa. Me debió leer el pensamiento porque dijo:

—Mira, yo soy sudafricana y me tiene sin cuidado esa actitud de tomar distancia que tienen los franceses —agregó, explicando así su franqueza y su forma de ser, ambas ampliamente justificadas; a fin de cuentas tenía la clase de plata que ayuda a ser o decir cualquier cosa.

—¿Y quién no estaría feliz aquí? Es como vivir en un cuento de hadas —respondí, evadiendo su último comentario y pisando con mucho cuidado.

¿Adónde quiere llegar con esta conversación?

—¡Ah!, pero en todos los cuentos de hadas hay una bruja mala por algún lado ¿no es verdad? La cosa es saber quién es y no cruzarse en su camino. ¡Y, claro, no morder la manzana envenenada! —agregó riendo sin alegría.

Esta no era una duquesa feliz, con o sin diamantes.

Guy entró seguido por Pudding, su enorme Retriever; los Jack Russell eran de Mimi. Nos pidió, o mejor dicho nos ordenó, que saliéramos a ver su nuevo rosedal. El Embajador me lanzó una mirada de desesperación total. La tarde había enfriado y él detestaba el aire libre y cualquier cosa que oliera vagamente a clorofila. Trató desesperadamente de zafarse, pero Guy no se lo permitió. No solo era el dueño y señor de Louvois, aquí su palabra era ley.

Nos llevó hacia un jardín recién plantado en el más puro y tradicional estilo inglés, es decir, en total contraste con los jardines formales y geométricos que lo rodeaban. Se sentía orgulloso, como un hombre que enseña su última conquista. Los rosales aún eran jóvenes, su verdadero potencial estaba por verse pero ya se divisaban unos cuantos botones blancos, amarillos y lavanda entre el verde oscuro de las hojas, de hecho prometía ser un jardín precioso dentro de unos años. A lo largo de los caminitos había maceteros de madera pintados de un verde claro, cada uno con un arbusto podado en forma redonda, el único toque francés en este típico jardín inglés.

Terminado el tour enrumbamos de vuelta a la casa detrás de Guy, quien se esforzaba por prestarle más atención al Embajador, ahora francamente con cara de aburrido. Mimi de Louvois y yo caminábamos al final del grupo, junto a un cultísimo y renombrado crítico de arte y ex ministro francés que era la viva imagen de Humpty Dumpty. Mientras trataba de concentrarme en su larga y elaborada descripción de los méritos de un Corot en préstamo al Hermitage, no podía evitar pensar ¿*Nanny Wilson*? ¿La «V» de Churchill? ¿«Pudding» y jardín de rosas? Pese a su amor por Francia y su lealtad al escudo de los Louvois detectaba en Guy una fuerte añoranza por Inglaterra. Después de todo es bien sabido que lo único mejor que un duque francés es un duque inglés.

El ex ministro se nos adelantó en busca de un mejor público oyente, y Mimi se volteó hacia mí para decirme:

—Cuando llegué aquí por primera vez, joven y recién casada, también me entusiasmé mucho con el jardín. Mis padres tenían uno precioso en El Cabo. Me pasé meses y meses desyerbando y planeando los canteros. Pero muy pronto me di cuenta que el jardín, y ni qué decir la casa, jamás iban a ser míos. Cuando mi suegro, el viejo Duque, murió, Guy tomó las riendas de todo. Y por todo me refiero a todo. Cuando le toque estirar la pata, que será antes que a mí, pues es diez años mayor que yo, mi hijo Jean pasará a ser el dueño de todo esto. ¡Tendré suerte si mi nuera deja que me quede en la casa vacía del guardián!

Esto último lo dijo con total naturalidad. Mi impresión era que a Guy le faltaba mucho para «estirar la pata», pero Mimi Pearson era una mujer práctica que se había casado muy bien y de hecho vivir en Louvois tenía sus ventajas a vivir en El Cabo, con o sin jardines espectaculares. Era obvio que tenía bien claro cuál era su lugar en el orden de picoteo de la familia Louvois. Pero eso no cambió mi impresión de que le encantaba su posición, el apellido de su marido y todo lo que eso significaba.

—Mira, todavía es temprano, ¿quieres que te enseñe el resto de la casa? —preguntó.

—Claro, me encantaría —le respondí.

No iba a dejar pasar la oportunidad. No solo sentía curiosidad por ver la casa, la duquesa también me tenía intrigada.

De vuelta en el hall principal, el grupo se dirigió a la derecha y nosotras a la izquierda. Mimi me enseñó primero la biblioteca formal, ubicada en la torre principal. Tenía las paredes cubiertas por miles de tomos y una escalera de caracol de roble llevaba a un segundo nivel y a otro más alto aún. Unas barandillas de fierro forjado permitían subir a buscar los libros a los estantes más altos sin peligro de desbarrancarse.

Como todos los ambientes en Louvois, este era impresionante pero a la vez acogedor, lleno de encanto y poesía. Seguí a Mimi y atravesamos l'Orangerie, el jardín de invierno. No existe *château* que se respete que no tenga uno de esos invernaderos repletos de grandes maceteros con naranjos en flor.

—Apenas se caen los azahares y aparece la fruta los llevamos al patio exterior —me explicó.

Subimos por una segunda escalera más chica que la anterior que conducía a los dormitorios de invitados, y llegamos a un piso privado ubicado al costado de la casa y paralelo al arroyo. Mimi abrió unas puertas altas que daban a un dormitorio que me dejó boquiabierta. El techo estaba por lo menos a cuatro metros de altura y al costado de la puerta de entrada donde estábamos paradas había disimulada otra pequeña puerta. Al frente los ventanales con vidrios cuadrados iban de piso a techo y tenían vista al arroyo, los cisnes y el bosque. A un costado entre otras dos ventanas iguales a las anteriores había una cama imponente con un dosel estampado con aves silvestres y flores tropicales, obviamente el trabajo de un gran tapicero. Aparte de la cama los únicos muebles eran un escritorio Louis XV, dos sofás del mismo periodo y un biombo pintado a mano, diminuto en comparación al tamaño de la habitación.

—Con esta vista debe ser dificilísimo para ti y para Guy concentrarse en leer los periódicos en la mañana.

¿Qué otra cosa le podía decir? ¿Que me hacía acordar al dormitorio de mi tía Adelita?

—No, no, este es mi dormitorio. Guy no duerme aquí —dijo algo sorprendida—. Ven, te enseñaré su cuarto.

Salimos por la puerta disimulada, atravesamos un baño de proporciones olímpicas y luego de un laberinto de pasadizos y de subir y bajar escalones, llegamos a una *mezzanine*. Allí, en un cuarto espartano con techos muy bajos con vigas, había una cama angosta que más parecía un catre de campaña y un escritorio sencillo y funcional como los que usaban los contadores en épocas anteriores a las computadoras. Una silla giratoria completaba el *décor*. Al lado de la cama había una canasta grande y deforme, supuse que allí dormía Pudding. En las paredes colgaban escopetas y más escopetas, uno que otro trofeo y algunas fotos familiares. El efecto general era muy masculino y muy apretujado.

¿Todo ese espacio afuera y él duerme en esta celda?

—A Guy le encanta estar aquí —fue la respuesta a mi pregunta no articulada—. Aquí tiene todos sus juguetes, su perro, y puede leer y fumar sus puros sin molestar a nadie. Es realmente feliz en este cuarto.

Eso tendría que verlo para creerlo.

—Mañana te enseño la capilla si quieres, ahora está cerrada. ¿A no ser que quieras ir a misa con nosotros el domingo? Ya verás el resto de la casa esta noche, a la hora de la comida —dijo concluyendo la visita.

Nos separamos y subí a mi cuarto.

Mi ropa había sido desempacada, mi maleta guardada en el closet y la cama estaba lista para la noche. Solo tenía que cambiarme y bajar a las ocho. Guy había anunciado que nos esperaba a las ocho en punto.

Me di tiempo para darme un baño largo y relajante y, claro, estuve entre los últimos invitados en bajar a la biblioteca, ahora con las cortinas cerradas y la chimenea prendida. Mimi tenía puesta una amplia y colorida *kushma* y un collar tribal de piedras grandes de colores. Le alabé la increíble pieza de joyería.

—Sí, pega su gatazo ¿verdad? Como comprenderás no voy a usar brillantes. Sería como un aviso ambulante del negocio familiar —respondió con ironía.

Esa noche las otras mujeres llevaban el uniforme *de rigueur* para estas ocasiones: pantalón de terciopelo negro, zapatos chatos y chaquetas de seda. Me sentí un poco fuera de sitio con mi falda corta de tubo y mi chompa color fresa con pedrería, además de collar, aretes y *stilettos*, pero las miradas que me echaron mi anfitrión y algunos de sus amigos me devolvieron rápidamente la confianza.

Los huéspedes continuaron una acalorada discusión sobre los méritos de un *schloss* en el corazón de Alemania, donde algunos habían estado durante la temporada de caza del año pasado. Jamás había oído hablar del *schloss* ni de sus dueños, y nunca había estado en una cacería, o sea que mi aporte a la conversación fue nulo. Ídem el del Embajador que medio que bostezaba en una esquina. Aparte de caerle bien a Guy todavía no estaba muy segura de la razón por la que estaba ahí y esperaba, sinceramente, que la conversación abarcara temas más amplios. Pero no fue así. Pese al aristocrático y magnífico entorno los temas eran bastante limitados, por no decir provincianos, e incluían, en orden descendiente, temas de familia, matrimonios y/o divorcios (de estos últimos había muy pocos), *châteaux* reclamados, perdidos, comprados o siniestrados, alianzas hechas entre gente muerta hace doscientos años, historias de cuadros heredados y muchísimos cuentos de animales muertos: todos temas totalmente fuera de mi alcance.

A las ocho y media en punto se escuchó el gong desde el hall anunciando la cena.

—Nunca he llegado tarde a almorzar ni a cenar —dijo Guy, levantándose y dándonos la pauta para que lo siguiéramos— y nunca en mi vida me he saltado una comida.

¡*Guau*! En ese momento decidí que mejor sería nunca contarle acerca de mis años en Nueva York, donde la mayoría de veces almorzaba un sándwich en un taxi rumbo a una reunión, lo que los americanos llaman *multitasking*.

—Ven, siéntate a mi izquierda. Esta es tu primera vez en Louvois, así que te deberías sentar a mi derecha, pero no escucho nada por ese lado, demasiadas cacerías y muchos años disparando ¿sabes? —dijo Guy entrando de pleno en el tuteo y en confianza mientras me llevaba del brazo al espléndido comedor.

Las paredes recubiertas de damasco verde limón del comedor estaban repletas de retratos tamaño natural de los ancestros Louvois, rindiendo testimonio del pasado glorioso de la familia y su rol en la historia de Francia. Había generales, arzobispos, almirantes y ministros, todos al servicio de la Corona. Y en medio de estos valientes e intimidantes caballeros el bello retrato de la mujer que conquistó el corazón de un Rey de Francia, cuyo amor fue tan grande que mandó a construir este castillo para ella y para toda su descendencia.

La comida fue servida de manera impecable por las mismas empleadas que había visto en el transcurso del día, pero que habían cambiado sus uniformes grises por unos negros con mandil blanco almidonado. Todo era dirigido por un viejísimo mayordomo vestido con saco amarillo y botones de plata grabados con el omnipresente escudo de los Louvois.

—Antiguamente mi abuelo tenía un archivo donde guardaba los botones con las armas de sus amigos, y llevaba también un registro de sus invitados. El mayordomo y todo el servicio cambiaban de botones dependiendo de quién era invitado a Louvois —esta información me fue impartida con un aire de nostalgia—. Pero hablemos de ti —agregó, e inmediatamente se puso a hablar de sí mismo.

—Me gusta que te hayas puesto una falda. No me gustan estas modas en que las mujeres se ponen pantalones para todo. Está bien que los usen de día, para montar a caballo o para cazar, pues no era muy práctico cuando las mujeres se ponían faldas para hacer deportes de hombres. Pero desde la primera vez que te vi, noté que tenías bonitas piernas y que te gustaba lucirlas. ¡Bien hecho! —dijo con aprobación.

Dejando el tema de las piernas a un lado yo diría que estaba feliz de ver una cara nueva. Aparentemente, el resto de los invitados eran los mismos todos los fines de semana.

La conversación se generalizó. ¿El tema? La venta de los bienes y las propiedades de un príncipe napolitano que todos parecían conocer incluso, a Dios gracias, el Embajador quien nuevamente estaba entre nosotros, metafóricamente hablando. Había tenido muy entretenidos a todos durante el primer plato (una mezcla deliciosa de espárragos frescos y foie gras), con unos chismes suculentos tan buenos o mejores que el foie gras. Guy lo escuchaba pero su atención no estaba dirigida ni a mis piernas ni al Embajador sino a lo que salía de la cocina. Mientras que los otros —especialmente el crítico de arte y el Embajador— estaban en un pico a pico sobre quién sabía más sobre el valor histórico y patrimonial de la familia italiana en cuestión, Guy se estaba despachando una porción enorme de pescaditos diminutos fritos a la perfección con ingentes cantidades de *sauce tartare*. Me di cuenta de que el equilibrio en la mesa de Guy no era algo accidental. En años venideros casi siempre vería al mismo grupo de gente —Guy odiaba los cambios— con uno o dos intelectuales eruditos de recambio para mantener fluido el ritmo de la conversación sin que él tuviera que levantar un dedo y así poder dedicarse de lleno a la comida, su verdadero interés. Siempre habría una cara bonita, o por lo menos nueva sentada a su izquierda para tener algo agradable que mirar mientras se daba de lleno a la gastronomía. Mimi, rodeada de sus favoritos, se sentaba siempre frente a él. Esta noche tenía a su derecha, probablemente para irritar a Guy, al Marqués d'Agincourt, un gran favorito cuyo título era más antiguo que el de Louvois. A través del barullo de la conversación se escuchó la voz lánguida del Marqués preguntándole a nadie en especial:

—¿Han visto el «Figaro» de esta mañana? Todas las semanas se muere un marqués y nacen tres. Para fines de siglo en vez de ser veinticuatro seremos miles…

El comentario produjo una sonrisa de satisfacción en Guy, ya que eso era algo que jamás podría ocurrirle a un duque. Solo existen seis o siete duques en Francia y todos están bien contaditos.

Para cuando llegó el postre, el pico a pico entre el Embajador y el crítico de arte parecía entrar en la recta final, con ventaja para el Embajador quien por haber sido enviado al Vaticano en algún momento de su carrera —detalle

121

clave tratándose de la aristocracia italiana— tenía información privilegiada acerca de la familia del Príncipe, cortesía de la Iglesia Católica. De reojo vi a Guy chupándose con el dedo lo último del *coulis* de albaricoque que había quedado en la salsera, el acompañamiento de una exquisita omelette dulce y esponjosa salpicada con láminas de almendras y espolvoreada con azúcar impalpable. Se dio cuenta de que lo había pillado y me hizo un guiño de complicidad que le respondí. Resultaba imposible no quererlo.

No regresamos a la biblioteca y pasamos directamente al salón principal.

—¡No vamos a tomar el café en la mesa como los campesinos! —fue la forma como Guy dio por terminada la comida.

El salón principal estaba recubierto con *boiseries* de roble blanqueado. En el centro se lucía un invalorable *salon*, o grupo de sofás y sillones firmados por Jacob, uno de los más famosos ebanistas y fabricantes de muebles del siglo XVII, forrados en un damasco de seda color plata y frambuesa. Había suficientes asientos como para sentarnos en círculo y Mimi servía café de una cafetera de plata colocada en un azafate a su lado; no había mesa de centro porque no existían hace doscientos años cuando Jacob hizo los muebles. Me hizo un gesto para que la ayudara a pasar las tazas a los invitados, una tarea reservada a algún miembro de la familia o a la persona más joven del grupo, lo que estuviera más a la mano. Nuevamente le tocó al Embajador ser el indiscutible centro de atención gracias a unos trucos de magia impecablemente ejecutados —su especialidad en este tipo de comidas— para deleite de todos pero principalmente del suyo propio.

A las doce en punto se escuchó un reloj dando la hora a la distancia y todos se pusieron de pie como muñecos de cuerda.

—¡*Mon Dieu*! ¡Es medianoche! —dijo el crítico de arte mirando su reloj—. No debemos abusar de la hospitalidad de Su Gracia —agregó mirando a Mimi.

—¡Qué tonteras! Quédense hasta la hora que quieran —contestó Mimi.

A nadie se le ocurriría tomar la frase en serio. Los franceses le temen al insomnio más que el resto de nosotros y tienen la creencia arraigada de que si se acuestan después de la medianoche no van a poder dormir nunca más.

Nos deseamos las buenas noches, las mujeres con un beso y los hombres inclinándose para besarnos la mano. Ya en mi habitación me desvestí con toda paciencia, lentamente. El cuarto estaba calentito. Todo era tan tranquilo, mullido y acogedor. Había solo una lámpara prendida en la mesa de noche. Me metí en la cama, apagué la luz e inmediatamente se me fue el sueño. Me quedé desvelada, escuchando los pasos de alguien que caminaba en el piso directamente encima del mío, como un león intranquilo, yendo y viniendo de un lado al otro en su jaula, una y otra vez, durante largo rato.

Hmmm… quizás el asunto de quién dormía dónde en Louvois no estaba tan bien resuelto como parecía.

A la mañana siguiente me desperté con la luz del sol filtrándose por las cortinas y con un hambre atroz. Me puse la bata de felpa blanca que me habían dejado en el baño y bajé al comedor sin hacer ruido en busca del desayuno. Encontré al desayuno y también a seis hombres afeitados e impecablemente vestidos sentados alrededor de la mesa, tomando café mientras leían los diarios matutinos en perfecto silencio.

—Buenos días, querida —dijo Guy poniéndose de pie—. Espero que hayas dormido bien.

¡Ay… tierra trágame! ¡Qué vergüenza!

—¡Guy, cuanto lo siento! No sabía dónde debía ir a desayunar.

—Tonteras, niña, no te preocupes. Olvidé decirte que puedes tocar el timbre al lado de tu cama para que te lleven el desayuno arriba, ¡o quizás no lo hice a propósito para que bajaras así, tal como estás, y para que desayunaras conmigo! Pero ahora dime, ¿qué prefieres, té, café, jugo de naranja, croissant con mermelada de arándanos del jardín?

Mi definición de un caballero es y siempre será Guy de Louvois, un hombre incapaz de hacer sentirse incómoda a una mujer sin importar las circunstancias.

El resto del fin de semana transcurrió como un ballet bien ensayado. Fuimos a ver las caballerizas antes del almuerzo y por la tarde visitamos una granja de faisanes donde miles de polluelos eran incubados y engordados para luego ser soltados antes que empiece la temporada de caza. Cuando regresábamos de la granja cruzamos el arroyo por otro lugar y vi a lo lejos un puente con ventanas de vidrio en ambos lados, una especie de Rialto-en-Normandía. Parecía estar cerrado por todos sus lados y no tenía pinta de haber sido construido para cruzar el agua.

—¿Qué es eso? —le pregunté a Guy, que venía caminando a mi lado.

—¡Ah, ese ridículo artefacto! Mi bisabuelo lo mandó a construir para una fiesta. Al final resultó siendo tan grande que era más caro derrumbarlo que dejarlo. Así que se quedó. Solo se usa una vez al año para la cena del baile de Saint Jean que es dentro del puente —me explicó—. Vendrás por supuesto —añadió.

—Sí, claro. Gracias.

La cena esa noche fue un asunto más elaborado. Vinieron amigos de campos vecinos y la mayoría de los hombres estaba de smoking. El de Guy era verde esmeralda con bordes color *bordeaux* y sus zapatillas eran del mismo color, muy elegante. El vestido largo de Mimi era puro «África mía», estampado en piel de leopardo y con enormes discos de cobre al cuello, muy *mau-mau chic*. Yo opté nuevamente por un vestido en vez de pantalones (había empacado un par para la ocasión), y me puse un numerito en crepe y muselina marrón con mangas largas y cuello alto muy pegado y mostrando bastante pierna.

Nuevamente me senté a la izquierda de Guy y en medio del barullo de la conversación general intercambiamos risas y anécdotas. Al igual que por la mañana, me sentía muy cómoda con él. Más aún cuando de pronto me di cuenta que de todos los que estaban sentados allí yo era la única que lo tuteaba. Casi todos los demás, incluso su hijo Jean y su mujer, lo trataban de *vous* y muchos de los invitados se dirigían a él como Su Gracia. La única otra persona que tuteaba a Guy era d'Agincourt, pero me imagino que lo hacía para recalcar la mayor antigüedad de su título y para joroborlo.

Ya mejor instruida, a la mañana siguiente apreté el botón indicado y pedí mi desayuno. Me lo trajeron al poco rato en un azafate de plata. Jugo de naranja, tostadas y té bien caliente. Perfecto. Después de la misa —que contó con gran asistencia, la devoción remplazando brevemente a la mordacidad— todos regresamos a empacar para regresar a París. Cuando bajé a la biblioteca a buscar un libro que se me había quedado, me encontré con Mimi escaneando con la mirada los periódicos dominicales.

—Hola, ven, siéntate a mi lado. Los periódicos franceses son tan aburridos que me toma un minuto leerlos. ¡Cómo me lamento cada vez que pienso en los periodistas de Fleet Street! —dijo sonriendo—. ¿La pasaste bien con nosotros? ¿O te parecemos muy pesados? —agregó con algo de seriedad en la voz.

—Todo lo contrario. No solo la pasé muy bien, sino que sentí como si hubiese viajado en el tiempo sin moverme —le dije con total sinceridad.

—Tienes razón. Todo en Louvois se ha quedado atascado en el *Ancien Régime*, empezando por Guy, ¡pero qué diablos! así es como le gusta —respondió—. ¿Sabes? Guy nunca se siente más feliz que cuando descubre nuevos talentos, en este caso tú. No, no protestes, deja que termine. Yo también soy feliz cuando se va a París a almorzar con una nueva amiga o cuando la invita a Louvois. ¿Por qué? Porque lo pone de buen humor y eso le facilita la vida a todos, incluso a mí. Siempre le he dicho que salga y que se divierta, yo siempre lo estaré esperando aquí. No pienso irme a ninguna parte.

Y con eso Mimi de la Mothe (nacida Pearson) y Duquesa de Louvois puso a todos en su lugar y las cosas en su sitio.

El almuerzo estuvo delicioso y no fue apurado pese al nerviosismo de algunos invitados por evitar el tráfico de regreso a París. Me volví a sentar a la izquierda de Guy y todos en la mesa parecían sentirse cómodos conmigo. Era como si por un truco de magia —como los del Embajador— todos supiesen de la conversación que tuvimos en la biblioteca Mimi y yo y se sintiesen muy contentos con la situación.

Nos fuimos entre adioses y besos algo confusos en medio de los cuales Guy logró decirme que me llamaría pronto para almorzar. El Embajador parecía estar al límite de su paciencia; el campo no era su hábitat de elección y después de dos días en un mismo sitio mostraba síntomas de un agudo cuadro de claustrofobia.

Lloviznaba cuando entramos a París pero al Embajador se le veía radiante.

—¿Qué te parece una película en Montparnasse? ¿Y después un sándwich en La Coupole? —me dijo con la cara feliz de un chico a quien acaban de soltar del colegio.

—Encantada. Vamos —le respondí sonriéndole.

El lunes por la tarde me senté frente a una hoja en blanco tratando de escribir mi nota de agradecimiento o *lettre de château* a Louvois, tal como me había explicado y conminado a hacer el Embajador en su llamada de esa mañana. Según Su Excelencia para que la nota esté escrita como se debe hay que seguir al pie de la letra un formato de carta-modelo. La «casa» —sin importar su tamaño— siempre será «magnífica» o «espléndida» y los siguientes puntos van de cajón:

a. la cálida bienvenida
b. el ambiente acogedor
c. los invitados encantadores

d. la comida deliciosa (esto es importante)
e. la linda habitación (aquí se pueden incluir un par de detalles)
f. los bellísimos jardines (este punto es muy, pero muy importante).

Sobrepuesto al peligro de tener que pasar otra noche en el campo, el Embajador estaba nuevamente en forma, graciosísimo y muy acertado en sus recomendaciones. Gracias a sus indicaciones sabía lo que tenía que hacer pero igual la nota debía ser redactada con estilo e imaginación, cosas que a veces me eluden. Concentrada esperaba la llegada de la musa o de la inspiración y me costó trabajo ubicar el teléfono cuando sonó.

—¿Y qué tal tu fin de semana en Louvois? —me preguntó Lola.

—Bastante bien, todo muy elegante, muy *chic*. La casa maravillosa, el sitio ídem, la comida magnífica (estaba sonando como la carta), pero en última instancia un poco *bizarre*. Fue como compartir el reparto con artistas de primera dentro de un guión bien ensayado —le dije, explicando lo mejor que podía—. Todos parecían congelados en el tiempo, como personajes salidos de Stendhal o Balzac, sin la menor conexión con las bombas, el terrorismo, los barcos repletos de refugiados, la hambruna, el genocidio y todos los horrores que hoy son pan de cada día.

—Sí, se esfuerzan mucho por mantener la ilusión de que una parte del mundo se quedó para siempre en la época del Rey Sol —agregó Lola.

—¿Pero cómo lo hacen? La simple logística de mantener la ilusión viva debe significar un esfuerzo de titanes, les debe costar un dineral.

—No lo dudes. En cuanto a la plata, esto no es problema ni para Guy ni para otros hombres de la aristocracia que se casaron bien. Pero sin exagerarte hay familias que prefieren quedarse sin comprar ropa nueva para poder calentar esos monstruos, e igual se congelan el *derrière* en /

invierno. Yo sé lo que es eso por experiencia propia —respondió Lola—. El principal problema para los que tienen plata y para los que no es llenar sus benditos *châteaux*. La gente va y muchas veces no quiere repetir la experiencia. Ya sea porque hace mucho frío o porque es muy aburrido. Entonces lo único que les queda es armarse de un elenco estable o invitar a la gente con tanta anticipación que no les pueden decir que no.

Todo el mundo tiene sus problemas.

—¿Y qué tal te fue con Mimi? —preguntó.

—Bastante bien, considerando que fui la invitada de Guy.

—Eso no le importa. Su única preocupación es mantener a su marido contento y conservarlo, punto. Creo que tú puedes garantizarle ambas cosas —se rió.

—Sí, de hecho, puede que sí.

Me encontré con dos mensajes frenéticos cuando salí de ver una película buenísima el viernes por la noche. Para mí, una fanática del cine desde siempre, era un deleite tener los cines y teatros de los Champs Elysées tan cerca de mi departamento. Ambos mensajes eran de la *Contessina* y contenían la misma súplica: «*Cara*, es urgente, llámame apenas escuches esto, no importa la hora».

Así lo hice, la llamé de inmediato a su casa.

—*Ciao cara*, gracias a Dios que me has devuelto la llamada. ¿Estás en París?

—Sí, estoy aquí. ¿Qué pasa? —me moría de curiosidad, la *Contessina* no exageraba así como así. Esto debía ser una emergencia de verdad.

—El Prix de Diane es pasado mañana y tú sabes que Hermès auspicia el premio todos los años.

—Sí, ya lo sé. Tú misma me lo dijiste, ¿recuerdas? Además, está en todos los periódicos.

—Bueno, yo estoy a cargo de las relaciones públicas. El tema es la India y tengo un avión repleto de maharajás con sus maharanis con sus mejores galas viniendo a Chantilly para el evento. Habrá de todo. Elefantes, templos, bailarinas exóticas, encantadores de serpientes y kilómetros de tela de sari para vender la idea de que Hermès es el viaje y la India su destino.

Hasta ahí tutto va benne. *¿Cuándo dispara el otro cañón?*

—Parece que una de las maharanis hizo algo terrible y rompió un tabú. Se mandó mudar con un hombre de otra casta o algo por el estilo. El asunto es que me falta una mujer para la mesa principal y estoy desesperada buscando a alguien que me llene el sitio ¡y que tenga el perfil! ¡Y me quedan dos días!

—Yo soy sudamericana, ¿a ti te parezco india?

—¡No, no *carissima*, para nada, no me refiero a ese tipo de perfil! Necesito una mujer que sea *chic* y que sea joven, en esto mi *Directeur* fue muy claro, «nada de lagartos viejos y malhumorados» fueron sus palabras. Además, tiene que hablar perfectamente inglés y saber llevar una conversación —dijo, toda ella un encanto.

Ahora ya es oficial: hablo hasta por los codos.

—¿Estarás libre el domingo? Por favor, mi trabajo pende de un hilo —suplicó.

—No te preocupes. Tu búsqueda terminó. Dame los detalles —le respondí.

—¡*Cara, cara amica*, no sé cómo agradecerte! —respondió casi eufórica de alivio.

Una carterita Birkin no estaría mal.

—Acuérdate que todas las mujeres tienen que ir con sombrero, nada muy modosito ni clasicón. ¡Dale rienda suelta a tu imaginación! —me aconsejó.

Ok. Sombrero y original. Y yo con cero plata. Facilito nomás.

— 9 —

No me cabe la menor duda de que entre los más o menos cuatrocientos invitados al Grand Prix de Diane ese domingo yo era la única con un sombrero comprado en una ferretería. Unos días antes de pura suerte pasando por l'Avenue Bosquet en busca de clavos y un martillo entré a una tienda que además de artículos de ferretería vendía un surtido muy interesante de sombreros. Intrigada, le pregunté al *patron* quien me explicó que su esposa había trabajado en una tienda de sombreros y que todavía se entretenía haciendo creaciones nuevas, es más, tenía una clientela fija de señoras del VII *Arrondisment* que sabían apreciar un buen sombrero a un buen precio.

En esa ferretería compré el sombrero que me pondría, sencillo en apariencia pero grande, de paja, con un ala delantera sujetada hacia atrás por un lazo bien ancho, también de paja, pero desflecada. El efecto: *full haute couture*. El precio: menos que los clavos y el martillo.

Una mañana soleada dos días después de mi conversación con la *Contessina* —convertida ahora en una amiga para toda la vida— nos reunimos en Chantilly bajo una carpa envuelta con kilómetros y kilómetros de sedas iridiscentes, un efecto espectacular tipo Laurence de Arabia vía Bollywood. Como fondo un cielo celeste diáfano con una que otra nubecita blanca y redonda como copo de algodón. El conjunto hacía el efecto de un telón pintado de un día idílico de primavera.

En el pasto entre la carpa y la pista de carrera había docenas de personas sentadas con canastas de picnic. La mayoría estaba muy *chic*, algunas sencillamente despampanantes, con vestidos lindos y sombreros más lindos aún. Los hombres vestían trajes ligeros de verano color gris perla, chalecos —con bordados— en tonos pastel y sombreros de copa. De este lado del hipódromo el centro de atención eran los sombreros y quién estaba debajo de ellos. A todos les importaba un pepino las carreras excepto, por supuesto, a los dueños de los caballos. Los de las tribunas al otro lado del cerco solo miraban curiosos cuando llegaba un sombrero particularmente llamativo, pero en realidad estaban más interesados en los resultados de sus apuestas que en nosotros.

Una vez en la carpa mostré mi pase y la *Contessina* se materializó. Tal como dijo me llevó a la mesa central y me instaló entre su *Directeur* y un surtido de ricos y famosos. Mi vecino era un pariente del famoso maharajá de Baroda y llevaba una chaqueta con lo que parecían ser los famosos brillantes Baroda *in lieu* de botones. Todas las damas indias vestían saris, cada uno más lindo que el otro. No podía evitar pensar en la suerte de la señora a la que estaba reemplazando ¿Habría sido decapitada? ¿Estaría su cuerpo amortajado flotando por el Ganges? ¿O estaría viviendo feliz en South Miami? Ojalá por ella.

Había también tres francesas en mi mesa que, al lado del arco iris de saris, parecían tímidos gorriones. Felizmente tuve la previsión de ponerme un conjunto de falda corta en chiffon anaranjado con volantes y un top plisado del mismo color con tiritas y bastante escote.

¿Dónde más si no en un evento auspiciado por Hermès puede una vestirse de color naranja de los pies a la cabeza?

El menú fue en honor a la India. Luego de una crema fría de yogurt y pepino nos sirvieron varios currys condimentados con pimientos exóticos y cardamomo traído desde Delhi, preparado por una cuadrilla de chefs indios y servido por sihks altísimos con túnicas blancas y turbantes de tafetán en colores bombón. Por desgracia el exquisito almuerzo fue despachado sin vino. Pero felizmente y para alivio de los locales habían instalado un bar bien surtido a un lado de la carpa, donde se podía pedir desde champagne hasta todo tipo de licores. Gracias a Dios. De lo contrario la gente de Hermès hubiese tenido un motín en sus manos.

Mi vecino resultó ser muy entretenido y aunque su inglés no era exactamente de la BBC de Londres —tal como quedaría claramente establecido más adelante—, se dejaba entender bastante bien y la conversación no fue un problema. Estaba muy interesado por mis orígenes y yo por conocer los suyos. Éramos como dos perros que se acaban de conocer y se olfatean con el único propósito de identificarse, sin ninguna otra actividad en mente. Él no era mi tipo y sospecho que yo tampoco era el suyo.

—*Veeeery hot in your country, yes?* —me preguntó en su inglés con pronunciado acento hindi, seguramente tratando de encontrar un tema en común al hablar del tiempo, algo típicamente inglés.

—No, en realidad no hace tanto calor. Yo vivía en la costa y por lo general es templado. Hasta puede hacer bastante frío en invierno y es nublado en verano, pero rara vez hace mucho calor —le respondí.

—¡Ah!... Como en Brighton, ¿sí? —preguntó.

No estábamos llegando a ningún lado con esta conversación así que decidí darle el gusto.

—Si, igualito a Brighton.

—¡Claro, lo sabía! —respondió satisfecho.

—¿Y qué hay de la política? ¿Su país es una república bananera gobernada por un dictador? —preguntó, la imagen misma del decoro.

—No, por ahora no.

Lo que no le dije es que nos había tocado de todo. Desde bananeros, yuqueros y un sinnúmero de tubérculos, hasta frutas y verduras a lo largo de nuestra historia republicana.

—Nuestro país es más *tutti-frutti*. Las repúblicas bananeras están más arriba, en Centroamérica —le respondí.

—¡Oh, sí! ¡*Tutti-fruti, veeery good!* —dijo, más sonriente que nunca—. Nosotros también tuvimos una temida dictadora, la señora Gandhi, ¿usted quizás ha oído hablar de ella?

—Por supuesto, fue asesinada por sus guardias, ¿no?

—Sí, fueron tiempos terribles, ella era una mujer muy dura, pero yo estoy en contra de la violencia. En el caso de la señora Gandhi fue peor aún porque ella era la *fucker* mas grande de la India —agregó muy solemne.

¿QUÉ?

—Perdón, ¿cómo dijo?

Este tipo está bromeando.

—Así es. Pensé que usted lo sabía —respondió.

—Bueno, no exactamente —dije con mucha cautela.

—Oh sí. Aprendió todas las disciplinas de un gran gurú —me explicó muy serio.

¿Ah sí, no? La muy bandida. ¿Quién lo hubiera imaginado?

—Podía meditar por horas y entrar en estado trascendental. Eso sí, nunca caminó sobre carbones encendidos ni se echó sobre camas de clavos. Esas atracciones de circo son solo para turistas —continuó.

—¡Ah!, ya entendí!, ¿usted quiso decir que era una faquir?

—Sí, eso mismo fue lo que dije, una *fucker* —respondió confundido.

Me reí aliviada, él me miró un poco extrañado, tratando de entender cuál era el chiste. Probablemente atribuyó mi reacción a mi condición de extranjera, es decir, a la de una sudamericana medio rara.

Nos levantamos todos para ver a los caballos correr el Prix de Diane, *noblesse oblige*, y muy obedientes aplaudimos al ganador. Regresábamos a la carpa para el café —aunque en este caso era té, ya que gracias a los maharajás había un surtido increíble de mezclas hasta ahora desconocidas en Europa—, cuando divisé a Lola envuelta en un remolino de tul negro que subía en espiral hacia el cielo.

—Hola Lola —la intercepté mientras iba caminando hacia ella—. ¡Viniste después de todo! —El día anterior me había dicho que había asistido a «miles de Prix de Diane» y que ya estaba harta de todo el asunto.

—Sí, contra todos los pronósticos, aquí me tienes.

—Te ves regia, tu sombrero me encanta —le dije admirando su sofisticada mezcla de sexy con alto diseño, este sí no era de ferretería.

—¡Es mi versión del luto de la viuda! —respondió con una sonrisa coqueta—. Como verás, cambié de opinión, bueno, en realidad me la cambió Bandar —explicó, presentándome a un indio alto, muy guapo e impecablemente vestido parado junto a ella.

—Mucho gusto de conocerte —dijo en inglés, inclinando un poco la cabeza.

Este es muy British para andarse con besamanos y con vous.

—Bandar y mi marido jugaban polo juntos y fuimos sus invitados más de una vez en Kapurthala, ¿no es verdad Bandar? —y luego, volteándose hacia mí, agregó— Bandar venía a veces a La Romana para la temporada de polo. Recuerdo que todos nos portábamos muy mal —rió Lola, mirándolo a él.

—Tú eras la que se portaba mal, Lola, yo era la respetabilidad personificada —respondió, los ojos traviesos— pero para mi mala suerte nunca quisiste portarte mal conmigo.

—¡Es verdad!, pero quizás la mala suerte fue mía —respondió Lola, siempre rápida en reaccionar—. Acabo de ver a la *Contessina*. Voy a felicitarla por lo bien que ha salido todo. Llevo años viniendo al Prix de Diane pero esta vez realmente superaron todas las expectativas y es en gran parte gracias a ella —dijo volteándose y dejándonos a Bandar y a mí parados frente a frente.

—¿Así que tú eres la recién llegada a París? —preguntó Bandar.

—Lo haces sonar como si yo fuera el *plat du jour* —le respondí.

—Y un plato muy apetecible. En eso mismo pensaba yo —dijo sonriendo.

Humor y coquetería…humm.

—No te voy a preguntar si has estado en la India o más específicamente en Kapurthala, porque si hubieras ido ya me lo habrías dicho. La gente que viaja a la India por lo general te lo cuenta en los primeros cinco minutos.

—Adivinaste. Nunca he ido, pero luego del despliegue que he visto hoy no sé por qué no lo he hecho.

—Ya habrá oportunidad. Como en todos los países donde hay grandes contrastes, es mucho más agradable ir allá si conoces a alguien y tienes amigos que te llevan a pasear, así te evitas las trampas para turistas —dijo, aparentemente muy sincero.

—Con tal de evitar a los encantadores de serpientes, estaré muy bien.

—No hay serpientes en Kapurthala, pero si tienes suerte y paciencia puede que veas un tigre o, quién sabe, hasta dos —dijo con algo de orgullo.

—Parece ser una oportunidad única en la vida.

—La India lo es. O la odias o te encanta, no hay medias tintas —respondió— pero tiene que ser durante la temporada seca, cuando se puede viajar sin problemas. Y que es también cuando se puede ver el mejor polo.

Justo iba a responderle cuando se acercó una pelirroja alta, bonita, seguida por una fotógrafa diminuta, que le dijo de manera muy educada:

—Disculpe su Alteza somos de la revista «Gala», ¿podemos tomarle una foto?

¿Su Alteza?

—Por supuesto, encantado —dijo Bandar y sin más ni más la diminuta fotógrafa se arrancó a tomar una serie de fotos de Bandar parado bien pegadito a mí.

—Gracias —dijo la periodista con una sonrisa amplia llena de hoyuelos y se fue en busca de otra presa.

—Mis disculpas por eso, pero estoy aquí en misión de relaciones públicas para la India y para difundir el polo y estas cosas ayudan.

—No te preocupes, por mí no hay problema.

—Estaré en París todo el mes. Voy a jugar en el Open de Polo en Bagatelle, ¿por qué no vienes a ver?

—Me parece genial, me encantaría ver unos partidos. ¿Qué tan bueno eres? Recuerda que en Sudamérica tenemos jugadores buenísimos —le dije en broma.

—De acuerdo. Pero no te olvides que nosotros inventamos el juego —respondió.

Touchée.

Se nos acercaron dos amigos indios de Bandar que, muy educados, preguntaron si se lo podían llevar prestado para una entrevista con «París Match» sobre la próxima temporada de polo.

—Claro, sigan nomás —dije.

Bandar se inclinó una vez más y tomándome la mano antes de irse dijo:

—Recuerda, te estaré buscando entre *chukka* y *chukka*.

Me quedé parada viéndolo alejarse y antes de siquiera poder pensar en él y «en-ahora-qué», Lola se materializó a mi costado.

—Te vi en plena conversación con Bandar y no quise interrumpir —comentó—. Cosa seria, ¿no? Todo un conquistador.

—Sip.

—También es muy buen polista. Es el capitán del equipo indio y las mujeres caen derretidas a sus pies, especialmente las francesas. Tú sabes, el halo del misterioso, alto, guapo y moreno que viene de un país exótico.

—Sip.

—Basándome en referencias anteriores de amigas mías, te lo recomendaría sin reparos, pero solo como un pasatiempo o un *affaire* temporal mientras dura el torneo —agregó.

—¿Por qué? ¿Qué tiene de malo Bandar aparte de vivir en el otro extremo del mundo en un país con tigres pero felizmente sin culebras? —dije en tono de broma para barajarla.

—No, él no tiene nada de malo, si no te importa que regrese a la India donde lo esperan su mujer y sus seis hijos.

Plop.

—Conozco a Devi, su mujer de toda la vida. Algunos de nuestros hijos tienen la misma edad. Es muy linda, muy tímida y adora a Bandar, quien la adora también. Es una mujer muy sabia y nunca viene a Europa ni va a América para el polo. Le deja la rienda bien suelta y él siempre regresa. Cuando íbamos a Kapurthala para la temporada de polo era una anfitriona maravillosa, siempre llena de detalles considerados para con sus invitados.

—¿Quién lo hubiera imaginado? —dije a falta de palabras.

—Bueno *sweetie,* no esperarás que un hombre como Bandar sea soltero, especialmente en la India. Creo que se casó cuando tenía catorce años y Devi once.

¿?

—No, no es lo que estás pensando —se rió—. El matrimonio no fue consumado por algunos años, aunque no muchos ahora que me acuerdo —dijo con una mirada maliciosa.

—¡*Zut* Lola! Parece que las opciones que les quedan a las mujeres como nosotras se ubican entre los casados y los gays. Guatemala o Guatepeor.

—No si te puedes reír de la situación, como lo hacemos tú y yo —respondió, seria por un momento.

Lola tenía razón. No podía sentir lástima de mí misma. Me estaban pasando demasiadas cosas, había muchas posibilidades y me moría se ganas de saber qué traería el mañana.

Cuando nos despedimos la gente ya había empezando a salir. Lola se fue hacia los establos para despedirse de unos amigos indios y para ver empacar a los domadores de elefantes, a las bailarinas del templo y a los encantadores de serpientes; espero que estos últimos se aseguraran bien de no dejar a ninguno de sus pupilos. Yo fui en busca de la *Contessina,* mi movilidad de regreso a la ciudad.

Por fin la encontré, estaba en plena conversación con su *Directeur* y otros VIPS. Me quedé merodeando por ahí, medio perdida, cuando se me acercó mi antiguo pretendiente el Coleccionista.

—Hola. Muy lindo el sombrero, la tenida también —dijo besándome ambas mejillas y admirando mi vestido anaranjado *pret-à-porter.*

—¡Hola! Gracias, no sabía que estabas aquí —le dije, en realidad bastante contenta de verlo.

—Te vi durante el almuerzo en la mesa del *Directeur,* rodeada de maharajás. Un ascenso impresionante en tan corto tiempo —dijo irónico.

—¡Ay, no fastidies! Si realmente quieres saberlo, estaba de reemplazo de una maharani que no pudo venir a último minuto —agregué en un rapto de sinceridad.

—Ah, ya veo, un *bouchon* —dijo con tono de «eso lo explica todo».

¿Un tapón?

Debe haber visto mi expresión porque procedió a explicarme.

—Como invitada de relleno.

Un humilde tapón, ni más ni menos.

—¿Me pareció que buscabas a alguien? —me preguntó luego.

—No, en realidad no. Estoy esperando a que la *Contessina,* que está ahí, termine su conferencia para regresarnos a París.

—No la molestes, parece que tiene trabajo para rato. Hoy es el día libre de Hassan pero traje mi auto y te puedo llevar —se ofreció—. Hazle una seña para avisarle que te vienes conmigo.

Me pareció una buena idea. Estaba agotada, el día entero había sido una vorágine de colores y sonidos. No veía las horas de estar en mi departamento, en el silencio de mi cuarto.

—Gracias, lo haré —le respondí mientras le hacía señas a la *Contessina* indicándole que me iba. Asintió con la cabeza, muy aliviada me imagino.

Nos tomó algo de tiempo atravesar el campo hasta la zona de estacionamiento. Mis pies calzados en tacos altísimos de doce centímetros me estaban matando, pero seguí adelante, con la promesa de los suaves asientos de cuero del Jaguar dándome ánimos. Por fin llegamos al carro. Me dejé caer en el asiento con toda la gracia y estilo que pude y salimos hacia la autopista. Íbamos a cuarenta por hora —paso de tortuga para Francia, pero inevitable por la congestión que se arma al volver un domingo por la tarde— cuando el Coleccionista se volteó a mirarme y dijo:

—Te vi flirteando con la versión india de Porfirio Rubirosa.

—¿Te refieres a Bandar?

Juraría que estaba celoso.

—Sí, como capitán del equipo de polo se encuentra a la cabeza del principal deporte de exportación de la India, junto con el cricket. Aunque en Francia nadie entiende ni le interesa el cricket, un deporte extraño y aburridísimo —continuó.

—¿Por qué Rubirosa? —Esto se ponía divertido.

—A Rubi le encantaban los deportes y era muy buen jugador de polo. Llegué a jugar con él en sus últimos años, poco antes que muriera. Yo tenía 18 o 19 años. Como todo el mundo sabe era el mayor semental de su época, el prototipo del playboy, un título que Bandar quiere recuperar.

—No sabía que jugabas polo —le dije esquivando el tema Bandar.

—Si naces en Egipto automáticamente montas a caballo antes de que empieces a caminar y si montas a caballo puedes jugar polo. Yo nunca fui muy bueno, pero así y todo era mucho mejor que la mayoría de los jugadores franceses, que son *nuls*. Si no tienen a un argentino en el equipo no meten ni un gol.

—Me invitó a verlo jugar a Bagatelle.

—Puedo llevarte si te interesa. Todavía voy de vez en cuando a Bagatelle, sobre todo cuando va a jugar un buen equipo. Podríamos ir el próximo domingo a almorzar.

Estaba a punto de aceptar cuando sentimos el sonido inconfundible de un pinchazo y el carro que se iba de lado a lado.

—¡*Merde*! ¡Se reventó la llanta!

No sentí peligro, solo una profunda frustración, probablemente porque tenía tantas ganas de llegar a mi casa.

—¡*Oh merde*! Siento mucho que haya pasado esto. Ya sabía que no debía salir sin Hassan —dijo, visiblemente fastidiado.

¿Qué tendrá que ver Hassan con todo esto? ¿Acaso no puede cambiar una llanta?

S.A.R. El príncipe Bandar de Kapurthala y joven
desconocida.

No, no podía. Tuvo que llamar al Automobile Club para que lo remolcaran. Le dijeron que estarían ahí «en una hora como máximo». Resultaron ser casi dos. Nos veíamos totalmente ridículos parados al lado de la pista junto al Jaguar, emperifollados y con la llanta en el piso esperando a que llegara la grúa de auxilio a socorrernos. En ese largo ínterin pasaron miles de Twingos y Clios diminutos repletos de domingueros sofocados por el calor, algunos burlándose y otros gritándonos obscenidades; la felicidad habitual que experimentan los franceses cuando ven a la pituquería en el suelo o en la guillotina, dependiendo de los tiempos.

Pasó un Renault 5 viejo y asmático. En su interior se divisaba al papá colorado y sudoroso al timón y a toda una familia embutida como sardinas. Bajó la velocidad y sacó el brazo por la ventana dándose una palmada fuerte en el antebrazo, el eterno gesto latino del *bras d'honneur* que nada tiene que ver con el honor, pero sí mucho con el antiguo arte de la sodomía.

Por fin llegó la grúa. Subir y enganchar el Jaguar atrás tomó dos minutos. Treparnos a la cabina del chofer fue otra cosa. Era tan alta que tuve que izarme de manera impensable para la vestimenta que llevaba, situación que el Coleccionista aprovechó para plantarme sus dos manos en el poto —dizque para ayudarme a subir.

Una semana después apareció una nota de cuatro páginas en «Gala» sobre el Prix de Diane. La foto más grande era una de Bandar y yo sonriendo, muy atractivos y fotogénicos los dos. La leyenda bajo la foto era el sueño de cualquier mujer: «S.A.R., el Príncipe Bandar, Jefe de la dinastía de Kapurthala, 8 de handicap y Capitán del equipo de polo de la India, con joven desconocida».

— 10 —

Por segunda semana consecutiva me encontré almorzando con Guy de Louvois. Pasó por mí justo a la hora fijada —más adelante me enteraría de que acostumbraba estacionarse debajo de mi ventana un rato antes para así tocar el timbre a la una en punto— y nos fuimos a La Marée, la meca de los pescados y mariscos junto al Salle Pleyel, la sala de conciertos emblemática de París.

Nuestra primera excursión culinaria había sido un fiasco. Guy me llevó a l'Ambassade d'Auvergne, uno de esos restaurantes oscuros y tradicionales de hombres para hombres.

En el primer almuerzo Guy insistió que pidiera lo mismo que él.

—Esta es comida francesa de verdad, nada de esas sonseras *nouvelle*-no-sé-cuántos que te dejan muerto de hambre y en la quiebra —argumentó como forma de introducción.

—Está bien, pide tú —respondí dócil, pero a la vez sintiendo los primeros signos de alarma.

Me quedé estupefacta de ver cómo se devoró una porción monumental de *paté de campagne* con *cornichons o* pepinillos encurtidos, acompañado de rebanadas gruesas de pan crujiente y *raifort* —salsa de rábano picante—, además de casi la mitad de una botella de vino; esto solo para empezar. Por cierto un excelente Borgoña, según me informó.

—La gente habla maravillas de los vinos de Burdeos pero cuando te encuentras con un buen Borgoña todos los demás empalidecen. ¿Realmente no tomas nada de vino? —era la tercera o cuarta vez que me hacía la misma pregunta, incrédulo y algo confundido, seguramente pensando en las consecuencias que podría tener esta carencia mía en nuestra amistad.

—No, la verdad es casi no tomo vino pero ¡tengo otras cualidades! —le respondí, tratando de aligerar la desilusión que sienten los franceses ante una confesión como esta.

Llegó la guarnición; parecía un simple puré de papas. *Por fin algo que puedo comer.*

Pero examinándolo más de cerca sentí un fuerte olor a ajo que me hizo sospechar que había algo más.

—¡Qué puré tan raro! —comenté.

—Tienes que probarlo. Se llama *aligot* y te aseguro que en tu vida has probado un puré de papas tan bueno como este —dijo Guy entusiasmado.

Más parecía queso derretido que puré y era imposible servírselo en un plato porque se estiraba como chicle.

—Tiene ajos también, ¿no? —pregunta idiota. Trataba de aplazar el momento de probarlo, ya que no me muero por el ajo ni el ajo se muere por mí.

—Por supuesto, niña. Toneladas de ajo, eso es justo lo que lo hace tan rico, eso y también el queso Comté derretido. Anda, prueba.

Ok, veamos, me gusta el queso, me gustan las papas, no me gusta el ajo, son dos contra uno. A probar se ha dicho...

Y de que probé, probé, pero entre el vapor de las papas, el calor del restaurante, el olor a ajo y la sangre de la carne flotando en el plato, pensé que me iba a desmayar. Literalmente. Guy se tuvo que haber dado cuenta que no estaba muy bien, pues sudaba frío, seguro que estaba verde y solo rezaba para no irme de cara sobre el dichoso puré.

—Te veo un poco pálida —comentó, entre solícito y consternado.

—Debe ser el calor. Hace mucho calor para mí —con las justas atiné a responderle.

Inmediatamente le hizo una seña al mozo para que me trajera agua fría.

—¿Quieres que te pida otra cosa? —preguntó, la encarnación misma de la bondad.

—No, no, nada más, gracias. Ya me siento mucho mejor —cosa que era verdad después de haberme tomado dos vasos de agua helada. No hubiese podido ingerir nada más ni para salvar mi alma.

—Te prometo que la próxima vez vamos a un sitio de pescados —fue el dictamen final.

Fiel a su promesa, exactamente una semana después, fuimos entre los primeros en llegar a La Marée.

—¡Louvois! —ladró Guy al empalagoso *directeur de salle* en la entrada, quien de inmediato confirmó que estábamos en su lista de reservaciones del día y nos llevó obsequioso a una mesa en el centro del cuarto.

Guy pidió champagne para mí —me lo trajeron muy helado y servido en una copa altísima— y una botella de Borgoña blanco para el solito. Acto seguido nos tomamos nuestro tiempo para estudiar el largo menú. A mí me llevó solo un minuto decidir lo que iba a pedir —por lo general es así— pero Guy se tomó un buen rato discutiendo una serie de detalles con el *maître d'hôtel*.

Sentada frente a él tuve bastante tiempo para observarlo. Guy no volvería nunca a ver los 60 —es más, cumpliría 70 el próximo año, y los planes para celebrarlo ya estaban en su etapa inicial— pero era de esos hombres con una seguridad en sí mismo que provenía de saber qué lugar ocupaba en el mundo desde que nació. También tenía suficiente kilometraje bajo el capó como para ser muy atractivo a cualquier edad y para cualquier mujer.

El restaurante se había llenado. La clientela de la hora de almuerzo consistía en banqueros y PDGs (*Président-Dirécteur-Général*) con cuentas de gastos generosas, inmunes a los precios astronómicos de La Marée. La mayoría eran hombres, situación que parecía encantarle a Guy.

¿Síndrome del único macho acompañado por una mujer en un cuarto lleno de machos? Supongo.

Habíamos sido el blanco de algunas miradas apreciativas; incluso un par de conocidos de Guy le hicieron un gesto de saludo respetuoso, pero desde lejos nomás.

Llegó mi primer plato, un andamiaje de ensaladas mixtas coronado por diminutas hebras de tallos de hinojo y comino fresco.

—Comida para conejos —sentenció Guy parco, nadita contento con mi elección. Lo miré suplicante pero aceptando que al menos en el área de gastronomía, yo era una gran desilusión para él.

Su plato, un hermoso soufflé humeante dentro de un aro de hojaldre, fue devorado sistemáticamente en cosa de pocos minutos.

Terminábamos el plato principal cuando, con una media sonrisa dibujada en los labios como para restarle seriedad a lo que venía, me dijo:

—Ya te habrás dado cuenta de que me gustas mucho. Para ser honesto, no me había gustado tanto alguien desde hace muchísimo tiempo —dijo con total naturalidad, obviamente este hombre no era de los que entraba en clichés románticos—. Tuve una infancia horrible, padres muy fríos y una *nanny* sádica, así que cuando llegué a la mayoría de edad decidí que haría lo que me viniera en gana y eso es más o menos lo que he hecho hasta ahora.

—No debe ser fácil para los demás —le respondí.

—No creo que sea difícil. Creo que es justo. Me preocupo por todos los que me rodean —dijo, poniéndole fin a esa parte de la conversación—. Pero eso no me dice qué hacer contigo.

—¿*Moi*? —le pregunté en broma.

—Sí, tú. Puede que pienses que soy un viejo, pero no estoy chocho. Te sorprenderías de lo que soy capaz —esto lo dijo con una leve sonrisa de complacencia.

Si, probablemente me sorprendería. Hay dos cosas que los hombres jamás admitirían que hacen mal. Una es manejar. Pero en el caso de Guy, quien sabe… quizás hubiera deleites insospechados en espera de la mujer indicada. De hecho, experiencia no le faltaba.

—Mi situación es algo pesada. No me puedo casar contigo porque ya estoy casado y no te puedo pedir que seas mi amante porque eso no estaría a tu nivel ni al mío.

Con ese breve comentario, Guy me hizo saber que consideraba que ambos éramos socialmente iguales cosa que viniendo de él representaba un halago.

—Bueno, no sé si aceptaría la posición de amante —le respondí, muy *cool*.

—Por supuesto que aceptarías —respondió—. Pero eso no es lo que busco tener contigo y además, ya estoy muy viejo como para andar levantándome de la cama de una mujer a las dos de la mañana para ponerme los pantalones y escabullirme a mi casa por encantadora que sea —dijo concluyentemente.

—¿Entonces, solo nos queda la amistad? —le dije sonriendo.

—No existe la amistad entre un hombre y una mujer, a no ser que el hombre sea un eunuco —esto último, claramente, no admitía discusión.

—¿Conclusión? *Tenía curiosidad por saber a dónde quería llegar.*

—Conclusión. Hace diez años me hubiese casado contigo sin pensarlo dos veces, pero ya estoy empezando a sentir mi edad cuando me levanto por las mañanas y no creo que podría lidiar con todo lo que se me vendría encima: la casa, la familia, las recriminaciones, las lágrimas, los empleados que se van, todo el drama que arrastraría deshacer una relación de más de treinta años —fue su respuesta inmediata.

—Pero casi no me conoces —protesté.

—Ahí es donde te equivocas, te conozco muy bien —dijo con una sonrisa tierna en los labios—. Tú y yo somos muy parecidos, los dos tomamos nuestras propias decisiones y nos importa un pito lo que piensen los demás —muy perceptivo, Guy la acertó en ambas—. Y lo que es más importante, no he detectado ninguna aspiración social en ti. Solo así puede un hombre de mi posición vivir con una mujer sin que su vida se convierta en un infierno.

—Parece que has descubierto muchas cosas de mí en muy poco tiempo.

—Te he estado observando muy de cerca y cuanto más te veía, más me gustabas —respondió—, pero le tengo mucho cariño a Mimi y tuvimos nuestros momentos, aunque la magia ya no esté. Hoy somos buenos amigos, pero igual está muy mal eso de dejar a una mujer cuando ya no es joven y ella cumplió 60 el año pasado. Jamás me lo perdonaría y tendría toda la razón —agregó resignado.

La magia —léase el sexo— pasada pero no olvidada era probablemente la razón principal de los pasos que escuchaba durante la noche en la habitación de arriba en Louvois. Así que era cierto, a Guy le quedaban algunos cartuchos, pero no tenía dónde ir a disparar.

—Qué te puedo decir, mi querido Guy, parece que hemos llegado muy pronto a un callejón sin salida —le dije sonriendo—. Pensé que tomaría más tiempo.

—No funciona así con gente como nosotros y por eso mismo es una pena —respondió. Detecté un claro tono de resignación en su voz. Esto una novedad en Guy, acostumbrado como estaba a salirse siempre con la suya. Por un instante sentí rabia que se diera por vencido así tan rápido; la resignación no era tampoco mi *forté*.

Dicho esto volcó toda su atención a su postre, un enorme milhojas relleno de fresas y crema, una de las *spécialités de la maison* de La Marée, del que me dio a probar un poco, cosa que hice, más que nada por darle gusto y porque me sentía triste por los dos.

Ese día Guy me enseñó un par de cosas. La más importante fue que dos personas provenientes de mundos diferentes, de culturas y edades distintas, sin un pasado en común y sin un futuro a la vista podían encajar tan bien como los engranajes de una máquina perfectamente bien rodada.

Es sábado temprano por la mañana. La cola en la panadería avanza lentamente como caracol, el olor a pan recién salido del horno proveniente de la trastienda es casi una tortura. Trato de concentrarme en la lectura de mi diario matutino, un *must* para mí como el primer café de la mañana es para otros. Avanzamos en un silencio casi total.

Delante de mí hay una joven mamá con su hijito, un niño de apenas tres años, esperando su turno. Cuando llegan a la caja donde atiende —como es de esperarse— la esposa del panadero, se desarrolla la siguiente escena:

La mamá se agacha y le dice al niño:

—Benoit, dile *bonjour* a la señora.

Obviamente Benoit tiene otra cosa en mente, como el *éclair au chocolat* que no deja de mirar en el mostrador.

—¡Oh *le petit amour!* —dice la señora del panadero destilando dulzura.

—Vamos, Benoit, dile *bonjour* a *Madame* —insiste la joven madre.

—*Bonjour Madame* —sale una vocecita.

—¿Quieres una *chouquette, mon petit?* —le pregunta la señora.

Benoit sacude su cabeza con vehemencia. Es obvio que no tiene el menor interés en la *chouquette.*

—Es muy gentil de su parte, *Madame.* ¿Qué se le dice a la señora, Benoit?

En un último intento desesperado, Benoit señala el *éclair au chocolat* con expresión de súplica.

—No mi amor, ese no —le dice la mamá en voz firme—. Anda Benoit, toma la *chouquette* y dile gracias a *Madame.*

Benoit se queda parado ahí, balanceando los brazos y los ojos que se empiezan a llenar de lágrimas, duda, y por fin se rinde.

—*Merci, Madame* —dice con una vocecita entrecortada mientras que su madre recibe la *chouquette* para él y los dos baguettes que pidió en medio de la aprobación general del público presente.

Hmmm… con que así es como los doman, temprano.

Llega mi turno y hago un esfuerzo sobrehumano por no ceder ante la tentación de los croissants o las crujientes baguettes y pido un *pain aux six céréales,* esperando así hacerme merecedora de algún tipo de intervención divina para bajar el par de kilos subidos en las últimas semanas.

De la panadería enrumbo hacia el mercado al aire libre de l'Avenue du Président Wilson, jalando mi *caddie* rojo, un carrito de dos llantas para llevar las compras. Los puestos a lo largo de la avenida congregan a lo más selecto que hay en París en lo que a venta de comestibles se refiere, y también a una amplia selección de clientes eruditos del XVI *Arrondisment.* Queda a solo dos cuadras de mi departamento y no hay sábado por la mañana que me lo pierda, a no ser que me haya acostado muy tarde la noche anterior. Inicio mi recorrido y el *caddie* colorado empieza a llenarse. La última parada es la mejor: el puesto de los quesos.

En Francia ser un *fromager* o vendedor de queso es una profesión venerable, es más, lleva el título de *affineur de fromage,* literalmente afinador de quesos. El *fromager* trabaja con rapidez. Usando el pulgar presiona el centro de cada Pont l'Eveque o l'Epoisse —este último tan apestoso y exquisito que en comparación el Camembert es un queso holandés procesado— y descarta todo molde que según su pulgar no alcanza el punto deseado de madurez. Por fin se dibuja una amplia sonrisa en su rostro que ilumina todo el puesto:

—Este está perfecto, *Madame* —anuncia a la clienta, mientras vuelve a cubrir el queso con su respectiva tapa de madera y se lo entrega a un lacayo para que lo envuelva.

Las rumas de quesos se van achicando, especialmente la del popularísimo Brie. El molde de Roquefort —el legítimo de Auvergne— es una torre alta y suave que se corta con un alambre sobre mármol para no desperdiciar nada. Todo es manejado con máxima eficiencia y nadie usa guantes.

Como en las mejores tiendas especializadas de comestibles de Francia la caja la maneja la esposa. Ella verifica el peso, saca la cuenta sin calculadora o papel a la vista, cobra y da el vuelto sin equivocarse jamás.

De salida con mi *caddie* bien aprovisionado diviso a los *Bigoudies* discutiendo al lado del puesto del carnicero. Louis —impecable con un saco de lino frambuesa oscuro y una pashmina anaranjada al cuello— gesticula y discute acaloradamente y François —como siempre de negro para acentuar su look de eslavo misterioso— mira con cara de aburrido.

—*Bonjour.* ¿Interrumpo algo?, me aventuro a preguntarles, reina de lo implícito.

—No interrumpe nada querida vecina —responde Lucho, siempre listo para conversar—. Es más, qué bueno que esté aquí para que nos ayude y haga de juez.

—Ay Louis, no seas tan pesado, ¿a quién le va a interesar escuchar nuestros patéticos dramas domésticos? —Pancho bosteza.

—¡Qué va!, claro que me interesa. Cuéntenme qué pasa —intervengo en tono conciliador.

—Bueno, François opina que no debemos «despilfarrar» dinero en esta hermosa pierna de cordero, dice que es mucha carne para nosotros dos... tacaño aparte de malo como verá —explica Lucho—. ¡Quiere que me conforme con estas patéticas chuletitas! —continúa quejándose.

—¡Habló la reina del drama! No seas ridículo —dice François—. Las chuletas están perfectamente bien y son más que suficiente para los dos.

—¿Lo ve? ¿No le digo? A eso me refiero. Es malvado y roñoso —responde Lucho, levantando los ojos al cielo.

—A ver esa pierna de cordero... bueno, efectivamente parece un poco grande para ustedes dos —dictamino sonriendo para suavizar el golpe, por el rabillo del ojo veo a François lanzándole una sonrisa triunfal a Louis.

—Bueno, podría compartirlo con nosotros —sugiere Lucho sin darse por vencido—, es para nuestro almuerzo de mañana.

—Gracias, pero no puedo, voy a almorzar en Bagatelle.

—Bien, entonces está decidido —dice François con firmeza—. Nos llevamos estas seis chuletas, ¿podría envolverlas por favor? —esto último va dirigido al carnicero quien, inmediatamente, ejecuta las instrucciones impartidas y le entrega las chuletas envueltas a Louis, a quien ya identificó como la señora de la casa.

—¿Terminaron con sus compras? ¿Qué tal si nos tomamos un café en el Café du Port? —sugiero, misma palomita con rama de olivo. Aceptan de inmediato.

Ya restablecida la paz, bajamos muy animados al Quai de New York, conversando a voz en cuello para poder escucharnos sobre el *clac-clac* que hacen las rueditas de nuestros *caddies* sobre la calle empedrada. El día ha calentado un poco pero corre una brisa fresca y decidimos sentarnos afuera donde las ventanas del café reflejan la Tour Eiffel e irradian un poco de calor.

—Cuéntenos sobre su almuerzo ¿Tiene algo que ver con esa foto en la que sale regia junto a Bandar de Kapurthala en el último «Gala»? —pregunta François, su malicioso buen humor restablecido.

—Ah, ¿la vieron? —pregunta inútil. «Gala» es *la* revista *peepol* por excelencia y lectura obligada de toda la *peepol* aunque pocos lo admiten.

—¡Claro que sí! ¡Todo el mundo quería saber quién era la amiga misteriosa de Bandar pero no se preocupe que no hemos dicho nada! —agregó bromeando.

Algo de publicidad no me hubiese venido mal... pero entonces recuerdo que los franceses son muy discretos, no tanto por ser atinados sino porque sienten que el ser dueños de información que no es *vox populi* incrementa su importancia social a ojos de los demás.

Y parece que funciona.

—Bueno, tiene y no tiene que ver con Bandar. A decir verdad voy a ir con nuestro amigo el Coleccionista —esto último causa una reacción y de inmediato se intercambian miradas cómplices y Lucho toma la palabra.

—Queríamos esperar algo antes de hablar con usted, pero supongo que da lo mismo si se lo decimos ahora.

—La verdad es que estamos quebrados, en la ruina —dice Pancho, el tono bromista olvidado.

—En la bancarrota total —agregó Lucho y una nube de tristeza pasa por sus ojos azules.

—La familia de Louis tiene dinero desde siempre, no mucho... pero igual, algo tiene. Lo desheredaron cuando empezamos a vivir juntos —explica Pancho—. Querían que Louis se casara con la hija de los vecinos, que son dueños de dos mil hectáreas de bosques y un horrendo castillo gótico. Encima, ella parece un caballo o mejor dicho, un percherón, porque le lleva dos cabezas a mi pobre Louis. Además, es una engreída insoportable y los pretendientes le huyen a razón de uno cada seis meses.

—Toda una joya —lo compadecí.

—*¡Absolument!* Yo no hubiese atracado ni a palos —añade Lucho, con más firmeza de carácter de la que le había atribuido hasta entonces.

—Felizmente la abuela de Louis está viva —continúa Pancho— y es la única de la familia que todavía tiene un portafolio de inversiones intacto y su propio banquero. Ella es simpatiquísima, loca como una cabra, y una de las primeras *groupies* que frecuentaba los *Ballets Russes*. Se acostaba con la mitad de los hombres y con todas las mujeres de la compañía. Cuando supo que Louis y yo estábamos juntos quiso conocerme. Nuestra amistad se selló para siempre cuando se enteró que mi madre es rusa y que también fue bailarina. La abuela cambió su testamento y ahora Louis será el principal beneficiario. Lo hizo por joder al resto de la familia, una sarta de mentecatos que se sienten avergonzados de ella y de nosotros. El único problema es que la vieja goza de excelente salud y lo más probable es que nos entierre a todos —agregó con resignación.

—¡Tenemos que hacer una venta YA! —dijo Lucho—. La última que hicimos fue un fiasco, me imagino que ya se habrá enterado.

Asentí.

—La verdad es que nunca hemos trabajado en el verdadero sentido de la palabra y no sabríamos ni por dónde empezar. La mayoría de nuestros amigos tampoco sabe lo que es trabajo, o sea que lo único que tenemos son contactos y un nombre, nada más —dice Lucho sin tapujos ni vergüenza. No trabajar en serio es un destino compartido por muchos miembros del *Tout Paris*—, pero si llegáramos a organizar la venta de la colección de nuestro amigo mutuo no tendríamos que preocuparnos por plata por mucho tiempo —agregó soltando un suspirito.

Íbamos por la segunda ronda de cafés, yo los escuchaba atentamente.

—Haré lo que pueda con el Coleccionista, pero me parece un hueso duro de roer, probablemente sea un hombre muy difícil —les advertí.

—Nosotros nos encargaremos de eso, usted no se preocupe —dijo Pancho—. Puede que estemos sin trabajo, pero hace años que estamos en el negocio del arte y sabemos cómo crear expectativas en el público parisino para subir el precio de la colección. Conocemos bien el paño.

—Esta sería la colección de arte africano más importante en salir al mercado en más de veinte años —dijo Lucho—. Es un buen momento para vender porque las principales casas de subasta están viniendo a París, eso va abrir más el mercado y los precios subirán.

Efectivamente, parecían estar empapados en el asunto. También los consideraba entre mis mejores amigos y sentía que debía ayudarlos. Detrás de ese aire de despreocupación que tanto cultivaban había algo de miedo, quizás percibían la precariedad de la posición que actualmente gozaban en París. La familia de Lucho les había dado la espalda, Pancho era un *émigré* y siempre sería un extranjero sin ningún pariente que lo proteja. Y lamentablemente, no podían —ni querían— recurrir al matrimonio por conveniencia, el último refugio para hombres guapos y educados pero sin plata.

Nos despedimos, yo asegurándoles que haría todo lo posible por ayudarlos.

Vana promesa.

El último partido del Open de Polo en Bagatelle es como el Prix de Diane pero sin toda la fanfarria. A las mujeres se les ve igual de *chic* y algunas hasta vienen con sombrero, pero más para protegerse del sol que por exhibición. A diferencia del evento en Chantilly, todo el mundo conoce a todo el mundo. Para cuando llegué el partido de calentamiento acababa de terminar y la gente ya se estaba acomodando en las mesas, debajo del toldo instalado al borde de la cancha. Y digo llegué en singular porque el Coleccionista me llamó a último minuto para decirme que tomara un taxi para encontrarnos aquí en el club ya que *maman* se había sentido indispuesta y primero iba a pasar a verla. Esta era la segunda vez que me invitaba y no pasaba a recogerme. Ya se estaba volviendo una costumbre.

Entré al club-house a buscarlo y después de un rato lo encontré en el bar flirteando con una rubia vestida de Chanel de pies a cabeza y toda enjoyada de Pomellato. Nos presentó, pero ella, luego de lanzarle una mirada displicente a mi atuendo, un poco más modesto, se retiró lánguidamente como para enfatizar su total desinterés en tratarme más.

Dicho sea de paso, era bastante bonita.

—¿Quién es? —le pregunté al Coleccionista.

—Fue una amante que tuve hace tiempo en Cerdeña —respondió con cero entusiasmo.

—¿Y?

—Y nada. Durante nuestro *affaire* tenía a un millonario alemán que andaba detrás de ella, dueño de una cuadra de caballos de polo, una casa en Londres y una participación enorme en la BMW. Le aconsejé que lo agarrara como fuera y ni tonta ni perezosa me hizo caso. Ahora disfruta de los millones del marido alemán, de su casa en Londres y del petisero argentino que le ve los caballos, un arreglo muy cómodo para todos.

—Pero, ¿y tú? ¿No te querías quedar con ella?

—¿Yo? ¡Ni hablar! —respondió con vehemencia—. Y tampoco hubiera sido posible.

—¿Por qué no? ¿Estabas casado?

—Claro.

¿Claro?

—¡Qué mujer tan preguntona! Vamos a buscar una mesa, ¡ah!, y dicho sea de paso, bonito vestido —dijo.

El vestido azul rebajado de Miu Miu que estrenaba era mi caballito de batalla para toda la temporada.

Puede que me tildara de preguntona, pero bien que se le veía complacido de que estuviera con él, aunque solo fuera para tener la oportunidad de poder hablar de sus antiguas hazañas sexuales y darse un paseo por la alameda de los recuerdos.

Ese día el sol brillaba sobre los famosos rosales de Bagatelle, desparramados en cascadas voluptuosas de racimos blancos, rosados y amarillos pastel. Mirarlos era un deleite para los ojos y el perfume era difícil de describir. Casi todas las mesas estaban ya ocupadas y en una esquina, junto al cerco vivo, vi a Bandar de Kapurthala aparentemente muy ocupado él rodeado de un grupo de mujeres tan radiantes bajo el sol de Bandar como las mismas rosas. Pasé delante de él —no me iba a abrir paso entre ese grupete para saludarlo— y seguí detrás del Coleccionista que iba saludando a conocidos a diestra y siniestra hasta que por fin llegamos a nuestra mesa.

—Discúlpame si no te presento. Por eso no vengo a este tipo de eventos —dijo a modo de explicación—. No me acuerdo ni de la mitad de los nombres de tanto vejestorio.

¿Viejas?

—No te preocupes —le respondí, no sabiendo si debía sentirme en cierta forma aludida—. Yo tampoco soy buena con los nombres. Cuando me encuentro en esa situación y no me acuerdo de un nombre masculino algo ininteligible y me esfuerzo por poner cara de inteligente.

—¿Y lo eres? —me preguntó, serio.

—¿Inteligente? Bueno sí, supongo que sí —balbuceé.
Todos rajan de su físico pero nadie habla mal de su inteligencia.

Luego de pedirle al mozo lo que queríamos tomar, nos paramos para ir al buffet, uno de los mejores que he visto. La comida en sí no era rebuscada pero cada plato era perfecto para la hora, la ocasión y la época del año. Estaba yo sirviéndome una montaña de cosas ricas y tratando de decidirme entre la salsa verde y la holandesa, cuando sentí una presencia detrás de mí. Volteé y me topé con Bandar sonriéndome vestido con botas y pantalones de montar luciendo los colores de la India y el número 4 en la camiseta.

—Hola, te vi pasar frente a mí, no me saludaste… ni siquiera me hiciste una seña —dijo estrechándome la mano y sacudiendo la cabeza en forma reprobatoria.

—Estabas rodeado de admiradoras o futuras electoras y preferí no interrumpirte —respondí.

—Tienes razón, disculpa mi mala educación. Es a mí a quien le toca acercarme a saludar.

—Así sí. —lo saludé sonriente.

—Ah, y por si acaso, no estoy postulando a nada, solo respondo preguntas sobre el juego y promociono mi país cada vez que puedo.

Claro, como si fuera la India lo que lo que les interesa a las groupies.

—Quién sabe Bandar, ¿quizás algún día te sirva la experiencia adquirida y te lances a la presidencia?

—¿Yo? ¡Ni hablar! —rió—. La India es un país tan grande y postular a la presidencia es solamente para políticos profesionales o para los Ghandi, nuestra *royal family*.

—Puede que sea así, pero igual podrías empezar de abajo y poco a poco ir subiendo los escaños.

—¿De verdad lo crees? —preguntó de pronto, muy serio.

—Bueno, ¿y quién sabe? ¿Por qué no? —respondí, arrepintiéndome de haber abierto mi bocaza.

—A decir verdad, lo he considerado, pero creo que todavía no es el momento —dijo totalmente enfocado en el tema, mientras el partido de polo pasaba rápidamente a segundo plano—. Quizás retome el asunto apenas termine esta temporada.

—Me parece muy bien —le dije con expresión sincera, dándole una palmadita aprobatoria en el brazo.

En ese preciso momento, el Coleccionista me hizo señas indicando que se iba para nuestra mesa. Me despedí de Bandar deseándole la mejor de las suertes y me marché haciendo equilibrio con mi plato descaradamente lleno.

—No te preocupes que no te vas a quedar sin comida —comentó el Coleccionista cuando me vio regresar a la mesa.

—Sí, ya sé, qué vergüenza ¿no? Pero es que todo se veía tan rico que se me fue la mano —le respondí a modo de explicación.

—¿Quizás por lo que estabas tan distraída con su Alteza Real?

Era obvio que el Coleccionista no soportaba la competencia, ni pequeña ni grande, ni de cerca ni de lejos.

—Recuerda que vine a verlo jugar y hubiese sido una malacrianza ignorarlo —le respondí entre bocados del delicioso melón de Cavaillon.

—Las mujeres son tan predecibles. Gastan tanta energía en una fantasía en vez de concentrarse en una posibilidad real. Solo las más inteligentes saben cuidarse. Se trazan una meta clara, no se desvían del camino y a veces les va mucho mejor de lo esperado.

—Para mí, Bandar y Brad Pitt están en la misma categoría de fantasía. Dos tipos guapos, con buen cuerpo y linda sonrisa —dije, sonriendo benévolamente para demostrarle mi indiferencia. El Coleccionista dijo algo inaudible y enfocó su atención en el escaso contenido de su plato—. Ya enfocaré mis energías cuando encuentre algo que valga la pena.

—Eres una mujer muy dura, así no vas a llegar muy lejos —a estas alturas no estaba segura si me lo decía en serio o en broma.

Sonó la campana anunciando el primer *chukka* del partido. El polo, un deporte con fama de elitista, es en realidad un juego muy rudo y difícil. Pura testosterona y profanidades, no muy de la realeza a decir verdad, sin embargo hay esa conexión primitiva y elegante a la vez entre hombre y caballo que no se ve en ningún deporte de equitación desde las competencias de la Edad Media entre caballeros con lanzas.

Caballos y jinetes iban detrás de la bocha como alma que lleva el diablo. Los palos de los tacos se doblaban al tomar viada para pegarle a la bocha, los gritos penetrantes en inglés, francés y español, los cascos de los caballos golpeando contra las tablas provocaban una descarga eléctrica —casi sexual— tanto en jugadores como espectadores. El equipo de Bandar hizo otro punto, finalizó el *chukka*, y el barullo se fue desvaneciendo a medida que los jugadores galoparon al otro extremo del campo para cambiar de caballo. La conversación regresó a un nivel normal con un ruido de fondo que consistía en los platos siendo recogidos antes del postre.

—¿Y lo extrañas? —le pregunté al Coleccionista.

—¿Que si extraño qué? ¿Jugar polo?

—Sí.

—En realidad no. Es un juego muy peligroso. Sé de dos amigos que murieron de un pelotazo y de otros que se quedaron inválidos de por vida por una mala caída, lo que es hasta peor. Cuando era más joven no pensaba en esas cosas y además, en mi caso particular, fue una forma de introducción a la sociedad francesa y una oportunidad de seducir a las chicas más lindas de París.

—¿Y alguna de ellas se convirtió en tu mujer?

—No, ninguna —respondió riéndose—. Yo me casé mucho después y busqué a mis esposas por otros sitios. La Costa Azul era mi coto de caza preferido. Muchas de mis antiguas novias están por aquí… no, no me pidas que te las señale —me interrumpió—. Han pasado muchos años y además casi todas vieron días mejores —dijo con añoranza.

—Bueno nadie se salva de envejecer —dije sintiendo la necesidad de solidarizarme con mis congéneres.

—Te equivocas. Las mujeres envejecen más rápido y de una forma más radical que los hombres. Las mujeres se hacen viejas, los hombres se hacen atractivos —fue su categórica respuesta.

El tipo era implacable. No quiero ni imaginarme lo que debía ser levantarse a su lado por la mañana sin maquillaje y estar sometida a su escrutinio.

El partido ya estaba por terminar y el equipo indio se podía considerar el vencedor. Algunas personas se habían parado para ver mejor el último *chukka* de la temporada. Cuatro mujeres sentadas sin acompañantes en la mesa de al lado, vestidas con el último sastrecito de la temporada, nos llamaron la atención cuando se pusieron de pie. Luego de quedarse mirándolas, el Coleccionista se volteó hacia mí y dijo:

—Mira a esas mujeres. Son patéticas. Han pasado la barrera de los cuarenta y todas están aquí con las esperanzas de conseguir un marido, sin que exista la más remota posibilidad de que eso ocurra.

—Puede que no sean muy jóvenes pero se les ve bastante bien y ¡ni que cuarenta fuese ser vieja!

—No es solo el factor edad. Tienen demasiado kilometraje como para que un hombre se interese en ellas. Se ven desgastadas, sin ilusiones, sin nada de frescura. Ningún hombre quiere eso.

¿Que podía decir? Quizás hasta tenía algo de razón. Mirándolas bajo otra perspectiva, efectivamente se veían un poco hastiadas, quizás en parte el resultado de demasiada experiencia y el resto producto de la endogamia que hace que la mitad del *Tout Paris* sea la pareja de la otra mitad. Me sobrevino tal sensación de pesadumbre que hasta se me fueron las ganas de discutirle.

De pronto se acercó un mozo y le susurró algo en el oído al Coleccionista, quien empalideció visiblemente e inmediatamente se puso tenso.

—Tengo una llamada de la empleada de casa de *maman* —dijo, mientras se ponía de pie apuradamente.

—Anda, ve, espero que no sea nada malo —le dije solícita.

Al mismo tiempo que sonó la campana marcando el final del partido, con el equipo de Bandar como ganador, vi cómo el Coleccionista desaparecía en el interior del club. Estuve esperando un buen rato a que saliera y cuando me di cuenta de que eso no iba a pasar, me fui hacia la cancha para ver la ceremonia de entrega de premios. Bandar estaba parado en fila con todo su equipo para recibir la copa, mientras el presidente del club decía unas cuantas palabras, los fotógrafos tomaban fotos y el público aplaudía educadamente. Cabe recordar que puede que el polo apasione a medio Argentina, pero en París es simplemente una excusa más para continuar haciendo cierto tipo de vida. Terminada la ceremonia regresé a nuestro sitio. A los pocos minutos apareció Bandar frente a mí, con una sonrisa de oreja a oreja en la cara y la camiseta sudada pegada a la espalda.

—¿Y qué te pareció el partido? ¿Ves que no hice el ridículo después de todo? —dijo todavía sonriente.

—¡Ridículo para nada! Jugaste muy bien, te felicito. Seguí tus jugadas muy de cerca —le dije con sinceridad.

—Debes ser de las pocas personas que miró el partido, dijo de buena gana —la mayoría de gente estaba demasiado ocupada mirándose entre sí.

—Bueno, tú sabes cómo es París, a todos le encanta mirar y que los miren.

—¡Eso mismo, *Madame*! —rió—. Entonces hagamos como los franceses —agregó, besándome la mano, y justo cuando empezaba a sentirme un poco mejor, se nos acercó una chica despampanante con un pelo rubio largo e imposiblemente lacio.

—¡Por fin te encuentro! —dijo la del pelo liso—. Te he estado buscando por todos lados. *Bonjour, Madame* —este último saludo en mi dirección.

—¿Se conocen? —preguntó Bandar. Las dos sacudimos la cabeza y nos presentó, la rubia un monumento a la indiferencia.

—Quería asegurarme de que tuvieras el código de la puerta principal, es a las ocho de la noche —dijo la susodicha dirigiéndose a Bandar y mirándolo con ojos de carnero degollado.

—Sí lo tengo, no te preocupes, estaré allí a las ocho —le respondió muy sonriente. La rubia se despidió de Bandar con un beso y de mí con una asentadita de cabeza.

—¿Te gustaría ir? —me preguntó—. Es una comida para el equipo que se organizó a último minuto. Puede que sea divertido. Tú serías mi invitada.

Lo dudo. Mejor consulta con tu anfitriona.

—Pero no te puedo recoger —continuó—. Tengo una entrevista programada para las siete con un diario de Delhi que quiere un recuento directo del partido de hoy.

—Gracias, pero paso —le respondí segura de no querer arriesgarme a otra cita que empezara o terminara sola en un taxi.

A pesar de la momentánea expresión de oh-qué-pena de Bandar en menos de dos minutos confirmé que mi instinto había sido el correcto cuando el *maître d'hôtel* me entregó un mensaje del Coleccionista que había acudido al llamado urgente de su pobre *maman* y me dejaba plata para que me tomara un taxi de regreso a mi casa.

Cosa que hice en un taxi manejado por un chino malhumorado al volante.

¿Por qué será que apenas pisan suelo francés adquieren todas las malas costumbres de los franceses y nada de la cultura gala?

Sentía un nudo en la garganta y grandes ganas de echarme a llorar. Me sentía vieja, patética, sola, desechada y desdichada y encima con el pelo crespo después de horas de estar en la humedad del campo de Bagatelle. Nadaba en un mar de autocompasión añorando lo que había perdido para siempre y odiándome a mí misma por meterme en estas situaciones que ni me hacían feliz ni me acercaban un milímetro al lugar donde podría encontrarse Alfredo Montino.

También les había fallado a Pancho y Lucho. No había podido decir una sola palabra para recomendarlos y francamente la idea de otra ronda sadomasoquista con el Coleccionista era impensable de momento.

Me debí guiar por mi primera impresión. Por lo general es la más acertada porque viene de nuestro instinto primordial, o lo que nos queda de él, el mismo instinto que protegía a los cazadores prehistóricos del peligro inminente.

Esa noche me consolé comiéndome dos melocotones que me había traído del buffet mientras veía una película francesa profunda e impenetrable de los años 60.

Los *Bigoudies* tomaron de buena gana mi fracaso en darles una mano con el Coleccionista, es más, ellos me llamaron antes de que pudiera pensar en una manera suave de dejarlo caer. Parecían estar muy contentos, mucho más alegres que la última vez que los vi. Habían decidido saltarse el verano en París y tomarse unas vacaciones con la abuela de Louis en su bella casa de campo: una masía del siglo XVII cerca de Gordes, la ciudad-fortaleza en el sur de Francia.

—Aquí no pasa nada. Esto va estar muerto hasta el regreso de las vacaciones en septiembre, así que decidimos que un cambio de ambiente nos vendría bien —dijo François— y la invitación de la abuela de Louis nos cae de perlas.

—Sí —agregó Louis. La casa de *grand-maman* es enorme y cómoda, el servicio doméstico está bien entrenado, ella no tiene muchos invitados y le divierte nuestra compañía, además nada nos retiene aquí. A ella le gusta rodearse de sangre joven y nosotros necesitamos alguien que nos planche la ropa. De momento no tenemos cómo pagarle a la señora que nos hace la limpieza quien, por último, se irá pronto de vacaciones a Portugal a ver a su familia.

Se los veía contentos como a dos colegiales soltados en el patio del recreo y seguramente así se sentían. Pese a su aire de despreocupación y a la vida agitada que llevaban en París, mantener las apariencias le costaba caro a gente como Pancho y Lucho. Una cosa es llevar una vida social activa en Milwaukee y otra muy distinta es hacerlo en París. Ya de por sí resulta todo un trabajo entrar y permanecer en las listas de invitados de las exigentes anfitrionas parisinas, algo que termina aplatanando a cualquiera. Pancho y Lucho habían encontrado la solución ideal para tener ropa limpia y planchada, para pasar el verano y aliviar su alicaída situación financiera. Los felicité de todo corazón, doblemente contenta de pensar que había evitado —con las justas y por el momento— otra cita con el Coleccionista aunque fuera de negocios.

—Yo lo tomo como una visita de dos meses a un spa. Estaremos de vuelta para mediados de agosto —antes de que las hordas del proletariado lleguen de las playas— con bronceados divinos que serán la envidia de todos los que se quedaron trabajando en París, aunque no conocemos a nadie que se quede aquí —aclaró rápidamente François—. Me divierte horrores acompañar a la abuela de Louis a conciertos y a las cenas de sus vecinos donde me presenta como su *petit ami*, tú sabes, su amante, ¡le encanta ver la cara que ponen!

Solo por el tono de voz era obvio que él también disfrutaba de la charada. François era muy coquetón y quién sabe, ¿quizás hasta un poquito bi?

Estaban apurados empacando lo suficiente para cada ocasión pero no demasiado como para que no entrara en el Peugeot 206, chico pero con techo corredizo.

—Perfecto para la Cote d'Azur —continuó Lucho—. Adoro a *grand-maman* pero en algún momento vamos a querer ir a Saint Tropez a portarnos mal y el auto nos va a ser muy útil.

—Voy a pasar el mes de julio donde Lola —les dije— cerquísima a Saint Tropez, así que pasen a visitarnos.

Y con eso pusimos fin a todo proyecto proletario que estuviese relacionado con el trabajo. Bueno, al menos ellos lo hicieron. Yo me quedé con la sensación de no haber cumplido con algo que debía haber hecho, léase, todavía no había encontrado un trabajo; la misma sensación que sentía los domingos por la tarde y no tenía hecha la tarea para el día siguiente.

— 12 —

La campiña y los árboles más cercanos desfilaban como una fugaz franja verde y borrosa desde la ventana del TGV que prácticamente volaba sobre los rieles a 350 kilómetros por hora —la misma velocidad con la que despega un avión— dando la impresión de que en cualquier momento íbamos a levantar vuelo. Esto me trajo a la memoria otros viajes, en otros trenes, bastante más lentos y pintorescos, atravesando ponderadamente los Alpes suizos por angostos rieles, el pito silbando cada vez que entrábamos o salíamos de un túnel y cruzábamos un puente.

Este tren de ideas —valga la redundancia— me recordó a su vez la conversación que había tenido con el Fotógrafo tres días antes, muy temprano por la mañana:

—¿Aló?, ¿te acuerdas de mí? —dijo a modo de saludo cuando contesté el teléfono medio dormida.

—Sí claro, ¿qué tal estuvo el norte? —le pregunté por ganar tiempo mientras me despabilaba y terminaba de despertarme.

—Bien monótono, excepto por la gente. Tomé algunas fotos interesantes de gente del lugar. Las fábricas de ahora ya no son como las de antes, monstruos de concreto y hierro botando humo negro, llenos de carácter. Ahora son *plástic—fantástic* o sea que si uno busca expresión en el diseño industrial actual es mejor mirar por otro lado —respondió.

—Tienes razón, las que he visto desde la autopista parecen construcciones de bloques Lego hechas por un arquitecto de Disney.

—Cambiando de tema, ¿me preguntaba si todavía quieres ir a las 24 Horas de Le Mans este fin de semana?

—Claro, lo apunté en mi agenda.

Agenda que no tengo.

—Ok, entonces hagamos lo siguiente. Yo salgo el viernes por la mañana para hacer unas fotos. Tengo que estar allí para las pruebas y tengo acceso al circuito desde la época en que corría Le Mans.

—¿También eras corredor de autos? ¡Pensé que navegabas y cazabas elefantes en África! —le dije sorprendida.

—Sí, eso también —respondió muy serio.

¿Qué edad tiene este tipo? ¿Treinta y seis? Hmmm... Imposible. Por lo menos ciento seis.

—Te recomiendo que vengas el sábado por la mañana para que veas el inicio de la carrera —dijo, regresando al tema.

—Me parece bien —le respondí, no sabiendo qué pensar de un hombre tan multifacético ni qué pasaría ese fin de semana.

—Hay un tren que sale de la Gare Montparnasse a las diez y llega a Le Mans a cinco para las once —explicó— pero debes estar más temprano para poder comprar tu boleto.

—Ok.

Por lo visto la invitación no incluía movilidad.

—Pero yo te lo reembolso. En segunda clase, por supuesto —dijo con total naturalidad.

El hombre era todo un príncipe.

—Bueno, no estoy segura sobre segunda clase. Pero no te preocupes yo pago mi boleto —le respondí.

—No seas ridícula. Nadie viaja en primera clase, ¡es un robo! —dijo algo molesto cerrando el tema.

Cuando vuelo no me importa ir en segunda, en turista, como ganado o como sardina pero para mí es una cuestión de honor viajar en primera clase en tren. Quizás porque a diferencia de volar en primera —que cuesta un riñón y está totalmente fuera de mis posibilidades— siempre me he podido dar el lujo de hacerlo en tren. No soporto el olor a humo viejo y a cáscara de naranja típico de los vagones de segunda clase que me recuerdan los viajes de excursión del colegio.

—Bueno, yo *sí* viajo en primera —le respondí suave pero firme.

—En ese caso no esperes que te reembolse. No me gusta botar la plata —retrucó, con las plumas erizadas.

—No te preocupes, yo pago mi boleto y tú me puedes invitar a comer —le dije a modo conciliatorio.

—Hmmm, está bien. Hagamos eso —respondió de mejor gana ahora que tenía claro que yo pagaría mi propia extravagancia—. Te estaré esperando en la salida oeste de la estación en la moto, o sea que trae una mochila chica nomás.

—¡Espera! ¿La salida esa está a la izquierda o a la derecha? —alcancé a preguntarle antes de que colgara, siempre un poco perdida en lo que a puntos cardinales se refiere.

—Izquierda.

Empaqué solo lo suficiente para pasar la noche. La carrera empezaba temprano por la tarde del sábado y terminaba 24 horas después. Entramos en la estación de Le Mans a la hora indicada y bajé a la plataforma junto con docenas de personas, preocupada de no encontrar la salida oeste. No fue así. Inmediatamente vi afuera al Fotógrafo sentado sobre su BMW, su casco negro colgado a un lado del manubrio y el rosado para mí al otro lado. Esta vez se inclinó y, pasándose la mano entre el pelo me besó en ambas mejillas antes de decirme hola.

—Nos vamos directamente al circuito. Podemos visitar los *pits* para que conozcas a algunos de los corredores.

—Me parece genial —le respondí percatándome en ese momento que un grupo de nubes gordas y ominosas se juntaban amenazadoras en el horizonte.

Salimos del estacionamiento dejando atrás el tráfico pesado que iba todo en el mismo sentido. Minutos después ya estábamos en campo abierto. La cosa cambió cuando nos aproximamos al circuito. El público se hacía mucho más denso y los carros iban uno detrás del otro. Hay que admitir que el Fotógrafo tenía buena muñeca y maniobró la moto hasta que nos saltamos la cola interminable para entrar a la zona de parqueo. En el trasfondo se podían escuchar los motores rugiendo. Los prados que rodeaban el circuito parecían un campamento con cientos de carpas; la gente en shorts acomodada en sillas de plástico con la panza al aire, motociclistas y fanáticos, comían salchichas y se despachaban cervezas. El olor a grasa quemada en el aire y la bulla de los parlantes contribuían al ambiente de carnaval total con globos multicolores y un zeppelín suspendido en el aire. No era lo que me esperaba. De hecho el ambiente era estridente y ruidoso pero no carecía de esa sensación de anticipación y excitación que caracteriza la proximidad del peligro y la posibilidad de presenciar a alguien chocar contra una pared a 300 kilómetros por hora, pilotos y público carburando a punta de pura adrenalina.

El Fotógrafo tenía un pase VIP que nos dio acceso a través de varios controles. Nadie me pidió un pase a mí, supongo que porque todos asumen que los fotógrafos llevan de cajón a una amiga colgada del brazo como accesorio. Visitamos un par de *pits* donde mi amigo saludó a mucha gente (parece que era cierto que había sido piloto de carrera) y tomó varios rollos de fotos mientras yo hacía lo posible por hacerme invisible y no estorbar. El ambiente estaba cargado con la lluvia inminente y los vapores de gasolina de alto octanaje. Justo antes de que dieran la partida me llevó a las graderías y me instaló en el palco de uno de los auspiciadores, una famosa marca del champagne donde, para refugiarme del ruido y del calor, me fui derechito hacia una sonriente anfitriona que ofrecía copas de champagne muy bien helado. Por fin. Mi *date* regresó a los *pits* y no lo volví a ver por un buen rato.

Para la gran mayoría del público lo único que realmente vale la pena de Le Mans es la famosa partida. Los pilotos ya no corren hacia sus autos como lo hacía Steve McQueen —hoy en día es considerado muy peligroso— pero aún así no deja de ser emocionante. Debajo de nuestro palco unos cuarenta autos arrancaron haciendo estallar sus motores al mismo tiempo que un trueno reventó sobre nuestras cabezas. Bajo un típico aguacero de verano, otro clásico de las 24 Horas de Le Mans, empezó una de las carreras más duras del mundo del automóvil tanto para los pilotos como para los motores. La lluvia no melló en nada el entusiasmo de los espectadores al otro lado del circuito sentados hasta el tope de las tribunas; simplemente sacaron sus paraguas y sus plásticos y se quedaron allí. Luego de las primeras vueltas (¿laps?) solo los *cognoscenti* sabían quién iba en la delantera.

Mientras tanto, desde mi posición privilegiada en el palco, yo estaba seca, cómoda y muy bien alimentada —habían aparecido varias fuentes de canapés, cortesía del auspiciante— y además estaba cerca de una barra bien surtida. Un monitor de TV colocado en lo alto mantenía al público informado del progreso de la carrera, por si a alguien le interesaba verla, cosa que sí era mi caso, bueno, más o menos. Había traído un libro en mi mochila siguiendo una costumbre que tengo desde la adolescencia: no quedarme atrapada en un sitio sin algo que leer. Cada cual tiene su propia idea del infierno: la mía es tener que esperar en limbo mirando al techo sin nada que leer. Y por nada me refiero a nada. En casos de desesperación he llegado a leer un catálogo completito de tractores John Deere del 87. Es más, siempre llevo un libro en mi cartera cuando voy al supermercado, por si hay cola. Entre el buen champagne y el buen libro la tarde en el circuito de Le Mans se me pasó volando.

La lluvia se volvió en una llovizna que duraría casi toda la noche, impartiéndole a la carrera una sensación irreal, de filme de cine-club tipo «Un homme et une femme» con

Jean Louis Trintignant y Anouk Aimée, la película que popularizó la carrera y se convirtió en el ícono de una generación. Muchos de los fanáticos seguían en las tribunas y los equipos continuaban trabajando sin parar en los *pits*, pero para cuando regresó el Fotógrafo yo era la única que quedaba en el palco y el bar ya había cerrado.

—Vamos al pueblo a comer algo antes de que cierren todos los restaurantes —dijo.

—No es tan tarde —le respondí.

—Lo es para aquí. Estamos en provincia, esto no es París. Créeme que son bien provincianos en lo que horarios de restaurantes se refiere y cierran muy temprano —dijo dejando claro que no había tiempo que perder.

Y no lo había. Nos tomó siglos regresar a la ciudad bajo la lluvia. Algunas rutas estaban cerradas y otras atascadas por los remolones. A pesar del casco el pelo se me empapó y para cuando llegamos a un bistró en la parte antigua de la ciudad me sentía —y me veía— como un Cocker mojado.

—Dame un minuto mientras voy al baño a reparar el daño —le dije.

—Ok. Yo voy pidiendo antes de que cierren la cocina —ofreció.

—De acuerdo.

El daño se veía irreparable pero hice lo que pude. Sequé los pantalones y la chaqueta con toallas de papel y me agarré el pelo en una especie de moño con un par de clips que por suerte encontré en el fondo de mi cartera. Pero el pañuelo Hermès de seda que me había amarrado como una experta esa mañana (tarea muy difícil para cualquiera que no sea francesa) parecía un trapo de cocina.

—Hiciste un buen trabajo considerando cómo llegaste —comentó el Fotógrafo cuando regresé del baño.

—Gracias. Supongo que el pañuelo jamás volverá a ser el mismo —le contesté, poniéndolo a secar en el respaldo de mi silla— pero quién sabe, con algo de suerte cuando se seque parecerá un Hermès *vintage*.

Al mal tiempo buena cara.

—Tú sí que te tomas las cosas con calma —dijo serio—. Yo me hubiese enfurecido si algo tan caro se me malograba.

Esa es la diferencia entre tú y yo. Yo pienso que ya habrá alguien por allí que me regale otro.

Nos trajeron la comida rapidísimo, seguramente porque el personal de cocina estaba apurado por irse a casa. No era una noche como para estar afuera. La comida resultó buena, simple y caliente: chuletas de ternera acompañadas de verduras mixtas con papas doradas y un *clafoutis* de cereza de postre. Justo lo que necesitábamos.

El sitio era acogedor, la luz suave, y ambos teníamos ganas de llevar la conversación a un nivel más personal.

—¿Hay alguna razón por la que nunca te hayas casado? —le pregunté, tomando un sorbo de té para bajar el último bocado de mi postre.

—Quizás porque nunca encontré a la chica indicada —dijo a la ligera, pasándose una mano por el pelo y tomando la mía con la otra.

—Sí, claro —le respondí bromeando sin quitar mi mano—, debe ser por eso. Pero en serio, ¿nunca has tenido ganas de casarte?

—Me he movido bastante, quizás demasiado como para vivir con alguien por mucho tiempo y pensar en casarme.

—No sabes lo que te pierdes —continué en tono de broma—. Te lo recomiendo de todo corazón, así no dure. Después de cierta edad los hombres se vuelven muy complicados como para atraer al tipo de mujer que les conviene.

Estoy hablando igual que mi mamá, ¡horror!

—A decir verdad, una vez casi me caso, hace como diez años. Ella era una australiana, linda y muy inteligente, con un excelente sentido del humor. Hasta le propuse matrimonio formalmente pero después me arrepentí.

Hmmm… interesante.

—¿Por qué? ¿Qué pasó?

—Nada. Ella era cinco años mayor que yo y me di cuenta de que cuando yo tuviese treinta y cinco ella tendría cuarenta.

¡Auch!

—¿Cuántos años crees que tengo yo? —le pregunté sin reparar en cuál sería su respuesta.

—No sé. No me importa. No me refería a alguien como tú.

Esto de hecho no era un halago. Si mi edad era lo de menos para él era porque yo no estaba en sus planes para el futuro. Por suerte, él tampoco estaba en los míos. Pero igual... en un país donde a las mujeres recién se les toma en cuenta a partir de los cuarenta, yo me había encontrado ya con dos hombres obsesionados con la edad y en ambos casos con un agudo síndrome de la eterna adolescencia.

Esto inevitablemente menguó la conversación pero su interés revivió con mi próxima pregunta.

—La *Contessina* me contó que también fuiste corresponsal de guerra, ¿es verdad?

—No me considero corresponsal, por lo menos ya no. Solo cubrí una guerra y fue suficiente para mí.

—¿Y qué guerra fue esa? —le pregunté, realmente interesada.

—Bosnia —respondió secamente.

La ausencia de fanfarronería en la voz me sorprendió, hasta me conmovió un poco.

—Perdón. No debí preguntar. Es obvio que no quieres hablar de eso —le dije suavemente.

—No te preocupes. No me arrepiento de haber ido, pero fue una experiencia terrible. No sabes las cosas que vi. Las imágenes se quedaron conmigo por mucho tiempo después de que regresé a París —el tono de su voz bajó, como disculpándose—. Por donde volteabas había miseria, pero a una escala aterradora. Había víctimas en todos los lados, incluso entre los periodistas. Yo perdí a dos buenos amigos. Uno era un fotógrafo. Le dispararon y agonizó varios días antes de morir. No me soltó la mano hasta que murió.

—Con el pasar del tiempo todo parece tan inútil, al final todos pierden de alguna forma u otra, ¿no?

—No, no todos —respondió con una sonrisa triste, el ánimo mejorando un poco—. Los vendedores de armas hicieron un platal en Bosnia, literalmente. Vendieron a diestra y siniestra, cualquiera que tuviese la plata era un comprador.

—¿Alguna vez conociste a un vendedor de armas llamado Alfredo Montino? —me aventuré a preguntarle.

—Sí. Me lo encontré varias veces en Bosnia. ¿Pero de dónde lo conoces tú? No me lo imagino en tu círculo de amistades —comentó, obviamente intrigado por el giro que había tomado la conversación.

—No lo conozco. Es solo alguien que sabe algo sobre un asunto que significa mucho para mí.

Más no le iba a decir.

—Escuché que estuvo aquí en Francia por un tiempo —dijo— pero después de Bosnia no lo volví a ver. Hizo más plata que todos los vendedores juntos y luego desapareció del mapa. Creo que era mitad libanés y que nació en Sudamérica, pero quién sabe de dónde viene la gente como él y qué principios tiene, si es que los tiene. Es más, a mi amigo el fotógrafo le dispararon justo cuando iba con otro reportero a entrevistar a Montino. Le querían hacer un perfil para vendérselo a una revista norteamericana. Nunca llegaron a la entrevista —concluyó.

—¿Y sabes de otras personas que puedan haber conocido a Montino? Otros periodistas, o quizás tenía algún socio.

—No que yo sepa. Después de la guerra todos nos dispersamos, cada quien regresó a su país y a sus diferentes asignaciones, al menos los que seguían de corresponsales que no fue mi caso. Montino simplemente se esfumó, puede que en busca de un nuevo conflicto. Es el tipo de hombre que sabe cómo cubrir sus pasos y si quiere hacerse el muerto o pasar desapercibido nunca lo vas a encontrar.

—Quizás me encuentre él a mí —le respondí, pensativa.

—No sé. Lo dudo. Hace mucho que desapareció. Qué pena no poder ayudarte más —dijo, y sonaba sincero.

—No te preocupes, me has ayudado bastante. Eres la primera persona que me dice que lo conoció de cerca. Eso lo hace más real para mí y me da ánimos para seguir buscándolo.

Me sonrió y le pidió a un mozo soñoliento que trajera la cuenta, que se materializó en un instante.

Íbamos rumbo a la moto evitando los charcos cuando se volteó hacia mí y me dijo, con lo que me pareció una indiferencia estudiada:

—Me olvidé de decirte que todos los hoteles están llenos. Fui a varios esta tarde y también hice algunas llamadas y lo único que encontré fue una habitación doble. Espero que no te importe compartirla.

Puede que no haya sido lo suficientemente joven para él, pero por lo visto tampoco estaba en la categoría Matusalén, al menos por ahora. Su oferta no me tentaba como para aceptarla, así que decidí pasar.

—Gracias, pero creo que no —le dije amablemente.

—¿Por qué? ¿Pasa algo?

—No pasa nada. Es solo que no duermo en el mismo cuarto con un hombre con el que no me acuesto.

Parecía verdaderamente sorprendido. Supongo que nunca pensó que no iría.

—¿Qué quieres hacer? —dijo en tono apagado.

—Bueno, me podrías llevar a la estación. El ultimo TGV a París sale a la medianoche. Tengo tiempo de alcanzarlo —le respondí.

—¿Estás segura de que eso es lo que quieres? —preguntó en una última intentona.

—Sí, segurísima —le sonreí, verdaderamente aliviada.

Había parado de llover y todo relucía bajo las luces de la calle. No podía evitar pensar en los pilotos dando vueltas a velocidades vertiginosas toda la noche sobre las pistas resbaladizas. Había que quitarse el sombrero ante tal tenacidad, así como la de los fanáticos empapados y temblando de frío en las tribunas.

Llegamos a la estación en pocos minutos. En Francia todas las ciudades, menos París, cierran temprano y las calles estaban vacías. Le Mans era una típica ciudad de provincia con persianas y puertas metálicas corridas, sin una luz que atisbe por las ventanas ni un alma en la calle. Muy *film noir*, muy años 60, con los avisos de neón parpadeando en la oscuridad. El Fotógrafo me acompañó hasta la plataforma. A través de la niebla espesa apenas se divisaba otra pareja agarrada de la mano, besándose. Un poco más allá, un muchacho con audífonos escuchaba su propia música.

—No hace falta que te quedes, el tren no tardará en llegar.

—¿De verdad no te importa? —preguntó esperanzado—. Quisiera volver al circuito para tomar algunas fotos nocturnas.

—Anda, no te preocupes. Yo estaré bien —le aseguré.

Se pasó la mano entre el pelo una vez más y me besó en ambas mejillas, muy cariñoso debo admitir.

Esperé el tren paseándome por la plataforma con imágenes de «Un homme et une femme» y de carros de carrera dándome vueltas en la cabeza. El sitio estaba prácticamente desierto y podía escuchar el eco de mis pasos siguiéndome. Me hubiese podido imaginar fácil en el papel de Anouk Aimée pero sin un Jean Louis Trintignant a mano la cosa no tenía gracia.

El tren llegó al poco rato y estuve de vuelta en mi casa, sana y seca y en mi propia cama antes de las dos.

—¿Han oído el último chisme de cacería? —la pregunta la lanzó un pelirrojo bajito sentado en mi mesa unas semanas más tarde, durante una comida en casa de Lola en honor a una pareja que se casaba días después—. Tiene que ver con alguien que todos conocemos, o sea que no voy a decir nombres.

El comentario levantó un coro de protestas, como era de esperarse.

—¡No, no, no digo nombres! Resulta que un amigo —que se siente irresistible— invitó a una dama encantadora a una cacería en la Sarthe, cerca a Le Mans. Ella aceptó feliz, confiada que la invitación venía acompañada de alojamiento adecuado. Una vez allí, el galán en cuestión salió con el pretexto archiconocido de que no quedaban cuartos libres en el hotel y le ofreció compartir el suyo.

—¿Y? —preguntó Lola a la cabeza de la mesa, así como quien dice ¿y qué tiene eso de especial?

—Lo interesante fue lo que ella le dijo —respondió el pelirrojo alargando el suspenso—. Le contestó «nunca duermo en el mismo cuarto con un hombre si no me acuesto con él».

—¡Bien hecho! —se rió Lola— y, dicho sea de paso, ¡yo tampoco!

Esto último fue recibido con una ronda de aplausos.

Y fue así como al poco tiempo la historia regresó a mí. Esa primavera la volví a escuchar en varias comidas con ligeras variantes geográficas antes de que se extinguiera del todo. A menudo me pregunté cómo se animó el Fotógrafo a soltar el cuento, él con un ego del tamaño del Matto Grosso.

– 13 –

Laurence manejaba muy mal. Hablaba sin parar, miraba todo menos la pista y cada vez que hacía una burrada le sonreía, disculpándose, al del otro carro. Veníamos de Rungis, el enorme mercado mayorista cerca del aeropuerto de Orly que abastece a la ciudad de París. Es el sucesor del desaparecido y muy extrañado Les Halles, más conocido por su famosa sopa de cebollas del Pied de Cochon servida a los trasnochadores que por sus verduras.

Me había recogido muy temprano y toda la mañana la pasamos en los enormes hangares de Rungis, donde a diario llegan flores frescas traídas en avión desde sitios tan remotos como Sumatra o tan cercanos como Holanda.

Llegamos un poco después de las ocho; los floristas más importantes y los minoristas de provincias ya habían recogido sus pedidos y hacía rato que habían salido a despacharlos en sus camionetas blancas para evitarse el tráfico matutino. Teníamos el mercado casi para nosotras solas y Laurence lo conocía como la palma de su mano.

Desde que Laurence se casó se vio gratamente obligada a quedarse en casa por largos periodos para cuidar a su numerosa prole. Siempre le había encantado la cocina y la jardinería, y empezó a hacer arreglos con las flores que cultivaba en su jardín. Eran creaciones muy originales y llenas de poesía; como era de esperarse sus amigos comenzaron a llamarla para que les diera ideas o los ayudara con sus fiestas o sus matrimonios. Una cosa llevó a la otra y pronto le llegaron trabajos más grandes.

Un par de domingos atrás almorzaba en Saint Guillaume, una costumbre que se había instalado en mi vida, y Laurence me contó que su hermano, un alto oficial de la Marina francesa adusto y retirado y su mujer, una esnob fría y más hosca que el marido, la habían contactado. Querían que se encargue de las flores para el próximo matrimonio de su única hija que iba a realizarse en Sainte-Croix, el *château* de la familia ubicado en los Yvelines a sesenta kilómetros de París.

—Lo van a celebrar en grande. Mi cuñada no se conformaría con menos. Son trescientos invitados en treinta mesas al aire libre, bajo un toldo. Le prometí a mi hermano que me encargaría de las flores —dijo nadita amilanada por el trabajo que se le venía.

—¿Y lo vas a hacer sola? —Laurence era incapaz de molestar a los demás y pedir ayuda.

—Bueno, sí, casi siempre trabajo sola. Las chicas andan muy ocupadas con sus cosas y con sus vidas, ¡y espero que con sus enamorados también! —la gran preocupación de Laurence era que sus hijas no se casaran y se perdieran los placeres domésticos que ofrece la vida conyugal, sobre todo la maternidad.

—¿Quieres que vaya contigo para ayudarte? —me ofrecí.

—¡No podría pedirte eso! Tendrías que levantarte al alba para comprar las flores, llevarlas al *château* y trabajar todo el día. Se supone que los empleados de mi hermano me van a ayudar, pero son medio torpes…

—Para mí no es molestia alguna. Claro, siempre y cuando no te importe que te acompañe. Por lo general no soy muy torpe.

—¿De verdad? ¿Estás segura de que no sería mucha molestia? Bueno, en ese caso será un placer que vengas conmigo.

Parecía realmente entusiasmada.

—Para mí también. Será como un *master class* de floristería.

—Lo que yo hago es muy sencillo, nada como lo que hacen Moulié o Christian Tortu (dos de los mejores floristas en París). A mis arreglos solo les pongo uno que otro detalle para que sean más divertidos.

Dios está en los detalles.

—¡Ah!, pero eso sí, insisto en pagarte por tu trabajo —dijo mi querida Laurence, toda formal y eficiente ella.

—Ni hablar, soy yo quien debería pagarte por lo que me vas a enseñar.

—No, en serio. Mi hermano me ha dado una cantidad muy generosa para hacer el trabajo. Bueno, en realidad fue idea de mi cuñada porque quiere impresionar a sus amigos. Hace poco que compraron el *château* con lo que heredó ella de su mamá, que viene de una familia muy rica de Poitou. Esta es la primera vez que organizan algo tan grande y van a tirar la casa por la ventana.

—Bueno, en ese caso podemos arreglar esos detalles después —le respondí feliz ante el prospecto de pasar un día con Laurence, de recibir una clase maestra en arreglos florales y encima ganarme unos francos de propina.

La vieja camioneta Volvo —o *break*— recientemente redimida de pelos perrunos, papeles viejos, brochas y juguetes rotos se llenó de rosas té y otras variedades de rosas antiguas de jardín, así como kilómetros de hiedra verde. Lo demás, es decir, los topiarios, los rellenos y el follaje habían salido un poco antes en un camioncito enviado desde el *château*. También se llevaron muchas canastas de mimbre y treinta jaulas chicas de bambú compradas un mes antes. El tema era la gama de rosados con rosas y peonías en rosa fuerte, rosa pálido, rosa salmón y rosa melocotón. Las treinta jaulas iban una en cada mesa cubiertas con manteles de tafetán en diferentes tonalidades de rosa que llegaban hasta el suelo. Laurence había hecho un prototipo la semana anterior: hiedra enroscada en las barras de bambú de la jaula, el interior lleno de rosas abiertas y dos o tres mariposas de seda posadas encima de la jaula. Las jaulas grandes llenas de pájaros de verdad, iban a ser colgadas del techo de la carpa y sobre la mesa del centro.

Entramos al *château* por la puerta trasera de servicio para recibir al camión y dirigir las operaciones. Nos instalamos en un lavadero en desuso en las profundidades del castillo cuyas hermosas torres, dicho sea de paso, solo pude admirar de pasadita antes de sumergirnos en el sótano para ponernos a trabajar. La dueña de casa no tardó en presentarse, me imagino que para ver cómo avanzábamos. Aproveché la oportunidad para agradecerle por su invitación al matrimonio llegada unos días antes por correo.

—Es lo menos que podíamos hacer, *Madame*, con lo amable que ha sido usted en venir a ayudar a nuestra querida Laurence —dijo esto último con un tono de mal disimulada condescendencia—. Por favor trate de que no se atolondre demasiado y sobre todo que tenga todo listo para las tres —añadió sin más ni más, dándose media vuelta y desapareciendo rumbo a la cocina.

Sí, Su Majestad, no faltaba más.

—No le hagas caso a mi cuñada nadie la toma muy en serio, sobre todo mis hijas. Si vieras cómo la remedan. Me parecen graciosísimas. Pero trato de no reírme frente a ellas —dijo Laurence de buena gana.

—Lo imagino.

—Aunque no lo creas antes no era así, hasta podía ser simpática a veces. Cambió desde que heredó toda esa plata y se compró el *château*. Mi sobrina es otra cosa, ya verás.

Efectivamente eso vi. A los pocos minutos una chica llenita pero bien proporcionada con unos lindos y amables ojos apareció en lo alto de la escalera por donde habíamos bajado.

—¡*Tantine* Laurence! ¡Mi tía preferida! Gritó lanzándose a los brazos de Laurence.

—Te recuerdo que soy tu ÚNICA tía —rió Laurence abrazándola—. ¿Cómo estás mi amor?

—Muy bien y casi completamente feliz, si no fuese por *maman* que está volviendo locos a todos. ¡A veces pienso que hubiese sido mejor fugarnos y casarnos en una iglesita en Gustavia!

—¿Adónde? —preguntó Laurence, quien nunca salía de Francia si podía evitarlo. En todos los años que estuve en París solo viajó a los conciertos en Salzburgo y a una exhibición en Venecia. Nunca se sentía a gusto lejos de Saint Guillaume.

—En Saint Barts, una isla paradisíaca en el Caribe, donde vamos a ir para nuestra luna de miel.

—No te preocupes querida, tu boda será lindísima y te quedará un recuerdo maravilloso. Además piensa en lo felices que estás haciendo a tus padres. Se hubiesen muerto de pena si su única hija se casaba en el extranjero, sin la familia presente.

La peor desdicha a los ojos de Laurence.

—Bueno, *tantine*, si sale lindísima será gracias a ti y a tus manos mágicas. Gracias por ayudar a que el día sea tan especial —le dijo a Laurence, apachurrándola una vez más.

—Y gracias a usted también, *Madame*. Ha sido muy amable en venir hasta aquí para darnos una mano —esto dirigiéndose hacia mí con una sonrisa tan sincera que hacía de su sencillez algo más que especial.

Puede que la madre sea una esnob insoportable pero ha hecho un buen trabajo con la educación de su hija. ¿O será que la chica tiene algo de los tiernos genes de Laurence?

—No hay de qué, *Mademoiselle*. Estoy muy contenta de poder compartir este día con su familia —le dije con absoluta sinceridad.

Las bodas en Francia son un asunto muy privado y reservado estrictamente a la familia y a los amigos más cercanos. Yo no era ni familia ni vieja amiga, pero ese día me sentí como si fuera ambas cosas.

Las tres de la tarde llegó y pasó y recién a las cuatro una Laurence agitadísima colocó la última rosa dentro de la última jaula y los pájaros reasumieron su habitual trino desde sus nuevas posiciones en lo alto. Cabe mencionar que tuvimos la precaución de forrar los pisos de las jaulas con hojas de catalpa para evitar que la caquita de pájaro cayera sobre algún invitado desprevenido, aunque observé a más de uno mirando para arriba con aire de preocupación.

La novia salió de la casa —bella y resplandeciente como toda novia, en una nube de tul y satén— del brazo de su padre vestido con su uniforme de gala y con todas sus condecoraciones. Quizás Francia haya perdido las últimas tres guerras que peleó —cinco contando con Indochina y Argelia— pero reparten medallas como caramelos y no hay país que los gane en desfiles militares excepto la antigua Unión Soviética. La madre de la novia tenía cara de haberse tragado un palo de escoba, pero hay que admitir que estaba muy *chic* en una falda larga de seda color frambuesa con su correspondiente saquito corto con vuelo en la espalda (*¿Ungaro quizás?*). Laurence, desplazándose como un cisne majestuoso del brazo de su Philippe, con un vestido marrón que resaltaba su pelo rubio rojizo escondido —los peinados estructurados no eran su fuerte— bajo una pamela de paja. Sus hijas llegaron después, algunas con maridos, otras con sus *dates* y otras solas pero todas con vestidos y sacos en diferentes tonos de gris y berenjena —nada muy *country* ni muy tonos pastel para estas chicas. Fieles a su *look funk* urbano traían puestas las cosas más increíbles sobre la cabeza —algunas incluso hechas de plástico— para tormento de Laurence y desconcierto de su cuñada.

Todas las mujeres casadas llevaban sombrero y algunas de las solteras, paradas en grupitos nerviosos, también. Por alguna razón los matrimonios surten un efecto excitante en las mujeres, lo que explicaría los juegos libidinosos que a veces suceden detrás de las puertas y en los dormitorios vacíos.

Fiel a la tradición nadie vestía de negro, un color reservado para funerales, ni de blanco, el color reservado para la novia. Yo me puse un vestido de lino amarillo claro sin mangas y con una hilera de lacitos en la espalda con su correspondiente saquito corto, tipo bolero —me rehúso a unirme a la brigada de las pashminas— y un sombrero diminuto rosado oscuro con plumas de garza del cual estaba muy orgullosa pues lo había conseguido baratísimo en la mejor tienda de sombreros de París.

Desafortunadamente no se me presentó ninguna propuesta libidinosa.

La ceremonia religiosa se llevó a cabo en la iglesia del pueblo, una joya del siglo XVII con su cementerio al lado bajo la sombra de viejos olmos. Una vez finalizada la ceremonia nos encaminamos detrás de los novios al *chateau* seguidos por su pequeño séquito de cinco niñitas vestidas de *chiffon* rosado y con coronas de flores del mismo color en el pelo. Terminada la ceremonia el ambiente estaba mucho más relajado y hasta me pareció ver una cuasi sonrisa dibujada en los delgados labios de la madre de la novia. Pero lo mejor de todo es que no llovió porque en junio nunca se sabe.

La carpa instalada en los jardines del *château* se veía espectacular contra el fondo azul profundo del cielo al anochecer. Quedé impresionada con lo bien que se veía nuestro trabajo iluminado bajo la luz de los faroles y los reflectores bien ubicados. Las rosas se habían abierto sincronizadas a su máximo esplendor tal como era la idea; mañana todas estarían muertas. Los pájaros se portaron de maravilla y Laurence cosechaba alabanzas por donde iba. Parecía una de sus rosas de tanto sonrojarse.

Me tocó sentarme en una mesa de oficiales de la Marina con sus esposas. De hecho este grupo no iba a ser el alma de la fiesta. A mi izquierda tenía a un caballero con un corte de pelo al rape, el capitán de un submarino nuclear nada menos. Evidentemente los temas en común por ese flanco iban a escasear. Dada mi propensión a la claustrofobia y los mareos no me imaginaba peor castigo que estar sumergida en un receptáculo hermético bajo millones de toneladas de agua en el fondo del mar. Igual le dejé que me contara todo sobre una reciente incursión de cuatro meses bajo el hielo del Ártico.

No comments.

También resultó ser viudo y me habló largo y tendido sobre las virtudes de su difunta esposa, a lo que no pude contribuir en nada ya que nunca tuve el honor de conocer a tan noble señora.

Inmediatamente después de la comida los recién casados cortaron la torta y hubo una ronda de discursos por parte de los primos y amigos de la pareja. El mejor de todos fue el de un inglés —los ingleses tienen la cualidad de decir solo lo necesario y con un mínimo de palabras— el testigo y mejor amigo del novio. Las hijas de Laurence fueron muy aplaudidas por un sketch alusivo, gracioso y malicioso. Había que confesar que tenían harto talento y una forma fresca de ver las cosas.

El novio, un chico con cara de tímido, sorprendió a todos cuando se acercó a su suegro con un *magnum* de champagne en la mano y le dijo:

—¿Me permite, *beau-père*? —señalando la espada que llevaba el suegro en la cintura. *Beau-père*, tomado por sorpresa y sin saber qué responder asintió con la cabeza y se la entregó a su flamante yerno, quien de un sablazo descorchó la botella ante los aplausos de los presentes y la mirada de adoración de la novia. Acto seguido se llevó el pico de la botella a la boca y bebió un trago largo mientras sus amigos lo coreaban y luego, con la botella todavía en la mano, tomó a la novia de la cintura y le plantó un beso largo y apasionado. Los jóvenes aplaudieron, la suegra empalideció, Laurence suspiró y el suegro no sabía dónde mirar.

Para un comienzo, no está mal. Apuesto a que llegan a la barrera de los siete años, después habrá que ver si la apuesta se renueva.

El DJ arrancó con la música, los más jóvenes y casi todos los invitados salieron en masa a bailar. No hacía falta ser clarividente para saber que mi vecino se iba excusar.

—Me temo, *Madame*, que no la puedo invitar a bailar. Aunque le aseguro que ganas no me faltan.

—No se preocupe, aquí estoy muy bien. Pero cuénteme de su próximo viaje a la Antártica —le pedí cambiando de Polo.

Ni yo misma me lo creía….

—Es usted muy gentil, *Madame*.

No lo dudes.

—Tenía todas las intenciones de bailar esta noche. Me gusta mucho bailar aunque no lo crea pero me acaban de operar, nada serio felizmente, pero sumamente incómodo.

¡Ah, mon Dieu! Ahora me va a dar un informe pormenorizado de su operación.

—Verá usted, desde hace un tiempo que vengo padeciendo de un cuadro agudo de hemorroides y como la próxima semana zarpo para el Polo Sur, no podía postergar la operación. A decir verdad esta es la primera vez que salgo desde que me dieron de alta.

Difícil saber si estaba orgulloso o avergonzado.

—Mi última misión fue una tortura, no podría pasar por eso otra vez —dijo acongojado.

Revísese mi concepto de «peor castigo»: estar en el fondo del mar muriéndome del mareo. Y ahora también con almorranas.

Pobre hombre, lo empecé a ver con otros ojos, sin duda debió ser un martirio. Y sintiéndome como la Madre Teresa, le di cuerda para que continuara hablando de temas totalmente aburridos.

Para mi sorpresa fue la madre de la novia quien vino a mi rescate.

—*Madame*, la he estado buscando para agradecerle por el magnífico trabajo que hizo para nosotros y para nuestra hija —dijo mucho más afable—. Uno nunca sabe lo que va a hacer Laurence cuando se la deja por su cuenta —otra vez la malicia.

—¡Pero ella fue quien hizo todo! Yo solo la ayudé a cortar tallos y a poner las rosas donde me dijo. Gracias, pero me está dando usted demasiado crédito —respondí, defendiendo el trabajo de mi amiga.

—Bueno yo conozco a Laurence y usted, *Madame*, es muy modesta, *voilà* —dijo poniéndole fin al argumento—. Pero hay alguien a quien quiero que conozca. Claro, si al Capitán aquí no le importa que me la lleve un ratito.

Era la anfitriona, la madre de la novia y la esposa de su superior así que a pesar de sus almorranas recién operadas al Capitán no le quedó otra que pararse y acceder caballerosamente.

Caminamos juntas hasta su mesa, cerca a la pista de baile, y se acercó a un hombre que estaba sentado de espaldas a nosotras.

—*Mon cher ami*, aquí está la amiga de la que te estaba contando.

El caballero en cuestión se volteó y me encontré frente a mi viejo némesis, el Coleccionista.

—*Bonsoir*, no esperaba encontrarte por aquí —dijo parándose para besarme en ambas mejillas.

—Yo tampoco —le respondí.

—Oh, veo que ustedes ya se conocen —dijo nuestra anfitriona, perpleja.

—Sí, ya nos conocemos, y bastante bien —dijo el Coleccionista en tono ligeramente socarrón.

—Y yo que pensé que te iba sorprender —agregó la señora un poco desconcertada, supongo que esto era su idea de hacer algo emocionante— entonces si me disculpa, *Madame*, veo que mi marido me está buscando —y partió a rescatar a su esposo quien, efectivamente, se veía un poco desesperado entre un grupo de parientes octogenarios.

—Siéntate, por favor. Espero que no te vayas a ir tú también. Siempre te encuentro en los sitios más inesperados —dijo jalándome una silla para que me sentara—. ¡Ah! Y dicho sea de paso, no respondiste a mis dos últimos mensajes.

—Sí, lo siento. Los recibí, pero es que he estado viajando.

…mentira…

—Y tienes razón. No tendría por qué estar aquí esta noche.

No estaba del todo equivocado.

—¿Y qué fue esta vez? ¿Cancelación de último minuto? ¿Otra vez de tapón?

—No, esta vez estoy aquí por derecho propio —respondí picona por su pregunta burlona—. Ayudé a Laurence con las flores.

—¿Así que conoces a Laurence? Yo estuve en el colegio con su hermano.

—¿Qué? ¿Estuviste en la Academia Naval?

Imposible.

—No, claro que no, en el internado antes de que se fuera a la Marina. Fuimos compañeros de cuarto en Les Roches por cuatro años —mencionando el exclusivísimo colegio en Normandía.

—Bueno, ahora los dos sabemos porqué estamos aquí esta noche —le dije sonriendo.

—Como que perdí contacto con él y por supuesto con Laurence, aunque debo admitir que hace años traté infructuosamente de meterme dentro de sus calzones… veo que sigue linda de cara. Qué pena que su cuerpo ya no sea el de antes.

A este no lo cambia nadie.

—Bueno, tú sabes cómo es, cinco hijas, una tras otra, y encima un marido exigente.

¿Por qué me tomo siempre el trabajo de justificarme frente a este tipo?

—Y hablando de las hijas conocí a tres esta noche. No están nadita mal… Sus peinados son un espanto pero son finas como potrancas, tienen cierto encanto y claro, son jóvenes.

Cualidad suprema viniendo del gran conocedor.

—De hecho hay tres que están aún solteras. Deberías salir con una de ellas —le sugerí.

—¿Con eso me estás diciendo que ya no insista contigo? —era más una afirmación que una pregunta.

Sin comentarios.

—Tu silencio es mi respuesta —dijo tomándome la mano y besándola—. No puedes molestarte conmigo por hacer el intento, pero yo sé cuándo darme por vencido y creo que este es el momento —dijo poniéndose de pie lentamente—. Discúlpame si no te invito a bailar pero por lo general no bailo. Son las mujeres a quienes les encanta bailar para lucir sus vestidos ante los hombres y ante las mujeres también, por supuesto, pero los hombres solo bailan cuando quieren meterse a la cama con una chica, y no creo que eso pase esta noche.

Me reí. Tenía razón. Pero en mi caso son la música y el ritmo lo que más me atraen. Pero bueno, yo soy sudamericana.

—¿Quieres que te lleve a tu casa? —preguntó antes de irse.

¡Ni hablar! Terminaré otra vez trepada en un camión o en el asiento trasero de un taxi.

—No gracias. Me quedo un rato más. Laurence y Philippe han ofrecido llevarme de vuelta a París, así que estaré bien.

—Entonces *bonsoir.* Me pregunto cuándo y dónde te volveré a encontrar —dijo sonriendo.

—Sí, yo me pregunto lo mismo —contesté, sonriéndole también.

No me importa si pasan cien años.

Contrario a todos los pronósticos, llegué a bailar un par de veces antes de que el DJ pusiera su repertorio de rap y rock, cosa que envió a todos los invitados mayores de treinta de vuelta a sus mesas. Primero bailé con el hermano de Laurence que no era ningún Fred Astaire pero sabía mantener las manos en su sitio y luego con el mejor amigo del novio, quien tampoco sabía bailar, ni podía mantener las manos en su sitio. Pero era muy gracioso y estaba borracho como un lord inglés, cosa que dicho sea de paso resultó ser.

El día por fin terminó y dos de las hijas de Laurence y yo nos apretujamos en el asiento trasero entre canastas sobrantes y sombreros machucados para el viaje de vuelta a París. Laurence iba adelante con Philippe al timón. Era un excelente piloto y ni bien llegamos a la autopista me quedé dormida. Soñé que me casaba en St. Barts y daba vueltas por la isla en un jeep con guirnaldas de buganvilla rosada. Mi flamante esposo, sospechosamente parecido al padrino inglés, estaba borracho y llevaba una flor de cucarda en el pelo. Las luces del peaje me despertaron brevemente pero me volví a quedar dormida. Esta vez soñé con otra boda, en un *château* rodeada de gente vestida de blanco y negro, y yo intercambiando anillos con el capitán del submarino solo que aquí era un almirante con sombrero bicornio emplumado y espada brillante. Me desperté sobresaltada.

¡Qué pesadilla!

Me mantuve despierta el resto del camino y decidí que si se me presentaba la remota posibilidad de matrimonio —cosa poco probable tomando en cuenta el dicho según el cual después de los cuarenta una mujer tiene más posibilidades de que la secuestren a casarse— definitivamente evitaría las islas y los castillos pero de hecho le pediría a Laurence que hiciera las flores.

– 14 –

Junio de ese año quedó en la memoria por los días de incesantes lluvias seguidos de esporádicas apariciones de sol. Habíamos estado muy preocupados por la fiesta de Guy y por lo que pasaría si no paraba de llover. Parte de la fiesta era tradicionalmente al aire libre en los parques de Louvois, cerca del famoso puente y bien alejada de la casa principal. Mimi me llamó casi histérica una mañana.

—¿Puedes creerlo? ¡Ya van cinco días que no para de llover y estamos a fines de junio!

Todo el oro del mundo —y en este caso todos los diamantes también— no te compran un día de sol.

—Sí, ¡que vaina! ¿Qué dicen los pronósticos? —pregunté.

—Estoy pegada a la computadora siguiendo hora a hora los pronósticos del tiempo por Internet.

—¿Y?

—Y nada. Se supone que va dejar de llover el mismo día de la fiesta, o sea que si se equivocan por 24 horas mejor nos tiramos todos al río con los patos y los cisnes porque va a estar así de mojado.

—Mira, por lo general son bastante exactos. Y si se equivocan es en un par de horas, nunca un día entero —le dije para tranquilizarla.

—Le he pedido al club de golf que me envíe cincuenta de sus paraguas grandes y a una veintena de sus muchachos para que cubran a los invitados en el trayecto al puente. Más no puedo hacer, excepto rezar —dijo como para terminar.

—Bueno, Mimi, si ya te ocupastes de todo el resto pienso que rezar no está demás.

—Discúlpame por ser tan pesada, en realidad te llamé por otra cosa. Nuestro querido amigo, el Embajador, no va poder venir. Parece que ese mismo día le llega un alto mando militar y tiene que invitarlo a comer, una pesadez.

Esto ya lo sabía, el Embajador me lo había contado en su llamada matutina, casi llorando por cierto, «¡No tienes idea de lo que son estas personas! Van a querer ir al Moulin Rouge, o peor, al Crazy Horse y despues ir a ver a los travestis en el Bois de Boulogne. Y comprarles perfumes a sus amantes en tiendas de descuento —me dijo suspirando—. ¡Y pensar que por ESO me voy a tener que perder el Baile de Saint Jean en Louvois!

—Como sabíamos que venías con él —continuó Mimi— y Guy quiere asegurarse que estés aquí y yo también, por supuesto, le ha pedido a d'Agincourt que pase por ti y que luego te lleve de regreso a tu casa.

—Gracias, acepto encantada. La verdad es que no tenía idea de cómo me las iba a arreglar para ir.

—Él te va llamar más tarde para coordinar la hora y todo lo demás. Entonces queda arreglado y le puedo asegurar cien por ciento a Guy que estarás aquí ¿no? —preguntó.

—Claro, Mimi, no estoy esperando dignatarios de mi país ni de ningún otro lado. Además no me perdería la fiesta por nada del mundo.

El Día de Saint Jean empezó gris y fue mejorando hora a hora. Para el anochecer el cielo estaba totalmente claro y como el 24 de junio es el día más largo de todo el año había luz para rato. Sin embargo con toda la lluvia de los últimos días la temperatura había bajado y yo estaba tiritando dentro del vestido *haute couture* que me había prestado Lola. Felizmente las dos somos talla 8, es decir una talla 8 normal, no de *top model*.

—Tengo hilera tras hilera de vestidos de noche que ya nunca me pongo, escoge el que quieras —me ofreció Lola, generosa como ella sola, mientras me abría las puertas de su walk-in closet de par en par.

Escogí un Nina Ricci en un estampado rojo oscuro y verde con un escote muy halagador y una falda enorme que me hacía sentir muy siglo XVIII de la corte de Louis XVI. La oportunidad de vestirse como *Madame* Pompadour difícilmente se le presenta a una y había que aprovecharla. Precioso el vestido, pero no abrigaba para nada. Supongo que igual se habrán sentido las cortesanas cuando iban a Versalles en frías noches de junio como esta.

Ya estábamos por llegar a Louvois. Se podían ver los árboles enormes que rodean el *château* y la fila de autos avanzaba lentamente al pasar entre las rejas. d'Agincourt volteó y me dijo:

—Te habrás dado cuenta que Guy está enamorado de ti.

—Que le gusto mucho sí. Pero de ahí a que esté realmente enamorado no lo creo —le respondí con sinceridad.

—Claro que sí. Como un adolescente. Pero eso no va llegar a ningún lado —agregó.

¿Qué es esto? ¿Le pidieron que me trajera para vigilarme o para advertirme? ¿Será un hombre con una doble misión?

—Voy a contarte algo. Hace un par de años mi hijo mayor se enamoró de una chica muy guapa, independiente, inteligente y además de buena familia. Mi hijo ya estaba casado y trató de dejar a su mujer. Nadie le dijo nada en su cara, pero todos en su casa, desde su mujer, sus hijos y hasta el guardabosque y la *nanny* le hicieron sentir que perdería el mundo tal y como él lo conocía si se decidía a irse con la otra. Al final se quedó con su familia.

La parábola era una advertencia. Con el tiempo me di cuenta que debí prestarle más atención.

—Muy interesante la historia pero no veo cómo podría aplicarse a mí. Guy es solo un buen amigo. Me siento muy contenta con ser su amiga y espero continuar así. Y nada más. Punto final —le respondí con una clara sensación de *déjà vu*.

—Perfecto. Es solo para que sepas cómo funcionan las cosas —me respondió como quien dice «misión cumplida».

Su cuento me entró por una oreja y me salió por la otra. Primero porque en el fondo nunca hubo peligro alguno de que me enamorara de Guy, y segundo porque ya habíamos llegado a Louvois, que a lo lejos se divisaba en todo su esplendor, y yo solo quería bajarme del auto y pasarla bien.

Ahí es cuando debí hacer *clic* en guardar en vez de eliminar. El consejo era bueno, pero prematuro.

Todo el camino hasta el puente estaba flanqueado por mozos uniformados con la clásica chaqueta roja de caza sosteniendo antorchas. A ambos lados del puente había dos carpas redondas como las tiendas de Napoleón a rayas diagonales en azul, rojo oscuro y dorado, los colores de los Louvois. Los Louvois, Duque y Duquesa, estaban parados al lado de la entrada recibiendo a los invitados.

A Guy se le iluminaron los ojos cuando me vio y yo también me sentí contenta de verlo a él. Mimi traía puesto un vestido de encaje azul ultramar con una caída espectacular y millones de brillantes destellaban en su cuello, en sus orejas y desde una preciosa tiara en la cabeza. Nada en su atuendo venía de la sabana africana esta vez, con excepción de las piedras por supuesto.

—Hola, veo que d'Agincourt cumplió con su misión —dijo, sonriéndole más a d'Agincourt que a mí.

—Absolutamente —respondió éste sonriéndole a Guy y agregó volteándose hacia Mimi— en todo aspecto.

—Sí que lo hizo… y a cabalidad —añadí sonriéndoles a los dos.

No te preocupes. Recibí tu mensaje. Más claro, agua.

—Qué bien. Sabía que podía contar con él para que te trajera esta noche —dijo volteándose para saludar a otra pareja que entraba en ese momento.

—Déjame verte. Estás absolutamente despampanante, querida —dijo Guy besándome ambas mejillas e inclinándose para besar también mi mano—. Hay un cuadro de una de mis antepasadas, Caroline de Louvois, con un vestido muy parecido al tuyo. Ella y su marido eran leales al rey, por lo tanto murieron muy jóvenes, en la guillotina. No te vayas muy lejos. Esta vez no te vas a sentar a mi lado *¡hélas!*, así que tengo que sacarle el máximo provecho al tiempo que tenemos antes de la cena —esto último lo dijo con una sonrisa sugestiva.

—No me iré. Te lo prometo —le contesté, sucumbiendo nuevamente al encanto del viejo león, irresistible enfundado en un frac impecable.

Estaba claro que los invitados habían sacado lo mejor que tenían del ropero. Era una ocasión especial y la vieja aristocracia rara vez puede ofrecer fiestas como esta, solo los que se casan con plata pueden darse el lujo. El Baile de Saint Jean por lo tanto era un evento único que se hacía posible cada año cortesía de los Diamantes Pearson. La carpa se llenó con el rumor de las conversaciones, las luces de las velas y los perfumes de las mujeres. Había un buen contingente de mozos ofreciendo champagne *non stop* en azafates de plata que desfilaban delante de los enormes jarrones Medicis repletos de peonías rojo oscuro y delphiniums azules provenientes de los jardines de Louvois. D'Agincourt no se apartó de mi lado. Menos mal porque yo no conocía casi a nadie. Los invitados eran parejas mayores que por su amistad con Guy habían desempolvado sus alhajas y salían de sus mohosos *châteaux,* o bien eran amigos de los hijos de Louvois, un grupo cerrado de chicos bonitos donde ninguno pasaba de los treinta.

Eventualmente Guy vino a remplazar a d'Agincourt, quien muy atinado se fue a refrescar su trago.

—¿Te estás divirtiendo? —preguntó aparentemente preocupado de que estuviese aburrida o algo por el estilo.

—Claro que me estoy divirtiendo, Guy. ¡Esta es quizás la fiesta más linda a la que iré en toda mi vida! —le respondí sin exagerar.

—Eso no es lo que me preocupa. Es cierto que la casa pega su gatazo de noche, no se le nota todo el desgaste y los zurcidos.

¿Desgaste? ¿Zurcidos? ¿Dónde?

—Lo que me preocupa es que uno de esos viejos aburridos te agarre y no te suelte y que quieras regresarte temprano a París.

—Jamás haría eso —respondí indignada.

—Por eso he puesto a d'Agincourt, para que se quede contigo. Podrá ser malicioso pero nunca es aburrido.

Tenía razón. D'Agincourt se habría envenenado si mordía su propia lengua pero era todo menos aburrido.

—Me encantan los mozos vestidos en chaquetas de montar, se les ve muy bien y la idea es muy original —comenté, cambiando de tema.

—Sí, fue idea mía —dijo orgulloso—. Hace diez años cuando cumplí 60 uno de los amigos decoradores de Mimi le sugirió que me hiciera una fiesta de disfraces con el siglo XVIII como tema. Les pedimos a los invitados que vinieran vestidos de época, tú sabes, *culottes*, zapatos con hebillas y pelucas empolvadas. Se armó un despelote porque era imposible diferenciar a los mozos de los invitados y me pasé la noche pidiéndole al Conde de Courcemont que me trajera más vino, para horror de la Condesa.

—¡Me hubiese encantado ver eso! —dije riéndome.

En ese momento apareció el mayordomo de Guy, cuya única función era seguirlo toda la noche. Traía más champagne para mí y una copa de vino tinto para él —a quien no le gustaban las burbujas— y unos canapés de foie gras.

—Detesto la idea de comer antes de la cena, es una pérdida de tiempo y malogra el apetito —masculló *sotto voce* el león— pero parece que si no les sirves algo con el champagne se emborrachan, o peor, piensan que eres un tacaño. Toma, sírvete uno, me ofreció.

—Gracias, pero paso. En este vestido solo hay espacio para mí y un poco de aire, siempre y cuando no respire muy hondo.

—Necedades, puedes comer todo lo que se te antoje. Eres flaca como un palo —me amonestó— pero si prefieres, guárdate espacio para el primer plato: papas con caviar iraní si no me equivoco. Bueno, eso si te gusta el caviar.

¡Mato por el caviar! Aunque oficialmente ya casi no existe.

—Me encanta el caviar. ¿A ti no te gusta? —pregunté.

—No lo resisto. Pero Mimi insistió en servirlo porque tiene un proveedor de *Perlas de Irán*. Tendré que fingir que me lo como mientras juego con la comida en el plato —dijo un poco triste—. Lo que realmente me gustaría son unos arenques enrollados con crema agria —soltó finalmente.

El sonido del cuerno de caza irrumpió en la noche. El Maestro de la Caza estaba parado en la cima de la colina que daba al río. Todas las conversaciones se detuvieron para escucharlo. Tocó una corta fanfarria en honor al dueño del santo quien se veía sumamente complacido. Para Guy probablemente esta era la mejor parte de la noche. Mientras nos dirigíamos al puente para cenar, los ecos de la melodía continuaron reverberando en el bosque durante largo rato después de que el Maestro de la Caza bajara de la colina.

El interior del famoso puente había sido cubierto con la misma tela rayada en rojo oscuro, azul y dorado de las carpas. El mantel era de damasco dorado y todo el servicio al igual que los doce candelabros eran *vermeil*. Nos sentamos en una mesa lo suficientemente larga como para acomodar a todos los invitados. Había un mozo detrás de cada dos sillas, igual que en el Sala de Espejos de Versalles o en Buckingham. Yo estaba sentada un poco más allá de la mitad, ni muy lejos de donde presidían Guy y Mimi, ni muy cerca al extremo de la mesa, en un asiento nadita desdeñable entre d'Agincourt —mi nana por esta noche— y un amigo de Guy de la infancia. El amigo no tenía la más mínima conexión con América del Sur y se pasó toda la comida tratando de entender quién era yo y por qué estaba allí. Hasta cierto punto era normal, ya que todos los invitados parecían conocerse desde las Cruzadas. Con mi vestido prestado y mi cara de extranjera debo haberle parecido un bicho raro cuando menos, o una ladrona de joyas quizás.

—¿Así que usted es la amiga sudafricana de Mimi? —preguntó.

—No, yo soy sudamericana —respondí.

—¡Ah!… entonces usted no es de Sudáfrica, ya veo —dijo como quien pondera el asunto.

No veía nada.

—¿Y cómo es que conoce a Mimi? Que yo sepa ella nunca ha estado en Sudamérica, ¿o sí?

Correcto.

—Fuimos al colegio juntas —le respondí muy suelta de huesos.

—¡Ah! ¿Usted también fue alumna en el Rosey? —dijo sonriendo por primera vez, como quien recién ha entendido.

—*Oui* —murmuré tragándome mi orgullo y un bocado del delicioso caviar de Beluga enterrado en una papa con un poco de mantequilla.

Moraleja. Para navegar en la aguas turbulentas de la vida social de París se necesita un poco de imaginación y una dosis prudente de mentiritas blancas. O de lo contrario jamás podrás comer tu caviar en paz.

Quedé con la sensación de que demasiados exilios te pueden hacer sentir como una impostora que se ha colado a una fiesta solo para husmear. Igual al pericote que en ese momento divisé mirando la fiesta desde el palo de la cortina. A diferencia de las culebras, los ratones no me asustan. Es más, con este hasta sentí cierta afinidad.

A menudo la anticipación de algo es la parte más divertida; una vez que llega el momento algo se pierde en el camino. Si se le quitaba el precioso entorno, el singular puente y el *château*, esta era una comida más. Simplemente conversar un poco con el de la izquierda y otro poco con el de la derecha pensando si en otro sitio no había alguien que se estaba divirtiendo más. Pero debo admitir que d'Agincourt hizo lo posible por mantenerme entretenida. Y no lo hizo mal.

—¿Recuerdas a ese tipo alto que conociste el primer fin de semana que estuviste aquí? —preguntó con tono inocente pero con aire de travesura.

—¿El de bigotes? —pregunté.

—No, ese no. El de pelo bien corto.

—Ah sí, el de piernas largas con la esposa alta, flaca y muy formal.

Sí, alta, flaca y venenosa como una cobra. A decir verdad, ya los había conocido aunque solo de vista en el Palais de Luxembourg durante el baile de la Orden de Malta. Al entrar al comedor iban justo delante de mí cuando la escuché decirle a su marido «Eres un idiota. Mira dónde nos han sentado, no podríamos estar más atrás. No sirves para nada. Y pensar que me casé contigo porque eres conde, ¡que tal desperdicio!»

—Él mismo. Es, o mejor dicho era, el Representante de la Orden de Malta en París. Cada año se iba a Lourdes a cargar las camillas de los enfermos y los inválidos,

Un hombre nos miraba del otro lado de la hoguera.

el ejemplo perfecto del marido cristiano —arrancó a contarme.

—No me parece haberlo visto por aquí esta noche, claro que con tanta gente…

—No, no lo has visto, y por una buena razón —dijo prolongando el suspenso—. Hace poco se enteró de que no le quedaba mucho tiempo de vida, una de esas enfermedades que no te matan de inmediato pero que todavía no tienen cura. Pues resulta que de un momento a otro dejó a su mujer sin siquiera un *au revoir* y se fue de París llevándose todo el contenido de su cuenta bancaria y la de la Orden de Malta —agregó maliciosamente— ¿y a que no adivinas hacia dónde se fue?

—¿A una clínica muy cara?

—Eso es lo que todos pensaron.

—¿Y no fue así?

—No. Su mujer contrató a un detective para que lo encontrara. Como comprenderás, los de la Orden de Malta estaban indignados porque se sentían ridiculizados. Con la Madre Iglesia no se juega. Finalmente ocurrió algo increíble. Llamó a su mujer y le dijo que no regresaba, que ya no aguantaba ni un baile, ni una noche en el ballet ni, en todo caso, un fin de semana más en Louvois. Estaba viviendo en un rancho en Wyoming, pescando y montando a caballo todo el día. Probablemente más bien tratando de no caerse de la montura porque no recuerdo nunca haberlo visto encima de un caballo —dijo burlón—. Pero la mejor parte es que cuando quiso comprar el rancho, que era de una viuda tejana archimillonaria, ella vio a este tipo apuesto, educado y encima con título, y decidió quedarse con él y con el rancho. Parece que le dijo «*Honey*, quédate con tu plata y vente a vivir conmigo», cosa que hizo, ahorrándose un dineral.

Parece que después de todo sí hay franceses que eligen un camino diferente al que escogió d'Agincourt hijo. O quizás siempre soñó con ser un cowboy y aprovechó la oportunidad antes de morir.

—¿Y qué pasó con la mujer? A ella tampoco la he visto.

—Se fue a un spa en Bretaña para someterse a una cura y una serie de tratamientos faciales. Quiere recibir el verano con la cara bien reencauchada. Seguramente se le verá en julio en alguna playa de moda. ¿Y qué hay de ti? ¿A dónde vas este verano?

—Voy cerca a Saint Tropez, a casa de una amiga.

—¡Ah, Saint Tropez! Ese antro de perversión, pero muy divertido cuando eres joven —dijo con algo de nostalgia.

—No sé sobre la inequidad, pero mi amiga tiene piscina y un bote. Por lo menos terminaré con un bonito bronceado.

—Pierde cuidado. Te aseguro que terminarás con algo más que un bonito bronceado. Acuérdate de mí —vaticinó la voz de la experiencia con determinación.

Los invitados habían empezado a pararse y vi a Guy viniendo hacia mí.

—Ven, vamos afuera, van a prender la fogata y tienes que ver el fuego de la Saint Jean —dijo tomándome del brazo mientras d'Agincourt se esfumaba discretamente una vez más.

Al salir de la carpa nos recibió el aire frío de la noche. Una pira gigantesca se erguía frente al *château*. Mimi, detallista como siempre, había pensado en todo. Los mozos repartieron grandes cuadrados de papel platina dorada y plateada —como los que reparten a las víctimas de un naufragio— entre las invitadas para que se cubrieran los escotes y los brazos desnudos. Con la ayuda de un par de mozos, Guy prendió la pira y en cosa de segundos las llamas chispeantes subieron al cielo iluminando la noche como fondo. La luz reflejada en el papel platina hacía que las mujeres brillaran como estrellas o trozos de cristal. El rojo del fuego reflejado en la cara de Guy le daba un aspecto más leonino aún. Se volteó hacia mí y dijo:

—Me voy la próxima semana a la casa que tenemos en Mallorca. Vamos todos los años a pasar el verano allá —comentó aparentemente no muy contento—. ¿Y tú qué vas a hacer?

—Yo me voy un mes con Lola a su casa cerca de Saint Tropez. Seguro que lo pasaremos muy bien —conté animada.

—Te llamaré de cuando en cuando para ver cómo te va —dijo mirando más allá del fuego.

Automáticamente seguí su mirada y vi a un hombre observándonos desde el otro lado de la hoguera. Estaba a un costado, un poco lejos de los demás. No era muy alto, tenía el pelo blanco y era muy guapo. Nos miramos por unos segundos, me volteé para decirle algo a Guy y cuando volví a mirar ya no estaba.

—Vamos —dijo Guy llevándome del brazo— hay una orquesta en la otra carpa y se supone que debo dar unos pasitos, aunque detesto todo lo que sea bailar. O tienes que ser latino como tú para hacerlo bien, o inglés para hacerlo mal y que te importe un pepino. Desgraciadamente, yo no soy ni uno ni lo otro, pero Mimi se va decepcionar conmigo si no muestro algún interés. Después de todo la vieja chica se ha esforzado mucho para darme esta fiesta.

—¿No vas a bailar con ella? —pregunté.

—Claro que no, ¿dónde se ha visto que uno baile con su propia esposa? —dijo una vez que entramos a la carpa y llegamos a la pista de baile.

La orquesta tocaba *full swing*. Pese a que Guy hizo lo imposible por evitarlo no me salvé de varios pisotones seguidos de disculpas mascculladas y una que otra lisura. La orquesta muy de los sesentas tocó «Strangers in the Night». Creo que yo era la única *stranger* en las inmediaciones.

—Bueno, ya basta de estas tonterías —dijo Guy dándose por vencido—. Además, la rodilla me está matando y prefiero guardarla para salir de cacería en lugar de desperdiciarla en estas sonseras excepto, por supuesto, por el placer de tenerte en mis brazos, *m'dear*. Una rara situación con la que ¡hélas! no puedo contar demasiado —dijo sonriéndome cuando nos alejamos de la pista de baile.

Ya era tarde y aquí no pasaba nada. Encontré a d'Agincourt conversando con un amigo medio sordo y pareció encantado ante el prospecto de regresar a París. Salimos de la casa y cruzamos el patio. El hombre de pelo blanco que había visto más temprano al otro lado de la hoguera pasó por nuestro lado acompañado de una mujer vestida de rosa. Justo cuando nos cruzamos intercambiamos miradas... *¿Strangers in the night... exchanging glances?*, como si estuviésemos los dos solos en el mundo. La mirada fue intensa y privada como si compartiéramos un secreto, y me llegó al corazón más que las palabras de la canción.

No le pregunté a d'Agincourt quién era. Algo me decía que era mejor quedarme con la curiosidad.

– 15 –

Carros deportivos de colores llamativos se desplazaban a paso de tortuga en el tráfico atascado pero a nadie se le ocurría quejarse o tocar bocina. Era un típico día de mercado en la Place des Lices de Saint Tropez. Lola y yo habíamos llegado temprano —bueno, temprano para Saint Tropez— y con las justas encontramos sitio en el estacionamiento subterráneo. Los puestos estaban repletos con lo mejor que ofrece el verano: sandías de Cavaillon, cerezas, melocotones, berenjenas y el mejor aceite de oliva que se puede comprar. Las ventas se sucedían a buen ritmo y los vendedores no dejaban de sacar canasto tras canasto de productos, mientras lanzaban bromas entre ellos en el dialecto local. Nadie ni siquiera miró cuando Naomi Campbell pasó frente a ellos. Iba vestida igual que nosotras, con un top, un pareo y sandalias de cuero, solo que a ella se le veía mejor. Llevábamos aquí más de una semana y la ida al mercado se había convertido en mi excursión preferida. Era un deleite salir de compras con Lola, gastaba plata a chorros y siempre compraba lo mejor. Hacía años que era clienta. Desde la época que fue modelo, y luego más aún cuando estuvo casada con

Nadie prestó atención cuando Naomi Campbell pasó.

un archimillonario que mantenía un *open-house* siempre repleto de invitados, Lola pasaba largas temporadas en Saint Tropez y siempre frecuentaba el mercado. Naturalmente era la engreída de los caseros.

—Ah, *Madame*, el mundo entero desfila por aquí cada verano —me dijo el frutero—. Usted sabe, los chefs famosos, las estrellas de cine, pero *Madame* Lola es una de nuestras clientas más antiguas. Siempre guardamos lo mejor para ella —agregó guiñándome el ojo.

Y era verdad. Lola era alegre y generosa, jamás regateaba y nunca les reclamaba. Con razón siempre le daban lo mejor.

—François y Louis llegan hoy, o sea que somos cuatro para el almuerzo. Pero esta noche salimos todos a comer —dijo Lola.

Pancho y Lucho habían llamado unos días antes desde su retiro en Provence para saludar —y me imagino también que para tantear el terreno— y Lola inmediatamente les ofreció uno de los muchos cuartos de la casa.

—Si ya se cansaron de jugar al bridge con las veteranas, ¿por qué no vienen a pasar unos días con nosotras?

Aceptaron la invitación de inmediato aduciendo que estaban algo saturados de tanto jugar a las cartas.

—Esta noche vamos a salir a comer con mi cuñado —continúo Lola—. Nos ha invitado a los cuatro a un restaurante vietnamita cerca del malecón.

—¡Ah!, ¿él está aquí? —le pregunté.

—No, llega recién esta tarde de Montecarlo en su barco. Llamó más temprano y estabas dormida. Después salimos y me olvidé de contarte.

—¿Está solo? —curiosidad, nada más.

—No. Está con una rusa. Una bailarina, por falta de mejor definición, que conoció en Capri hace un mes. Creo que ya se hartó de ella y quiere endosársela a uno de sus amigos de aquí —dijo riéndose.

—¿Y cómo sabes todo esto? —le pregunté sorprendida por tanta información recolectada en tan corto tiempo.

—Por el tono de su voz cuando me llamó esta mañana. Son veinte años que lo conozco y es de los que se cansa fácilmente. Hasta ahora no lo he visto enamorarse y que le dure.

Dejamos nuestro cerro de bolsas y paquetes al cuidado de la vendedora de flores, una de las caseras preferidas de Lola, mientras nos íbamos en busca de un café y los diarios matutinos.

—Vayan tranquilas, *Mesdames*, yo les cuido sus cosas. Tómense su tiempo y disfruten del buen clima antes de que empiece a soplar el mistral por la tarde.

Los lugareños siempre saben estas cosas y les encanta compartirlas con los visitantes.

—Vámonos rápido antes de que se arrepienta —dijo Lola—. Estoy loca por mirar unas vitrinas... excepto que ¡oh *merde*! casi me olvido, no he comprado el pescado.

Regresamos al mercado y tomamos la callecita que lleva al terminal de pescados, una galería cerrada que conecta el puerto con la parte de atrás del pueblo. Aquí la escena no podía ser más mediterránea. Señoras mayores vestidas de negro sentadas conversando frente a las puertas de sus casas, como lo han hecho desde siempre a solo unos pasos de donde los ricos y famosos anclan sus megabotes lado a lado para poder comparar el tamaño de sus esloras ante la imposibilidad técnica de comparar las medidas de algo más íntimo y precioso.

Nos esperaba un *loup de mer* —corvina— enorme, y mientras Lola se aseguraba de que nadie se lo llevara, me fui a la panadería por un par de baguettes, media docena de *fugazzas*, el típico pan mediterráneo con aceite de oliva, y un postre de hojaldre relleno con crema, mi modesta contribución al almuerzo.

La mañana había pasado volado y dejamos el *window shopping* para otro día. Decidimos ir por los matutinos y a comer croissants a Sénéquier, donde Lola se pidió un café y yo un jugo de naranja, posiblemente el mejor pero también el más caro del mundo —incluso más que el del Flore.

Supongo que aquí además de tomar en cuenta el factor ubicación hay que pensar que la temporada solo dura tres meses. Y así fijan el precio a la hora de calcular cuánto te van a cobrar por dejarte depositar el *derrière* en una de las famosas sillas de lona roja.

Conversábamos de nada en especial, entretenidas mirando cómo los turistas pasaban boquiabiertos frente a los súper yates con la esperanza de pillar a alguna celebridad —cosa difícil, ya que por lo general solo salen de noche rodeadas de musculosos guardaespaldas y escondidas tras enormes lentes oscuros— cuando entre la creciente multitud vi a dos caras conocidas. Eran Pancho y Lucho que venían caminando hacia nosotros con aire despreocupado y como si fueran los dueños del lugar.

—*Bonjour*, mis queridas señoras —dijo François haciendo una reverencia exagerada y mandándonos besos en el aire—. Las dos están regias, no como nosotros que estamos hechos un desastre después de un mes de *jazz and gin* con *grand-maman* —suspiró.

—Ay, no te hagas, François, bien que te has divertido —protestó Louis quien, muy educado, se dio la vuelta a la mesa besándonos a ambas manos y mejillas.

—*Certo*. No lo niego. Pero ahora que me he vuelto totalmente adicto al *gin and tonic* —o no sé si al gin nomás— ¡voy a necesitar meses de desintoxicación!

Pero la verdad es que pese a los supuestos excesos de gin, se veían mejor que nunca. Lucho lucía un polo Lacoste verde limón —el color de moda ese año— y Pancho una camisa blanca de lino remangada y jeans negros, ambos con alpargatas que hacían juego.

—¿Cómo nos encontraron? —pregunté.

—Cuando llegamos la empleada nos dijo que las señoras habían salido al mercado temprano esta mañana, ¿y dónde más iban a ir sino a Sénéquier?

Efectivamente, hay ciertos aspectos de Saint Tropez que no cambian, algo que quedó confirmado minutos más tarde durante la conversación.

—La gente siempre se ha preguntado por qué Saint Tropez mantiene su encanto y nunca deja de estar de moda. Por qué hay sitios que van y vienen pero el reinado de Saint Tropez sigue y sigue. Bueno, ¿sabían que cuando Louis XIV era rey mandó a hacer maquetas exactas a escala de cada ciudad, pueblo y aldea en Francia? —nos callamos para escuchar con atención a François—. Las maquetas todavía existen y están en Les Invalides. Se reconoce clarísimo Saint Tropez, el puerto no ha cambiado en nada y, de hecho, allí está la respuesta— concluyó con una sonrisa de complacencia.

François, el rey de las banalidades, era una fuente inagotable de datos de esta naturaleza.

—¿O sea que ha permanecido igual desde su fundación? —pregunté algo confundida por el factor tiempo-historia y pensando en la bendición de no tener alcaldes progresistas como los de la Costa del Sol que en solo veinte años la arruinaron.

—No, no desde que empezó. Probablemente sí ha cambiado bastante desde que la fundó Tropez, un cristiano decapitado por los romanos a causa de sus creencias. Según cuenta la leyenda sus restos fueron puestos en una barcaza dejada a la deriva en el Mediterráneo. Parece que eventualmente encalló en algún lugar entre aquí donde estamos sentados y el Club 55. De mártir, la Iglesia Católica lo subió a santo. Sea lo que sea fue un gran visionario. La Iglesia también.

Todos los balnearios de moda del mundo comparten las mismas aguas transparentes, el mismo cielo azul y las mismas playas de arena blanca ¿pero en qué otro sitio te puedes sentar en el mismo corazón del *glam set* y recibir una clase de historia? Cuando se trata del Mediterráneo miras atrás y te das con dos mil años de historia.

—Louis, cuéntanos, ¿cómo estuvo la estadía donde *grand-maman*? —preguntó Lola.

—Nos divertimos horrores. Estuvimos más de un mes, no me había quedado tanto tiempo desde que era chico.

Me encontré con gente del pueblo que no veía desde hace mil años y todos me decían «¡*Ah, le p'tit Louis,* cuánto ha crecido!». Bueno, supongo que *algo* habré crecido en todo ese tiempo —dijo Lucho.

—Deja que les cuente de tu visita a la oficina de correos —lo interrumpió Pancho—. Todos los días hacíamos una peregrinación proustiana en busca de los años adolescentes de Louis hasta que un día terminamos en el mismísimo centro del pueblo, en la oficina de correos comandada por la formidable *Madame* Ginette, una señora de amplias proporciones y frondoso bigote que se conoce la vida y secretos de todo el pueblo. Según la abuela de Louis añora los tiempos en que también hacía de operadora de teléfono y escuchaba todas las conversaciones. Bueno la cosa es que llegamos e insistió en invitarnos un café mientras no dejaba de adular a mi Louis, que *Monsieur* Louis por aquí y *Monsieur* Louis por allá, que me siento honrada por su visita y que jamás pensé que llegaría el día en que regresaría a verme. Luego nos da un informe pormenorizado sobre su marido (ausente) y sobre sus dos hermosas hijas de trece y quince años que tuvo ya de mayor, hijas del climaterio como se les llama, y a quienes llamó de inmediato, «¡Chicas, vengan acá!», y de la trastienda emergen dos gordas, feísimas, con dientes horribles y con el cutis que mejor no les cuento. *Madame* Ginette, orgullosa como Lucifer, nos las presenta formalmente, «*Monsieur* Louis, *Monsieur* François, les presento a mis hijas, Caroline y Stephanie».

—¡Anda François, eso lo has inventado! —le dice Lola riéndose.

—Es verdad. Lo juro por mi honor, bueno, quizás no por mi honor —responde François—. Pregúntenle a Louis —quien lo confirmó asintiendo varias veces con la cabeza.

¿Después de todo quizás el corazón del *glam set* no esté en Saint Tropez sino en el pueblo de Lucho donde las hijas de la encargada del correo tienen nombre de princesas?

—Bueno, vamos por nuestro pescado antes de que se malogre con este calor y la cocinera renuncie. Te prometo que voy a contar tu historia de Caroline y Stephanie una y otra vez y te enviaré cheques con las regalías —dijo Lola llevándonos hasta su carro donde apretujados entre canastas y bolsas de compras partimos para el corto viaje hasta su casa.

Esa noche llegamos un poco tarde al restaurante vietnamita. A Lola le cuesta estar lista a tiempo y ni qué decir de Lucho, que es mil veces más demorón. Teníamos reservada la mesa más larga del restaurante, a decir verdad solo había otras dos mesas chicas, el restaurante era diminuto. El resto del grupo ya estaba instalado. Lola me presentó a su cuñado formalmente, pero él dejó todo formalismo a un lado.

—Llámame Tigre, así me dicen todos —dijo con una sonrisa blanquísima sobre su piel morena.

No está nadita mal, linda sonrisa… increíble cómo se parece al marido de Lola.

Ellos eran ocho, con nosotros llegábamos a doce. La seudo bailarina rusa estaba sentada a la izquierda del cuñado.

—No importa dónde vaya, el Tigre siempre viaja con todo su séquito, tiene pánico a estar solo —me había informado Lola camino al restaurante mientras Pancho y Lucho cotorreaban en el asiento de atrás—. Cada año se alquila un barco y una casa en Saint Tropez y trae a sus amigos dominicanos y a cualquier otra cosa que se encuentre en el camino, sobre todo si es mujer. Y claro, siempre viene con su música —concluyó.

¿Qué significa eso? ¿Que viaja con un boombox, con sus bongós o con su DJ personal?

Miré a Lola con signo de interrogación en la cara.

—Sí, viaja con su propia orquesta —respondió a mi pregunta no articulada.

Por supuesto. ¿Acaso no lo hace todo el mundo?

—Ven, Lola, siéntate a mi lado —dijo el Tigre en voz alta e imperiosa, indicándole el asiento desocupado a su derecha—. Hace tiempo que no veo a mi cuñada y nos tenemos que poner al día —dijo a nadie en particular. La rusa se enfurruñó y empezó a estudiarse las uñas.

Llegó la comida, un banquetazo. Fuente tras fuente de exquisiteces al vapor, enrollados crujientes y dorados, deliciosos olores a menta y yerbaluisa y, por supuesto, botellas y botellas de Cristal-Roederer, exactamente mi tipo de fiesta. Las otras dos mesas del restaurante se llenaron. Las meseras, vestidas con *bao—dais* típicos empezaban a agitarse, entrando y saliendo apuradas de la cocina. Nuestro grupo era el más grande y bullicioso en el pequeño establecimiento. No debía ser fácil para las personas de las otras mesas concentrarse en su comida y menos aún en sus conversaciones.

Lola y el Tigre hablaban bajito y parecían inmersos en una conversación muy íntima y privada totalmente ajenos al barullo que hacíamos los demás. Pancho estaba tratando infructuosamente de establecer algún tipo de intercambio verbal con la chica rusa, pero al parecer la conversación no era su fuerte, además, la rusa estaba evidentemente de muy mal humor. Como a todo parisino, a Pancho le aterraba encontrase sentado en una comida junto a alguien que no habla. Desesperado, se volteó hacia el Tigre, quien a todas luces había defraudado a la rusa como anfitrión y/o como novio temporal, al menos hasta ahora, y le dijo:

—*Monsieur*, su encantadora amiga aquí, ¿cuál es su nombre, *Mademoiselle*? Ah sí, Natasha… Bueno, *Mademoiselle* Natasha me dice que usted ha traído su propia orquesta, ¿es cierto eso? —la pregunta iba cargada con el peso de la ironía francesa.

El Tigre no mordió el anzuelo. Habrá sido tigre, pero también era un zorro latino.

—No, qué va, Tashi está exagerando, son solo unos amigos que por coincidencia tambien son músicos —respondió con toda la modestia que se puede esperar a una pregunta como esa.

—¿Y dónde están sus músicos ahora? —preguntó Lucho.

—Supongo que afuera —respondió el Tigre como si nada.

—¡Oh, por favor, invítelos a pasar! —suplicó Lucho aplaudiendo.

—¿Están seguros? ¿No es un poco temprano? —preguntó el Tigre a todos pero mirando a Lola, quien le sonrió.

¡En absoluto! —respondió François rotundamente.

A diferencia de Louis, a quien le encantaba la música y bailar, a François la música ni le iba ni le venía, pero la veía como una forma de librarse de tener que conversar con la taciturna *Mademoiselle* Natasha.

El Tigre le hizo una señal al *maître*, que lo conocía bien y lo trataba como rey, y le pidió que les pasara la voz a los músicos afuera. Tres guitarristas con pinta gitana entraron dando palmadas, zapateando y tocando La Macarena para deleite de los clientes.

Louis me tomó de la mano y tres parejas de las otras mesas se unieron a nosotros en la improvisada y minúscula pista de baile. El Tigre y Lola se arrancaron con una rumba flamenca, cabezas erguidas, todo el movimiento de la cintura para abajo. Los demás trataban de hacerlo igual, unos bien, otros no tan bien, pero igual con mucho empeño. François se limitaba a sonreír desde su silla, un poco perdido y un poco condescendiente ante el desenfreno latino. Tashi seguía enfurruñada, tan es así que François, caballero hasta el final, hizo el gesto de invitarla a bailar, pero la rusa le respondió con un firme ¡*Niet, niet, spassiva*! y siguió con su cara de palo.

El Tigre seguramente se percató de eso y aprovechó el ruidoso final de La Macarena y las primeras notas de un sugerente merengue dominicano para invitarla a bailar. Tomándose su tiempo para levantarse, Tashi aceptó de mala gana. El merengue es de los dominicanos y lo bailan mejor que nadie. Era un espectáculo ver al Tigre sujetando a Natasha muy de cerca dándole vueltecitas. Otras parejas siguieron. Me emparejé con Lola. Las dos hacíamos una versión sincronizada del merengue. Lola con sus aretes largos balanceándose al compás y yo siguiéndole los pasos. Lucho bailaba solo. Los músicos hicieron un alto para descansar y todos regresamos a la mesa por más Cristal. La rusa —ya con otra cara— no se desprendía del Tigre que igual andaba en otra, conversando con uno de sus amigos. Descansados y ya con la sed aplacada los músicos entonaron los lentos y sensuales acordes de un bolero y la mayoría regresó a bailar.

Se estaba armando una buena fiesta, pero al poco rato se fue todo al diablo.

En un momento de distracción la chica rusa se trepó sobre la mesa y empezó a gatear cual felino, lánguidamente por entre los platos y botellas haciendo movimientos sugerentes. Los invitados que seguían sentados empezaron a moverse al ritmo de la música. El show fue recibido con silbidos, las parejas dejaron de bailar y los hombres empezaron a sudar. Los silbidos fueron subiendo de tono y el dueño del restaurante, un esquelético vietnamita, se puso muy nervioso hasta que por fin la rusa logró llamar la atención del Tigre. Continuó moviéndose muy lentamente por la mesa, sonriendo provocativamente a todos los hombres y a las mujeres también, especialmente a Lola, a quien obviamente iba dirigido el espectáculo. El Tigre, al parecer fastidiado, la interpeló:

—¡Ya está bueno, Natasha! Ven y siéntate.

Natasha se hizo la que no lo escuchó, agarró una de las botellas de champagne regadas en su camino, la levantó y se la llevo a los labios. Tomó varios tragos a pico, ignorándolo olímpicamente. Continuó avanzando, lenta y sensual, moviendo las manos por sus caderas y subiéndose la diminuta falda cada vez más, hasta que al llegar a la mitad de la mesa todos tuvimos una vista panorámica de su cola, una raya larga entre dos lunas redondas, sin calzón. Los de la mesa de al lado se levantaron y se fueron, el vietnamita mandó a sus hijas a la cocina y los hombres empezaron a excitarse. La cosa estaba poniéndose fuera de control.

François me miró y levantó una ceja, como quien dice ¿nos quedamos y participamos o nos vamos? Le respondí sacudiendo enfáticamente la cabeza y articulando un «ni lo sueñe». Lola se retiró estratégicamente al baño mientras yo me dirigí a la puerta, indicándoles a los muchachos que al menos yo ya me iba. Me siguieron sin chistar. La música seguía y a la rusa nadie la paraba. Cuando llegamos a la puerta de salida vi a Lola viniendo hacia nosotros y al Tigre lanzando su casaca Hugo Boss sobre el poto de la improvisada bailarina antes de salir apurado hacia donde estaba Lola.

Nos alcanzó afuera del restaurante.

—Lo siento mucho. Esta chica no tiene modales: chupa como un cosaco y después no se acuerda de nada. Estoy seguro de que mañana se va disculpar —dijo a modo de explicación.

—No te preocupes, Tigre. No eres su papá ni su hermano, ni siquiera eres su novio, ¿o me equivoco? —dijo Lola en broma.

—Claro que no. Es solo la amiga de un amigo y le ofrecí traerla en mi bote a Saint Tropez. Nada más.

—¿Ves? No tienes por qué disculparte. Tu fiesta estuvo muy buena, hasta este momento, claro —le dijo con dulzura—. Y además me encantó verte.

—A mí también, Lola, a mí también —acotó con cara de chico entusiasmado.

Hmmm… aquí hay algo más…

—Ok, *bye—bye*, anda, vuelve con tus amigos, tienes harto que hacer para congraciarte. ¡Ah! y no te olvides de dejarle una buena propina a tu amigo el vietnamita o te va sacar a sartenazos la próxima vez que vengas —se despidió Lola riéndose.

—¿No quieres que le diga a mi chofer que los lleve? —casi gritó.

—Gracias, pero no. Estamos muy seguras con Pancho y Lucho —respondió Lola desde el otro lado de la calle, siempre leal a sus amigos.

A partir de esa noche no nos separamos más y salíamos juntos a todos lados.

Efectivamente el día después del fiasco Natasha masculló unas disculpas en ruso que nos dejó a todos preguntándonos qué cosa habría dicho en realidad. «Y tu mamá también», seguramente, porque no parecía arrepentida en lo absoluto. El Tigre no le dio mayor importancia y al resto de nosotros la verdad es que nos daba igual.

Lo único importante eran esos días largos y soleados, el agua transparente cintilando bajo el sol de julio y el azul del Mediterráneo. El telón de fondo perfecto para un entramado de velas blancas y enormes yates que hacían que todos nos sintiéramos eternamente jóvenes y despreocupados. Las noches eran tan divertidas como los días y cada vez que las cosas se ponían un poco lentas el Tigre le echaba mano a su orquesta itinerante. Entre la piscina de Lola y la villa del Tigre en Les Parcs —la parte más exclusiva de Saint Tropez, donde unos pocos privilegiados viven tras altísimos cercos vivos tomando sol bajo pinos sombrilla y junto a piscinas que terminan donde empieza el mar— perdimos la noción del tiempo. No se habló del regreso de los muchachos a casa de la abuela y menos aún del nuestro a París. *La rentrée* era algo muy lejano en el horizonte y faltaba mucho para que llegara.

Una mañana llamó la *Contessina* anunciando que llegaba a Saint Tropez para quedarse en el Byblos, cortesía de Hermès. Venía a mostrar su colección de otoño en una avant-première, evento al que todos estábamos invitados. Lola le contó sobre el Tigre y Cía. y la *Contessina* inmediatamente los invitó.

—Solo dame sus nombres para ponerlos en la lista para el show en el Byblos y para el *after party* —dijo muy eficiente, recordándonos a todos que existía un lugar lejano donde la gente trabaja todos los días.

Lola le contó al Tigre sobre la *Contessina* y este, a su vez, nos extendió una invitación a todos para a almorzar en el Club 55 en la playa, el día del show.

Como nunca, ese día llegamos temprano. Louis quería a toda costa obtener un bronceado caribeño. En vano le explicamos que: a) el bronceado oscuro ya no está de moda, b) esto es por una buena razón: el hueco en la capa de ozono, c) finalmente los rubios nórdicos como él tienden a pelarse y no a broncearse.

Inútil.

Lola y yo nos tiramos al sol como lagartijas sintiéndonos afortunadas con nuestra piel morena de sudamericanas, supuestamente menos propensa a pelarse o al cáncer de piel. Esto último aún por demostrarse. Ambas habíamos dejado el *topless* hacía un par de años. Entre las tetas normales, que a partir de los cuarenta ya no son lo que eran, y las toronjas de cemento que lucen las que optan por los implantes, decidimos colocar lo que la naturaleza nos dio dentro de sostenes de bikinis con soporte escondido.

Poco a poco los amigos del Tigre empezaron a llegar a la playa. La noche anterior habíamos cenado en el bote y quizás hubo exceso de champagne porque todos se veían un poco pálidos y con evidentes signos de resaca. El Tigre y Natasha que habían dormido en el barco aún no daban signos de vida.

Pancho y Lucho tirados bajo una sombrilla ojeaban distraídamente unas revistas del corazón.

—¿Por qué será que nunca vemos fotos de gente REAL-MENTE bien? —suspiró Lucho.

—¿Como nosotros? —le preguntó Pancho, burlón.

—Claro, como nosotros. Lo único que se ve son fotos de esas mini-celebridades ordinarias de los *reality shows*. Para el siguiente verano todos han olvidado sus caras.

Tenía razón. Las memorias son cortas por todos lados y Francia no es la excepción, las *celebs du jour* pasan al olvido en menos de un verano. Los franceses mueren por la televisión enlatada que tanto critican de los norteamericanos y no se pierden ningún evento relacionado con los participantes de Loft Story, Big Brother y Star Academy, la versión francesa de American Idol.

Su cotorreo era tan inconsecuente como la brisa de verano y tan predecible como las aguas mansas del Mediterráneo mojando la arena a nuestros pies. Me puse a mirar a mi alrededor dejando que mi mente divagara. El territorio de cada restaurante estaba demarcado por banderas de diferentes colores colocadas entre las sillas de playa. Lo mismo ocurría con las sombrillas, rojas para La Voile Rouge, el club para los más jóvenes, blancas con borde azul para el Club 55, el decano y más exclusivo de todos, y por aquí y por allá banderas verdes, amarillas y azul marino que le daban a la playa un aspecto de carnaval.

Para entonces nuestra parte de la playa se había ido llenando y los mejores sitios estaban tomados. Luego de observar el paisaje pasé a hacer un reconocimiento disimulado de los grupos recién llegados. La mayoría de las mujeres eran guapas, los hombres no tanto, pero lo compensaban con un aire inconfundible de prosperidad imposible de no percibir. Casi todas las mujeres iban *topless*. A algunas se les veía bien, a otras más que bien. Las demás parecían tener dos huevos fritos o dos panqueques y por supuesto no faltaban las toronjas.

Llegó el Tigre seguido por Natasha escondida detrás de lentes oscuros y con lo que se había convertido en una perpetua expresión de amargada. Nos dirigimos todos a la zona del restaurante a sentarnos en una mesa para doce cubierta por un mantel blanco impecable y servilletas de color. En el centro de la mesa junto a un florero de cristal con un arreglo de astromelias había una canasta enorme de *crudités* y un *dip* de *aioli* de muerte.

Nos lanzamos sobre las *crudités* y pedimos una ronda de Bloody Marys.

Íbamos por la segunda ronda cuando llegó la *Contessina* acompañada por mi viejo amigo el Fotógrafo, quien se veía muy bien y lo sabía, pasándose los dedos entre su más rubia pero más rala cabellera y con una sonrisa tímida en la cara.

¿Y que hace acá este?

—*Buon giorno a tutti* —dijo la Contessina—. Mil disculpas por llegar tarde, pero hay tanto que hacer para esta noche. Teníamos que tomar fotos de las modelos en una playa y nos tomó horas encontrar una sin gente —suspiró.

El Fotógrafo se sentó entre Natasha y yo. Inmediatamente se puso a flirtear con ella, lo que momentáneamente la puso de buen humor. Esta tregua le permitió al Tigre enfocar su atención en Lola a su izquierda, y en el constante parloteo de la *Contessina* sentada entre Pancho y Lucho, a su derecha.

Yo me entretuve conversando con los amigos dominicanos del Tigre, muy divertidos y refrescantes con sus observaciones sobre el show en que se convierte Saint Tropez durante el pico de la temporada.

—Creo que mañana deberíamos ir a La Voile Rouge —dijo el mayor del grupo—. Anoche después del bote conocí a una chica bien chévere en Les Caves du Roy y me dijo que ese es el mejor sitio —continuó dirigiéndose al Tigre—. Te encuentras con las modelos más lindas y tiene el ambiente más *cool*.

—Sí, así es, si lo que quieres es ver a camareras *topless y bottomless* bailando por una propina. Es el mismo circo todos los días y solo los incautos se creen eso de que es un show único e irrepetible —respondió el Tigre—. Además creo que hemos visto suficientes bailarinas *bottomless* —agregó mirando un punto lejano entre la cocina y el bar— pero si quieren ir yo les consigo una mesa para mañana.

El Fotógrafo me miró con cara de intrigado y asumí una expresión de yo no sé nada.

Cada uno sabe dónde amarra su caballo.

Llegó el almuerzo: colitas de langosta frías, ensalada de pepino, tomates con menta fresca picada y ensalada de manzana y arándanos frescos con crema. Las promesas de limitarnos a tomar solo agua mineral quedaron en el olvido. Los Bloody Marys habían cumplido su función de restaurar nuestro desbalance químico y el Cristal empezó a correr de nuevo. Los ánimos habían mejorado, era un día lindo y era bueno estar entre amigos. Le pregunté al Fotógrafo sobre su trabajo como fotógrafo de moda para Hermès.

—¿Y cómo así lo conseguiste?

—Me estoy dedicando casi de lleno a la fotografía. La *Contessina* les mencionó que había una posibilidad de buscar un nuevo talento para este show. Como tú sabes, el estudio de mi padre los representa, o sea que ya tenía un pie adentro. Pero igual presenté mis fotos como cualquiera otro, y ¡oh sorpresa! me eligieron.

—Has hecho muy bien. Te felicito.

A veces le hablaba como si fuera su mamá y otras como su hermana mayor.

—Me voy a quedar toda la semana porque hay trabajo de post producción que se tiene que terminar en la zona y también quiero hacer algunas cosas por mi cuenta. Estoy con mi moto, si te provoca podemos dar una vuelta después de mañana... Te gustaba ir en moto si mal no recuerdo —dijo, su interés en mí aparentemente restablecido.

—Claro, por qué no. Estoy quedándome donde Lola. Llámame y vemos.

—Sí, yo sé dónde te estás quedando.

Hmmm… así parece.

Este intercambio fue captado por Natasha pese a su nivel básico de francés. Entendió que este no era ningún millonario sino un incipiente aspirante a fotógrafo de modas y al instante volvió a dirigir sus atenciones hacía el Tigre frotándose contra su brazo como una gata hambrienta, maniobra que logró su cometido, al menos por el momento.

Por ser la hora de almuerzo la playa estaba prácticamente vacía cuando divisé a una pareja descendiendo en el muelle desde una embarcación privada que había estado acodada a un yate enorme minutos antes. El hombre estaba vestido todo de blanco y me pareció conocido. Ella traía puesto un pareo turquesa, sombrero ancho de paja, pulseras de oro, y se balanceaba con dificultad sobre altísimos tacos de madera. Venían hacia el restaurante derecho hacia donde estábamos cuando reconocí a mi antiguo amigo, el Coleccionista.

¿Qué es esto? ¿La reunión de la promoción?

Se detuvo en nuestra mesa haciendo una ronda para saludar. La *Contessina* lo presentó al Tigre y él presentó a su acompañante. Cuando llegó a mi sitio, sonrió irónico y me besó la mano.

—Así que aquí es donde nos volvemos a encontrar —dijo.

¿?

—¿No recuerdas lo que te dije en el matrimonio? Bueno, ahora ya sabemos dónde nos íbamos a volver a ver. Te ves muy bien. Deja que te presente a mi amiga —dijo mientras volteaba hacia su acompañante. De inmediato supe que la había visto antes.

¿Pero dónde?

Terminada la ronda regresó a hablar con la *Contessina*, quien le contó sobre el show de esa noche y los invitó. Aceptó encantado y le dijo que se quedarían por unos días en Saint Tropez, en su yate por supuesto, antes de regresar a Cannes.

El Tigre inmediatamente le pidió el nombre de su yate y el número de su celular para hacer algo juntos. Nuestro grupito iba en aumento.

Estaba pensando que el único amigo-pretendiente que faltaba era mi querido Louvois cuando sonó mi celular. No reconocí el número en la pantalla y disculpándome salí a tomar la llamada desde la playa. Era Guy con voz lejana y melancólica.

—¿Cómo estas, *m'dear*? ¿En el yate de algún millonario árabe? —preguntó bromeando.

—Claro que no, Guy, tú sabes que me mareo —respondí feliz de escuchar su voz.

—Lo que quiero decir es si ya te has escapado con uno.

—¿Estás celoso? —pregunté riéndome.

—Claro que sí —dijo serio.

—Bueno, para tu información, momentos antes de que llamaras estaba pensando en ti —respondí.

—¡Qué desilusión! Yo creía que pensabas en mí todo el tiempo —lo dijo no muy en broma.

—¡Pero sí pienso en ti todo el día! —le contesté, mientras mi humor mejoraba cada segundo.

—Bueno, me tranquilizas. ¿Cuáles son tus planes? —preguntó.

—Creo que me quedo una semana más antes de regresar a París. ¿Y tú?

—Yo estaré aquí hasta fines de agosto y luego vuelvo a Louvois para los preparativos de la cacería.

—¿Cómo esta Mimi?

—Un poco rara. Dice que se va al Cabo en septiembre. Últimamente anda diciendo que extraña y que quiere volver a su país. ¡*Sacrébleu!*, ¡es ridículo! La pobre niña ha vivido casi toda su vida en Francia —dijo algo confundido, como suelen sentirse los hombres cuando son confrontados con los sentimientos profundos del corazón de una mujer, algo que no siempre pueden entender.

Entiendo lo de extrañar y sobre los sentimientos encontrados por querer regresar. A veces me sentía más cerca de Mimi que de Guy.

—Qué pena. Bueno, entonces nos vemos cuando regreses. Claro, si es que me invitas a almorzar.

—Voy a hacer algo mejor que eso. Te voy a invitar a una cacería, si no te parece muy aburrido...

¿Cómo voy a saber? Nunca he ido a una.

—Esa es una de las razones de mi llamada, quería asegurarme de que estarías disponible.

Me dio la fecha y la apunté en mi memoria a falta de algo mejor.

—Le pediré a mi secretaria que te envíe un *pour mémoire.*

—Gracias. Me encantará volverte a ver —le dije con absoluta sinceridad.

La llamada me había puesto de excelente humor, a la par con el resto del grupo que para ese entonces ya había mermado drásticamente el stock de Cristal del restaurante. Todos hablaban de los preparativos para el evento de esa noche en el Byblos. El tema iba a ser el color rojo, desde la comida, los tragos y la decoración, hasta los invitados a

218

quienes también se les había pedido que fueran de rojo. No era una mala idea para variar las consabidas fiestas blancas de Saint Tropez, y no me refiero a la ropa solamente. El Coleccionista y su amiga se habían instalado en una mesa contigua. No podía dejar de pensar que a ella la había visto en alguna otra parte.

La Red Party agarró viada tan pronto bajaron las últimas modelos de la pasarela. Margaritas de fresa y daiquiris de frambuesa llenaban dos fuentes en el centro de la terraza. También tenían una de champagne con extracto de rosas rojas, que no estaba nadita mal. Yo me había improvisado una especie de traje de luces con *leggings* rosa fuerte, un top *halter* de chiffon rojo y un bolero tipo torero con bordado de pedrería comprado en España hace unos años. La *Contessina* estaba espectacular en un vestido rojo pegadísimo abierto hasta la cadera y Lola se puso un Valentino *haute couture* en el rojo emblemático del diseñador. La estábamos pasando muy bien y las cosas se animaron aún más cuando el Tigre y su séquito hicieron su entrada tardía precedidos por su orquesta itinerante tocando los primeros acordes de los Gypsy Kings, ritmo perfecto para pantalones de matador.

Los que estaban alrededor de la piscina del Byblos arrancaron a bailar, incluso las modelos y la mayoría de los hombres. Hasta vi al Coleccionista y su amiga dando unos pasitos aunque él, como siempre, sin dar muestras de mayor entusiasmo.

Después de un rato las cosas se calmaron un poco y se me acercó.

—Esta muchacha, la *Contessina*, es increíble. Es la segunda vez que veo un show montado por ella y realmente estoy impresionado. Tú sabes que yo no me impresiono así como así —dijo en tono de admiración—. Qué curioso que esté sola.

—Me imagino que ha estado muy ocupada con su trabajo. Recién empezó el año pasado y tú sabes cómo es eso.

Con la globalización de hoy la industria del lujo se ha convertido en un negocio muy competitivo donde necesitas mucho más que un nombre y una cara bonita para que no te den de baja.

—Qué pena que mujeres tan bellas y de tan buena familia tengan que trabajar tanto. Hubo una época en que le hubiese sido suficiente abrir la boca para tenerlo todo a sus pies —musitó el Coleccionista.

—¿Como tu mamá? —le pregunté, recordando el retrato de la mujer enjoyada en su departamento de París.

—Exacto.

Su pareja lo llamó y con una asentadita de la cabeza hacia mí regresó donde ella. No se lo veía muy entusiasmado, de hecho no estaba especialmente alegre.

Un hombre con la camisa medio abierta y una mata de pelo en pecho me invitó a bailar. Pancho y Lucho, los dos de rojo bombero, bailaban a modo de sándwich con Natasha en el centro. El Tigre bailaba con Lola haciéndola girar para que su falda se levantara como una vela al viento. No conocía al tipo que me invitó pero tenía ganas de bailar.

Resultó que bailaba muy bien y yo estaba feliz de moverme con la música. Durante una pausa me preguntó si quería tomar algo.

—Claro, vamos por champagne. Creo que hay un poco al natural, sin licor de rosas.

Conversamos durante un rato y me contó que vivía cerca, en Saint Raphael y que era un chico local. Parecía simpático, no muy inteligente pero definitivamente atractivo con algo de peligroso. Había hecho su plata en el negocio de los autos.

¿Pero en qué rama de la industria automotriz? ¿Concesionario, mecánico, vendedor de repuestos o de partes robadas? Nunca llegaría a saberlo.

Era divorciado, con dos hijos chicos que vivían con su ex en Marsella y él venía todos los veranos a Saint Tropez «a desfogarse».

—¿Y tú eres casada?

Le respondí que no, que era divorciada, en realidad viuda, en fin, un poco más complicado.

—¿Por qué?

—Es una larga historia y no te quiero aburrir —la respuesta estándar para cuando no quieres hablar de algo.

—¿Tienes hijos?

—Sí, uno.

—¿Qué edad tiene?

Mi hijo estaba a punto de empezar su segundo año en la universidad, o sea que bordeaba los veinte. Respiré hondo y le respondí:

—Catorce —para no asustarlo.

Pensé que era lo máximo que podía manejar.

Error.

Giró sobre sus talones, se dio media vuelta y desapareció entre la gente sin decirme una palabra. Me quedé estática por un momento y luego me empecé a reír. De todas las cosas que me pasaron ese verano fue la más graciosa.

Todavía me estaba riendo cuando se acercó el Fotógrafo.

—¿Cuál es el chiste, no lo quieres compartir? —me preguntó sonriendo y pasándose la mano entre el pelo.

—No, la verdad que no. Es una larga historia y te va a aburrir —le respondí entre carcajadas.

—¿Entonces quieres que te lleve a tu casa? Ya terminé lo que tenía que hacer aquí y mi moto está parqueada afuera.

—Claro, ¿pero tienes un casco?

—Sí, también tengo un casco.

—Ok, vámonos entonces —le respondí.

—Pero me cuentas de qué te reías —insistió, juguetón.

—Ni en un millón de años.

Mientras esperaba parada al lado de la entrada del Byblos a que el Fotógrafo trajera la moto salió el Coleccionista con su amiga. Desde donde estaban no me podían ver, pero en cambio yo los podía escuchar.

—¡Qué fiesta tan ridícula, todos comerciantes! Cómo no me fui a Montecarlo a quedarme con mis amigos.

Me dijeron que a menudo almuerzan en el Old Beach con los Grimaldi —se quejó ella con una voz desagradable.

El Coleccionista se quedó ahí parado, mirando imperturbable un punto lejano en el horizonte. Recordé algo que dijo cuando recién nos conocimos donde la *Contessina*, algo sobre las damas mundanas parisinas, que eran frías, calculadoras e implacables.

Por lo visto no aprendía.

Fue una delicia regresar en moto. Íbamos rápido, con el viento en la cara, cuando salimos del puerto a la carretera principal hacia Saint Maxime. A la derecha las luces de Saint Tropez brillaban en la distancia y más allá las luces de los yates anclados se reflejaban en las aguas quietas y oscuras. De pronto me acordé.

—¡Wyoming! —dije en voz alta.

—¿Qué dijiste? —gritó el Fotógrafo—. ¡No te escucho!

—¡No es nada, no te preocupes! —le respondí.

Y no lo era, pero me dio gusto encontrar en mi memoria el nombre de esa voz quejumbrosa: era la misma mujer que puteaba al marido en el Baile de la Orden de Malta.

Habrá estado luciendo una nueva cara que dicho sea de paso no estaba nadita mal, pero la voz era la misma.

Con razón su marido se largó a Wyoming. Todo con tal de no escucharla.

Fue un verano que todos recordaríamos por mucho tiempo, un verano que trajo simetría y marcó un final para algunos y una suerte de comienzo para otros.

Fue el verano en que el Coleccionista le dio otra dirección a su vida, o sea, encontró una nueva relación. Por primera vez se fijó en una mujer que no solo tenía belleza y encanto de sobra sino además un trabajo fijo y bien remunerado, toda una novedad para él. Claro que ella lo complacía gastándose su plata y pasando vacaciones en su yate, y él por su lado, la engreía llevándola a pasar fines de semana a Italia, un país que ella nunca dejaría de extrañar.

Fue el verano en que la *Contessina* decidió que trabajar duro estaba bien, pero que también era lindo vivir como una reina junto a un hombre dedicado a ella, que la llenaba de regalos y de detalles extravagantes. Ella era lo suficientemente joven como para que él estuviese a la vez halagado por tenerla y con miedo a perderla. Ella le tomó gusto a la pinta de playboy sesentero y a las maneras indiferentes del Coleccionista. Lo de ellos quizás no era amor, pero era más que solo conveniencia.

Fue el verano en que Pancho y Lucho, en el trayecto entre Saint Tropez y Cannes a bordo del yate del Coleccionista —invitación cortesía de la *Contessina*— finalmente lo convencieron de que les confiara la venta de su colección de arte africano. Obtuvieron una comisión tan buena que se vieron obligados a establecer su residencia en Londres, convirtiéndose en otra pareja más de exiliados que huía de la voracidad del fisco francés.

Fue el verano en que Lola regresó a casa para quedarse. Durante su estadía en Saint Tropez había pasado casi todo el tiempo en la villa o en el yate del Tigre. Se dio cuenta de que podía amar a este hermano tanto como había amado al otro. La felicidad la había eludido en los últimos años y no había un minuto que perder. Para el Tigre esto no era novedad. Había amado a Lola en silencio y desde lejos durante años, esperando el día en que ella se diera cuenta.

Fue el verano en que Mimi Pearson decidió retornar al Cabo. Planeó y organizó un proyecto para construir una Ópera como la de Sydney. Contó con todo el apoyo de los Diamantes Pearson y al final fue elegida Presidenta de la Ópera. También empezó un segundo jardín en su enorme casa junto al mar; esto le produjo una satisfacción más allá de la esperada. Ella y Guy siguieron siendo muy buenos amigos y cada año regresaba a Louvois para la fiesta de

Saint Jean y para Navidad, así como para una que otra partida de cacería.

Fue el verano en que Guy, luego de hacer un balance de su vida, decidió que podía hacer algo más aparte de comer y cazar. La partida de Mimi fue sin duda el empujón que necesitaba. Pasó horas en la enorme biblioteca del *château* enfrascado en los archivos de la familia. Terminó por escribir una novela histórica, *La Historia de Francia a través de la Historia de la Casa de los Louvois*, que se convirtió en *la* fuente a citar para los estudiosos de los siglos XVII y XVIII. Para sorpresa de todos se convirtió en un *best seller*, el primero de los muchos que lanzaría Guy en su tardía pero muy prolífica carrera literaria.

Fue el verano en que cedí a los avances del Fotógrafo. Estábamos pasando el día tumbados al lado de la piscina, la casa entera solo para nosotros. Lola y los demás habían salido a un paseo a Porquellores en el yate del Tigre. Yo me había negado cortésmente a ir como siempre lo hago ante cualquier invitación que incluya la garantía de marearme. Inevitablemente pasó lo que tenía que pasar. Tenía muy buena cama, mucha experiencia y muy buenas movidas, pero un corazón de piedra que finalmente me dejó fría. Fue una acostada más por compasión que por pasión —aunque nunca quedó claro quién se compadeció de quién— y función de una sola tarde. Con las justas salvamos la amistad.

Fue el verano en que el Fotógrafo aterrizó, dejó de pasarse las manos por el pelo, se hizo un trasplante y se volvió profesional. Su carrera fue un éxito, el trasplante no. Las fotos que tomó en el norte de Francia y en Le Mans llamaron la atención de Magnum, una de las agencias más prestigiosas del mundo, que lo contrató por cuatro años. Al final de una fiesta de despedida en la villa del Tigre se llevó a la chica rusa detrás de unos arbustos y le hizo el

Habíamos pasado el día tumbados al lado de la piscina.

favor, o viceversa, quitándole de paso un problema de las manos al Tigre. Siempre aficionado al dolor la siguió como un cachorro enamorado el resto del año. Ella lo exprimió hasta dejarlo seco, pero fue la última de una larga lista de mujeres perversas que se aprovecharon de sus debilidades. Después de que ella lo abandonara nunca más volvió a caer en lo mismo.

Fue el verano en que dos hijas de Laurence conocieron a sus futuros maridos. Los matrimonios se llevarían a cabo con un año de diferencia. Llevé al Fotógrafo al primero como mi pareja. Se hizo amigo de Philippe y Laurence y se convirtió en un fijo en los almuerzos de los domingos en Saint Guillaume. Luego fotografió el segundo matrimonio donde, despojándose de su antigua personalidad —el milagro del amor verdadero—, se enamoró de la última hija soltera. El padre del Fotógrafo estaba tan complacido y aliviado con su futura nuera que ofreció un baile a todo meter en el Hotel Crillon la noche anterior al casamiento, al que fuimos con nuestras mejores galas. Laurence con dos kilos menos y en un vestido de seda chocolate oscuro, sonreía de oreja a oreja.

Fue el verano en que Alfredo Montino decidió contactarme dejando un mensaje en mi contestadora en París mientras yo estaba en Saint Tropez. Cuando regresé y traté de llamarlo una grabadora me informó que su teléfono había sido desconectado. Anduve vagando en un estado de melancolía por varios días.

Fue el verano en que la revista «Gala» sacó un artículo de cuatro páginas sobre el Embajador con fotos de sus cenas. Fue confirmado como uno de los mejores anfitriones de la ciudad y un destacado miembro del *Tout Paris*.
Casi se muere de la emoción.

Ese año el invierno se adelantó en París. Un día estaba soleado y tibio, al día siguiente amaneció frío y gris. Me perdí la primera partida de caza en Louvois a causa de un resfrío de campeonato, de esos que dan cada cinco años y que se convierten en algo peor. Como no me vio ningún médico nunca supe si fue algo más, además estoy convencida de que cuanto menos sabe uno, mejor. Poco a poco me fui recuperando. *Madame* Morel me subía sopa caliente dos veces al día —a veces me la tomaba, a veces no y la botaba por el excusado para no herir sus sentimientos. Pancho y Lucho venían de visita con los últimos chismes escabrosos de la vida parisina, el resultado del retorno de todos a París y de algunas conductas verdaderamente escandalosas.

—¡No me importa si está casado y tiene un millón de hijos, el hombre es gay y jamás va a salir del closet! —dijo François en un tono de no-discutan-ya-porque-yo-sé.

—¿Y cómo puedes estar tan seguro? —preguntó Lucho, no del todo inocentemente.

—Tuvimos algo hace un millón de años —respondió François con aire de suficiencia.

—¡Ajjj, fo! ¿Cómo pudiste? ¡Es un gordo!
—No lo era entonces —respondió Pancho rotundamente.

—¿Qué es lo que tiene que ver con la fulana esa que se supone es su amante? —pregunté ronca y tupida desde mi cama.

—*Oh ma chérie*, ella está de pantalla. No solo para protegerlo a él del qué dirán, sino por ella misma. No quiere perder su matrimonio —y todos los beneficios colaterales— porque en realidad su marido es el amante de su amante.

—¿Verdad? —pregunté sin que me importara un pito la respuesta. Me sentía así de mal.

—¡Verdad!
Laurence pasaba cada dos días a traerme las compras y todo tipo de remedios caseros que resultaron ser sorprendentemente eficaces además de ricos y en una ocasión hasta

me trajo una tarta de peras que para su gran consternación por más que traté no pude comer. La *Contessina* salía casi todos los fines de semana en el yate del Coleccionista en busca de climas más cálidos, Cerdeña por ejemplo, y Lola ya había regresado a su país para quedarse. Guy estaba ocupado con sus jornadas de cacería y sus invitados y además tenía pánico de que le diera lo mismo que a mí, por lo que se mantuvo lejos. Los franceses sienten un temor visceral al contagio y cada invierno se ponen todo tipo de inyecciones y vacunas contra la gripe. Igual se enferman como todo el mundo. Guy me llamaba dos o tres veces a la semana para reprocharme que estuviera en cama.

—Realmente es un fastidio que no estés aquí en Louvois para la apertura de la temporada —me regañó.

—Sí, ya lo sé. Estoy de acuerdo pero, ¡qué te puedo decir!, yo también me siento mal por haberte fallado —esto último lo dije para ver si sentía algo de compasión por mí.

—Pero no tan mal como yo.

Su réplica cayó como un hachazo.

El Embajador me hizo una visita con una caja de Corn Flakes en la mano, pues le había explicado que no podía comer nada. Se sentó estoico en el borde de la silla por los veinte minutos de rigor —el tiempo mínimo para acompañar a un enfermo y no dejar de ser un buen cristiano— con la dichosa caja de cereal balanceándose sobre sus rodillas. *Very sweet*.

Hasta que finalmente una mañana muy fría a fines de octubre me encontré cómodamente instalada en el asiento posterior del carro del Embajador rumbo a una cacería de faisanes en Louvois. Habíamos sido invitados a pasar el día. Los fines de semana ya estaban copados por los cazadores, invitados con meses de anticipación, y no había lugar para cambios de último minuto. Tampoco había sitio, punto. Nos desplazabamos rápidamente por la autopista a 130 kilómetros por hora, el límite permitido en Francia. El sol invernal estaba bajo en el horizonte, los campos arados descansaban bajo una espesa neblina y el silencio era interrumpido solamente por los graznidos de los cuervos. Era un día como para quedarse debajo de varias frazadas con un buen libro, pero me habría sido imposible rechazar la invitación —léase ultimátum— de Guy sin incurrir en un gesto abiertamente hostil, cosa que no soñaba hacer y que Guy tampoco se merecía. El Embajador había estado aún más reacio a venir. Su fobia a la clorofila y a todo lo relacionado con el campo se despertaba ante la idea de pasar un día congelándose al aire libre.

—¡Gracias a Dios que ha venido una princesa *sans chevalier*! Ya tengo un pretexto para quedarme adentro acompañándola. Se supone que tenía excelente puntería pero ahora está muy vieja para seguir la partida de caza. Ella insiste que seguirá viniendo hasta el día en que se muera —dijo.

—¿Y cómo es eso de seguir la caza? —le pregunté. Una vez fuera de la cama y vestida se despertó mi curiosidad.

—Para empezar, en realidad no sigues nada. Si no vas a disparar te asignan a un «escopeta», es decir, a una persona que sí caza y lo único que tienes que hacer tú es sentarte calladita a su lado, congelándote el *derrière*, rezando para que no te disparen ni te caiga un pájaro muerto encima. También arriesgándote a quedarte permanentemente sorda después de pasar horas ecuchando disparos a escasos centímetros del oído —explicó.

Estoy segura de que no puede ser tan malo como lo pinta. Será su fobia al aire libre.

—¿Por qué vienes entonces?

—Por dos razones. Porque es el único deporte que queda reservado únicamente para unos cuantos privilegiados. La caza de faisán se ha vuelto tan escandalosamente cara que solo los muy ricos o la realeza tienen los medios como para organizar una partida como se debe. En Francia ya no quedan faisanes silvestres, entonces el que quiere cazarlos aparte de ser dueño de un coto tiene que comprar los huevos, empollarlos, criar y alimentar a los polluelos. Luego soltarlos en junio rezando que no se vayan volando al campo vecino —explicó pacientemente—. En Inglaterra y

España todavía quedan muchos pájaros silvestres. Los mejores sitios están en York, Gales y en Extremadura, donde hace mucho más frío que acá.

—¿Y la otra razón? —pregunté para exprimirle de una vez toda la información mientras fuera posible.

—Sencillamente uno no rechaza una invitación a un almuerzo de partida de caza en Louvois, simplemente no se hace. Es la mejor partida en Francia, de lejos.

Ok, ya entendí.

Entramos por las rejas abiertas de Louvois y seguimos hasta la casa. Nos recibió el antiquísimo mayordomo, quien nos indicó que una Range Rover estaba a la espera para llevar a *Madame* y a *Monsieur l'Ambassadeur* a los puestos donde estaban ubicados los «escopetas» y que tuviéramos la bondad de acompañarlo.

Con frío o no yo ya estaba aquí y no iba a quedarme adentro, o sea que acepté su amable oferta. El Embajador, con pantalón de franela gris, blazer azul y mocasines de cocodrilo, parecía un hombre camino a un partido de polo y casi se resbala sobre el empedrado mojado cuando un Pudding sobreexcitado intentó saltarle encima para darle la bienvenida.

El mayordomo, viejo pero rápido en reaccionar, estiró un brazo para sujetar a Su Excelencia y evitar que resbalara a la vez que reprendió a Pudding, quien regresó a la casa con la cola entre las piernas. El incidente dejó al Embajador muy alterado, no le gustaban ni los perros ni los niños —no necesariamente en ese orden— y había jurado jamás tener ninguno de los dos.

—Si prefiere quedarse *Madame la Princesse* está esperando a Su Excelencia en la biblioteca —dijo el mayordomo, rescatando así a *Monsieur l'Ambassadeur* de mayores peligros—. Y si *Madame* fuera tan amable de seguir a Emile, él la llevará hasta el campo donde están los demás.

Seguí obediente a Emile hasta una Range Rover cubierta de barro al otro extremo del estacionamiento.

—¿Y Pudding no viene con nosotros? —le pregunté a Emile cuando se puso al volante.

—Oh no *Madame*, Pudding está muy viejo para salir de caza. Esto le da mucha pena a él y a *Monsieur le Duc*, pero tiene artritis en sus piernas traseras y ya no puede correr ni traer las piezas como antes. Ha sido el mejor perro de caza que ha tenido *Monsieur le Duc* —agregó, verdaderamente acongojado. Me acordé de algo que mi papá siempre decía, «Los franceses prefieren mil veces a los perros que a los niños».

Luego de un corto trayecto llegamos a un claro en el bosque donde los «escopetas» se habían reunido para un tentempié de media mañana que consistía en una sopa de alverjas secas bien caliente y espesa, café y trozos grandes de pan integral. Ni bien llegué Guy se separó del grupo que lo rodeaba y vino hacia mí.

—¡Por fin! Ya estaba por mandar a mi doctor para que te examinara, eso o ¡una corona de flores! Nunca he sabido de alguien que se haya enfermado por tanto tiempo —dijo, todavía reprochándome mi ausencia.

—Anda, no fue tanto tiempo. Vine apenas supe que no iba a pasarle el bicho a nadie —le respondí sonriendo.

—Bueno, supongo que fue una medida prudente de tu parte —respondió ya en otro tono—. Ven, te voy a presentar a los demás —dijo llevándome del brazo hacia él y reincorporándose al grupo. Había nueve «escopetas», incluyendo a Guy y a una mujer.

—*M'dear*, tú irás con Pierre a su puesto, si no te importa —dijo, presentándome a un joven muy tímido, miembro de una familia real de un país vecino, que no abrió la boca en las siguientes dos horas. Ahí fue cuando se me congelaron los pies.

Al comienzo era emocionante escuchar las voces de los batidores y los ladridos de los perros desde el bosque, también ver a los faisanes volar mientras gritaban «¡pájaro a la vista!»

Los disparos eran verdaderamente ensordecedores. Felizmente el miembro de la familia real del país vecino tuvo los buenos modales y previsión de traer un par de tapones extra que me ofreció, silencioso y muy gentil, poniéndose rojo como un tomate.

¿Qué habrá pensado que le iba a hacer? Cualquier idea de seducción moría aquí. Con este frío no puedo imaginarme a nadie quitándose ni un solo mitón por más apasionadas que fueran las circunstancias.

Le agradecí, silenciosamente también. Continuó sonriendo tímidamente y me hizo una pequeña reverencia.

Al cabo de media hora la cosa se puso bastante repetitiva y el único pensamiento que ocupaba mi mente eran mis pies congelados, los cuales ya no podía sentir. Su Alteza Real resultó tener muy buena puntería, a juzgar por la cantidad de pájaros muertos depositados a nuestro lado por el perro y el cargador, y yo me sentí orgullosísima de nuestro puntaje.

¿Y qué hay con el «nuestro y nosotros»? Por lo visto esto de la caza promueve los vínculos y la competitividad.

Para cuando terminaron las batidas matutinas y regresamos al *château* para almorzar estaba en serio peligro de perder uno o más dedos del pie por hipotermia, algo que hasta ese entonces había asociado con escalar el Mont Blanc. Estoica hasta el final no dije nada y me aguanté para que no vieran mi cara de dolor cuando entré a la casa. Con el calor de la calefacción se me restableció la circulación.

Uno tiene que haber nacido en el norte para disfrutar este tipo de castigo. Al Embajador no le falta algo de razón.

—¿Disfrutaste de la mañana? —preguntó la voz resonante de Guy por encima de la conversación generalizada. Estaba parado frente a la enorme chimenea donde todos los «escopetas» estaban tomando ingentes cantidades de alcohol, un ejemplo que seguí de inmediato.

Donde fueres haz lo que vieres.

—Fascinante. Muy entretenida y muy ruidosa —respondí tentativamente.

—Creo que a Pierre le fue bastante bien —dijo Guy.

—No estoy segura a cuántos le disparó, pero había un montón de pájaros muertos a nuestro alrededor.

—Oh, eso no lo vamos a saber hasta el anochecer, cuando se termine la cacería. Ven siéntate a mi lado. Necesito la buena compañía de alguien que me levante el ánimo y mi ego adolorido. Hoy mi puntería estuvo pésima, disparé como un animal —dijo señalando el comedor.

—¿De verdad? Imposible. No lo puedo creer —dije diplomáticamente.

—Más vale que lo creas. Pero no tengo una sino dos buenas razones que explican mi desempeño patético. La primera es que esta es mi cacería y yo tengo que cuidar que todo salga bien. Sobre todo evitar que la gente se empiece a disparar entre sí y alguien salga herido, o peor, muerto. Siempre existe el peligro de que algún idiota se ponga nervioso y haga una estupidez.

—¿Y la segunda? —pregunté.

—¿La segunda qué? ¡Habla más alto criatura! —Guy estaba cada día más sordo y los disparos de la mañana solo empeoraban la situación.

—Dijiste que tenías dos razones —le repetí.

—¡Ah sí!, la segunda es que la rodilla me está matando. Me van a operar cuando termine la temporada. Parece que me van a poner una rodilla nueva, de plástico creo y la vieja se la van a dar a Pudding —dijo guiñándome el ojo.

—¡Qué asco! ¡Y qué tétrico! —exclamé riéndome.

—No seas tonta. El viejo Pudding ama cada pedacito de mí —contestó, riéndose también encantado con la idea.

El almuerzo fue un asunto elaborado, con harto trago y vinos para escoger dispuestos encima de un aparador auxiliar sobre el cual se abalanzaron los «escopetas». Después de un rato, entre que venían del frío y con todo lo que habían tomado, se pusieron muy colorados y la conversación se hizo muy animada. La comida estuvo buenísima, como siempre. La conversación era generalizada y para cuando llegaron las tartas de mandarina y toronja a más de uno se le reventaban los botones del chaleco. Los «escopetas» se habían quedado con los sacos puestos y las corbatas de caza bien anudadas al cuello de la camisa. No son raros los casos de apoplejía después de almuerzos como este. Una vez que se quitaron las botas noté que cada hombre llevaba puestas medias hasta la rodilla en diversos colores: amarillo chillón, verde loro, lila y rosado con pompones en los costados. En otras partes a un hombre vestido así le tiran piedras. Las medias azul Louvois de Guy eran las más sobrias. Observando el cuarto recordé algo que había leído hacía poco sobre el famoso *shabby chic* de los ingleses, que últimamente se ha ido refinando tanto que los de la guardia vieja británica acusan a sus compatriotas de «vestirse para la cacería como los franceses piensan que se visten los ingleses».

El Embajador parecía un joven haciendo una pasantía en un country club con su blazer y sus mocasines pero tenía muy entretenida a la princesa y para Guy eso era lo principal.

—¿Y qué noticias de Mimi? —le pregunté.

—Al parecer está muy contenta con sus hermanas y sus primas en el Cabo —respondió Guy—. Juegan golf, bridge y hablan de jardinería todo el día. Bueno ella siempre odió el frío y nunca aprendió a disparar… una pena —agregó pensativo.

—¿Tienes idea de cuándo vuelve? —insistí pensando que aquí había algo más.

—No sé todavía. Puede que en Navidad —respondió con tono de dar por terminado el asunto y entendí que el capítulo estaba cerrado. Al menos por el momento.

Una vez acabado el almuerzo y a la típica usanza inglesa los caballeros se retiraron a la biblioteca para el brandy y los puros y para descargar sus vejigas, espero que en un baño y no en el jardín como lo había hecho d'Agincourt varias veces la primavera pasada. Esto era una antigua tradición en Louvois. Hasta que d'Agincourt casi mató todos los rododendros de Mimi y Guy se lo prohibió, o al menos lo intentó. Hay costumbres que son difíciles de cambiar.

Yo me quedé sola o, mejor dicho, haciéndole compañía a la octogenaria princesa y a la única «escopeta» femenina que en realidad debió irse con los hombres porque de hecho se veía más masculina que la mayoría de ellos. La dama en cuestión, que no era ninguna jovencita, resultó ser muy graciosa y me salvó de tener que hacerle tertulia a la princesa que además era medio sorda, pero eso era lo de menos.

Me vino a la mente mi otra y única experiencia relacionada con la muerte de animales como deporte, un fin de semana que pasé en el rancho tejano de un magnate petrolero cuya pasión era la cacería. Cazaba osos en Alaska y venados, ciervos y jabalíes en su propio rancho. Volamos desde Nueva York en uno de sus jets privados, seguido por otro jet con las maletas.

Caminando junto a Guy para empezar la batida de la tarde le pregunté por qué los «escopetas» no usaban los chalecos anaranjados para ser vistos desde lejos como en Norteamérica.

—Aquí en Francia no usamos chalecos, eso es para señoritas.

En las cacerías en Louvois todos son machos también. Qué duda cabe.

Al final del día después de tomar un té apresurado con bizcochos y un poco de *schnapps* para calentarme los pies nuevamente congelados, nos reunimos en el gran patio empedrado iluminado por antorchas alrededor del *tableau de chasse* —es decir, los pájaros muertos— para que el guardabosque anunciara el número de bajas:

—Quinientos diecinueve, *Monsieur le Duc* —pronunció gorra en mano.

Guy se veía muy contento y se relajó por primera vez en ese día. Igual que yo.

—No está mal, no está nada mal —dijo—. ¿Y cuántos cartuchos?

—Un poco más de seiscientos, Su Gracia —respondió uno de los invitados, un hombrecito simpático y con excelente puntería.

—¡*Magnifique*! —exclamó Guy, sonriendo de oreja a oreja. El puntaje final versus el número de disparos era efectivamente muy bueno.

Ya era de noche y casi todos estaban ansiosos por regresar, pero no sin antes dejarle una propina generosa al guardabosque. Vi que le pasaban un montón de billetes de 500 francos que luego él repartiría también entre los batidores. Nada roñosos a la hora de dejar propinas, los invitados apreciaban la invitación de Guy. Un fin de semana de caza en Inglaterra o España les hubiera salido mucho más caro. El chiste no baja de cinco mil dólares, todo incluido. Además, ¿qué eran un par de billetes frente al placer de cazar en los bosques donde cazaba el Rey de Francia con los antepasados de nuestro gentil anfitrión Guy de la Mothe, Duque de Louvois?

– 17 –

Los empujones de la gente me alejaban cada vez más de las puertas de llegada, resultaba imposible quedarme en un mismo lugar sin que la ola de personas me levantara en peso. El Terminal 1 del Aeropuerto Charles de Gaulle que alguna vez fue el orgullo de París y de la arquitectura francesa de *avant garde* no había envejecido bien. Comparado con las elegantes curvas y kilómetros de vidrio del Terminal 2, el antiguo edificio parecía un fortín de concreto muy de los setentas.

Mi hermana y su marido llegaban de Delhi junto con otros trescientos pasajeros. Mi temor era no encontrarlos entre la creciente multitud de etnias y colores que también esperaban vuelos de Nairobi, Camerún, Costa de Marfil y Mumbai. Todo era mucho más sencillo en los primeros años de la aviación comercial. Llegaba un vuelo cada hora —como mucho—, el pasajero bajaba del avión e inmediatamente veía y se encontraba con sus parientes que lo saludaban desde la terraza. En buena cuenta uno sabía quién había llegado y quién no. Cuando era chica mis padres nos llevaban a mi hermana y a mí, con trajes y sombreros iguales comprados especialmente, a nuestro viaje anual de tres meses a Europa. Los parientes y la gente que trabajaba en la casa nos iban a despedir al pequeño aeropuerto de la ciudad donde vivíamos. Por algún lugar hay una vieja foto de todos, vestidos para la ocasión, al pie del avión tomada para inmortalizar la ocasión.

Por fin, luego de repetidos saltos pude divisar a mi hermana. Parecía una hippie enfundada en un chaleco de lana gruesa, jeans zarrapastrosos, zapatillas de montañismo, una alforja nepalesa cruzada al pecho, el pelo rubio enmarañado y pajoso. Su marido ídem. Ambos necesitaban peluquería a gritos. Nos vimos al mismo tiempo y corrimos a abrazarnos.

Recogieron sus maletas y enrumbamos a París, hablando todo el camino sobre su viaje a la India. Los últimos cuatro meses los habían pasado recorriendo las estepas del norte de la India y Nepal. Hicieron y conocieron de todo, incluso un templo con dos mil ratones sagrados (sin comentarios), se bañaron en el Ganges de madrugada y a escasos metros de donde los cadáveres flotan río abajo en balsas de madera. En fin, vivieron la experiencia completa, comiendo curry todos los días.

—Puede que algún día vuelva a comer curry, pero mi rechazo al cardamomo se ha vuelto permanente —dijo mi hermana con vehemencia. Después de dos meses estaba que mataba por unos huevos fritos con tocino y café.

Pero se le veía saludable y feliz. No había sucumbido a ninguna de las enfermedades endémicas de esas partes del mundo y además llegó a la Base del Campamento Annapurna a pie (seis días de ida y seis días de vuelta), acompañada por dos Sherpas y un bastón. Yo la escuchaba horrorizada y fascinada a la vez. Es un programa que no haría así me pagaran un millón de dólares.

Las amplias avenidas enarboladas se abrieron ante nosotros, con el Arco del Triunfo en el fondo hacia l'Avenue de la Grande Armée. Durante todo el trayecto mi hermana no dejó de parlotear con su marido. Una parte de ella estaba todavía en la India.

A decir verdad una parte de mi hermana siempre ha vivido en la India.

Aproveché esos momentos para evaluar la situación. (Mañana a primera hora de frente a la peluquería para que le arreglen ese pelo —fijo que se lo cortó ella misma y sin espejo—, que le pongan un buen acondicionador y le hagan unos rayitos. ¡Ah! y urgente una manicure y una pedicure. ¡Dios mío, cómo estarán esos pies si sus manos están así!... y de ahí nos vamos a que se compre un vestido decente para la noche).

No se quedaban mucho tiempo y les daba una comida la noche siguiente.

Los dejé en un hotelito en la Rue Jacob. Varias veces había pasado por ahí y lo tenía catalogado como irresistiblemente romántico, el lugar perfecto para encontrarme con un amante secreto. Esto último pura fantasía. Primero porque no tenía amante y segundo porque de tenerlo sin duda preferiría invitarlo a mi acogedor departamento con vista espectacular y encima gratis.

Les dieron un cuarto en el ático, del tipo que me hubiese imaginado para mí, pero supongo que entre el cansancio del viaje y la rutina de la vida de casados, simplemente se desplomaron rendidos en la cama y no dieron signos de vida hasta que nos encontramos para desayunar a la mañana siguiente en el Flore. Recién al confrontarse con el mítico desayuno del Flore despertaron al hecho de que estaban de vuelta en la civilización y en una de las mejores ciudades del mundo.

—No puedo creer lo que es este pan —dijo mi hermana, entre mordiscos de *ficelle*, un pan crujiente y dorado tipo baguette pero mucho más delgado—. Nunca he comido algo tan rico en toda mi vida.

Su marido no hablaba, tan solo asentía con la cabeza mientras untaba y untaba capas de mantequilla y mermelada de frambuesa sobre el pan. Necesitaron varias tazas de café para bajar todo ese pan. Se me ocurrió mirar hacia el fondo y hacer un reconocimiento visual discreto y, como era de esperarse, ahí estaba el Fotógrafo, desayunando con su copia de «Libé». Me aseguré de que no nos viera. De ninguna manera le iba a presentar a mi hermana antes que pasara por manos de un experto peluquero.

Después del desayuno nos separamos. Su marido para hacer una visita corta al peluquero y una larga al cementerio Père Lachaise, a visitar la tumba de Oscar Wilde. Mi hermana y yo pasaríamos el día juntas, una oportunidad que rara vez se nos presentaba.

Lo que salió del salón de belleza tres horas más tarde fue un verdadero milagro, un *tour de force* francés. El pelo de mi hermana con mechones cortos y suaves y reflejos en diferentes tonos de rubio era una lección de *haute coiffure*. Se veía diez años más joven y mil veces más bonita, como una versión joven de Brigitte Bardot. Le habían depilado y oscurecido las cejas, sus manos suaves tenían las uñas perfectamente pintadas con un esmalte brillante. Sus ojos de un azul turquesa profundo resplandecían. Iniciamos nuestra incursión a las tiendas llenas de energía y ella, dócil, se probó de todo. Hay que tener en cuenta que usualmente vivía en pantalones de montar, jeans y *leggings*; lo cual hacía difícil por no decir imposible que se comprara un vestido. Por lo general yo detestaba salir de compras sin antes hacer un *window shopping*. Esto era mucho más que salir de compras, significaba pasar una tarde de complicidad con mi mejor amiga. Para cuando llegó la hora del almuerzo ya llevábamos tres horas en Galeries Lafayette y no encontrábamos el vestido perfecto, pero yo no me daba por vencida. Íbamos hacia las escaleras automáticas por tercera vez cuando mi hermana se plantó como la mula de Genaro.

—No quiero ir arriba.

—¿A qué te refieres con que no quieres ir arriba? ¡Hay todo un piso por explorar!

—Allá arriba, al piso de arriba. Ya no quiero ir —dijo, retacada.

—¿Lo dices en serio, no? —le pregunté, recordando que para ella la moda siempre era lo de menos.

—*Absolument* —respondió, muy seria, revirtiendo al francés.

Había llegado el momento de cambiar de táctica.

—¿Sabes qué? Ya es la hora de almuerzo, vamos a tomarnos un respiro. ¿Qué te parece si regresamos a Saint Germain para encontrarnos con una de mis mejores amigas? —sugerí, ofreciendo la rama de olivo.

—Me parece muy bien.

Laurence me había llamado temprano para contarme que le había entrado una platita extra ese mes y también tenía planeado salir a comprarse algo. Le sugerí encontrarnos en el Café Armani a la una para que conociera a mi hermana. Cuando llegamos Laurence ya estaba allí, y para cuando conseguí una mesa para tres en la sección de no fumadores las dos estaban inmersas en una apasionante conversación sobre perros.

Sabía que estas se iban a llevar de maravilla.

Fue un almuerzo de lo más simpático. Laurence no dejaba de repetir que Philippe pronto iba a llevarla a la India.

—Apenas tenga tiempo, ¿sabes?

No sueñes. Philippe no se aleja de Saint Guillaume por más de tres días. Además, solo come comida francesa y no soporta el picante.

Mi hermana, que no conocía a Philippe, pensaba que el viaje era un hecho inminente. Le dio a Laurence un montón de consejos sobre lo que debía y no debía hacer en el norte de la India, convirtiendo el almuerzo en una cátedra muy ilustrativa.

Pero había que traerlas nuevamente a la tierra.

—Disculpen que las interrumpa, ya sé que el tema es fascinante. Pero, ¿alguien se acuerda de que todavía no tenemos vestido? —dije sin obtener reacción alguna—. Sí, vestido, como algo que puedas usar esta noche para la comida. O sea dentro de unas horas —insistí.

Ya estaba empezando a perder la paciencia.

—¡Ah, sí! El vestido —dijo mi hermana aterrizando a mi lado.

—Ok, vamos —dijo, guiñándole el ojo a Laurence— o jamás nos dejará en paz —agregó riendo.

Bajamos a la tienda y empezaron a probarse todo lo que yo les traía con la ayuda de un menudo vendedor con pelo rubio peróxido. Laurence encontró un numerito simpático y se lo iba a probar para nuestro beneficio cuando el solícito vendedor se asomó entre las cortinas del probador y se dio con sus generosas curvas, apenas cubiertas por un recatado calzón y un sostén de algodón blanco, del tipo que compran las niñas en Petit Bateau. Se retiró apurado murmurando excusas.

—Parece que tenemos un *voyeur* aquí —dije, riéndome de la cara de confusión del vendedor.

—Creo que lo he desilusionado. Debe estar pensando que me prefería con la ropa puesta —dijo Laurence con una sonrisa traviesa.

Mi hermana encontró un vestido de dos piezas, corto y muy sexy, en tul azul con cuentitas de cristal que parecían estrellitas diminutas.

—¡Qué despilfarro por algo que no voy a volver a usar! —dijo de buena gana, poniendo su tarjeta en el mostrador de Armani— pero qué diablos, no puedo avergonzarte esta noche.

Y no lo hizo.

Había invitado a mi grupo de amigos parisinos. El Embajador, que horas antes me había enviado a su chef con tres *soufflés glacés au Grand Marnier,* estaba sentado a la derecha de mi hermana y la interrogaba sobre el aberrante concepto de pasar más de cien días lejos de todas las comodidades esenciales para una vida feliz. Ella se esforzó por pintárselo bien bonito pero no lo convenció.

—Tu hermana parece ser tan fina y sofisticada ¡no entiendo cómo pudo!

Lo que puede hacer una mañana en la peluquería y un buen vestido. No me hubiese creído si le contaba que mi hermana había matado doce culebras con sus propias manos cuando limpiaba la maleza junto a su casa para hacerse un jardín.

—Bueno, supongo que le gusta variar el paisaje... y siempre le atrajo la vida al borde del peligro.

Aunque esto también podría ser tomado en otro sentido completamente.

Al Fotógrafo se le levantaron las cejas cuando se la presenté y de inmediato se puso a flirtear con ella.

¿Lo hace porque no puede con su genio o porque nunca repetimos la función del verano? Un poco de los dos seguramente.

Pancho y Lucho, elegantes y divertidos como siempre, le consultaban a mi hermana respecto a la ciencia del sexo tántrico como se practica en la India.

—A mí me parece que deberíamos probar algo nuevo —dijo François perezosamente— mi *petit* Louis aquí es tan modosito cuando se trata de probar algo nuevo.

Mi hermana, muy seria, les ofreció una serie de detalles que eran mucho más el producto de su fértil imaginación que algo remotamente relacionado con la cultura hindú.

Se lo creyeron todo.

Louvois se quedó encantado con ella, no tanto por su falda corta sino por el amor que compartían por los perros.

—Me gusta la chica. Sabe más de perros que la mayoría de los hombres y de hecho más que cualquier mujer. Bien por ella. La gente le presta mucha atención a los asuntos de los demás —un ejercicio totalmente inútil— y no se preocupa lo suficiente por los perros. Algo sumamente gratificante —dictaminó con la misma autoridad que le confería a todos sus comentarios. Aquí yo estaba totalmente fuera de mi elemento ya que nunca en mi vida había tenido un perro.

—Tienes que traerla a Louvois —ordenó— y al joven también, al marido —esto último lo dijo con menos entusiasmo—. Supongo que caza, ¿no? —una pregunta que solo admitía un sí por respuesta.

—Creo que no, respondí cautelosa.

—Hmmm... no caza. ¿Sabe montar?

—Probablemente...

—¿Pero le gustan los perros? —ya el último recurso.

—Ah, sí, definitivamente.

—Bien. Tenía que tener *algo* bueno —dijo bromeando—. El próximo fin de semana entonces.

—Les diré. Gracias.

—Bueno, con tu permiso, yo me voy yendo. Sospecho que habrá algo de baile luego y ya tuve suficiente en el baile de Saint Jean como para que me dure un año. Además, la rodilla me está matando —dijo con un gesto que reflejaba dolor—. Pero tú, *m'dear,* estás como para comerte y estoy seguro de que bailando te los comes crudos a todos estos —agregó, plantándome un beso en cada mejilla con más ternura de lo normal, dándome la mano y besándola también.

Guy y yo nunca vamos a salir de este protocolo... Qué pena.

Cuando salía Guy vi de reojo al Coleccionista sentado en un banquito con toda su atención enfocada en la *Contessina* quien, hay que reconocer, se veía muy contenta. Él estaba de espaldas a mí y pude quedarme observándolo, pensando que algunos hombres solo están felices cuando están enamorados y que quizás, este estado triunfa sobre todos los demás: es menos peligroso que la guerra y mucho más gratificante que los negocios.

Un nuevo amigo de Pancho y Lucho —muy joven— estaba a cargo de la música y las cosas estaban saliendo bien. El espacio reducido de la sala se llenó de parejas y de mujeres que bailaban solas. Tuvimos que empujar las sillas y mesas a un lado para darles más espacio. Todos los sudamericanos hombres y mujeres, y algunas de las chicas francesas más desinhibidas se pusieron a bailar. Lo mismo que una pareja de ingleses, no muy jóvenes pero muy entusiastas. Los franceses prefirieron mirar el baile y las piernas de las mujeres desde sus sitios y se quedaron todos sentados sin excepciones. Mi hermana rumbeaba y giraba: las estrellitas de cristal de su vestido reflejaban las luces de la Tour Eiffel.

Se emparejó con Laurence que le seguía los pasos sin dejar de mirar a Philippe. Tomé una copa de un mozo que pasaba y tuve un momento de «ahora qué hago». La ida de Guy me había dejado con una sensación de vacío.

—No es que no queramos bailar, lo que pasa es que nos sentimos torpes junto a ustedes las latinas —dijo una modelo belga muy bonita, que había venido con el Fotógrafo.

Me olvido que para algunos bailar no es algo que les viene naturalmente.

Antes de que pudiera terminar mi champagne —o mi conversación con la modelo— Lucho se acercó por detrás y me tomó de la cintura para bailar. El piso empezó a temblar y la fiesta estaba a todo dar cuando me pareció sentir un timbre a lo lejos.

¿Sería aquí? Ya era tarde y no esperaba a nadie más. Volvieron a tocar el timbre y a tocar la puerta también. No había duda de que era aquí.

Miré a Lucho y le hice un gesto para que me acompañara al hall a ver quién podía ser.

—¡*Merde*! ¡*Les flics*! —dije en voz alta mirando a través de la mirilla de la puerta.

— Sí, *Madame*, somos nosotros, *les flics* —respondió una voz muy educada del otro lado de la puerta.

—¡*Zut* Louis! Es la policía, ¿y ahora qué hacemos?

—Déjemelo a mí —dijo un pequeño pero orgulloso Louis, haciéndome a un lado y abriendo la puerta.

—*Bonsoir, Messieurs*, ¿hay algún problema? —preguntó, la encarnación misma de la inocencia.

—*Bonsoir, M'dame, bonsoir, M'sieur* —saludaron los dos policías tocándose el gorro— los vecinos se han quejado de la bulla —dijo el mayor mirándome.

—¿Ah sí? ¿Se puede escuchar en el edificio? —pregunté confundida, como supongo que debía estar.

—*Non, M'dame*, se escucha en toda la cuadra —respondió el más joven.

Uy...

Les ofrecimos café («no gracias, *M'dame*»). Nos disculpamos y les prometimos mantener el ruido al mínimo, pero la fiesta murió.

Se fueron invitados y policías y nos quedamos solo mis vecinos y yo, desparramados en los sofás conversando.

Le dije a Lucho que quizás debimos avisar a la gente del edificio.

—Olvídate. Hace años hicimos eso y encima invitamos a los del piso de abajo. Vinieron, se chuparon nuestro mejor champagne, ¿te acuerdas François, ese que te regalé por tu santo? —dijo, incluyendo a Pancho como testigo de la duplicidad de los vecinos— y se quejaron igual. La policía llegó a las doce en punto y se jodió la fiesta —concluyó.

Al final mis fieles *Bigoudies* también terminaron yéndose. Mi hermana y su marido se habían marchado temprano. Pese al frío querían caminar por los Champs Elysées hasta la Place de la Concorde y cruzar el puente a Saint Germain. Era una noche sin viento, nunca habían estado juntos en París y querían sacarle el máximo provecho al viaje. Antes, cuando venía a quedarme por una semana o dos, me pasaba lo mismo. Contaba los días que faltaban para regresar a casa y sentía pena por los que se tenían que ir antes que yo. Pero ahora París era mi casa. Para bien o para mal, aquí era donde yo vivía. Había pasado más un año desde que llegué y París me había revelado sus secretos. Había dejado de ser simplemente un sitio que se visita, donde se toman fotos y se va a restaurantes a comer cosas ricas, todo visto a través de un lente aséptico pero sin formar realmente parte de las cosas. Ahora París era donde compraba mi comida, donde llevaba mi ropa a la lavandería, llamaba al gasfitero y pagaba mi cuenta de teléfono. Me había convertido en una parisina pero en el proceso la ciudad había perdido algo de su magia.

Nunca llegamos a ir a Louvois, simplemente no hubo tiempo. El domingo por la tarde —apenas unos días después de que llegaron— ya los estaba llevando de vuelta al aeropuerto. No había tráfico y tuvimos ese tiempito extra para conversar mientras su marido estaba concentrado en la biografía de Wilde en el asiento de atrás.

—¿Cómo te sientes aquí? ¿Estás contenta? —me preguntó mi hermana.

—Sí, no te preocupes, estoy contenta. Fue una buena idea venirme aquí. Ya no me persiguen mis fantasmas y me siento segura —le respondí.

—¿Alguna vez averiguaste algo más sobre la muerte de John? ¿Te llegó a contactar el tal Montino? —preguntó.

—No. Me enteré de que es un traficante de armas y que la última vez que lo vieron fue en Bosnia, durante la guerra. Trató de contactarme pero lo hizo durante el verano, cuando yo no estaba. Desde entonces nada.

—Si trató una vez, fijo que lo volverá a hacer. Ten paciencia, no te queda otra. No pierdas las esperanzas.

—No lo haré.

Llegamos al aeropuerto demasiado pronto. De golpe estábamos allí, despidiéndonos, tratando de sonreír con los ojos brillantes por las lágrimas contenidas, jurando vernos lo antes posible.

—¿Cuándo? —preguntó mi hermana.

—Pronto, bien pronto —le dije.

—¿Dónde?

Me encogí de hombros, las palmas de las manos para arriba, sonriéndole con pena. Pasó por el control de inmigración y se volteó para mirarme.

—Te quiero —leí en sus labios a través del vidrio.

—Yo también te quiero —le respondí en silencio, antes de que se diera media vuelta y desapareciera.

De regreso a la ciudad decidí ir al cine a una matinée en la *Rive* Gauche. Doblé por el puente Alexandre III y miré hacia l'Esplanade frente a Les Invalides, probablemente el monumento más bello de París. Por un instante fugaz recuperé esa sensación de descubri otra vez la ciudad.

El marido de mi hermana encontró la tumba de Oscar Wilde en Père Lachaise y en mi memoria yo encontré una cita de Wilde perfecta para un día como este: «Cuando los americanos han sido buenos y se mueren, se van a vivir a París».

Supongo que algunas sudamericanas también.

– 18 –

Hilera tras hilera de fanales con velas encendidas iluminaban las avenidas, los rebordes de las ventanas y el espejo de agua de Vaux-le-Vicomte. Esa noche el *château* había sido alquilado por un archimillonario canadiense y su mujer que iban a celebrar en grande el cumpleaños número 18 de su hija. El sitio quedaba casi a una hora de París, pero eso no representaba mayor problema para mí ya que el Embajador se había ofrecido galantemente a llevarme en su carro. Ahora bien, ¿cómo terminé en la lista de invitados?, eso es algo que nunca sabré. Apenas conocía a los padres, nunca había visto a la hija, una chica que resultó ser muy linda por cierto, pero de que me mandaron una invitación me la mandaron. Ahí apareció un día sobre la mesa del hall, cuando llegué a mi casa. Un sobre grande con mi nombre y apellido escritos correctamente y una bella acuarela de Vaux-le-Vicomte bajo una luna llena. El evento se llamaba «El Baile de Invierno». Romántico y original. Recurrí a la *Contessina* para que me ayudara con el tema de qué me ponía. Hizo unas cuantas llamadas y me prestaron un Chanel *haute couture* de la colección de ese año, todo de organza negro, muy transparente excepto por unas hileras de lacitos de seda diminutos colocados estratégicamente. Era fácil mantenerlos en su lugar tapando lo que debían tapar si uno era Claudia Schiffer, cuyo nombre aparecía escrito con lapicero en la parte interior de la pretina del vestido. Pero se convertía en una batalla contra la gravedad si uno era una mortal común y corriente como yo. Iba a tener que lidiar con dos problemas esa noche. El primero, mantener las tetas alineadas con los lacitos (usar sostén estaba *out*), y el segundo poder respirar dentro de la cintura de 60 centímetros de Claudia.

La luna llena prometida en la invitación brillaba esa noche de diciembre y el aire era frío y seco. Cruzando el patio de entrada, yo tambaleándome en mis tacos altísimos crujiendo sobre la grava, divisamos dos siluetas masculinas agachadas, buscando algo en la oscuridad.

—*¡Merde alors*! ¡Qué calamidad! —dijo una voz joven y muy familiar.

—¡Eres un irresponsable! —respondió otra voz igualmente familiar.

—¿Pancho? ¿Lucho? —pregunté, acercándome y reconociendo a mis amigos— ¿qué pasa?

—¡Ay, querida! A este descuidado se le han perdido dos botones de la camisa —dijo François molestísimo.

—¡No los perdí! ¡Los ojales son muy grandes y simplemente se salieron! —clamó Louis, con la pechera almidonada de la camisa de smoking abierta de par en par, como una ventana.

—Vamos a ayudarlos —ofrecí, aunque el plural era por gusto porque el Embajador era de los que consideraba indecoroso agacharse a buscar algo así fuese la Estrella de la India.

—¡Ustedes no entienden. Soy pobre! —esto último salió como un lamento—. Son botones de esmeralda y eran de *grand-père* ¡jamás podré reemplazarlos!

Le di un codazo discreto al Embajador, quien hizo la finta de buscar sin hacer nada en realidad. Respiré hondo, como quien se va a zambullir para poder agacharme sin reventar las costuras de mi vestido prestado. Después de lo que pareció ser un largo rato (tener al Embajador resoplando como un caballo impaciente no ayudaba en nada), François encontró uno y al poco rato yo encontré el otro.

—Bueno, entonces ya podemos seguir adelante —dijo el Embajador, petulante pero sin maldad—. Me alegra que haya encontrado sus botones. Me imagino cuánto deben significar. Yo también fui pobre alguna vez.

Vive y aprende.

Cuando entramos a la enorme biblioteca encontramos a casi todos los invitados allí. Observé a un grupo de tres hombres parados, un poco aparte junto a la chimenea de piedra al otro lado del cuarto.

Uno de ellos era el hombre con la mirada penetrante que vi no una sino dos veces en Louvois la noche de Saint Jean. Tenía el pelo blanco y ojos azules muy claros y me miró directamente a los ojos cuando el Embajador me llevó donde ellos para hacer las presentaciones. Los nombres me entraron por una oreja y me salieron por la otra, inmediatamente olvidados. El hombre de pelo blanco y yo nos quedamos ahí parados, mirándonos —por dentro sentía la adrenalina que me corría por las venas y el corazón que me latía rapidísimo dentro del apretado corpiño del Chanel—, diciendo casi nada y escuchando a medias lo que conversaban los demás. Al poco rato me alejé con el Embajador para hacer las rondas obligatorias, alternando con otros invitados, hasta que anunciaron la cena. Nos encaminamos hacia el espectacular comedor circular coronado por un enorme domo y, cosa más rara, me encontré ubicada junto al hombre de pelo blanco, en una de las dos mesas centrales presididas por los padres de la agasajada.

Más de una vez me he preguntado cómo terminé allí.

Conversando con mi compañero de mesa quedaba claro que socialmente hablando, por lo menos en esos círculos, él estaba varios escalones por encima de mi estatus indeterminado. Él era un aristócrata del *Ancien Régime,* con una sólida posición política además de ser un terrateniente con *château* importante incluido. Yo por otro lado seguía siendo casi una recién llegada, una mujer sudamericana sin compromiso, sin marido, sin trabajo y, lo que es más grave, sin dinero (¿una aventurera quizás?). Sentado a mi otro lado tenía al tercer —o cuarto— hombre más rico de Francia. Hasta el día de hoy pienso que la pareja canadiense me confundió con otra persona. Esta no sería la última vez que me sentaban en un lugar privilegiado en una de sus fiestas, pero esta fue la que marcó la diferencia.

El tercer —o cuarto— hombre más rico estaba ocupado conversando a su derecha con la esposa de un Ministro, situación que me dejaba en libertad para hablar con el hombre que acababa de conocer en la relativa privacidad que nos otorgaba la proximidad y el barrullo de la conversación general. Sentía que la atracción mutua crecía por segundos.

—Ya había perdido las esperanzas de volver a encontrarla —me dijo sin rodeos a forma de introducción—. Pensé en usted muchas veces después de esa noche en Louvois pero no sabía cómo ubicarla, ni siquiera sabía su nombre —continuó.

—Le hubiese preguntado a Guy —sugerí.

Me miró un poco irónico.

—Sí, pensé hacerlo, pero Guy es un primo lejano y no quería que empezaran los chismes. Le pregunté a otro invitado pero tampoco sabía su nombre, solo sabía que usted era sudamericana y que vivía en París desde hacía poco. Fui hasta la reja para ver la lista de los invitados con nombres extranjeros, pero había varios y no tenía idea por dónde empezar.

Este tipo hablaba en serio, realmente me había estado buscando.

—No sabía nada de usted y todavía sigo sin saber —dijo totalmente enfocado.

—Soy mucho menos misteriosa de lo que parezco —le dije bromeando.

—¿Cuál es su marido? —preguntó con voz neutral.

—No tengo —le respondí.

—Ya veo —dijo, y vi pasar una fugaz expresión de alivio que ocultó casi perfectamente.

—Lo importante es que ahora está aquí. Me cuesta creerlo. Esta noche me siento el hombre más afortunado de la fiesta y de toda Francia.

No pude evitar sonreír. Sentía como si el champagne se me hubiera ido a la cabeza, algo ligero y burbujeante me llenaba de felicidad. Las horas pasaban volando y no quería que la noche acabara. Hablamos de mi país, que él ya conocía, y sobre lo que yo hacía en París e inevitablemente salió el tema de mi razón de estar aquí.

—¿Por qué París? Por si acaso, no me estoy quejando. Por el contrario. Pero soy curioso —preguntó con una sonrisa jugando en sus labios.

—Es una historia muy larga y este no es el sitio para contarla —respondí seria, aterrizando de golpe en mi realidad. Este era un tema que siempre, adonde fuera, me descuadraba totalmente.

—Perdóneme, no pensé que mi pregunta la iría a poner así —dijo a punto de tomarme la mano.

—No se preocupe, si me pongo así es porque nunca más voy a poder volver a mi país —le contesté y en ese preciso momento recién me di cuenta de que era absolutamente cierto, esa era probablemente la consecuencia más triste de la muerte de John.

Cambió de tema radicalmente.

—¿Conoce bien a esta gente? —preguntó refiriéndose a nuestros anfitriones.

—Solo socialmente y no muy bien —respondí.

—Los padres me han pedido que haga el brindis por el cumpleaños de la hija, pero a decir verdad, esta es la primera vez que la veo y estaba contando con usted para que me ayudara —dijo con una sonrisa cálida.

—Lo siento. Va a tener que arreglárselas solo —le respondí, convencida de que estaba más que preparado para hacerlo. Probablemente hacía ese tipo de cosas todo el santo día.

Efectivamente, sin siquiera mencionar el nombre de la cumpleañera, de quien no sabía prácticamente nada —como la mayoría de nosotros— ofreció una descripción muy divertida y halagadora del *éternel féminin* —esa aura de eterno secreto que rodea a la mujer— y que probablemente dejó a la chica preguntándose dónde en Vancouver iba a encontrar a un tipo igual a este.

«¿Y si estoy aquí qué hace él en Siberia?»

Cuando se sentó, luego de ser aplaudido y felicitado por los padres, obviamente dichosos de estar agasajando a la hija con la crema y nata de París, observé que al Embajador lo habían sentado en el punto más alejado del comedor, a escasos metros de la cocina. Se veía aburrido como una ostra.

¿Qué hace en Siberia? ¿Y si él está allí, por qué estoy yo acá?

Antes de que terminara la cena, yo ya sabía que había capturado su total atención. Él había hecho algo más que cautivarme. Me había tocado el corazón con unos cuantos comentarios abiertos y espontáneos, una rareza en el mundo cínico del *Tout Paris*. Sentí que ambos estábamos cayendo a toda velocidad por el hoyo del conejo, sin miedo y sin pensar en las consecuencias. Había ocurrido ese fenómeno rarísimo que sucede una sola vez en la vida, dos como mucho si se tiene suerte, el verdadero flechazo.

El equivalente a que caiga un rayo dos veces en el mismo sitio.

Terminada la cena nos paramos todos y esta vez no tenía la menor duda de que nos volveríamos a ver.

—¿La puedo llamar? —me preguntó mirándome directamente a los ojos, ajeno a todo lo demás.

—Sí, hágalo —respondí.

Lo había visto meterse en el bolsillo la tarjeta que estaba sobre la mesa con mi nombre cuando pensaba que no lo estaba mirando.

Quiere estar seguro de que me va a encontrar. Vamos a ver cómo lo hace.

Cuatro días después me llamó. Demás está decir que me pasé esos días pegada al teléfono, preguntándome una y otra vez qué había pasado, segurísima de que me llamaría al día siguiente.

—Hola, ¿se acuerda de mí? Nos sentamos juntos durante la cena de la semana pasada.

Cómo no me voy a acordar. Este tipo bromea, ¿no?

—Sí, claro, la cena en Vaux-le-Vicomte.

¿Por qué se habrá demorado tanto en llamar?

—Quise llamarla antes pero no aparece en la guía.

Ya pues. Haberme preguntado el numero de teléfono nomás y se lo hubiera dado.

—Me pasé dos días pensando qué excusa le podía dar a la asistente de los canadienses para que me diera su número, pero quería ser discreto.

Hmmm… estudia cada ángulo, muy cauteloso el hombre.

—Al final le comenté que tenía que viajar a su país y me lo dio, aunque no de muy buena gana —dijo riendo—. Luego estuve fuera todo el fin de semana y acabo de regresar. ¿Cuándo la puedo ver? Estoy libre de tres a cinco —dijo, al parecer muy impaciente.

Ninguna mujer sudamericana que valga la pena va a mostrarse entusiasmada así, a la primera de bastos, especialmente si ha estado esperando días a que la llamen.

En un ejemplo de lo que yo consideré una actitud súper *cool*, le dije:

—Bueno, ¿y por qué no viene a las cuatro?

Llevaba más de un año en París, pero mi concepto del tiempo aún no estaba del todo perfeccionado. Esto estaba a punto de cambiar dramáticamente. Yo había pensado que me decía que estaría libre más o menos a partir de las tres o de las cinco. Me iba a tomar tiempo captar bien la relación neurótica que tienen los franceses con la puntualidad y *le planning*. Lo que me quiso decir era, pues, precisamente eso: que estaba libre entre las tres y las cinco, ni un minuto más, ni un minuto menos. Más adelante me contó que esa primera tarde se pasó cuarenta minutos dando vueltas a la manzana esperando a que fueran las cuatro. Yo había desperdiciado toda una hora, cosa que no me pareció muy importante en el momento hasta que aprendí que en un *affaire* cada minuto cuenta y que el tiempo es tu peor enemigo. Bueno, quizás no el peor.

No recuerdo muchos detalles de ese encuentro, pero hay dos frases que se me grabaron en la memoria. Ni bien llegó me dio un bellísimo libro de arte, el primero de una serie de regalos muy bonitos, y me dijo, algo incómodo:

—Soy casado.

Mi respuesta a esta información no solicitada —a no ser por el supuesto de que uno quiera poner las cosas en su sitio desde el comienzo— quedará sentada en mi historia personal como el comentario más idiota que jamás he hecho.

—No importa. Eres perfecto.

Protestó diciendo que estaba lejos de ser perfecto. Pero yo no me refería a eso. Lo que yo había querido decirle es que dadas las circunstancias, el hecho que estuviese casado no era un problema, era más bien una ventaja. Es más, de haber sido soltero quizás lo hubiese rechazado porque después de que murió John me quedé sin ganas de volverme a embarcar en una relación permanente o de tener algún compromiso serio ya fuera a corto, largo o mediano plazo. Pensé que estaría segura con un hombre casado. Además, ¿cuánto puede durar una aventura extramatrimonial? ¿Tres meses como mucho?

Qué equivocada estaba.

A pesar de sus protestas mi comentario no hizo sino confirmarle lo que él ya pensaba —nunca hay que subestimar la vanidad de un hombre—, que él era un hombre perfecto. A mí me pareció de muy mala educación decirle que teníamos un malentendido y así quedaron las cosas.

El segundo detalle que se me quedó grabado fue poco después, cuando intercambiábamos el tipo de información que comparten las personas cuando recién se conocen y se enamoran.

—Tengo una vida muy placentera —dijo con una sonrisa tranquila que confirmaba su convicción de que nada tenía por qué cambiar.

¿Qué se puede decir ante un comentario como ese? ¿Que la mía era como una montaña rusa? No, no se puede decir nada, o sea que lo dejé pasar también.

La hora que nos restaba juntos pasó volando pero dejó un resplandor que duró por días. Me dijo que la próxima semana viajaba a Nueva York en una misión de pocos días y antes de despegar me dejó quince mensajes en mi contestadora, el último desde la puerta de embarque en Roissy.

Volvió a llamar cuando llegó de vuelta a París.

—Hola, estoy en el aeropuerto, acabo de aterrizar. ¿Estás ocupada? ¿Puedo ir a verte?

¿Qué tan ocupada se puede estar a las ocho de la mañana?

Le abrí la puerta a un hombre con cara trasnochada, el terno arrugado y una enorme sonrisa de felicidad en la cara.

—No he dejado de pensar en ti. No vi nada en Nueva York, solo podía pensar en ti. Me había olvidado lo linda que eres —dijo, tomándome en sus brazos.

Desde que John murió había perdido toda esperanza de volver a sentir algo así. Pero este hombre era amoroso, sexy y muy guapo, algo tímido y con un encanto comedido que lo hacía irresistible. Y que disimulaba muy bien la gran opinión que tenía de sí mismo.

Yo tampoco había dejado de pensar en él.

Me besó. Tenía los brazos fuertes y los labios suaves. Olí su olor diferente de hombre nuevo, una mezcla de madera y limón con cálidos trasfondos como de pan recién horneado.

Fue el inicio de un *affaire* que por rachas fue bello, tierno, romántico y sobre todo al principio muy excitante para los dos.

—¿Lo conoces? —le pregunté a Lola unas semanas después. Ella había venido a París por un mes y dada la posición política y social de mi *boyfriend*, Lola era la única persona en la que podía confiar. Nadie que fuese ni remotamente francés podía estar al tanto de mi *affaire*.

—Sí, conozco al tipo en cuestión. No es precisamente del tipo aventurero, ¿no? —preguntó.

—Sí, ese es él, respondí.

Sabía muy bien a qué se refería Lola con eso.

—Es de los muchachos de la antigua escuela. Hazte a la idea de que nunca va a salir del molde, si eso es lo que esperabas —agregó a modo de advertencia.

—Ya lo ha hecho, conmigo.

—Pero, ¿lo ha hecho de verdad? —insistió.

—Bueno, tienes razón. Tiene su lado reservado. La primera vez que hicimos el amor estaba preocupadísimo por no desordenar la cama —le conté riéndome—. ¡Hasta quiso arreglar las sábanas después por lo que pudiera pensar la chica de la limpieza! Conociéndola como la conozco, solo iba a pensar cosas buenas.

—¿Ves? A eso me refiero. Estos chicos de la Francia tradicional son siempre muy acartonados, es difícil que se suelten. Y recuerda que jamás va a dejar a su mujer —me advirtió antes de irse.

Otra advertencia más que debí escuchar.

Con el tiempo aprendió a relajarse y a dejar las sábanas tranquilas. Yo pasé a ser un ítem más en su apretada y meticulosa agenda. Su contador me hacía los impuestos, su médico me hacía los chequeos y me llevó donde su vendedor cuando decidí comprarme un auto. Necesitaba controlarlo todo para sentirse parte de mi vida. Los días de semana me veía en París, los fines de semana los pasaba en el campo con su familia. Desde ahí me llamaba hasta altas horas de la noche gracias al arreglo de las familias antiguas en Francia según el cual marido y mujer duermen en cuartos separados. Las vacaciones eran con su familia en el *château*, los almuerzos a media semana y los viajes de trabajo eran conmigo. Se desarrolló la confianza, la relación se hizo más sólida y el riesgo de que yo dejara el pellejo en el camino aumentaba cada día.

Una tarde de invierno, casi un año después de conocernos, le conté por qué había venido a París y por qué sentía que no podía regresar a casa. Me tomó tiempo darme cuenta que podía confiarle la triste historia de la que no podía hablar sin recordar cosas dolorosas.

Ese día le habían cancelado un par de citas y teníamos toda la tarde para nosotros. Estábamos echados en la cama con la vista omnipresente de la Tour Eiffel medio escondida detrás de la neblina, las barcazas de acero navegaban río arriba sobre las aguas agitadas y grises del Sena, las nubes estaban bajas, cargadas de lluvia. Era una tarde perfecta para quedarse en la cama. Me fue difícil empezar. Hasta ese momento nunca había contado toda la historia completa. Solo a veces y solo una que otra parte. Pensé que con el tiempo trascurrido la cosa se me haría más fácil, pero cuando traté de hablar no me salieron las palabras, sentí que una garra me apretaba el cuello, literalmente me faltaba el aire.

Si abro la boca me voy a morir.

Él notó el cambio, me abrazó y acariciándome el pelo me dijo muy suavemente.

—Quédate aquí en mis brazos, no me mires. Déjame abrazarte.

Una vez que me arranqué se abrieron las proverbiales compuertas. Él me escuchó sin interrumpirme ni una sola vez. Hablé sin parar durante una hora.

Le conté todos los detalles del secuestro. Cómo después la familia de John me habia rechazado. Le que dije que probablemente para ellos yo solo era una más en la larga lista de mujeres en la vida de John, pero para mí él fue el único hombre. Había esperado mucho para estar a su lado y él era todo para mí. Estaba completamente sola y muerta de miedo, no tenía idea de lo que iba a hacer pero estaba segura de que si me quedaba no sobreviviría. Fue entonces cuando, por una de esas cosas del destino, conocí a un hombre que quería algo de mí y a cambio me dio el nombre de una persona que sabía lo que le había pasado a John. Me dijo que buscara a un tal Alfredo Montino. Según él, vivía o había vivido en París. Ahí es cuando decidí venir y fue esa decisión la que me mantuvo viva durante todo el año terrible que pasé allá. Logré salir con las justas. En París me sentí por fin segura, nadie me conocía. Esta ciudad me dio refugio y espacio para asimilar la muerte de John y la esperanza de empezar de nuevo, y eso me bastaba. Era lo mejor que me había sentido desde que lo mataron, bueno, por lo menos hasta ahora —le dije, besándolo suavemente.

Al contar la historia se abrió de vuelta la herida y regresó el dolor. Ahora ya sé que ese dolor siempre estará ahí. Puede que desaparezca por unos días, hasta por unos meses, pero nunca me dejará del todo.

Cuando terminé de hablar se acercó muy tierno, me secó las lágrimas y me dijo:

—¿Sabes que cuando recién te conocí y me dijiste que no podías regresar a tu país pensé que eras una fugitiva de la justicia, que te seguía la policía o algo así?

Solté la carcajada y le planté un beso. Por primera vez me di cuenta de lo rara que le habría parecido al comienzo. Debió tener sus dudas acerca de asociarse con una mujer que probablemente tenía una ficha policial. Viniendo de un hombre tan cuidadoso como él esto constituía un salto al vacío, un verdadero acto de fe.

—¡Pobre!, te arriesgaste a tratar con una criminal en potencia con tal de llevarme a la cama —me reí de lo improbable de la situación y de cómo nunca se me había ocurrido que él me podía haber considerado una prófuga de la ley.

—¿Ves que no soy tan cauteloso como me pintas? —respondió—. Cuando te encontré nada me iba a impedir que te volviera a ver. Y dicho sea de paso, ¿encontraste a Alfredo Montino? —preguntó, otra vez serio.

—No, no lo encontré —respondí.

Realmente había sido un salto al vacío. No era un hombre que dejara jamás las cosas al azar. Hacía todo lo necesario para asegurarse de que su vida fuera perfecta y sin complicaciones. Su rutina diaria estaba ordenada en casilleros. El tiempo y la atención distribuidos equitativamente. Su amor por mí estaba en un casillero aparte. De hecho, se sentía orgulloso de los malabares que hacía y que mantenían su vida placentera y libre de culpa.

Cultivaba la simetría como los jardineros franceses cultivan sus jardines formales: ramita que se sale del esquema, ramita que es inmediatamente cortada. Los árboles del Cours Albert I que bordean el Sena podados como cajas cuadradas son un claro ejemplo de la necesidad francesa por controlarlo todo.

Nuestra relación era perfecta para él y al comienzo por lo menos también para mí. Seguía saliendo, daba muchas comidas, cultivaba viejas y nuevas amistades. Por un buen tiempo fue maravilloso. Cuando estábamos juntos recibía toda su atención, cuando estábamos alejados había extravagantes ramos de flores, regalos puntuales y llamadas tiernas varias veces al día. Entretanto yo mantenía mi vida secreta, escondida de todos.

Muchas veces me he preguntado por qué me cautivó tanto una situación de la que cualquier persona en su sano juicio saldría huyendo. Transgredir las reglas con un hombre que parecía salido de un cuento de hadas resultó ser una mezcla muy potente y como la mayoría de las cosas prohibidas sumamente adictiva. También introdujo en mi vida algo de su amor por el orden y los planes bien trazados, cosa que yo confundí con seguridad, al punto de ignorar las señales que estaban escritas en la pared todo ese tiempo. Sus modales impecables escondían una falla fundamental: él era todo estilo y poca esencia, tenía miedo a lo desconocido y de lo que pensaran los demás. Creció protegido por una familia que lo adoraba, rodeado de grandes privilegios que a veces son más dañinos que el dinero. Le faltaba experiencia cuando se casó, muy joven, y el estar casado con la misma mujer y viviendo exactamente la misma vida año tras año lo mantuvo así. La posibilidad de enseñarle algunas cosas que había aprendido con John y de mostrarle algunos sitios donde John y yo habíamos viajado juntos era una experiencia nueva para mí. Lo que no sabía era que en el transcurso de los próximos años llegaría a detestar la complacencia de todo el arreglo. Que rompería y volvería con él dos o tres veces y que cada vez se me haría más dura la separación y la vuelta más difícil.

Pero al comienzo eso era irrelevante, lo que sentía mi corazón era lo único que importaba.

– 19 –

El primer año pasó volando, siempre es así cuando uno se divierte. Pero a mediados del segundo año desperté un día a la dura realidad: me había quedado sin plata. Sufría de pensar que iba a tener que prescindir de los servicios de la chica que hacía la limpieza y que eventualmente —lo más tarde posible— iba a tener que dejar a un hombre y a una ciudad que significaban tanto para mí.

Había gastado la plata que tenía destinada para París — mi reserva no la tocaba de ninguna manera— y todavía no tenía trabajo. Debía encontrar uno YA, sí o sí. Irme no era una opción interesante. Estaba feliz viviendo dentro del clásico cliché francés: el *affaire* con un hombre casado pero con un viso feminista, ya que yo era una amante que vivía de sus propios medios.

A través de la *Contessina* se materializó un trabajo. Justo a tiempo.

—*Cara*, hola, ¿me oyes?, ¿estás bien despierta? —dijo.

—Hmmm, sí, más o menos. Hola, siglos que no te veo… o escucho —le respondí medio dormida. Había colgado el teléfono tarde después de una hora de susurros cariñosos que me habían quitado el sueño hasta las dos de la mañana.

—Sí, he estado ocupadísima, con un montón de trabajo y el resto del tiempo me lo paso en el bote en Montecarlo. Tengo buenas noticias. Creo que he encontrado un trabajo para ti. Uno de nuestros mejores clientes está buscando a alguien que lo ayude en París, que le haga las reservaciones en los restaurantes y todo ese tipo de cosas. Me parece que tú serías la persona ideal —agregó entusiasmada.

—Genial. No sabes cómo te agradezco que hayas pensado en mí, me cae de perlas —le dije, ya totalmente despierta y agradecida desde el fondo de mi corazón.

—Bueno, no me agradezcas todavía. No sé cuánto van a pagar y quizás sea solo a tiempo parcial —respondió más cautelosa y como quien dice «no te hagas muchas ilusiones».

No importa, pensé, no es una oportunidad que voy a dejar pasar. El cliente estaba en el Ritz, anoté su nombre —que me pareció conocido— y llamé para coordinar una entrevista. Después de una intensa verificación de curriculum, antecedentes, referencias y una espera de dos meses —que sobreviví comiendo zanahorias ralladas y esperando junto al teléfono— finalmente me contrataron. Mi título era Asistente Personal, pero más bien trabajaba de sirvienta-lacaya-o-lo-que-fuera de un multimillonario gringo con muy mal genio y un ego del tamaño de su fortuna. Aquí no puedo entrar en detalles debido a un contrato de confidencialidad blindado y a largo plazo redactado por los abogados más fieros de Nueva York. Resultó ser a tiempo completo en el verdadero sentido de la palabra. Cuando mi jefe estaba en París, yo tenía que estar disponible 24/7 pero el resto del tiempo lo tenía relativamente libre. Mi suerte había prosperado: había conseguido un trabajo muy bien remunerado, con hartos beneficios, viajes y alojamiento en primera clase prácticamente sin títulos ni credenciales que me respaldaran. Convencí al funcionario que me entrevistó para el trabajo que me entregaría a mi misión cien por cien. Y cumplí. El día que fui a conocer a mi futuro jefe y a su esposa me puse una falda gris plomo, una blusa de popelina blanca abotonada hasta el cuello, zapatos chatos y el pelo recogido con un elástico. Había aprendido mi lección la vez que la *Directrice* de Armani me rechazó y no iba volver a cometer el mismo error. En los próximos meses acompañaría muchas veces a la esposa de mi jefe y a sus amigas a unas maratones de compras en París, Londres o Milán. A veces ella se volteaba a mirarme intrigada —para ese entonces yo había regresado a vestirme con mi ropa normal— y con cara de confundida les decía a sus amigas:

—Se ve tan diferente ahora de cuando recién la conocí, mucho mejor vestida, ¿no les parece?

Freud de hecho tenía razón: amor y trabajo, trabajo y amor es todo lo que se necesita.

Con un sueldo fijo y generoso y una buena razón para quedarme en Francia, decidí que había llegado el momento de darle una segunda mirada al proyecto de la casa de campo y salir en busca de un sitio para pasar los fines de semana. Quizás no en Provence sino un poco más cerca de París y de mi realidad. Encontré un aviso de una «acogedora casa de campo a una hora al oeste de París», por un precio que se ajustaba a la cantidad que tenía celosamente guardada en mi reserva. Cabe mencionar que en estas latitudes nunca he sabido diferenciar el este del oeste o el oeste del sur; con el norte es más fácil. Para mí es a la izquierda o a la derecha de donde vivo. El oeste me quedaba a la derecha. En su habitual llamada matutina, le conté a mi *boyfriend* del aviso y la ubicación aproximada de la casa en cuestión, es decir, que quedaba al oeste de París.

—¡*Mon amour*, eso está justo al lado de donde yo vivo! —dijo entusiasmadísimo.

¿?

—¿De verdad? —contesté incrédula. Nunca había querido conocer la ubicación exacta de su *château*. A veces cuanto menos se sabe, mejor es. Sabía que quedaba en algún sitio en las afueras de París, pero no tenía idea si a la izquierda o a la derecha.

—Bueno, a unos veinte minutos de mi casa, que en el campo es como estar al lado —agregó muy alegre—. ¿Cuándo piensas ir a verla?

—Tengo una cita para mañana a las doce —respondí, mis sentimientos fluctuando entre la esperanza y la angustia.

—Mañana tengo un día ligero y casi toda la tarde libre. Paso a recogerte a las diez y media. Eso nos dará suficiente tiempo para llegar a la hora exacta.

Demás está decir que llegamos exactamente en hora. Era un día frío de febrero y brillaba un sol tímido, los árboles desnudos a lo largo del camino apenas escondían la casa. Fue un amor a primera vista. No me hubiese podido imaginar un sitio más perfecto. La casa en sí estaba en buen estado, solo era un poco oscura por dentro y los pisos eran horribles. Mientras mi Francés se enfrascaba con el dueño en una conversación muy francesa sobre alcabalas, impuesto inmobiliario, el estado del techo y de la calefacción me di una vuelta sola por la casa imaginándome los colores claros que usaría para las vigas y las cortinas.

—Me gusta su casa pero necesita muchos arreglos —le dije al dueño con voz firme, tratando de aparentar ser tan dura como los franceses a la hora de negociar.

—Si le gusta ahora, espere a ver cómo se pone en la primavera cuando florecen las lilas. Entonces le encantará —respondió—. Efectivamente, es cierto que necesita unos arreglos, especialmente en la cocina.

Traducido, esto significaba que esperaba que le hiciera una oferta, cosa que hice en menos de diez minutos y tan cercana a su precio que estaba segura que aceptaría. Y así fue. En menos de una hora compré la primera y la única casa que vi.

Un mes después estábamos de vuelta para firmar el contrato y nos encontramos sentados frente a *Monsieur le Notaire,* vestido todo de negro como en una escena salida de Balzac. Parecía más un matrimonio que la compra de un inmueble. Y cuando el notario se puso de pie para explicar que él estaba allí para representar a la Nación sentí que entraba en la historia de Francia. Las refacciones tomaron poco más de tres meses y me pegaba un salto un par de veces por semana para supervisar la obra. Hacía el trayecto durante mi hora de almuerzo, en menos de tres horas, con el pie pegado al acelerador. En mi oficina pensaban que me iba a unos almuerzos románticos que involucraban un amante y los franceses, siendo franceses, miraban para otro lado con indulgencia.

Ya casi habían concluido las remodelaciones cuando me quedé sin plata y con la cocina aún por hacer.

Ni modo, ya sería para el próximo año. Mientras tanto le pondría una cocinita de dos hornillas, un lavadero y un par de repisas sobre unos ladrillos.

Fue entonces cuando mi Francés decidió venir en mi ayuda. Durante una visita que hicimos juntos para ver cómo avanzaba la obra, mientras nos dábamos una vuelta por el jardín agarrados de la mano me dijo:

—Hace tiempo que quiero hacerte un regalo y supongo que este es un buen momento. Yo me hago cargo de la cocina. Tienes muy buena mano para cocinar y no puedo permitir que lo hagas en un lugar poco apropiado —dijo, orgulloso y muy cariñoso.

No supe qué decir.

Cuando la casa se terminó de arreglar mi Francés hizo buen uso de la proximidad con su *château* e incluyó dentro de su rígida agenda familiar visitas relámpago para verme los fines de semana.

La casa fue todo lo que había esperado y más; el jardín, la mejor parte. Varios meses después, para cuando ya casi todos mis amigos habían estado allí —y se habían enamorado de la preciosa casa de persianas grises, techo inclinado de tejas viejas y rosas trepadoras—, Guy de Louvois vino a visitarme. Entre mis amigos franceses, él era el único al que le había contado mi *affaire* y, fiel a su naturaleza práctica, inmediatamente evaluó la situación y comentó, no sin algo de malicia:

—Muy bonito el jardín, simpática la casita. Un poco chica. Pensé que te compraría algo mejor.

Guy era de la antigua escuela y no se le había cruzado por la mente que yo hubiese pagado por la casa. Yo los amaba a los dos, a cada uno de manera diferente y por lo mismo no dije nada a nadie y dejé que cada uno mantuviera sus ilusiones respecto al otro.

En la pared de mi cocina nueva, detrás de un grabado que colgué, pinté una guirnalda de flores con nuestras iniciales entrelazadas y la fecha en que se completó la obra.

Alrededor escribí la leyanda: «Esta es la cocina que hizo el amor».

Los que siguieron fueron años aparentemente ideales, la necesidad de buscar a Montino se fue desvaneciendo hasta quedar archivada en algún lugar de mi memoria y solo de vez en cuando me acordaba de la razón por la cual había venido a París.

Gran parte del año lo dedicaba a mi trabajo, pero el amor siempre estaba primero. Llegué a identificar cada año con los viajes que hicimos al extranjero donde, lejos de nuestra realidad, nos sentíamos más felices que nunca.

El año que fuimos a Roma y nos sentamos a comer en la Piazza Navona junto a las fuentes de agua que gorgoteaban bajo la glicinia blanca en flor. Ese fue el viaje en el que, usando un poco de encanto y un buen contacto, conseguí que nos dieran un tour privado del Palazzo Madama que alberga al Senado Italiano, con lo cual subí mucho en su estima.

El año que fuimos a Londres y me llevó, orgulloso, donde su sastre y se mandó a hacer un terno que difícilmente podía pagar —con los precios de hoy ya casi nadie puede— creo que solo para impresionarme. Fuimos a un restaurante muy exclusivo y pedimos un delicioso salmón y, en todos los años que estuve con él, fue la única vez que se quejó por el precio exorbitante que nos cobraron. Tenía razón, era muy caro. Pero así es y siempre será Londres. Una ciudad maravillosa llena de pubs buenísimos con mala comida y unos restaurantes horripilantemente caros con comida de primera.

El año que fuimos a Ginebra en otoño y caminamos del brazo por el lago como un matrimonio serio y formal junto a los imponentes hoteles cinco estrellas. Se compró puros cubanos y yo le regalé un cortador de plata que siempre llevaba consigo. Comimos en un restaurante desierto y canté varias canciones en español acompañada por un guitarrista, supuestamente gitano y con cara de cansado, pero que seguro era de Zurich.

El año que fuimos a Nueva York por primera vez y le enseñé todos mis sitios predilectos. Almorzamos en SoHo e hicimos una larga visita al MOMA. Luego nos sentamos en el jardín agarrados de la mano junto a la Cabra de Picasso. Fuimos al «21» y a un show en Broadway, me llevó a una tienda de ropa interior carísima donde se sentó enfundado en un sastre impecable como quien no quiere la cosa, haciéndose el difícil. Una noche en que llovió a cántaros nos fuimos a bailar al Rainbow Room, sobre el Edificio Rockefeller. Le salía lo romántico en los viajes y se sentía muy atrevido haciendo las cosas más sencillas.

El año que fuimos a Brasil lo esperé siete horas en el lobby del hotel y no aparecía. En la recepción no tenían mi nombre en su reservación y no me quisieron dar un cuarto. No quería gastarme lo poco que traía de plata (¿y si no venía?), por ende no pedí nada de comida. Sobreviví a punta de piña colada y el barman y yo nos hicimos amigos entrañables. La ciudad era ruidosa y sucia, y a juzgar por los avisos pegados por todos lados, repleta de carteristas. Al día siguiente nos fuimos a bañar a Copacabana y, muy prudentes, dejamos nuestras toallas y relojes con el salvavidas. Esa noche antes de la cena me compró un anillo. Escogí el más chico de la tienda.

—¿Estás segura de que quieres ese, no es muy chico? —me preguntó una y otra vez medio avergonzado, pero a mí me encantó y lo usaba en el meñique. Más adelante me compró uno más grande, que también me gustó, pero ni la mitad de lo que me gustó el chiquito.

El año que nos fuimos al Caribe y me dio una fiebre intestinal atroz que logré ocultarle para que no adelantara nuestro regreso. Ya de vuelta en París, me visitó al día siguiente que volvimos. Me encontró en la cama sintiéndome como la mona, puro hueso y pellejo pues había bajado de golpe cuatro kilos (esto último no tan malo). Por primera vez desde que nos conocimos, esa tarde le rogué que se quedara conmigo.

—Tú sabes que lo haría, *mon ange*, pero tengo dos citas importantes y no puedo cancelarlas —dijo aparentemente acongojado.

Claro que puedes.

—Por favor, te lo suplico, me siento morir. Te prometo que no te vuelvo a pedir que te quedes, pero esta tarde te necesito. Quédate por favor.

No me sentía tan mal, pero estaba al borde de una pataleta. Me sentía muy sola y no soportaba la idea de que se fuera sabiendo que lo necesitaba. John me hubiese dicho algo como que hacía falta más de un miserable bichito para matarme. Habría cancelado todas sus citas y se hubiera metido a la cama conmigo con o sin bicho. Pero esta era una mente cartesiana en funcionamiento y John estaba muerto. Me miró con los ojos de un hombre verdaderamente angustiado y fue ahí cuando me di cuenta que nunca encontraría el valor para cambiar sus prioridades. Nada de lo que yo dijera iba a evitar que se fuera y eso es lo que más me dolió. Y que se fue, se fue.

Después de ese episodio anduve varios días aparentemente normal, pero por dentro estaba muy dolida. Por supuesto que se dio cuenta y los ramos de flores y las llamadas nocturnas se duplicaron. Venía a verme más a menudo, me llevaba a dar paseos cortos por el campo, cerca de nuestras casas, y se las arregló para que pasáramos más noches en el hotelito de una ciudad cercana donde siempre tenía que ir por su trabajo. Todo este despliegue de cariño sirvió de paliativo para mi corazón dolido, pero en el fondo seguía con esa sensación de que las cosas no eran como debían ser, una especie de luz ámbar intermitente me avisaba que el peligro andaba rondando.

Al año siguiente realmente se esmeró y me invitó a que me reuniera con él en la Polinesia. Pedí unos días en la oficina pero me dijeron que de ninguna manera. Decidí no decirle nada hasta después de que llegara a destino para no malograrle su viaje. Me llamó apenas aterrizó y le dije que no iba a poder ir. Se echó a llorar, literalmente. Luego la oficina principal se apiadó de mí y fue así como, casi después de dos días en avión, aterricé en la isla más remota que jamás he conocido. Pasamos diez días paradisíacos bañándonos, recolectando conchitas, haciendo el amor y caminando al alba por playas desiertas. Me tomó una foto mirando de frente a la cámara, sonriéndole sentada en una mesa puesta solo para nosotros dos en la playa sobre la arena. En la foto llevo un pareo azul que me había regalado por la mañana y una flor de cucarda roja detrás de la oreja, como usaban las mujeres de la isla. Nunca volveré a sentirme tan joven ni verme tan bien como ese día.

Siempre estábamos en contacto, siempre teníamos de qué hablar y cada día confiaba más en que quizás yo no ocupaba el primer lugar en su lista, pero de hecho estaba en la primera página. Ahí es cuando finalmente bajé la guardia y caí en la trampa. Después de tantos años juntos era obvio que entre nosotros había más que la pasión de un primer encuentro. Juntos habíamos descubierto sitios nuevos y nuevos placeres. Era un amor construido gracias al tiempo compartido. John finalmente pasó a formar parte del pasado y dejé de sentir esa punzada de dolor cada vez que lo recordaba. Ansiaba otra presencia y vivía solo para el presente.

Creí que estaría contenta de vivir así. Yo sabía que nunca dejaría a su mujer, pero él me había prometido que jamás me dejaría a mí. Y yo le creí. No es la revelación de nuestros cuerpos lo que crea la intimidad sino la revelación de nuestros secretos más íntimos.

Freud no lo dijo pero debió decirlo.

Contra todo pronóstico, las cosas no permanecieron iguales. Un verano mi hermana se fue con su marido a montar caballo a la Argentina. Ella montaba tan bien como para arrear rebaños de ovejas en Patagonia, a la par de los gauchos. Al final del viaje alquilaron un auto y se dirigieron al norte, haciendo un pequeño desvío hacia San Martín de los Andes.

Ese pequeño desvío cambiaría mi vida.

Viniendo del sur, siguiendo por la ruta de los Siete Lagos hay un pequeño pueblo al borde de un lago que ha mantenido su belleza intacta. El empinado camino recorre un lado de la montaña, y al oeste, más allá de los picos de los Andes, está Chile. Al este empieza el desierto y al pie de la montaña hay un angosto lago sin fondo de un azul muy profundo. El aire es como en ningún otro sitio, imposible de describir, tan puro que hasta se puede oler el ozono. A inicios del otoño, antes de que llegue la nieve, se da lo que en el hemisferio sur se conoce como el veranillo de San Martín, que es cuando se aprecia una verdadera explosión de colores otoñales. En las montañas y en el valle los álamos toman un color amarillo fuerte, los Carolinos un dorado pálido, las antiquísimas lengas un color naranja brillante y los manzanos, ciruelos y perales toda la gama de rojos.

Mi hermana se enamoró de San Martín y a los pocos días me llamó.

—Tienes que venir. El sitio es lindo, es barato y la gente es muy divertida. Creo que he encontrado el terreno perfecto para nosotros. Es lo suficientemente grande como para hacer dos casas que estén cerca pero no tan cerca. Una para ti y una para nosotros.

Ella sabía que mi vida iba de mal en peor. Después de tantos años de sentirme muy segura (demasiado segura), el cielo amenazaba con caer nuevamente sobre mi cabeza desprotegida. Probablemente mi sobreremunerado puesto sería la primera baja producto de los caprichos del mercado («tenemos que deshacernos del personal no estratégico», o sea, «tú vas a ser la siguiente»), y el *affaire* con el aristócrata francés se había ido al tacho. Todos esos años de encuentros clandestinos y apurados finalmente me pasaron la factura. Tuve tiempo de sobra para analizar una situación en la que había entrado sin medir las consecuencias y llegué a una triste conclusión. Pese a la perfecta compenetración que teníamos, a los maravillosos viajes a lugares recónditos y cercanos se me estaba haciendo cada vez más difícil ponerle buena cara y hacer como si nada en el momento en que se iba. Los bellos ramos de flores, las llamadas interminables, las cartas, los lindos detalles (nunca extravagantes, la pasión es una cosa y el presupuesto es otra, todavía no conozco al francés que confunda las dos cosas) y las declaraciones de amor eterno ya no eran suficientes. Todo el asunto se estaba poniendo un poco rancio; una rutina bien ensayada gobernaba cada minuto que pasábamos juntos. No teníamos ningún proyecto en común ni planes para el futuro —se aseguró de nunca prometerme nada— y cada encuentro, salvo los viajes cuando el tiempo era un regalo, empezó a parecerse mucho al anterior. Totalmente predecible y al fin y al cabo bastante deprimente.

Cada vez eran más los días malos que los buenos, y en mi caso, la distancia no avivaba el amor sino que hacía que me sintiera sola e impotente. Justo cuando planeaba ponerle las cartas sobre la mesa, su mujer se enteró de lo nuestro o al menos eso dijo él, y fue *ella* quien le puso las cartas sobre la mesa.

Por un lado lo que tenemos aquí es un hombre encantador, muy guapo, muy fino, con perfectos modales, pero desgraciadamente con el espinazo de una malagua. Cosa que de ningún modo lo hace excepcional ya que la mayoría de los hombres casados comparten la misma característica física cuando se ven forzados a salir de su mundo de mentiras y son confrontados con la realidad. Además, en la más pura tradición de Balzac, mi Francés primero se dejaba extirpar el hígado antes que le quiten una salsera o una teja de su *château*. Y cuando hay divorcio por lo general hay división de bienes. ¡*Quelle horreur*!

Sin embargo debo admitir en su defensa que dudó por unas semanas, cosa que no está tan mal tomando en consideración el caso y el personaje. Durante todo ese tiempo se limitó a dejarme cartas en mi buzón.

Los franceses de la antigua escuela son muy dados a escribir —y aquí no hablo de correos electrónicos sino de las cartas que se escriben con tinta sobre papel— y él me escribía casi a diario, a veces hasta inmediatamente después de una cita. Por algún lado debo tener un par de maletas viejas repletas de cartas.

«No te desanimes, mi amor. Estoy pasando por un infierno, pero no te des por vencida. Te adoro, nunca te dejaré. Por favor, espera».

Y eso es justo lo que opté por hacer, esperar. Nada de llamadas, nada de mensajes, solo esperar.

Los días siguientes anduve como una zombi. Mi futuro se estaba decidiendo en otro sitio y por terceros, fuera de mi presencia y sin que yo pudiera decir nada a mi favor. Oscilaba entre la esperanza y la desesperación.

Era marzo, «el mes más cruel», una reputación bien merecida.

Un día, tarde, estaba sentada en el café de *Madame* Morel sintiendo pena por mí misma cuando para mi sorpresa, vi afuera del café a los *Bigoudies* muy en forma y de vuelta de la temporada en Londres. Lucho me vio casi al mismo tiempo, se detuvo, le dijo algo a Pancho y los dos entraron.

Estaba contentísima de verlos.

—¡Hola querida, pasábamos por el barrio y se nos ocurrió visitarla! —dijo Lucho.

—¡Han pasado siglos! ¿Cómo están, qué tal Provence?

La abuela de Louis había muerto hacía poco y, tal como prometió, le había dejado la mayor parte de sus bienes a él, incluyendo la famosa casa cerca de Gordes.

—¡No nos dé cuerda porque no paramos! Hemos encontrado nuestra verdadera vocación, François se pasa el día entero jugando al bridge con las viejas —lo adoran— como lo hacía con mi difunta y adorada *grand-maman*.

—Bueno, yo juego para ganar. Ellas tienen plata de sobra, se entretienen timbeando conmigo y me da lo suficiente como para comprarme mis camisas en Charvet —intervino Pancho.

—¡Y yo me he vuelto un loco de la jardinería! En fin, algo bueno tenía que salir de todos esos años de exilio en Inglaterra —dijo Lucho con una sonrisa socarrona—. Habrá sido un exilio dorado, pero igual exilio es exilio —agregó un poco nostálgico.

—Nunca nos acostumbramos a la comida horrible ni a Londres, todo muy *grunge*.

—¡Gracias a Dios que ahora tenemos Provence! —dijo Pancho alzando la mirada al cielo.

—Pero basta de hablar de nosotros, cuéntenos de usted, ¿cómo ha estado?, ¿cómo le va en su maravillo trabajo? —preguntó Lucho.

—A punto de quedarme sin él, pero supongo que eso ya lo saben —dije, empezando con el menor de mis problemas.

—Sí, la *Contessina* nos contó —dijo Pancho.

—¿Y cómo está la *Contessina*? No supe más de ella desde que dejó Hermès.

—No me va a creer. El Coleccionista y la *Contessina* terminaron —dijo Lucho, obviamente gozando de ser el portador de un chisme nuevo.

No me extraña.

—¿Ah sí?

—Sí, y ¿adivine qué más? —preguntó Pancho.

¿?

—Como regalo de despedida él le dio una casa en la Toscana —dijo Lucho triunfalmente.

Felicitaciones, niña.

—¿Qué, nada de baratijas? —pregunté en un intento de humor.

—No, la *Contessina* tiene los pies bien plantados en la tierra. Además, como buena genovesa insistió en un regalo que aumentara en valor no uno que baje a la mitad de precio ni bien sale de la tienda —explicó Pancho.

Chica inteligente. No hay como los italianos para hacer un buen negocio, sobre todo los genoveses, raza de marinos mercantes conocidos por sus habilidades comerciales.

—La casa le vino con un olivar para morirse. Va a sacar su propia marca de aceite de oliva para el mercado *high end* —elaboró Lucho.

Mejor aún.

—¿Y el Coleccionista? —pregunté, más por educación que por interés.

—¿Qué, está interesada? —dijo Lucho, burlón, con la ceja levantada.

—¡Dios me libre! Solo curiosidad.

—Terminaron en muy buenos términos. Es más, creo que hasta tiene participación en el negocio del aceite.

¿Un affaire *que termina en forma amistosa, con olivar incluido y un ex amante como socio en el negocio? Difícil de superar. Ojalá a mí me fuera la mitad de bien.*

—¿Y qué sabe de Lola? Han seguido en contacto, supongo —preguntó Lucho.

—Claro. Está feliz. Se casó con el Tigre hace... déjenme ver... hace por lo menos cinco años, justo después de que nació su hija.

—No sabía que tenían una hija —dijo Lucho.

—Sí, es una belleza. Yo soy su madrina —conté orgullosa—. Se llama Crystal.

—Un nombre lleno de promesas —sentenció Pancho.

Mientras ellos hablaban, *Madame* Morel nos trajo té y les preguntó sobre la vida en Provence. Luego se retiró a su mostrador con la actitud impenetrable de siempre, imposible de descifrar.

Ni bien se fue, François y Louis dejaron de hablar. Obviamente se habían percatado de que se me estaba haciendo muy difícil conversar. Aprovechando una pausa, François me miró directamente y me preguntó:

—¿Qué pasa?

Me alcanzó un pañuelo impecable bordado con su corona.

Por su voz baja, supe que realmente le importaba saber.

Y antes de que pudiera pensar en una respuesta educada y, tirando al viento la cautela y la discreción (nunca les había hablado de mi *affaire*), las palabras ya estaban afuera:

—Creo que mi amigo me va dejar.

No me preguntaron nada, benditos sean. No dudo de que se morían de curiosidad, pero sus buenos modales les impedían elaborar sobre el tema a no ser que yo lo hiciera. François me miró fijamente, pero esta vez como un hombre mira a una mujer y me dijo muy serio:

—Su amigo es un idiota.

Por esas palabras lo amaré siempre.

Durante una semana más mi futuro se mantuvo en suspenso. Pese a la ansiedad que me carcomía por dentro opté por no hacer ninguna movida y dejar que decidiera sin sentirse presionado, al menos por mí. Mientras tanto, repetía las palabras de François en mi mente como una especie de encantamiento contra el mal de ojo.

Las cosas fueron de mal en peor. No podía dormir. Ya no había llamadas a la medianoche o a ninguna hora del día, cero comunicaciones, salvo una breve nota en mi buzón, su letra y el sello de correos tan familiar: «Mi amor, estoy viviendo en una tormenta, pero estoy seguro de que volverá a salir el sol».

Guy llamó para invitarme a almorzar. Acababa de regresar de Nueva York y Los Ángeles, muy entusiasmado por la gran acogida que tuvo su último libro, cuyos derechos habían sido adquiridos por Warner Brothers para producir una miniserie en el otoño. Tambien traía un contrato bajo el brazo para un nuevo libro.

—Ya te contaré los detalles en el almuerzo, ¿mañana a la misma hora? —preguntó, su voz retumbante era una catarsis para mis nervios desechos por la incertidumbre.

A la una en punto ya estaba tocando el timbre. Era tan bueno estar junto a mi viejo amigo, su cabeza de león que me sacaba una cabeza como la de un gran felino protector.

Fuimos a Marius et Jeannette, un restaurante del barrio, y nos instalamos en una mesa en una esquina.

Seguramente debido a los efectos de una enorme flauta de Dom Pérignon helado sobre mi estómago vacío, antes de que Guy pudiera contarme su viaje y antes de que nos trajesen el primer plato le solté toda mi historia.

Guy reaccionó como el caballero que es y sin decir nada me alcanzó un pañuelo impecable bordado con su corona ducal que usé para sonarme la nariz de manera poco delicada. Necesitaba valor, no porque Guy desaprobara o encontrara mi conducta moralmente censurable, sino porque significaba hablarle de algo muy personal acerca de otro hombre, un tema terminantemente prohibido para alguien como él. Él era de la cofradía que vive y muere bajo la regla de los hombres unidos ante la adversidad o ante las amantes sumidas en una crisis de nervios. Esta vez hizo una excepción y me apoyó completamente.

—Ya, ya, no llores. Estoy seguro de que va a recapacitar y todo volverá a la normalidad —dijo, dándome palmaditas suaves en la mano.

—Ay, Guy, no estoy tan segura. No he sabido nada de él. No me ha llamado en dos semanas. ¿Qué tal si no me vuelve a llamar? ¿Si nunca llego a saber qué pasó? —todo esto entre hipos y lágrimas, escondida detrás del menú que felizmente era de los grandes.

—Eso no va a pasar. El hombre es un caballero.

Caballero quizás, cojones «je ne sais pas...»

—No puedo creer que sea tan cruel de dejarme en la incertidumbre, de no decirme qué está pasando —esto último se lo dije tratando de controlarme para que no saliera como un lamento plañidero y perder lo poco que me quedaba de dignidad.

—Shh, shh, shh, cálmate, ya no llores que te vas a malograr el apetito.

¡¿?!

—Si quieres hablo con él y le digo que te llame —me ofreció solidariamente.

Había que conocer a Guy de Louvois para entender que había hecho el máximo gesto de amistad. Para alguien como él, llamar a otro hombre para hablarle de su amante era una idea tan atractiva como caminar sobre brasas ardientes. El hecho que se ofreciera a hacerlo me levantó el ánimo como nada, salvo por lo que vendría después.

—No gracias, eres un verdadero amigo, pero es mejor dejar las cosas como están. Lo que no entiendo es cómo la cosa se convirtió en tal problema para él. Pensé que desde tiempos inmemoriales los aristócratas franceses tenían amantes y a nadie le importaba un pepino —dije, muy cándida.

—Eso es verdad, pero no se aplica en su caso. No me malentiendas. El chico es un buen muchacho, buen cazador —tiene excelente puntería— pero su familia viene de una pequeña aristocracia de provincia (suena mejor en francés, *petite noblesse de province*). Nada de esto hubiese pasado si tú y yo tomábamos ese rumbo —dijo suavemente, con un atisbo de añoranza en la voz.

Entre François y Guy —dos hombres muy diferentes pero ambos con un profundo conocimiento del alma francesa— me hicieron ver que mi príncipe era más sapo que príncipe y que estaba perdiendo mi tiempo llorando por un «idiota» proveniente de una «pequeña aristocracia de provincia».

Qué desastre.

Finalizado el almuerzo, Guy sacó su lapicero y una copia de su más reciente *bestseller* y con su letra exuberante escribió en una página en blanco:

«Para una gran dama y mi amiga del corazón»

Louvois.

La espera llegó a un final abrupto una semana después, algo que para nadie fue una sorpresa, menos aún para mí. Pero igual fue más brutal de lo que me había esperado y mucho menos galante de lo que Guy se había imaginado.

Me envió otra nota en el correo de la tarde y no la encontré en mi buzón sino hasta el día siguiente cuando volví del trabajo.

«Tengo que hablar contigo. Las cosas están muy complicadas pero puedo verte mañana después de las seis».

Nada de «mi amor» esta vez y como mañana ya era hoy lo llamé a su oficina.

—Hola, recibí tu nota. Qué alivio que me hayas escrito. Estaba preocupadísima sin saber nada de ti. ¿Estás bien? —le pregunté algo esperanzada, ya que había levantado el fono a la primera llamada.

—No, a decir verdad, las cosas no están bien. Pero prefiero no hablar por teléfono, puedo ir a verte ahora mismo —dijo—. Estaré allí en veinte minutos.

Como siempre, el tiempo jugaba su rol en nuestra historia.

Veintidós minutos más tarde tenía frente a mí al hombre que no había podido sacar de mi mente ni un solo minuto. Durante ese tiempo había redecorado mi departamento por tener algo que hacer y porque me ayudaba a no pensar tanto en él. También lo hice, valgan verdades, porque él apreciaba las cosas lindas y los cuartos bien arreglados y quería tener todo a mi favor para cuando nos volviéramos a ver. Era una noche tibia para ser recién el comienzo de la primavera.

Entró como lo había hecho cientos de veces antes. Era difícil imaginar que esta no era otra visita más, tan acostumbrada como estaba a su cara, a su ropa, a su voz.

—No me puedo quedar por mucho rato. Tengo un carro esperándome abajo —me dijo a modo de saludo.

No te he preguntado cuánto tiempo te vas a quedar.

—Está bien —le respondí, entre feliz de verlo y al mismo tiempo intuyendo que podría ser la última vez.

Se dio una vuelta por el departamento mirando los cambios.

—Es increíble lo que has hecho aquí en tan poco tiempo. Eres mágica. A ti también te veo muy bien, estás guapísima, tu pelo está diferente —dijo vacilando.

Quinientos euros de extensiones ¿qué pensabas, que el pelo crece de la noche a la mañana?

Se sentó al borde del sillón recién tapizado como preparándose para salir disparado. Me senté a su lado. Sentía la garganta muy seca.

Me tomó de la mano.

—Tengo que irme en unos minutos, no me voy a poder quedar mucho rato.

¿A qué le tienes tanto miedo? ¿Qué es lo que le pasa a este hombre con el tiempo y la hora?

Cualquier esperanza que pude albergar se desvaneció.

—No voy a hablar más sobre lo que viene pasando, he estado viviendo un infierno. No he recibido otra cosa que lágrimas y recriminaciones por todos los flancos. Ya no puedo seguir así —dijo en voz baja pero con firmeza—. No soporto las lágrimas ni que me acusen de actuar como un canalla.

Nunca le gustó que lo critiquen.

—Estoy profundamente… —tartamudeó.

Siempre tartamudeaba cuando estaba nervioso.

—Estuve —se corrigió y volvió a empezar— profundamente y locamente enamorado de ti.

¿Total cuál es? ¿Estás o estuviste?

Siempre he sido demasiado orgullosa —o tímida— como para pedir una explicación cuando no se ofrece voluntariamente; probablemente un grave error, antes como ahora. Los dos nos quedamos callados y el silencio se hizo palpable.

—He vuelto con mi mujer —dijo finalmente mirándose los zapatos.

Alzó la vista y me miró como hombre que se ahoga. Había agotado todo su coraje inicial y su tartamudeo se convirtió en balbuceos ininteligibles. Sentí vergüenza ajena por los dos.

¿Qué pensaste que te diría? ¿Que te quería tanto que dejaba todo por ti?

Sí, supongo que algo por el estilo.

De pronto lo único que quería era que saliera de mi sala, de mi departamento, de mi vida. ¿Para qué prolongar el dolor? Captó el cambio en mí y su reacción fue la del que se está ahogando y le lanzan un salvavidas. Se paró para irse y lo acompañé hasta el ascensor y allí, porque nos habíamos querido tanto, porque lo extrañaría más de lo debido, porque era mi amante y mi mejor amigo en una ciudad que no era la mía, en fin, por todas esas razones hice el ridículo y le eché los brazos al cuello. Me sujetó muy fuerte. Sentí el olor tan familiar de su piel, sentí cómo golpeaban fuertes nuestros corazones y supe que, en ese momento, estuvimos a punto de empezar todo de nuevo. Felizmente llegó el ascensor y con lo poco que me quedaba de cordura lo solté. Antes de irse me dio un papelito y me dijo apurado:

—Ojalá esto te sirva. Es un número de teléfono. Es de alguien que te puede llevar a Montino, el hombre que andabas buscando. Llámalo. Perdóname. Es lo único que puedo hacer por ti.

Nunca más lo volví a ver.

– 21 –

Esa primavera hizo calor pero yo andaba muerta de frío sentándome encima de los radiadores en mi departamento para calentarme. No podía llamar a Guy a contarle lo que había pasado porque no hubiese sabido qué hacer conmigo. Pancho y Lucho habían vuelto a Provence, el Embajador hubiera estado horrorizado de verse envuelto en semejante lío y a la *Contessina* no la veía hacía siglos. Eso me dejaba a Laurence a quien le solté todo el drama en un mar de llanto y donde fui incontables veces esa primavera buscando su compañía, su bondad y su sopa de zanahorias servida en la cocina. Me dio las tres cosas sin insinuar el más mínimo «yo te lo dije». Vivía con la sensación permanente de que me habían lanzado en medio de un lago y me hundían la cabeza cada vez que intentaba salir a respirar. Y mientras estaba sumergida, y en lo que solo se puede considerar como un ejemplo de perfecta simetría, tambien perdí mi trabajo. Estaba de vuelta donde empecé: sin trabajo, sin amor y sin suerte.

Demás está decir que para mí la vida en París perdió algo de su encanto y empecé a ver a los parisinos como gente malgeniada, poco afecta al desodorante, siempre quejándose de todo y requintándole a uno por llegar cinco minutos tarde o por demorarse en pagar el teléfono o llenar la declaración de impuestos. Lo descubría como un país de personas que no soportan que se les diga que están equivocadas, que no toleran ni las críticas ni las comparaciones. Por otro lado, ellos tienen *zéro tolérance* con el resto del mundo. Mis peleas telefónicas con el departamento del servicio al cliente de France Télécom se hicieron cosa de todos los días.

Me sentía como un huésped con la escoba detrás de la puerta.

La intolerancia se volvió mutua. Era tiempo de un cambio.

Y justo por esa época, en un inesperado giro de los acontecimientos y al mismo tiempo que Patagonia ingresó por primera vez en mi radar, conocí al hombre que se convertiría en mi marido. Otra vez esa simetría.

Toda persona tiene cierta semejanza a un animal. Hay hombres que parecen águilas, burros, pericotes o, peor aún, ratas. Hay mujeres que parecen gallinas, gatas o yeguas. Mi marido es igual a un oso: grande, peludo, algo lento para moverse, pero sólido como una roca y de noble carácter. Lo supe la primera vez que lo conocí en una fiesta de Año Nuevo ofrecida por una pareja a la que el Embajador —quien no estaba enterado de mi reciente debacle, situación que yo quería mantener así a toda costa— me obligó a ir poniéndole fin así a mi *annus horribilis*. No tenía ni pizca de ganas y solo fui porque era una oportunidad de ponerme un increíble vestido Galliano (de esos que solo se usan una vez) que me había comprado meses atrás durante las turbulencias que siguieron a la ruptura. El vestido en cuestión, al igual que otras adquisiciones totalmente irracionales, fue el resultado directo de esa panacea moderna para todos los males sentimentales: una temporada en el país del Prozac.

—*Madame* debe evitar la Place Vendôme —me advirtió el amable pero adusto médico al que recurrí una vez que se me hizo casi imposible levantarme por las mañanas.

—¿*Pourquoi*? —le pregunté incapaz, en mi estado debilitado, de hacer la conexión entre el Prozac y Van Cleef.

—Porque podría terminar desvalijando las joyerías. Es uno de los efectos más comunes de este medicamento.

—¿*Ah, bon*? —le respondí apática.

El buen doctor no dijo nada sobre l'Avenue Montaigne y allí es donde me dirigí días después. En Dior despilfarré los ahorros de varios meses en un vestido de noche divino con volantes en cascada (algo impensable en un estado de ánimo normal), más los correspondientes zapatos y cartera. Llegó el verano y alquilé un velero en Turquía con la plata de mi indemnización e invité a los *Bigoudies*, al Tigre y a Lola, y a mi hermana y a su marido a un crucero de diez días por Bodrum. Me olvidé de acordarme que yo me mareo hasta en el puerto y luego de tan solo una tarde navegando por aguas tranquilas —que pasé postrada en la cubierta superior en una crisis de autocompasión y sintiéndome morir mientras todos se divertían una cubierta más abajo— atracamos en Mármara donde me despedí del grupo, insistiendo en que continuaran sin mí.

A fin de cuentas estaba todo pagado.

Si a esto le sumamos el vestido de Galliano, el redecorado de mi departamento y las extensiones del pelo fue sin lugar a dudas una de las rupturas más caras de la historia.

LIBRO 2
DE PARÍS A PATAGONIA

«Cada cual se inventa su Patagonia».
PINTAS EN UN MURO EN LA RUTA AL SUR.

– 22 –

La primera vez que llegamos a San Martín de los Andes lo hicimos en la forma moderna, es decir, por avión. Un caso típico de aterrizaje forzoso por *default*. En el aeropuerto de Chapelco o se aterriza rápido o no se aterriza. En cuanto a experiencias traumáticas de despegue y aterrizaje empata con el despegue del aeropuerto El Alto en La Paz, donde después de despegar en una de las pistas más largas del mundo el avión queda literalmente suspendido en el aire. De hecho no sube. (¿Y a dónde va a subir si ya está a más de 3,000 metros?). También con el aterrizaje de la pista de Saint Barts donde no hay palabras para describir la experiencia.

En el terrorífico descenso final a Chapelco nos sacudían los vientos fuertes de la Cordillera, subimos y bajamos, pero sobre todo bajamos en un vertiginoso bamboleo mientras el piloto trata de alinear la nave con la pista de aterrizaje. Sobrevolamos un último pico rocoso, yo agarrada del brazo del asiento como si dependiera de ello mi vida, tratando de hacerme la valiente y admirar el Lanín, un volcán majestuoso cubierto de nieves eternas.

En el aeropuerto de Chapelco se aterriza por default.

Entre sacudón y sacudón intento sonreírle a un Harry completamente relajado y tranquilo enfrascado en la lectura del periódico, mi admiración por su valor por desgracia contaminada por una envidia negra.

¿No se da cuenta de que en cualquier momento nos vamos a matar?

Por fin tocamos tierra, primero una rueda, luego otra y, finalmente, la rueda de la nariz, una hazaña que fue recibida con aplausos por todos los pasajeros. No quedó claro si para celebrar la pericia del piloto o simplemente por la alegría de estar vivos. Bajamos del avión (yo jurando que si había una próxima vez no me agarran ni muerta y me vengo por tierra) y fuimos recibidos por el viento omnipresente de la Patagonia, que sopla hasta en días soleados, y por un letrero que reza «Bienvenidos al Paraíso».

Al salir del área del equipaje buscamos al corredor de bienes raíces que nos había recomendado mi hermana y vimos a un joven fornido llevando un letrero con nuestro nombre. Resultó ser el chofer enviado por la agencia de corretaje a recogernos. El tipo era un encanto y un solo de sonrisas. No hablaba una palabra de inglés ni de francés.

Desde el avión y entre sacudida y sacudida había notado la aridez del paisaje, en nada parecido a los parajes suizos que me había imaginado. Una vez en el auto rumbo a San Martín la cosa cambió radicalmente.

—¿Por qué lo llaman el paraíso? —le pregunté a nuestro chofer.

—Y bueno, del lado argentino solo llueve la mitad de lo que llueve en Chile, al otro lado. Pero una parte de la lluvia que viene del Pacífico atraviesa la Cordillera y cae justo aquí, en esta franja de cincuenta kilómetros de lagos y montañas verdes, creando este paraíso del Señor.

La modestia no es su fuerte, pero la descripción es exacta.

Conforme avanzamos hacia al pueblo el paisaje empezó a verse como lo habíamos imaginado, pero me rehúso a comparar la Patagonia con Suiza o con cualquier otro sitio del planeta. Dependiendo lo que se mire —un río, una quebrada, las montañas o un lago— los paisajes podrían parecerse a los fiordos, a algunas partes de Montana o Austria, o a muchos lugares del Canadá. Pero en realidad es y se siente como ningún otro lugar en el mundo. Veinte minutos después llegamos a San Martín de los Andes, un pueblito alegre conformado casi en su totalidad por cabañas de troncos de madera con techos a dos aguas metidas dentro de jardines pintorescos que parecen casas de muñecas. Hay rosales por todos lados y también a lo largo de las calles. Algunos de los edificios más altos son de piedra y madera cortada a mano y ninguno pasa de los tres pisos. Las chompas y los chocolates son la principal industria local.

Bueno, pensándolo bien quizás sí tenga algo de Suiza...

Nuestro chofer nos llevó a un B&B recomendado por el agente y acertadamente llamado Die Walkirie.

¿Estamos en la Suiza alemana? ¿O acaso son rezagos de la leyenda nazi de Argentina?

Resultó que no era ni una ni otra, los dueños eran amantes de la ópera.

Harry y yo pasamos el resto de la tarde paseando por el pueblo, respirando aire puro y sintiéndonos como en una película de los años cincuenta, con gente amable que se parqueaba en doble fila para conversar de carro a carro o que paraba para dejarnos pasar. No hay un solo semáforo a la vista. Después me enteré que esta información es comunicada con orgullo a los recién llegados; al alcalde que trate de colocar el primer semáforo lo botan.

Esto era lo más cerca que iba a estar de un pueblo de pioneros, tan distinto a mi vida actual y, de algún modo me encantaba. Los dueños de Die Walkirie nos recomendaron un restaurante en lo alto de una montaña, en uno de los chalets más antiguos de la zona. Llegamos cuando el sol se estaba poniendo al oeste, detrás de los picos nevados del lado de Chile. Por un buen rato permanecieron resplandeciendo rosados bajo el cielo limpio del crepúsculo. Estábamos en diciembre, muy cerca al día más largo del

año en el hemisferio sur. Harry estudiaba concienzuda-
mente el menú mientras yo tomaba un sorbito de Malbec,
el vino predilecto de los argentinos. Animada por Harry
que se entristece si bebe solo, había empezado tímidamente a incursionar en el mundo del vino tinto. Aproveché el
momento para mirar en silencio el vasto horizonte y sobre
todo la imponente belleza.

Podría vivir aquí.

Los últimos meses se habían ido volando. Me parecía que
había pasado un siglo desde que conocí a Harry en la fiesta
de Año Nuevo a la que me llevó el Embajador. Cuando
entré al salón lo vi alcanzándole un trago a un invitado y
pensé tres cosas: ¡uy!, que tipo tan regio, qué triste se le ve,
y ¡oh *merde*! es nuestro anfitrión.

Parece que él también notó mi presencia porque lo
pesqué mirándome cada vez que me volteaba. Al llegar la
medianoche todo el mundo empezó con los saludos y besos de Año Nuevo. Siempre me ha incomodado besarme
y abrazarme con gente que no conozco y que me importa
un pepino y decidí retirarme al hall de entrada hasta que
terminaran los pitos y las serpentinas, figurativamente hablando. Allí me encontré cara a cara con nuestro anfitrión
quien sin el menor reparo, me tomó en sus brazos y me
plantó dos besos muy efusivos en cada mejilla.

—Que tenga un muy feliz año —me dijo.

—Usted también —le respondí.

—Me gustaría volverla a ver. ¿La puedo llamar? —preguntó.

Sabía que no era soltero, o sea que *no way*.

—Creo que no —respondí.

Conversamos de cualquier cosa, más como pretexto
para no regresar al living con los demás.

—¿Qué signo es? —le pregunté con una total falta de
originalidad.

Pensará que soy una tarada y con toda razón.

—Piscis —respondió sonriendo.

Igual que mi Francés.

—¿Ah sí? ¿Y cuándo es su cumpleaños? — resultó ser el mismo día que el Francés.

—¿Y no me diga que nació en 1950?

¿Cuales son las probabilidades?

—Sí, ¿cómo lo supo? —preguntó, impresionado con mis poderes de oráculo.

No sé cómo lo supe. Solo sabía que este venía con un letrero enorme que decía «ni se te ocurra».

—No tengo ni idea —fue la única explicación que se me ocurrió antes de volver con los demás, al tiempo que pensaba:

¡Zut! En un mar lleno de peces me tuvo que tocar dos veces el mismo pescado.

Pasó casi un año antes de que lo volviera a ver pero a menudo pensaba en ese hombre grandote y atractivo que me siguió con su mirada triste toda la noche y que había nacido en la fecha equivocada.

Seguí con mi vida y salí con diferentes hombres, cada uno más neurótico que el otro. Fue una mala época para mí, solo el recuerdo de esa noche de Año Nuevo me hacía sentir mejor. Mis llamadas diarias a mi hermana eran lo único que me mantenía a flote.

—¿Te acuerdas del tipo de la fiesta de Año Nuevo, ese del que te hablé? Estoy segura que no es uno de eso machos alfa estereotipados con los que siempre termino. ¿Crees que lo debería ver? —esta pregunta se la hacía por lo menos una vez al mes.

—El hombre está casado y por ende no está disponible, ¿o me equivoco?

—No, supongo que no —le respondía sumisa.

—Escúchame bien, si vuelves a caer en ese juego te juro que me mudo a Ulán Bator. Eso queda en Mongolia Exterior por si no lo sabes.

—Yo sé dónde está Ulán Bator —respondí, picada pero resignada.

—No te dejo dirección y no me vuelves a ver en tu vida. *Lo decía en serio.*

Pero tenía que verlo una vez más y me las arreglé para invitarlo a una comida que planeé justamente con ese propósito antes de regresar a mi país. Wilde dijo: «Se puede resistir a todo menos a la tentación».

Estaba hecha un manojo de nervios ante la idea de volver a encontrarme con él. ¿Me seguiría gustando? ¿O sería solo una fantasía que había estado alimentando?

No sé qué era peor.

Ni bien pasó por la puerta se desvanecieron todas mis dudas, pero no mis temores. Había dado instrucciones al mozo de que mantuviera mi copa de champagne llena y el resultado fue que coqueteé descaradamente con Harry durante toda la comida, diciéndole todo tipo de cosas provocativas que estaban fuera de lugar y que no iban conmigo. Cabe mencionar que por ese entonces salía con un tipo al que había sentado frente a mí. Con la perspicacia que tienen los hombres cuando se enamoran, Harry que estaba a mi costado, me preguntó en voz baja:

—¿Está con él? —haciendo un gesto hacía él.

—Todavía no —le respondí.

¿Quién dijo provocación?

El tipo se llamaba Frédéric. A partir de allí fue por siempre conocido como «Todavía-no-Fred».

Al día siguiente sobreponiéndome de la resaca y con la clara sensación de haber metido la pata la noche anterior, ordené mi departamento y decidí que por más que me gustara Harry yo me regresaba a mi país. Tanto mejor si no lo volvía a ver. Esta vez sí en serio.

Estaba revisando mi correo a las siete de la noche cuando llamó Madame Morel informándome que había alguien abajo en el café que quería hablar conmigo.

—Hola —dijo Harry tímidamente al otro lado del teléfono—. Anoche no quiso darme su número, por eso he venido. Le he traído flores.

¡Ayayay! ¿Qué le habré dicho anoche? Socorro…

—Sube por favor —le dije, no muy segura de nada. No sabía si debía tutearlo ni si debía hacerlo subir.

Bueno, mal podía decirle que dejara las flores abajo con Madame Morel.

Un par de minutos después estaba parado delante de mi puerta, altísimo, con un ramo de rosas Toscanini en una mano, su sombrero en la otra, y una sonrisa como para derretir un glaciar del Polo Norte. Nos sentamos en el ya famoso sofá y antes de que él pudiera abrir la boca le lancé:

—Por favor, discúlpame por anoche. Tomé más de la cuenta y aunque podría decirte que no me acuerdo de nada no lo voy a hacer porque justamente me acuerdo de todo. Bueno, de casi todo. Y ese es el problema. Yo jamás actúo así, de verdad. Estoy avergonzadísima y espero que olvides lo que dije.

—Me encantaste tú y todo lo que dijiste —respondió en otra onda totalmente.

—Sé que estás casado y no voy a salir contigo. Estuvo mal de mi parte dejar que te hicieras ilusiones —insistí.

—No he dejado de pensar en ti desde esa primera vez que te vi hace un año en mi casa. Eras como una visión, distante y misteriosa. No sabes cuántas veces he pensado, o mejor dicho soñado, con volver a verte. No podía creer en mi buena suerte cuando me encontré sentado a tu lado anoche —continuó.

¿Que causalidad, verdad?

A este hombre no lo para nadie.

—Escúchame, no nos vamos a ver. No quiero arriesgarme a salir contigo. Eres casado, sigue así. Y por favor olvídate de mí —le dije ya rogándole.

—Soy muy infeliz en mi matrimonio. En el sentido práctico y en el sentimental, la cosa se acabó hace mucho tiempo. Solo he estado esperando a alguien como tú para terminarlo definitivamente.

—Por favor, no lo hagas más difícil de lo que ya es. Si salgo contigo corro el riesgo de enamorarme y sería un infierno para mí. Por favor no insistas —le dije al borde de las lágrimas, efecto producido sin duda más por los rezagos del champagne de la noche anterior.

Se quedó callado por un rato y luego dijo:

—Está bien. No voy a insistir si eso es lo que quieres. Pero igual, me gustaría tener tu número de teléfono.

—¿Pero para qué? Ya te dije que no voy a salir contigo.

—Para llamarte de cuando en cuando y saber cómo estás —fue la respuesta.

Dicho así difícil negarse, y se lo di.

Me llamó al día siguiente y el siguiente y el subsiguiente y todos los días por dos semanas hasta que acepté salir a almorzar con él.

—¿Qué te puede pasar? —adujo—. Es solo un almuerzo, una hora de tu vida. Paso por ti a la una y te regreso a las dos.

Lo que pasó es que un almuerzo llevó a otro almuerzo —normal— y una cosa llevó a la otra y para cuando nos dimos cuenta estábamos enamoradísimos. Él dejó a su esposa y en un tiempo indecentemente corto estábamos felizmente casados. No hubo baile en mi primer matrimonio pero en el segundo la música no paró. En esa noche perfecta de verano bailé con mi esposo y descubrí los encantos de la navegación —por lo visto yo me mareaba más por falta de amor o de seguridad que por otra cosa— remontando las riberas del Sena en un barco que iluminaba con sus reflectores las magníficas fachadas de la margen del río. Cuando era una joven turista paseando en un *bateaux-mouche* me había preguntado qué tipo de gente viviría en esos edificios. Ahora se había cerrado el círculo y conocía algunas de las respuestas a —por lo menos— algunas de las preguntas.

– 23 –

—Qué te parece si nos pedimos los ravioles rellenos de venado con salsa ragout —sugirió mi marido, belga después de todo, y más preocupado por el menú que por el atardecer.

—Me parece perfecto —le respondí—. ¿Y a ti qué te parece el sitio? ¿Te gusta?

—Por supuesto, Daisy, ¿cómo no me va a gustar? —Harry me puso ese nombre desde el día en que me propuso matrimonio. Me encantaba, y lo curioso es que también era el nombre preferido de mi mamá, ella siempre decía —o amenazaba— que de tener otra hija le pondría Daisy. Esto no se lo conté a Harry para que siguiera pensando que se le había ocurrido solo a él.

—La vista es estupenda, hay poca gente, el servicio es amable y mi persona preferida está sentada frente a mí —dijo sonriendo y tomándome de la mano.

—Ya, no te hagas —insistí, sonriéndole también—. Me refiero a San Martín.

—Tú querías vivir en Argentina y hemos decidido que eso es lo que vamos a hacer. También sabes que no pienso volver a vivir en una ciudad. Ya tuve suficiente París y Buenos Aires sería más de lo mismo. No sé sobre San Martín. A tu hermana le parece perfecto y si nosotros encontramos un buen sitio, ¿por qué no?—. Harry no era dado a diálogos largos y profundos.

—Veamos qué pasa mañana —dije para no comprometerme a nada.

Al día siguiente el tiempo se mantuvo estable y San Martín nos mostró su mejor cara: cielo claro y azul, apenas una brisa y una temperatura muy agradables. Nuestro corredor apareció a la hora acordada y salimos a ver el primer terreno.

Resultó ser diminuto, incluso para Europa.

—Tienen que considerar que está dentro de un parque natural y que tiene un bello riachuelo —dijo el corredor.

—Hmmm… —fue la respuesta de mi marido.

—Hmmm… —seguí yo.

Con o sin riachuelo no habíamos venido hasta aquí para vivir en una casa de campo con un jardín del mismo tamaño del que teníamos en Francia.

Un caso donde el tamaño sí importa.

Nos llevó luego a lo que sería el Golf Club, un condominio planeado y demarcado dentro de una vieja estancia, rodeado de picos nevados y atravesado por un río con truchas, muy lindo, pero... Aquí los terrenos tampoco eran muy grandes, perfectos para quienes buscaban algo solo para la temporada, algo que se pudiera alquilar el resto del año y que incluyera guardián en la garita de control chequeando cada auto que entraba y salía.

No precisamente nuestra idea de Patagonia ni del clásico pueblo del oeste.

Antes del almuerzo visitamos una casa dentro de un gran bosque de pinos, pero esto tampoco nos gustó porque queríamos construir nuestra casa partiendo de cero. Aquí nos retrasamos porque los dueños, una pareja mayor, fueron tan amables que nos sentimos obligados a visitar toda la propiedad. Por primera vez me di cuenta de lo platudos que debíamos parecerles a los lugareños con nuestros sacos Barbour, nuestras botas Wellington y nuestros euros en esta Argentina post-crisis. Los amables dueños parecían muy deseosos de vender. Le mandé un codazo a Harry.

—¿Te gusta? —me preguntó en secreto.

—No, pero ya sabes, me dan pena —le respondí de igual forma.

—¿Entonces?

Entonces nada. Pero me sentí pésimo por no hacerles una oferta por la casa.

Como corredora me moriría de hambre.

Por la tarde visitamos otros dos terrenos sobrevaluados que no tenían nada de especial. Empezamos a pensar que íbamos a regresar con las manos vacías.

—Tenía la impresión de que la oferta de terrenos era mayor —le dijo mi marido al corredor.

—La había, la había, hasta que llegó la familia Benetton y compró un millón de hectáreas, o al menos eso se dice. Después llegó Ted Turner y se compró otras seiscientas mil y luego todo el mundo empezó a soñar. Ahora todos viven esperando la llegada del próximo archimillonario para venderle sus tierras —siguió, riéndose—. Eso no va a pasar. Las familias más antiguas dueñas de grandes estancias no necesitan la plata y no les interesa vender. Es un mercado donde los vendedores ponen los precios.

—Ya veo —le dijo Harry, y volteándose hacia mí agregó en francés— parece que la cosa es más difícil de lo que habíamos pensado, o puede que no estemos en el lugar indicado.

—Miren, les quiero enseñar un campo mucho más grande. El dueño no quiere subdividir, vende todo el campo. Podrían construir dos casas, una para ustedes y otra para su hermana —dijo el agente mirándome a mí—. Creo que podría ser justo lo que están buscando —agregó, girando el timón de su destartalada 4x4 hacia un camino polvoriento que salía a la derecha.

Subimos por una carretera angosta y empinada, llena de baches, y después de unos cuantos kilómetros dejamos atrás la última casa y el último vestigio de civilización. Nuestros ánimos empezaron a mejorar cuando, al final del camino, llegamos a una quebrada al pie de una montaña coronada por un escarpado abrupto con caída de agua incluida.

Dejamos la 4x4, el agente abrió una tranquera de alambres oxidados y continuamos cuesta arriba a pie. Luego de quince minutos llegamos con la lengua afuera a una pequeña explanada con una vista ininterrumpida que nos dejó sin palabras. Estábamos parados con la cascada y la montaña detrás, los picos nevados del norte al frente y el valle exuberante a nuestros pies. Un río fluía entre nosotros y un bosque de pinos, y a la derecha una vista de colinas interminables llegaba hasta la Pampa.

En el hemisferio sur siempre he sabido donde estoy parada, en todo sentido.

Mi marido tenía esa mirada que suele poner cuando quiere algo a toda costa. Era la misma mirada que tenía en París cuando le dije que me regresaba a vivir a Sudamérica.

Había estado aplazando mi partida, pero me decidí después de mi reunión con Alfredo Montino. Harry y yo habíamos estado viviendo juntos por tres meses cuando tomé la decisión de irme a la Argentina. Tenía que ver un asunto importante ahí y también quería escapar antes de volver a salir herida. No pensaba pasar nuevamente por la misma experiencia.

—Pensaba decírtelo más adelante pero mejor lo hago de una vez —le dije un día que pasó por mí para almorzar—. La próxima semana me voy a Argentina. Hay una persona allá a quien tengo que ver. Por otro lado, mi hermana vive ahora en Buenos Aires y hace tiempo que está tratando de convencerme para que me vaya a vivir cerca de ella. Si veo que me puedo readaptar a vivir en Sudamérica voy a regresar a París solo para empacar mis cosas. Pensé que debías saberlo —esto último era pura bravuconada, porque tenía sentimientos encontrados sobre si contarle o no.

Ahora mismo me manda a rodar y será el fin de todo. Merde.

Me miró con *esa* mirada y me dijo:

—Siéntate, yo también tengo algo que decirte. Lo estaba guardando para después. Puede que sea muy pronto y no te quiero asustar, pero ya que tú pusiste el tema sobre el tapete quiero que sepas que no tengo intenciones de dejarte ir. Estoy enamorado de ti y te quiero en mi vida para siempre.

—¿Te refieres en tu vida real?

¿Y no a un compartimiento estanco y secreto?

—Claro que en mi vida real, ¿de qué otra vida puedo hablar? —me preguntó, un tanto confundido.

Claro. ¿Qué otra vida puede haber?

Así de jodida estaba.

Tenía razón, la idea me asustó, pero solo por un rato.

Después de la ruptura con el Francés me tomó mucho tiempo sentirme con fuerzas como para llamar al hombre que me podía llevar hasta Alfredo Montino. Temía que de alguna forma esto me reconectara con mi ex-amante y también tenía miedo de encontrarme frente a otro callejón sin salida. Pero igual lo llamé y él mismo contestó. Supo de inmediato quién era yo.

—Hace tiempo que espero su llamada. Nuestro amigo común dijo que le dio mi número y me pidió que la ayudara si usted me contactaba —dijo muy discreto el hombre, nada de nombres.

—¿Y puede ayudarme? —pregunté cautelosa esperando otra negativa.

—Sí, sí puedo. La persona que usted busca está aquí en París. Si desea puedo arreglar una reunión ahora mismo —respondió muy eficiente y muy en control.

—Solo dígame dónde y cuándo y yo me encuentro con usted —dije impaciente antes de colgar.

Dos días después entré a un café muy concurrido en el Boulevard Saint Michel. No me fue difícil dar con él, su terno marrón y camisa con cuello y corbata resaltaban en un mar de universitarios uniformados con jeans. Se paró a medias para saludarme y me senté frente a él.

—Montino estará aquí en unos minutos —señaló en una voz baja y monótona—. Cuando llegue los dejaré solos. Tengo entendido que tienen que hablar de un asunto privado.

Asentí con la cabeza.

—Discúlpeme por preguntar pero, ¿cómo así lo conoce? —pregunté intrigada.

—Mi división mantiene contacto con diferentes elementos, algunos están en política, otros en comercio internacional —respondió de forma sencilla y a la vez vaga—. Montino es un hombre de negocios que conocemos desde hace muchos años. En ocasiones nosotros lo hemos usado para transmitir información importante a otras partes.

¿Nosotros? ¿Quiénes eran «nosotros»? Solo me lo podía imaginar.

Justo cuando me disponía a preguntarle algo más apareció un hombre de cuarenta y tantos años con casaca de cuero y jeans. Este sí hubiese pasado por un universitario porque la gente en Francia estudia hasta muy tarde. Se

Nos quedamos un rato estudiándonos en silencio.

acercó a nuestra mesa y me extendió la mano presentándose:

—Alfredo Montino, a sus órdenes.

Era bajo y fornido —debajo de la casaca se le notaba un físico poderoso— de pelo corto y ojos bien separados, el único rasgo levantino en una cara que de otro modo era solo una más del montón.

—Hola, por fin lo conozco.

Miró a nuestro intermediario y seguramente le hizo alguna seña secreta porque el de terno marrón se paró al instante.

—Le diré a nuestro amigo que cumplí con presentarlos —dijo mirándome a mí—. Lo demás ya es cosa suya —terminó, antes de desaparecer.

Montino y yo nos quedamos un rato estudiándonos en silencio. Obviamente la pelota estaba en mi cancha, así que rompí el silencio.

—¿Qué es lo que sabe sobre la muerte de John Murphy?

—Bastante, pero no todo —respondió.

—Entonces cuénteme lo que sí sabe —le pedí, sentándome al borde de la silla.

—Murphy fue secuestrado por dos grupos terroristas, uno dentro del país y otro de fuera, que trabajaban juntos en ese proyecto —dijo, abriéndose el cierre de la casaca y pidiéndole un expreso a un mozo que pasaba—. Ambos grupos tenían operaciones y logísticas bien organizadas y podían moverse rápido. Por eso el secuestro de Murphy en sí fue una operación impecable. Pero eran débiles en lo que se refiere a llevar a cabo las negociaciones complejas y delicadas que eran necesarias para obtener el rescate y garantizar que lo soltaran. Ahí fue cuando me contactaron a mí.

—O sea que usted conoce a esa gente, sabe quiénes son.

No era una pregunta.

—Conozco a algunos de sus cabecillas, nosotros estamos en otra línea de trabajo pero a veces nuestros caminos se cruzan. En este negocio tarde o temprano todos terminan por saber quién es quién —me pareció ver algo como una sonrisa formándose en su cara impasible.

—¿Quiere decir que se unió a ellos? —le pregunté.

—No como lo que está pensando. Cuando Murphy fue secuestrado yo estaba en el Medio Oriente viendo unos negocios. Me enteré apenas unos minutos después de que ocurrió, por mis contactos. Incluso lo supe antes que usted, y mucho antes que la policía. Para cuando la policía entró en el juego el juego había terminado hace rato. Los secuestradores necesitaban a alguien que negociara a nombre de ellos, alguien con las relaciones y las cuentas bancarias en los sitios indicados. Yo contaba con ambas cosas y acepté hacer de negociador entre ellos y la familia. Por una comisión, claro —concluyó.

—Claro —asentí.

—La comisión no era problema, es una tarifa estándar del veinte por ciento y todos trabajamos con las mismas reglas. Los secuestradores querían hacer un trato limpio, sin complicaciones. Ellos pedían sesenta millones de dólares porque habían hecho sus números y sabían que el Grupo Murphy podía reunir esa cantidad en un corto plazo. Yo también estaba al tanto de eso y fue por lo que acepté hacer de intermediario. Lo mejor es arreglar estos asuntos lo más rápido posible porque si no las cosas empiezan a complicarse para todos.

Era obvio que hablaba por experiencia propia.

—Todo iba muy bien al principio y la familia aceptó pagar. Yo había puesto a uno de mis hombres en el país para que me cubriera las espaldas y me reportara directamente. Esta misma fuente me dijo que al principio usted estuvo involucrada en las negociaciones, ¿es correcto? —me preguntó, como esperando que se lo confirmara.

—Sí, así fue.

De vuelta esa sonrisa. Obviamente estaba orgulloso de su efectividad en este tipo de negocio.

—Y justo cuando todo estaba listo y solo faltaba que hicieran las transferencias del dinero a las cuentas se echaron para atrás. Las cosas empezaron a ponerse feas y yo odio el desorden y la confusión. Estuve a punto de retirarme del trato. Luego, unas dos semanas después, los Murphy reiniciaron las negociaciones, pero esta vez al mando de un abogado supervisado por el hermano mellizo. Hicieron una contraoferta, ya no querían pagar sesenta millones, empezaron a hablar de ciento veinte millones.

—¿A qué se refiere? No entiendo.

—Sesenta para los secuestradores y sesenta para ellos —respondió.

—¿Quiénes son «ellos»? —pregunté, aunque ya me imaginaba la respuesta.

—El abogado y el Mellizo. Entre los dos llegaron a sacar sesenta millones del país para guardarlos en cuentas secretas en Gran Caimán. Se negaron a pagarme su parte de la comisión, o sea que no estuve en las últimas negociaciones, pero por la información que tengo, el trato se cerró tal como le he contado. Mis contactos me pagaron la parte que les correspondía a ellos, tal como acordamos. No les convenía no cumplir conmigo, ¿entiende lo que quiero decir? —explicó, mirándome como un gavilán.

—¿Pero entonces por qué mataron a John? —pregunté.

—No lo sé. Créame, se lo diría si lo supiera. Para cuando se pagó el rescate mi contacto ya se había ido del país y, por lo tanto, lo que sigue no es información cien por ciento corroborada. Según los rumores, la operación de rescate fue un desastre y muy poco profesional. Me alegró estar ya fuera del asunto, yo no trabajo así. Soy un hombre de negocios y una operación mal hecha es mala propaganda.

—¿O sea que usted jamás llegó a conocer a John?

—No, nunca lo vi. Ni siquiera estuve en el país cuando ocurrió todo eso. Pensé que quizás más adelante nuestros caminos se cruzarían. Una pena que no fuera así. Por lo que he escuchado era un hombre excepcional, fuera de serie.

—Sí, lo era.

Me di cuenta de que todos estos años había vivido ilusionada pensando que Montino llegó a conocer a John cuando estuvo secuestrado y que me contaría algo personal que pasó entre ellos, un comentario, un gesto, una frase, *algo* que pudiera agregar al disminuido stock de recuerdos que me quedaba.

—Le traje esto —dijo deslizando un sobrecito blanco hacia mí—. Supuse que iba a desilusionarse, que esperaba que tuviera más información. Hice mis indagaciones y averigüé dónde puede encontrar a la persona que tiene la clave sobre el fin de John Murphy.

Abrí el sobre y dentro encontré un papel con una dirección: Calle Paraná 543, 4to piso, Buenos Aires.

—Es la dirección del Mellizo. Estuvo viviendo en Canadá por años con su familia, pero parece que a su mujer no le gustaba el frío o algo por el estilo —comentó, poniéndose de pie y dejando un billete de diez euros en la mesa—. Vaya y confróntelo. Solo él puede decirle lo que realmente sucedió y de paso se quitará el clavo. Fue un placer conversar con usted aunque dudo mucho que nos volvamos a ver. Suerte.

Diez días después de la reunión y una semana después de mi conversación con Harry estaba en un vuelo directo a Buenos Aires. Me quedé 48 horas y fue lo suficiente para encontrar lo que había ido a buscar. Luego tomé el primer vuelo que salía de regreso a París. Al llegar a Roissy me di con la grata sorpresa de que mi futuro esposo había ido a recibirme. No sé cómo averiguó en qué vuelo llegaba, pero sospecho que se lo dijo la chica de la limpieza, una casamentera por naturaleza. Lo divisé de inmediato sobresaliendo por su altura entre el gentío que deambulaba sin ton ni son en la sala de llegada. De lejos el hombre más guapo en todo el aeropuerto al menos para mí.

—Vine para asegurarme de que regresabas —dijo, besándome largo y tendido. No sé qué fuiste a hacer en Buenos Aires, pero espero que haya quedado solucionado y para siempre. No te haré preguntas, ni ahora ni nunca. Siempre y cuando me prometas que no hay ningún antiguo novio involucrado y que nunca más te vas a ir sin mí —añadió con una leve sonrisa que significaba «lo digo muy en serio».

Lo besé también, sintiendo una ola de felicidad mezclada con gratitud por mi buena suerte.

Un año después, en uno de los restaurantes más exclusivos de Londres, me dio una cajita que sacó de su bolsillo. Era un anillo.

—¿Te casas conmigo? —me preguntó.

Después de los cuarenta a nadie le proponen matrimonio y yo técnicamente estaba a punto de entrar en los cincuenta. Si lo rechazaba, mis amigas —muchas solteras, algunas desesperadas— jamás me lo perdonarían. Además, el año que habíamos vivido juntos había sido el más feliz de mi vida; me había demostrado su amor con creces. Y por último besaba muy bien.

—Sí —le dije sonriendo feliz, prueba irrefutable de que hay vida después del Botox.

—Gracias, Daisy —respondió.

Ese «gracias» fue lo que no me esperaba.

Ahí es cuando me di cuenta de que Harry hablaba en serio cuando decía que quería hacerme feliz y que solo podría culparme a mí misma por cualquier infelicidad que me deparara el futuro.

– 24 –

—Llamando a la nave madre, ¿estás allí? —me preguntó Harry, regresándome de donde yo me encontraba y trayéndome de vuelta al presente.

—Perdón, mi amor, andaba en otra.

—Ven, acompáñame, vamos a caminar un poco. Dile que por favor nos espere —esto último me lo dijo en francés refiriéndose al corredor que nos había traído hasta aquí. Me tomó del brazo y enrumbamos cuesta arriba hasta una roca enorme del lado del bosque. Nos detuvimos un momento para mirar el panorama antes de continuar subiendo hasta que llegamos a un gran claro en lo alto de una meseta. Nos sentamos bajo la sombra de un árbol mirando planear a un águila en lo alto del cielo.

—¿Qué opinas?

—Esto es ¿no?

Sin necesidad de palabras ambos sabíamos que esto era lo que habíamos estado buscando.

—Es bien grande. ¿Nos alcanzará con lo que tenemos?

—Recuerda que estaríamos comprándolo a medias con mi hermana.

—Sí, es verdad. Bueno, bajemos de una vez para que nos den la mala noticia.

La noticia era mala de verdad. ¿El precio? Más del doble de lo que esperábamos. Harry ya no estaba tan seguro, sentía que flaqueaba. Traté de hacerme a la idea de que tenía razón en dudar. El precio *era* exorbitante pero es imposible ir en contra de algo cuando es amor a primera vista.

Dormimos muy mal esa noche. A la mañana siguiente bajamos a tomar desayuno en silencio, cada uno enfrascado en sus propios pensamientos. Partíamos para Buenos Aires en unas horas y aún no habíamos decidido nada. Para remate, el día estaba nublado y lluvioso, en armonía con nuestro humor. El corredor apareció antes de la hora acordada para llevarnos al aeropuerto (le olía que se le escapaba una venta) y astutamente nos sugirió que hiciéramos una parada en el camino para visitar a los dueños del terreno vecino.

—Si no me equivoco también son belgas —nos dijo—. ¿Quién mejor que ellos para contestar todas sus preguntas y darles una idea de cómo es vivir en el lugar?

Sin mayor entusiasmo aceptamos ir a conocer a Michel y a Annie, quienes nos recibieron muy cordiales. Resultó que eran de Amberes, igual que mi marido.

Mientras conversábamos el corredor hizo como que tenía que chequear algo bajo el capó pero creo que más con la intención de dejarnos solos.

—Nos han ofrecido el terreno vecino al de ustedes pero el precio nos parece demasiado alto —dijo Harry—. Creo que nos han visto cara de turistas y así mismo nos lo quieren cobrar.

Michel sacudió la cabeza.

—No, no creo que sea el caso. Ese terreno está entre los últimos campos que quedan con vista, rodeado de montañas y con un solo vecino, nosotros. Hace doce años que estoy en la Argentina buscando el sitio perfecto. Este es. Aquí llueve menos que más al sur. Está fuera pero cerca del pueblo, en realidad quizás más de lo que nos gustaría. Si deciden vivir en la Patagonia, este es el lugar. Yo quiero quedarme a vivir aquí para siempre. Me gustaría morirme y que me entierren aquí.

Mi marido sonrió de oreja a oreja, creo que el vecino lo convenció con lo del entierro.

—Estamos pensando seriamente en hacer lo mismo. Es decir construir una casa y mudarnos aquí —dijo Harry entusiasmándose.

Ya con las cartas sobre la mesa, todos nos sentimos más relajados y se escuchó un claro suspiro de alivio de la pareja belga.

Nos contaron que su mayor pánico era que resultáramos ser una inmobiliaria con proyectos de cabañas turísticas, al punto que habían resuelto entrar a una puja con nosotros con tal que eso no ocurriera. Intercambiamos correos y nos despedimos en términos muy cordiales. La cara del corredor era totalmente inexpresiva cuando cerró el capó y subió al carro.

Camino al aeropuerto le mencionamos que el terreno efectivamente era muy lindo y que la vista desde la cima sin duda valía el precio, pero que todavía existía el problema de hacer una pista para llegar hasta allí precisamente donde queríamos construir la casa.

—Eso es fácil —nos dijo—. Solo es cuestión de traer la máquina por unos tres o cuatro días y ¡listo! ya tienen su pista. Calculo que les costará como mucho dos mil dólares.

Nos pareció razonable y asentimos con la cabeza, crédulos e inocentes como corderitos rumbo al matadero. Este pequeño intercambio lo recordaríamos con amargura una y otra vez al momento de construir el verdadero camino, no el virtual que nos pintó el corredor, sino el de verdad, que resultó ser un proyecto comparable al de la carretera de la India a Nepal solo que más empinada.

El vuelo de regreso a Buenos Aires fue igual de terrorífico que el de venida. Elevé fervientes plegarias al cielo y además me juré que «nunca más me agarran. La próxima vez me vengo por tierra». Mientras el carrito de bebidas salía disparado por el pasillo —a Harry por fin se le veía alarmado, ¡ja!— y con tal de no pensar en nada hice un primer bosquejo de nuestra casa en una servilleta de papel. Me ayudó un poquito a olvidarme de mi miedo. La casa que al final construimos resultó ser casi igualita a ese dibujo.

Esa noche mi hermana y su marido abrieron una botella de champagne para celebrar nuestro futuro común como patagones. Al día siguiente, en una voltereta de 360 grados, nos comunicaron que habían cancelado el proyecto de mudarse a Patagonia. Nos quedamos de una sola pieza. Un minuto después Harry se volteó y me dijo muy serio:

—Lo hacemos tú y yo solos por nuestra cuenta. Puede que hasta sea mejor así. Yo estoy dispuesto si tú también lo estás.

—Ya. ¿Y de dónde vamos a sacar toda la plata? —le pregunté, aterrada pero a la vez bastante encantada con la idea.

—No te preocupes, Daisy. Todo se va a arreglar muy bien —fue la respuesta de mi marido soñador con una fe absoluta en el futuro.

Siempre habrá un niño confiado y lleno de esperanza en una parte de su corazón.

Por fin había encontrado alguien tan loco como yo, dispuesto a tomar una decisión en un segundo y cambiar el curso de su vida para siempre.

Durante el último año que pasamos en París le sacamos provecho a nuestro viaje a la Argentina dejando caer la noticia a nuestros amigos como quien no quiere la cosa:

—Sí, nos hemos comprado un terreno y el próximo año nos mudamos a la Patagonia.

—¡Ah! ¿Planean vivir seis meses allá y los otros seis aquí? —era el comentario general. Esto es precisamente lo que hacen los argentinos pudientes y fiscalmente prudentes que viven en París la mitad del año sin pagar impuestos.

—No, no. Vamos a vivir allá durante todo el año —respondíamos con una sonrisa de suficiencia.

Los dejábamos boquiabiertos y mi marido se inflaba como un pavo. Por un lado no le ocultábamos nada al fisco, una pena en realidad ya que eso nos colocaba definitivamente en una escala de ingresos muy inferior a la mayoría de nuestros amigos. Por otro lado, los amigos de juventud de Harry habían renunciado a todo tipo de proyectos y aventuras y se habían retirado a sus propiedades en el campo donde se la pasaban arreglando los techos de sus *châteaux* y cuidando a sus nietos mientras que los hijos se largaban a Vietnam o a alguno de esos sitios de moda. El plan de Harry de empezar de nuevo como una especie de pionero en una tierra remota produjo entre sus contemporáneos el mismo tipo de envidia que genera un hombre de más de cincuenta cuando se compra una moto de carrera y la usa.

—¿Y qué vas a hacerte en un sitio como ese? —le preguntó uno de sus mejores amigos cuya vida giraba alrededor de sus autos antiguos de colección y la Fórmula 1.

—Primero proteger el campo de los indios y los pumas —le respondió Harry.

¿?

—¡*Mon Dieu*! ¡Indios y pumas! ¡No tenía idea! —le contestó el amigo impresionado.

Yo tampoco. Primera noticia.

—Así es. Voy a construir un mirador en un punto estratégico por si vienen a atacarnos —le respondió Harry muy serio.

Mi Patagonia y la de Harry resultaron ser totalmente distintas. Pese a sus comentarios un poco fanfarrones sobre indios y pumas, Harry efectivamente pensaba que tarde o temprano necesitaríamos defendernos de ellos. Yo por el contrario estaba segura de que con la inminente construcción de un campo de golf de 18 hoyos a veinte minutos de nosotros, con hotel cinco estrellas y spa incluido, los pumas y los indios seguro que andarían escaseando.

Mi marido se convirtió en una especie de héroe a los ojos de sus amigos. Mi rol de esposa leal fue el de dejar toda la historia en el aire, incontestada.

Después de casi un año de trabas burocráticas e ingentes sumas de dinero intercambiadas bajo la mesa —esta última forma de pago es la que prima en Argentina para comprar casi todo salvo la comida en el supermercado—, nos convertimos en los orgullosos dueños de una parte minúscula de uno de los lugares más bellos del mundo. Era verano en el sur y decidimos hacer una visita relámpago a San Martín para ver el campo ahora que ya era nuestro. Esta vez tomamos un avión hasta Bariloche (como debimos hacer la primera vez), y de allí fuimos hacia el norte manejando hasta San Martín atravesando paisajes increíbles, ríos con torrentes de agua, lagos escondidos y bosques de árboles extraños. Llegamos al atardecer y decidimos ir enseguida a ver nuestro terreno.

Imposible encontrarlo. Al menos no enseguida.

La primera y única vez que estuvimos por allí nos quedamos menos de una hora y el tiempo y la naturaleza habían borrado las marcas de la trocha. Después de buscar por un buen rato por fin localizamos la tranquera oxidada y entramos. Nos encontramos con un cerco de postes viejos y una alambrada de púas que cruzaba el campo por la mitad. No recordábamos haberlo visto la primera vez.

¿Cuál es nuestro lado? ¿El de la izquierda o el de la derecha? El de la derecha se ve bien chiquito...

No nos atrevíamos a mirarnos. Finalmente dije en voz alta lo que los dos estábamos pensando por dentro:

—No puedo creer que hayamos pagado toda esa plata por esto...

—¡Imposible! ¡No puede ser solo esto! —respondió Harry.

Con pánico regresamos al hotel sin decir una palabra. Ni bien llegamos nos tiramos sobre el mapa y después de unos segundos de buscar en silencio ¡bingo! lo encontramos. Allí estaba clarísimo. Tanto las tierras a la derecha como a la izquierda del cerco del cual no nos acordábamos eran nuestras. Tranquilizados y convencidos de la solidez de nuestra inversión regresamos a París para organizar la partida y el resto de nuestras vidas. Antes de dejar San Martín descubrimos dentro de la propiedad unas cataratas que caían a un río de aguas transparentes. Tampoco las habíamos visto la primera vez.

Las veinte hectáreas que compramos en Patagonia resultaron ser como un huevo de Pascua, delicioso por fuera y con una sorpresa por dentro.

– 25 –

Una cosa era decirlo y otra hacerlo. Dejar París resultó mucho más complicado de lo que pensábamos. Aparte de tener que sacar nuestras visas de residencia para Argentina, Harry tenía que vender su empresa, yo tenía que vender mi casa de campo, había que empacar, embalar y despachar cuarenta y diez años —respectivamente— de vida en Francia. Todo eso además de tener que lidiar con *l'Administration Française*, que así nomás no suelta a ninguno de sus hijos sean estos propios o ajenos.

Trate usted de decirles que se va antes del 30 de junio y que por ende no está sujeto a pagar impuestos por las ganancias del año en curso, como por ejemplo, el beneficio de la venta de una casa (¡*Quoi*!) y se convierten en gallinas furiosas protegiendo a sus pollitos.

Trate usted de cancelar el teléfono fijo, el celular, la electricidad, la TV por cable, el servicio de Internet y las tarjetas de crédito y tendrá que vérselas con un oficial muy suspicaz que quiere saber exactamente por qué se va de Francia.

Nuestra mudanza se aplazó seis meses más.

—¿Cómo vas a hacer para empezar la casa en San Martín si aún no podemos salir de acá? —preguntó mi marido.

Buena pregunta.

—Creo que lo primero será irme para allá y buscar un buen arquitecto. Después le pediré un presupuesto a un contratista. Una vez que lo aprobemos iré cada dos meses para ver cómo avanza la obra —respondí en una hazaña de simplificación que mi marido se creyó.

—¿Segura que puedes? —me preguntó, más por educación que porque dudara de mis capacidades organizativas.

—Claro, mi amor. No es nada del otro mundo.

Un mes después volví a viajar sola a la Argentina. Esta vez por motivos muy diferentes y mucho más agradables que el primer viaje que hice después de mi reunión con Alfredo Montino. En esa ocasión apenas llegué a Buenos Aires fui en busca del departamento en la Calle Paraná. No fue fácil encontrarlo.

El taxi me había dejado a tres cuadras del departamento del Mellizo, en una zona de edificios elegantes que habían conocido mejores días. A pesar de estar situado en Barrio Norte, la parte más residencial de Buenos Aires, en esta zona casi todos los edificios tenían pequeños negocios de ferretería o pizzerías en la planta baja. El del Mellizo era igual a los demás, tanto que me lo pasé de frente dos veces antes de encontrar la entrada. Un portero con camisa sucia y cigarrillo en la boca hizo apenas una pausa en su conversación con una gorda que barría la vereda para darme las indicaciones que solicité:

—Murphy, cuarto piso, pero el ascensor está malogrado. Tenés que subir por las escaleras.

Conforme iba subiendo las escaleras el olor a sopa de col se hacía más penetrante. La mujer del Mellizo me abrió la puerta.

—Hola, Amanda, ¿cómo estás?

Se quedó mirándome con la boca abierta.

—No te esperaba —dijo en una voz muy baja.

—Lo sé. ¿Puedo entrar?

Asintió con la cabeza y se hizo a un lado para dejarme pasar por al angosto pasillo.

Amanda había envejecido mal, parecía de mil años y el departamento, aunque limpio, era deprimente, oscuro y lleno de adornitos. Definitivamente aquí estaba el foco del olor a col sancochada.

Moviéndose con dificultad me indicó que me sentara en una silla junto a la única ventana que daba a una pared de ladrillos del edificio colindante.

—¿Cómo nos encontraste? —me preguntó—. Nadie sabe dónde vivimos. Nunca tenemos visitas.

—Aunque no lo creas los encontré por John —le respondí sin poder evitar un toque de sarcasmo.

—¿De verdad? —me preguntó realmente sorprendida. Lo cierto es que Amanda, que de joven fue una rubia bonita, jamás destacó por su rapidez mental.

—Sí, y así como los encontré, también averigüé que tu marido y el abogado se quedaron con la mitad de la plata del rescate y que dejaron a John librado a su suerte —para entonces el sarcasmo de mi voz era notorio—. No sabes cuántos años me pasé tratando de averiguar lo que le había pasado a John, preguntándome por qué ustedes cortaron todo contacto conmigo. Por qué se fueron así, escabulléndose en medio de la noche—. Para entonces estaba furiosa, toda la rabia acumulada de esos años salía de golpe. Traté de controlarme. Amanda estaba pálida y con las manos apretadas.

—No fue como tú piensas —dijo en una voz temblorosa—. Sacamos la plata y la pusimos en una cuenta *offshore* para proteger a John.

¿?

—Sí, mi marido estaba seguro de que John iba a querer salir del país cuando lo soltaran. Contigo por supuesto. Con la plata segura afuera los dos podrían empezar de nuevo donde sea.

—¿Y entonces por qué no me lo dijeron?

—Fue un shock terrible para nosotros cuando John apareció muerto. Estábamos seguros de que éramos los próximos en la lista y teníamos que pensar en los chicos. Nos moríamos de miedo y el abogado dijo que sería mejor si nos íbamos del país sin decirle nada a nadie. Dijo también que había espías por todos lados, que no podíamos confiar en nadie.

Le habían aparecido gotitas de sudor en la frente.

—¿Ni siquiera en mí? —le pregunté irónica.

Amanda se volteó para no mirarme. Tenía puesta una chompa gris, una falda guinda y unas pantuflas viejas. Sus piernas se veían pesadas y tenía los tobillos hinchados. Tenía un aire cansado y el pelo rubio revuelto y pajoso.

—Y por curiosidad, ¿qué pasó con la plata? ¿Dónde la guardaron?

—Hace tiempo que se acabó —contestó como sorprendida.

—Anda... ¿Se gastaron sesenta millones de dólares así nomás?

—Al comienzo, cuando vivíamos en Canadá, éramos muy cuidadosos y gastábamos muy poco. Pero después hicimos nuevos amigos y quisimos tener una vida nueva y mejor de la que habíamos dejado atrás. El Mellizo invirtió en petróleo a través de nuestros nuevos amigos canadienses y a los dos años lo perdimos todo. Yo ya no soportaba el clima frío —sufro de artritis, ¿sabes?— y nuestro abogado, que era quien nos manejaba la plata, dijo que con lo que nos quedaba podíamos comprar una estancia en Argentina y se ofreció a hacerlo por nosotros. Cuando llegamos nos dimos con que había comprado la estancia a su nombre y nunca nos la traspasó.

Justicia divina…

—¿Y dónde está tu marido?

—En el otro cuarto… ven para que lo veas —respondió, parándose con dificultad. La seguí por un pasadizo largo hasta una habitación pequeña donde estaba el Mellizo sentado en una silla de ruedas, viendo la televisión con el volumen apagado.

—Querido, mira quién ha venido a visitarte —dijo dándole vuelta a la silla para que me viera.

El Mellizo me miró, tenía los ojos idos y la boca entreabierta como la de un bebé. De pronto su expresión cambió y miró a Amanda con pánico en los ojos.

—Ya, ya, querido, no tengas miedo. Yo estoy aquí contigo —le dijo Amanda dándole unas palmaditas en la mano—. Hace tres años que está con Alzheimer y los ahorros que nos quedan se me van en cuidarlo. Ya no reconoce a nadie, ni a mí. El Mellizo me volvió a mirar, se puso agitado y de pronto me agarró la mano.

—John, John, John —salió un sonido quebrado, casi ininteligible de sus labios pálidos—. John —continuó, aferrándose a mi mano con fuerza.

—¿Qué le pasa, por qué me dice John? —dije volteándome hacia Amanda.

—Ya, suelta a la señora —le dijo con firmeza esta vez, y lentamente me soltó la mano—. No significa nada, es solo un reflejo. Después que lo diagnosticaron le dio un derrame y perdió el habla. Ahora solo puede decir «John». A todo el mundo le dice John, hasta a mí y a los chicos. Aunque los chicos ya casi nunca vienen a vernos —agregó resignada.

Puede que el Mellizo le dijera John a todos y a todo, y es posible que no pudiera diferenciar a su mujer de una zanahoria, pero cuando me tomó la mano no tuve la menor duda de que sabía muy bien quién era yo.

Ya no tenía nada más que hacer ahí. No me podían dar más información. La última pieza del rompecabezas que rodeaba la muerte de John me seguía eludiendo. Quería salir del departamento donde la miseria coexistía con la desesperación antes de que la ropa se me impregnara del olor a col.

En mi viaje de reconocimiento a Buenos Aires en busca de un arquitecto no encontré uno sino tres posibles candidatos: el Pelado, el Gallito y el Rubio. A diario recorría toda la ciudad en taxis de la oficina de uno a la oficina del otro, en medio de un calor sofocante con rollos de planos bajo el brazo. Los candidatos sabían que nos quedaríamos con solo uno de los proyectos (todos basados en el dibujo que hice en la servilleta del avión), una situación tan difícil para ellos como para mí. Cada uno se moría de ganas de saber quiénes eran los otros dos.

—Dame solo un indicio. Juro que no le digo nada a nadie —me rogaba el Pelado, de lejos el más divertido de los tres.

El Gallito era muy orgulloso como para andar preguntando, pero insinuó varias veces que solo había un hombre capacitado para hacer la obra: él.

—Cuando nivelemos el terreno y encontremos que hay rocas habrá que volarlas. Para eso será necesario contar con la ayuda del Ejército, ellos son los únicos autorizados a manejar explosivos y la lista de espera es muy larga. Yo puedo hacer que nos pongan entre los primeros —trataba de convencerme el Gallito.

Su familia era oriunda de Patagonia; era el chico local jugando con ventaja frente los porteños.

—Puede que tengamos suerte y no encontremos rocas —dije tentativamente.

—No te hagás ilusiones. Las habrá y muchas —dijo, poniéndole fin al tema.

El Rubio era el más medido de los tres, además sabía escuchar y juntos trabajábamos bien. Tanto que la casa fue creciendo y creciendo (sobre el papel, claro) hasta que en un momento dado llegó a tener el doble de la superficie originalmente estimada. Después de un mes el Pelado nos presentó un croquis con ejes en perfecta simetría —muy agradable a la vista, pero para poder lograr ese efecto ahora la casa tenía veintiocho puertas solo en el segundo piso y en algunos cuartos había hasta un total de cinco. En la última reunión con el Gallito dos de sus asistentes entraron tambaleándose bajo el peso de un prototipo de ventana —tan solo una esquina (para muestra, un botón)— que quería instalar en nuestra casa: tres marcos superpuestos, tres capas de vidrio y suficiente metal como para blindar un submarino.

Por simple descarte nos quedamos con el Rubio, siempre sonriente, nunca barato. Los dos nos moríamos por empezar con la casa ya. Viajé dos veces con él a San Martín. La primera fue para buscar un contratista que empezara con la pista y con la nivelación del terreno.

No encontramos ninguna roca.

La segunda fue para reunirnos con los contratistas que venían recomendados como los mejores de la zona y para aprobarles el costo final de la obra. Después de tres días de estudiar los planos entregaron el presupuesto.

Casi me da un infarto.

Estábamos reunidos el Rubio, otros dos arquitectos, dos ingenieros de construcción, el gerente, el contador y yo, todos sentados alrededor de una mesa con galletitas y champagne.

Aportado por mí. Qué tal desperdicio ¡merde!

Era un escueto estimado con tres páginas de tecnicismos y una cifra calata al final que fue lo primero que miré. Sentí que se me desplomaba el corazón y que *le projet* se iba al tacho. La casa tenía ahora el doble del metraje inicial y el costo por metro cuadrado era el doble del precio original. Me puse a multiplicar mentalmente y luego a dividir pesos en dólares y dólares en euros tratando de controlar el pánico que iba in crescendo, mientras ellos conversaban súper relax. Típicos machos latinos. A mí nadie me miraba mientras mi pobre cerebro daba vueltas como hámster en una rueda tratando de encontrar una salida.

¿Cómo llegamos a esto?

¡Harry me va matar!

En las ventanas de la oficina habían pegado los dibujos de la casa vista desde diferentes ángulos arquitectónicos. La verdad es que parecía un lindo… country club solo para nosotros dos. A los constructores se les veía sumamente satisfechos; uno de ellos me alcanzó un lapicero.

—¿No hay forma de bajar un poco el costo? —pregunté con la boca seca.

Se miraron entre ellos en silencio, hasta que el Rubio sugirió:

—Bueno, podríamos reemplazar los pisos de concreto del altillo con unos de madera.

—¿Altillo? ¿Qué altillo?

Primera noticia.

—Bueno, no va a ser un altillo terminado. Pensé en dejar listo el piso para que luego puedan utilizar el espacio si quieren ampliar la casa —respondió.

¿Más casa?

—Ni hablar. Nunca vamos a necesitar algo así —respondí con firmeza.

Calculadoras en mano me dieron su nuevo estimado.

—Serían veinte mil dólares menos —fue el veredicto.

—Ok, aparte del piso de veinte mil dólares del que no sabía nada. ¿Qué más no sé?

Parece que eso era todo y me volvieron a alcanzar el lapicero.

—Solo para tener las cosas bien claras, ¿esto incluye todo, pero *todo*, no?

—Bueno sí. Todo salvo la pintura exterior, por supuesto.

Por supuesto.

¿Y quién va a pintar el exterior de una casa de mil doscientos metros cuadrados? ¿*Harry* et moi?

—¿Y cuánto costará pintar la casa? —pregunté, sintiéndome más agresiva cada minuto.

Otra vez salieron las calculadoras.

—Veinte mil dólares —anunciaron un tanto impacientes.

Por supuesto.

—¿O sea que igual que nada? —pregunté a nadie en particular.

Asintieron con la cabeza. Respiré hondo, tomé el lapicero y firmé. Todos brindaron por la extranjera rica e idiota que los iba a mantener durante los próximos dos años.

—¿Tanto va a demorar la construcción? —pregunté.

—Unos veinte meses. Puede que un poco menos. Pero por el momento ese es nuestro estimado —respondieron—. Recuerde que en invierno tenemos que parar la obra hasta la primavera y habrá dos inviernos.

Eso significaba dos años en una casa alquilada.

Ay… esto se ponía mejor cada minuto que pasaba…

—No te preocupés —me dijo el Rubio—. Yo vendré de Buenos Aires una vez al mes para ver cómo avanza la obra.

Sí, y cada una de esas venidas nos va costar dos mil dólares, multiplicados por diez… ¡Otros veinte mil cocos al presupuesto!

—¿Cuánto necesitan para empezar? —pregunté, con los números que seguían girando dentro de mi cabeza.

—Podemos empezar con ochenta mil para comprar los materiales —respondió el ingeniero de obra— pero para eso sería bueno que ustedes elaboren un montaje financiero.

¿Un montaje financiero?

—Nosotros pensamos hacer la transferencia a través de nuestro banco como hacemos siempre —respondí un poco confundida con la sugerencia.

—Pero igual sería importante que hablés con un abogado para coordinar el envío del dinero. Así es como hacen todos nuestros clientes extranjeros —dijo el segundo arquitecto (o puede que fuera el tercero, da lo mismo).

No hablar con el abogado fue lo que nos salvó.

De vuelta en París no podía dejar de pensar que nos habíamos metido en camisa de once varas. Por más que trataba de recuperar el entusiasmo inicial y de tranquilizar a Harry, el-proyecto-de-la-casa-en-Patagonia se había convertido en un monstruo que nos iba a dejar con una casa linda, pero no sin despacharse antes una buena parte de nuestro patrimonio.

Sin embargo, tercos y valientes seguimos adelante y enviamos los ochenta mil dólares pese a las advertencias de la gerente de nuestro banco, una mujer muy sensata.

—¿Pero ustedes conocen bien a esa gente? No me parece una buena idea—. Nos había tomado cariño y su actitud hacia nosotros cada vez que le pedíamos plata era la de una niñera súper responsable. —Escuchamos todo tipo de cosas sobre la Argentina y no todas son buenas.

—No se preocupe, envíelo nomás, no tiene por qué no llegar.

Error.

Una semana después, los contratistas aún no recibían su adelanto. El dinero estaba atracado en las tuberías virtuales del banco en Buenos Aires y no llegaba a San Martín. Hicimos varias llamadas, y nada.

Pasó otra semana.

—Hemos ido a la agencia de nuestro banco todos los días pero el dinero todavía no llega. El problema está en su lado, sigan intentando —era la respuesta de los contratistas. Y seguíamos haciendo todo por nuestro lado sin ningún resultado.

Pasaron tres semanas y empezamos a ponernos nerviosos. Alguien en la oficina del contratista dijo que el banco quería ver la factura.

—¿Y qué factura les van a dar si todavía no hemos visto ni un miserable clavo? —respondí perdiendo los papeles. El castellano de Harry era aún incipiente y la que hablaba era yo, cosa que no ayudaba en nada.

Cuatro semanas y no aparecía la plata. Decidimos llamar a la oficina principal en Buenos Aires. Cinco llamadas más tarde nos conectamos con la persona indicada y con el meollo del problema.

—Sí, el dinero está aquí, pero hay algo que tienen que entender. Ustedes no son argentinos ¿verdad? *Culpables.* Ni siquiera son residentes argentinos. *Doblemente culpables.* Ni tampoco tienen una cuenta en nuestro banco. *Ni la vamos a tener.* Por lo tanto no hay forma que puedan enviar dinero a una cuenta aquí en la Argentina —dijo muy severo.

—¿Y por qué no? —le pregunté en mi voz más meliflua.

—Discúlpeme, señora, pero, ¿dónde se ha visto que la gente pueda mandar dinero de un país a otro así nomás? —se notaba la exasperación en su voz.

Sí pues, ¿dónde?

—En todas partes del mundo menos posiblemente en Corea del Norte —le respondí. ¡*Cretino*!

Pensó que era un chiste. Decidí que ahí moría la cosa e inicié los trámites para repatriar nuestra plata.

Eso tomó otro mes en el que la gerente de nuestro banco sufrió una crisis de nervios y yo no pegué ojo, pero el asunto nos sirvió de lección.

Mientras tanto se fueron sembrando los árboles y empezaron con la pista, que una vez finalizada tendría más de un kilómetro desde la entrada hasta la casa. El costo final fue veinte veces mayor del pronosticado por el agente, lo que nos obligó a hacerla por etapas. Hice un viaje a San Martín con suficiente efectivo para el dueño y operador de una topadora y las cosas empezaron a moverse en la dirección deseada. No tardaron en llegar las primeras fotos de nuestra pista con sus trescientos álamos sembrados a ambos lados. Se veía espléndida. Habían movido toneladas de tierra y ahora teníamos una hectárea nivelada al lado de la montaña, lista para empezar la casa.

Continuamos llamando y escribiéndonos con los contratistas en un esfuerzo por darle los últimos toques al proyecto y ver la forma de hacerles llegar la plata. Consultamos con amigos argentinos y con amigos extranjeros con casas en Argentina.

—Llévenla ustedes mismos —nos dijo una pareja de ingleses jubilados con casa en Bariloche.

¿Tout?

—Sí, todo. Nosotros estábamos tan hartos del perverso sistema aquí que entre mi mujer y yo nos vendamos los fajos de billetes y viajamos de Londres a Buenos Aires forrados como un par de morcillas.

Ni muerta me agarran en eso.

Ya existe suficiente paranoia en los controles de los aeropuertos como para intentar semejante locura. Ahora con los rayos X pueden ver hasta lo que uno tomó de desayuno. Fuera de que es un delito llevar más de diez mil dólares sin declarar.

—Háganlo a través de una casa de cambio —nos recomendó durante una comida en París otra pareja que acababa de terminar su casa de verano en San Martín.

¿Se refieren a una casa de cambio común y silvestre donde uno va a cambiar sus dólares? —fue nuestra pregunta de neófitos.

—Exacto. Solo tienen que decirles que van a enviar equis cantidad de dólares, les dan un nombre en código para que puedan identificar su transferencia, y dos o tres días después *¡voilà!* les llega su plata. Así es como hicimos nosotros para enviarla.

—¿Toda? —preguntó Harry.

—Claro. Más de cuatrocientos mil dólares, al dos por ciento, eso sí. Un poco caro pero efectivo.

Harry se volteó a mirarme, más desconcertado que nunca.

—Pero queremos hacer las cosas dentro de la ley —dijo Harry un poco avergonzado.

—¡Eso es imposible! —se rieron—. Nadie lo hace de esa forma. Así no funciona el sistema.

—De ninguna manera voy a construir una casa bajo esos términos —me dijo Harry más tarde, a la hora de acostarnos—. ¿Y qué pasaría si queremos registrar la propiedad o venderla? No podríamos decir que la hicimos con los diez mil dólares que te dejaron traer al país pues.

El hombre ya se estaba hartando.

Y razón no le faltaba. Si hubiese sido por mí quizás me hubiese arriesgado con la casa de cambio, pero algo me decía que era mejor no ir por ese camino.

—Pero, mi amor, tenemos que ver cómo les vamos a enviar la plata a los contratistas para que empiecen, ya quedamos con ellos.

—Duérmete ya. Mañana se nos ocurrirá algo —me dijo un segundo antes de quedarse profundamente dormido. Yo estuve horas mirando el techo sin poder cerrar los ojos, dándole vueltas en vano a todas las posibilidades.

Para construir una casa en un país lejano hay que estar preparado para pasar muchas noches en blanco.

A la mañana siguiente había un correo de los contratistas con un estimado del costo para conectarnos a la red pública de electricidad. Entre otros ítems, incluía la construcción de «una planta subterránea generadora de electricidad conectada a la troncal principal para la instalación de un transformador», a un costo de treinta mil dólares. Ojo, no incluía la conexión hasta la casa. Esa fue la gota que rebasó el vaso. Entonces les envié el siguiente correo:

«Estimados señores.
Les recuerdo que nuestra intención es construir una casa, no una urbanización. Consideramos que los costos presentados están ahora totalmente fuera de proporción y eso nos hace pensar que están bajo la impresión de que tenemos recursos ilimitados para gastar en la obra. No es así. Hemos hecho nuestras averiguaciones y los estimados presentados por ustedes no reflejan los precios del mercado actuales para esta zona. Mi esposo y yo no podemos evitar pensar que tienen una tarifa para los locales y otra para los —aparentemente pudientes— extranjeros, debido a

que aparte de nosotros pavos nadie más paga esos precios exorbitantes.
Atentamente, etc., etc.».

La respuesta no tardó en llegar.

«Estimada señora.
Dadas las presentes circunstancias nos vemos imposibilitados a continuar trabajando en el proyecto de su casa en San Martín, etc., etc.».

Y con eso y con la plata nuevamente segura en nuestra cuenta —gracias a la ausencia de un montaje financiero— zafamos de los contratistas y nos sentimos inmensamente aliviados. Llamamos al Rubio a quien felizmente ya habíamos pagado por sus planos para decirle que íbamos a archivar el proyecto.

—Ya no vamos a hacer la casa, al menos no esa casa. Puedes estar tranquilo porque no la haremos con otro arquitecto —esto lo tranquilizó pero solo hasta la página dos porque intentó por todos los medios de a) achicar la casa, b) hacerla por etapas, c) postergar el inicio de la obra para ver qué pasaba.

Ni hablar.

Con Harry la cosa fue diferente.

—Jamás encontraremos buenos contratistas en San Martín. Se supone que estos eran los mejores, los más serios y los más profesionales. Si estos son así cómo serán los otros —comentó pesimista.

Te olvidaste de añadir: y los más caros.

—Todo el mundo dice que por aquí solo hay *amateurs*. Jamás llegaremos a construir la casa, o en todo caso, nos harán una mal hecha, llena de corrientes de aire por todas partes. ¿Y si le decimos al Rubio que quite unos cuartos? —preguntó Harry con cara de sufrido.

Aquí vale la pena explicar lo que a estas alturas ya debe ser obvio. Harry es un ser humano casi perfecto —tomando

en cuenta que los hombres están llenos de imperfecciones—
pero sufre de imprevistos cambios de humor. En una semana puede llegar a tener varios altibajos y este era uno de esos
días en el que nos encontrábamos en un hueco profundo.

Él lo explica todo diciendo que es un Piscis… muy conveniente.

—Te prometo que vamos a encontrar alguien que nos
construya la casa. La anterior iba a ser demasiado grande y
demasiado cara, ¡es un alivio saber que no vamos a terminar en la ruina!

Era verdad, hasta me sentía un poco eufórica. Harry no
lo sabía pero estaba a punto de poner en marcha el Plan B.

—Nunca entendí por qué usaste a un arquitecto en primer lugar —me dijo mi hermana cuando le conté sobre la
debacle con los contratistas en San Martín y que cancelamos al Rubio—. Tú misma hiciste los planos de la casa que
tuve y que era muy linda.

Cierto.

—Tú tienes una idea exacta de lo que quieres, ¿o no?

—Hmmm… sí, sé exactamente lo que quiero —le respondí, dándome tiempo para pensar.

¿Podré?

—Anda, lánzate. Haz tu casa. Y sin nadie que se meta,
te aseguro que te va a salir bien desde el principio. La vas
a hacer en la mitad de tiempo y a la mitad del precio —me
retó, riéndose.

*Si no tienes alguien que te conoce bien los árboles te tapan
siempre el bosque.*

Le conté a Harry sobre la conversación con mi hermana y estuvo totalmente de acuerdo. Creo que le gustaba la
idea de poder contarles a sus amigos que su mujer estaba
diseñando la casa. Además, como ya me tiene en un *retainer*
anual por ser su mujer los planos le salían gratis.

Era un día soleado cuando puse en marcha el Plan B. Fui a
la librería, donde venden artículos de arte y diseño y compré
una regla, un lápiz, un borrador y un block de papel mili-
metrado. Todos los días durante un mes, después de retirar
los platos del almuerzo me ponía a trabajar sobre una mesita

enclenque (pero inglesa y del siglo XVIII) frente a la ventana de nuestro departamento. Poco a poco la casa empezó a tomar forma. Me costaba compensar mi falta de conocimientos técnicos para alinear las ventanas del segundo piso con las paredes del primero, las chimeneas de abajo con los closets de arriba. Fue todo un reto lograr que la escalera entrara en el espacio entre los pisos. Contaba y recontaba los peldaños para asegurarme de que no hubiera errores en las medidas y para no pasarme de los seiscientos metros cuadrados, el tamaño ideal en términos de función y costos. A veces Harry miraba sobre mi hombro. Aunque solo tenía una idea vaga de lo que estaba haciendo me apoyaba cien por ciento.

Una noche di por terminado el plano de distribución y arranqué con las elevaciones, es decir el dibujo a escala de cómo se ve la casa terminada por fuera. Sobre papel se veía muy al estilo nórdico y no sabía cómo se veía en Patagonia, pero a estas alturas no me importaba. Solo estaba segura de que era la casa donde siempre había querido vivir. Terminados los cuatro costados llegué al techo y no sabía muy bien cómo iba a lidiar con eso. Me quedé un buen rato mirando y pensando hasta que opté por dejar que mi mano dibujara un trazo libre desde lo que sería la parte más alta del techo hasta el borde de las ventanas del segundo piso y ¡listo! me salió una curva suave que unía armoniosamente el techo con el resto de la casa.

¿Pero funcionaría?

El papel aguanta todo.

Los días se hacían más largos. Era mi última primavera en París y en mi mente yo ya estaba viviendo en otra parte.

Nuestros amigos nos ofrecieron una comida de despedida. Estaban Pancho y Lucho, por supuesto, y la *Contessina*. El Tigre y Lola de paso por París rumbo a su peregrinación anual a la Costa Azul trajeron a mi ahijada Crystal que había venido con ellos. Convertidos en unos padres chochos alquilaban una casa en el campo en las afueras de Saint Tropez, lejos de la movida veraniega, y llevaban una vida mucho más tranquila. Guy de Louvois vino con d'Agincourt como su pareja; desde la partida de Mimi se habían hecho inseparables. El Coleccionista apareció con un mujerón de casi dos metros, un ejemplar igualito a los de sus épocas pre-*Contessina*, lo que confirma eso de genio y figura hasta la sepultura. Su habitual cara de aburrido solo se avivaba cuando hablaba con la *Contessina* sobre el negocio que ambos tienen en Toscana; eso le devolvía la chispa a sus ojos azules.

También estaban algunos antiguos cómplices de Harry que habían hecho un alto en su apacible vida campestre para la ocasión. Pese a la luz azulina que entraba por el domo de vidrio de la terraza de La Lorraine, una *brasserie* con buena comida y el encanto de la Belle Époque, el ambiente no era el mismo de antes. Los únicos que irradiaban felicidad eran el Fotógrafo (casi completamente calvo) y su joven esposa embarazada; Laurence, sentada al lado de ellos, estaba dichosa al ver lo feliz que era su hija. Philippe para variar se quejaba con el *maître* porque el servicio estaba muy lento.

Felizmente hay cosas que no cambian.

A través del domo de vidrio podía ver el azul profundo del cielo, el famoso *bleu France* que solo se ve en París en el verano y pensé en lo diferente que había resultado todo. Los dos años que inicialmente pensé quedarme aquí se convirtieron en diez y no los vi pasar. Y de todas las sorpresas mi matrimonio fue la más inesperada.

París es una bella ciudad, quizás la más bella del mundo, pero no voy a extrañar la ciudad sino el tiempo que pasé en ella y a la persona que fui. La nostalgia es siempre por nosotros mismos y en menor grado por todo lo demás. Pero así sucede con todo.

—¡Pero qué van a hacer en Patagonia! —se lamentó Louis—. ¿Qué tan lejos está de aquí?

—Son 12 mil kilómetros de La Lorraine, ¡si no hay tráfico! —le contesté riéndome—. Y no vamos a hacer absolutamente nada, solo envejecer y convertirnos en excéntricos reclusos —le contesté, con lo que Harry me miró como preguntándome: ¿eso es lo que vamos a hacer?

Desde que lo conocí había demostrado más de una vez que estaba dispuesto a probar de todo.

—¿Y tienen amigos en el lugar? —preguntó Guy, que no podía pasar un fin de semana en Louvois sin su séquito.

—No —respondió Harry mirándolo—. Aparte de nuestros ex-contratistas, en realidad no conocemos a nadie.

—Y es probable que ni nos saluden después de que rompimos.

—Ya verás que van a recapacitar —dijo mi marido. Un optimista que nunca piensa mal de nadie y ve en todos a un amigo en potencia.

—Pero en serio, ¿cómo piensan ocupar su tiempo? No hay cafés, no hay teatros, no hay galerías de arte, no hay cines y, sobre todo, no hay vida social —agregó el Coleccionista, aparentemente muy consternado o muy curioso. Él no sobreviviría una temporada alejado de París.

—Bueno, ocupados vamos a estar. Tenemos que construir una casa, terminar el camino, encontrar agua y tender la red de electricidad, y eso es solo para empezar. Después habrá que buscar un guardián, construir su casa, encontrar una empleada y una cocinera, enseñarles, sembrar un jardín y un huerto, y construir un garaje y un sitio donde almacenar leña —dije enumerando mi lista de lo más urgente.

—Y más adelante queremos hacer un galpón, un cobertizo para herramientas y un invernadero —agregó mi marido, que ya tenía todo planeado hasta el último detalle.

—No te olvides de las caballerizas para que Crystal guarde un caballo cuando venga —le recordé. Crystal, sentada a mi lado, me dio una de sus sonrisas de dientes perfectamente blancos y resplandecientes. La chica estaba pasando por una fase romántica enamorada de los caballos y parecía que tenía futuro como jugadora de polo.

—Sí, van a ser unas siete u ocho construcciones en total en diferentes partes del terreno, probablemente nos tome cinco años terminar todo.

—*Le village nègre*, ni más ni menos —acotó Philippe *sotto voce* pero para que lo escucháramos.

—Te dije que no lo invitaras —agregó Laurence, sabiendo que ella no iba a ninguna parte sin él.

—Ahora que se van a mudar a nuestra parte del mundo tienen que venir a visitarnos a nuestra casa nueva en Romana. Si no lo hacen vamos a perder el contacto y no los vamos a volver a ver —dijo Lola. El Tigre la miraba con ojos de enamorado.

—Nos encantaría, pero no prometemos nada todavía. Primero tenemos que encontrar un constructor y empezar la obra si algún día queremos terminarla. Así como los chinos tienen el Año del Perro o el Año del Dragón, nosotros vamos a tener nuestro Año de la Casa. Todo lo demás tendrá que esperar. Pero de todas maneras vamos a mantener el contacto —le contesté.

Sonaba un poco hueco.

—Hará el intento, pero ya no será lo mismo —dijo François, que había estado muy callado durante toda la comida—. Perderá lo cotidiano.

Querido Pancho, siempre das en el clavo. Es cierto, la vida seguirá como siempre pero nosotros ya no seremos parte de ella.

François y yo intercambiamos miradas en silencio. De todos, él era quizás el único que se daba cuenta de que yo necesitaba encontrar un horizonte nuevo para mi nueva felicidad. Si me quedaba aquí los fantasmas que rondan por las esquinas de esta bella ciudad regresarían a perseguirme. No podría caminar por las calles sin voltear a mirar sobre mi hombro con el temor de encontrarme cara a cara con el pasado. Por un instante deseé volver a sentir esa sensación de asombro que empezó la noche en que mi papá me despertó para que viera «la plaza más linda de la ciudad más linda del mundo». Nunca más podré amar esta ciudad de la misma forma. Me puso a prueba y me enseñó que cuando sufres no importa si vives en París o en Peoria.

– 26 –

—¡A la izquierda, mi amor, a la izquierda! —grité. Por un pelo no nos estrellarnos contra un camión cargado de forraje.

—No te preocupes, *darling*, relájate, está todo bajo control —respondió Harry, imperturbable como siempre.

Hay dos cosas que un hombre nunca admitirá que hace mal. Una de ellas es manejar.

Salimos al alba de Buenos Aires y cuatro horas después aún seguíamos en la pampa húmeda, las tierras más fértiles del planeta, que rodean la capital como un gran cinturón verde. Desde fines del siglo XIX hasta mediados de la década de 1920 algunas de las personas más ricas del mundo vivieron aquí. Sus fortunas legendarias siguen siendo un acto difícil de igualar para sus descendientes, menos afortunados ellos. Parecidos a los franceses que recuerdan con nostalgia y parálisis el siglo XVIII, una época de gloria y *glamour* que no volverá jamás, muchos argentinos se han quedado pegados al recuerdo de lo que llaman la *Belle Époque*.

Pasamos una semana muy agitada en la ciudad, de día correteando de una oficina pública a otra para arreglar nuestros papeles, de noche haciendo las rondas de *le Tout Buenos Aires*, que se parece, se siente y se comporta como *le Tout Paris*, aunque con más servicio y donde casi todos los que nos presentaron hablaban un francés impecable.

—Nos tenemos que ir a Patagonia ya —dijo mi marido una noche antes de acostarnos, luego de una comida en la que conocimos a otro contingente de simpatiquísimos porteños que insistieron en que saliéramos a comer con ellos la siguiente semana—. De lo contrario nos quedaremos atrapados en una vorágine de vida social que cada vez se parece más a la que dejamos en París y menos a la vida que queremos.

—Ya, pero nos iremos solo cuando estén listos nuestros papeles —lo amonesté. En nuestro matrimonio se hacía cada día más evidente quién era el verdadero soñador. Me estaba reinventando en el papel de aguafiestas, mi personalidad la más estricta. Aquella que mi hermana en sus años de rebeldía adolescente apodó «la Señorita Rottenweiler». El tema de los papeles finalmente se solucionó en el mejor estilo latino, contratando a un gestor con nombre de tenor italiano e igualito a Alberto Sordi, quien de dos papazos nos consiguió los documentos y nos aligeró de 300 dólares. *Per cápita.*

La pampa es interminable, el cielo también y hay vacas por todos lados. Decidimos hacer una parada, la primera de muchas. Son casi dos mil kilómetros hasta la Patagonia y toma tres días cruzarlos. Aquí no hay autopista, la mayor parte del trayecto es por una pista de dos carriles algo accidentada. Después de los primeros quinientos kilómetros el camino se nos hizo cuesta abajo. En la parte de atrás de nuestra camioneta 4x4 había cinco maletas con toda la ropa que pudimos meter y una caja con un surtido de sándwiches buenísimos —delgaditos y sin costra— de esos que han hecho famosas a las confiterías de Buenos Aires.

—¡Mira allá, Harry! ¡Hay un chancho gigantesco vigilando nuestro almuerzo!

Nos habíamos estacionado a la entrada de un camino que daba a una granja que parecía abandonada. El animal en cuestión estaba al otro lado del cerco y resoplaba ruidosamente en dirección a mi sándwich de jamón.

El bicho era enorme.

—No te preocupes, tírale los corazones de las manzanas, le encantarán —dijo Harry sin voltear a mirar, ocupado asegurando las maletas y chequeando el motor. No pude evitar pensar que estábamos en medio de la nada y, lo que era peor, sin forma de comunicarnos con nadie. Aquí no funcionan los celulares, no hay teléfonos ni garitas de control. Nada. Solo uno que otro grifo que resaltamos en el mapa, no fuera que se nos pasara y nos quedábamos sin gasolina.

Le cochon y yo estábamos frente a frente y no me gustaba cómo me miraba. Igual le tiré los restos de las manzanas que desaparecieron en un segundo. Era evidente que se le había abierto más el apetito. Supongo que como buen argentino no era vegetariano —en Argentina, si no comés carne, te morís de hambre. No despegó sus ojitos de mi persona y seguimos en este *tête à tête* hasta que de pronto se lanzó hacia mí o hacia mi sándwich. Corrí al primer árbol —que en realidad era solo un arbusto— y trepé hasta donde pude: una horqueta a veinte centímetros del piso. Esto puso mi entrepierna a la altura del hocico del chancho.

—¡Harry, ayúdame, *le cochon* me está persiguiendo! —mi marido no se inmutó. Apenas miró por encima del capó abierto, era obvio que sentía más pasión por el motor que por mí.

—¡Harry! ¡Por favor haz algo! —grité.

—Espántalo nomás —me sugirió.

¿Que lo espante? ¿No ha visto el tamaño del animal?

Agarró una piedrita, se la tiró, y el chancho entendió de inmediato quién era el patrón y huyó a la seguridad de su pocilga donde desapareció.

Terminado el almuerzo enrumbamos nuevamente al sur. De cuando en cuando aparecía un gaucho montado en su caballo. Nos seguía al costado del carro por unos cuantos kilómetros y luego se desviaba y desaparecía tierra adentro, hacia un destino que no podíamos adivinar y menos aún ver. Literalmente parecía desvanecerse en el horizonte.

Nos instalamos en un hotel iluminado con coloridas luces de neón al estilo de Las Vegas antes de que se convirtiera en el Disneyland-del-Desierto, y de allí nos fuimos directo al bar, también iluminado con el predominante neón multicolor. Nos bajamos dos botellas de Chandon, el champagne de bandera de la zona que se vende hasta en los grifos.

¿Será que tomar y manejar no es un problema para el argentino?

—¿Estás bien, mi amor? —preguntó preocupado mi siempre amable esposo luego de un rato.

—Estoy borracha —le contesté, solo que sonó más como «stoy zorracha».

—Ha sido un día largo. Será mejor que comas algo. Te hará bien —siguió, empujando hacia mí una tabla de madera apilada con lonjas de jamón y salame.

No puedo. Nomás de pensar en más chancho se me va el hambre.

—Creo que mejor regreso al cuarto —respondí y me paré. Felizmente Harry es un oso ágil y estiró su brazo para sostenerme justo antes de que me desplomara al piso. En la mesa de al lado un papá, una mamá y una sarta de mocosos nos miraban curiosos.

—Son gringos —dijo la mamá a modo de explicación y excusa ante mi comportamiento frente a sus retoños. Quise ir a aclararle mis orígenes, pero un Harry sobrio me sujetó firmemente del brazo e impidió que hiciera el ridículo. Caballero hasta el final, me sacó casi cargada del bar hasta nuestra Junior Suite —felizmente en el primer piso—, donde hicimos el amor ruidosamente más el resultado de un ataque de risa que de la pasión. A Harry no le importaba que estuviera borracha, pero como consecuencia de su estricta educación europea y sus cinco años con los Jesuitas se moría de vergüenza de pensar que íbamos a molestar a los de la habitación de al lado.

—Shhh, *darling,* los vas a despertar —dijo, poniéndome la mano sobre la boca en un intento de silenciarme.

¿Me quiere asfixiar?

—¡Podemos hacer toda la bulla que queramos, *we're free, baby!* —grité entre sus dedos.

Pero fue como el último canto del cisne y de pronto las emociones de las últimas semanas finalmente pudieron más que yo y en un segundo me quedé dormida.

Al día siguiente estábamos otra vez en camino, sobrios y con algo de resaca. Venía lista para encontrarme con la pampa interminable que hace soñar con la Argentina, pero nada me preparó para el cielo infinito. Cuando uno está en medio de un lugar totalmente plano, de horizonte ilimitado, el cielo se convierte en una bóveda. Si uno se queda en el mismo sitio mirando hacia arriba y gira 360 grados la bóveda es lo único que se ve, como en un enorme planetario. Los vientos de altura hacen que las nubes parezcan trozos de algodón deshilachado con un toque de rosado.

Nos detuvimos para llenar el tanque con gasolina Fangio XXI de alto octanaje (los alemanes bien podrían sacar una gasolina Shummy XXI), llamada así en honor a Juan Fangio, el campeón mundial de automovilismo y tesoro nacional muerto hace muchos años.

—No podemos usar la tarjeta de crédito —me dijo Harry luchando contra el viento y regresando al auto.

—¿Por qué? —pregunté mecánicamente, la cabeza me estaba matando y no me daba para más.

—Porque estamos en medio del desierto y no hay señales de radio ni de satélite ni de nada.

Como que da un poco de miedo. ¿Pero acaso no hemos venido justamente por esto?

Le di los últimos pesos que me quedaban. La recta que seguía tenía cuarenta o sesenta kilómetros, quizás más, tan larga que no se podía ver el final. Era medio día y Harry le prendió las luces altas a un carro solitario que se aproximaba en la dirección contraria.

—¿Por qué pones luces altas si hay un sol radiante? —le pregunté irritada.

No soy un compañero de ruta silencioso.

—Porque el tipo del grifo me dijo que lo hiciera en los tramos largos, cuando viene un auto en sentido contrario.

—¿Por qué? ¿Para que nos vea?

—Sí, pero también para asegurarme de que el otro está despierto. Me dijo que si no me contesta y enciende sus luces lo más probable es que esté dormido y tengamos que salirnos de la pista —este último dato me sacó *ipso facto* de mi modorra post resaca. A Harry le pareció muy divertido. De allí en adelante me tomé muy a pecho el papel de navegante y me pasé el resto del viaje escudriñando el horizonte. No fuera a ser que se le escapara algún despistado.

—¡Ahí viene uno! ¡Prende las luces! ¡Luces, luces!

Hasta que Harry, entre divertido y harto, me dijo:

—Ah, y por si acaso, también aplica a los animales, o sea que si ves vacas, ovejas o caballos avisa para prenderles las luces también.

Esto de atravesar la pampa es un trabajo full time.

Ya estaba anocheciendo cuando llegamos a Neuquén, la primera ciudad grande al norte de Patagonia y principal productor de fruta en Argentina. Allí nos encontramos con George y Rosario McGregor, los primeros patagones que conocimos salidos de una novela.

Hacía tiempo que los niños McGregor habían volado del nido y la pareja había convertido su casa en un B&B. Se dedicaban a la crianza de Labradores y coleccionaban autos antiguos. Harry estaba en la gloria. Nada lo emociona más que observar cualquier cosa sobre ruedas que sea más vieja que él.

—¿Tuvieron problemas para encontrar la casa? —preguntó George mientras salía a recibirnos, ya que no nos atrevíamos a abrir la puerta del carro rodeados como estábamos por una jauría de perros que ladraba y saltaba. No era un hombre alto pero sí fornido y bien colorado.

¿Demasiado port?

—Pasen por favor, Rosario está en la cocina. Era un escocés jovial de ojos azul porcelana, una melena pelirroja con alguna que otra cana.

—Esta noche va a helar, vengan, siéntense al lado del fuego —vestía como un gaucho y hablaba inglés como un locutor de la BBC.

Pasamos a un living chico y muy acogedor. Sofás forrados con chintz amarillo, techo bajo de vigas y chimenea encendida: la imagen misma de lo que es y siempre será Inglaterra. Al poco rato salió Rosario empujando un carrito con brownies y *scones* recién horneados, mantequilla, mermelada, *cake* de frutas y, por supuesto, una gran tetera con té y una jarrita con leche. Era una mujer menuda y rellenita, una chica de la zona de descendencia italiana casada con George desde hacía una punta de años y obviamente también una eximia cocinera. George había nacido en esta casa y a los siete años lo despacharon a Buenos Aires para ir a un internado en Inglaterra. Solo volvió a Río Negro quince años después, al finalizar sus estudios, y en todo ese tiempo vino de visita una sola vez.

—Jamás se me cruzó por la mente vivir en otro sitio —nos terminó de contar mientras Rosario retiraba los platos y las tazas del té—. Además, en esa única visita conocí a Rosario y tuve dos buenas razones para regresar —a juzgar por la mirada que le dio a su mujer fueron razones muy buenas.

—Mis padres vinieron de Glasgow y construyeron esta casa a inicios del siglo pasado. Argentina es nuestro hogar, no sería feliz viviendo en ningún otro sitio que no fuera este —dijo mientras nos enseñaba orgulloso las fotos de matrimonio de sus tres hijos. La hija del medio era espectacularmente bella y se casó con un muchacho muy rico de una antigua familia de Buenos Aires.

—Todos los años vienen en verano a visitarnos con sus hijos, hasta nuestro hijo que vive en Australia viene —agregó Rosario, obviamente una mujer muy satisfecha—. Me tienen que decir a qué hora quieren comer.

El ambiente apacible nos había relajado, la conversación fluía y sentíamos como si los hubiéramos conocido toda la vida.

—A cualquier hora está bien —dijo Harry.

—Entonces por qué no me acompañas al río para mostrarte nuestros frutales —propuso George dirigiéndose a Harry, quien de inmediato se puso de pie, siempre dispuesto a cualquier excursión. Por mi parte, ni una recua de mulas salvajes podría obligarme a salir otra vez con este frío. Me instalé en nuestro cuarto bien calientito gracias a una estufa antigua entronizada al centro de la habitación.

Tomando en consideración el lugar donde estábamos, la cena resultó ser un asunto muy sofisticado. Había diferentes vinos en una mesa auxiliar, y George y Harry tomaron su tiempo para decidir cuál le iba mejor a la comida. Nos sirvieron sopa de tomate, varias verduras, un corte enorme de carne roja y jugosa cocinada a la perfección, acompañada por *Yorkshire Pudding*. Y de postre conservas de fruta con crema pastelera. Todo estaba buenísimo y cuando nos enteramos que Rosario era la mejor *caterer* del valle y que el B&B era solo un hobby nos sentimos muy afortunados.

Después del café y el brandy, George nos entretuvo con la saga de su familia, contándonos cómo la joven pareja que se convertiría en sus padres cruzó el desierto hasta Río Negro y construyó la casa.

—¿Y cómo hacen para calentar la casa? —le preguntó mi marido, que actualmente estaba metido de lleno en el tema de calefacción y calderas.

—Nunca instalamos calefacción, como verán no hay radiadores. Tenemos la chimenea prendida de mayo a noviembre y para calentar los cuartos hay estufas de hierro, ¡aquí hay leña de sobra! —agregó riendo—. Recién hace cinco años que hay electricidad, antes de eso teníamos un generador que prendíamos al anochecer.

Dormimos muy bien, pero a las seis de la mañana me desperté y me fui automáticamente a la ventana. Había escarcha en el vidrio y lo limpié con la palma de mi mano. A través del vidrio podía ver el sol que salía y brillaba frente a mis ojos entre unas cuantas nubes que quedaban de la noche anterior. Por encima de las nubes se veía el cielo celeste pálido y limpio con la promesa de otro día perfecto.

Todavía había brasas encendidas dentro de la estufa, pero el cuarto ya estaba frío. El termómetro colgado afuera de la ventana marcaba —4°C y la tierra estaba cubierta de un manto inmaculado de escarcha blanca. Mi marido seguía profundamente dormido —el hombre probablemente sufría de un síndrome de privación del sueño no detectado en la infancia—, o sea que tuve un momento para mí sola.

Esto es algo que voy a poder ver todos los días por el resto de mi vida. Si es que me levanto temprano.

Un poco después tocaron la puerta discretamente. Queríamos salir muy temprano y le habíamos pedido a George la noche anterior que nos despertara.

—Enseguida bajamos —le dije, y empezaron mis intentos por despertar a Harry, una tarea que lleva mucho tiempo hasta en los mejores días.

Cuando llegamos al comedor la mesa estaba puesta con un desayuno de esos que solo se ven en novelas: pan hecho en casa, leche fresca, mantequilla recién batida, frascos de diversas mermeladas caseras y compota de manzanas de la huerta. Y George, perfecto anfitrión a pesar de la hora, preguntándonos cómo queríamos nuestros huevos.

—Pasados, por favor, si no es mucha molestia —respondió Harry.

—Nada para mí, George, gracias —siempre he pensado que los huevos y una 4x4 en movimiento no son una buena combinación.

—¿Y dónde está Rosario?

—Durmiendo —sonrió—. Pese a haber vivido con un escocés más de un cuarto de siglo sigue siendo sudamericana hasta el tuétano y hará de todo menos despertarse temprano —continuó y por su tono de su voz era obvio que le importaba un comino si dormía hasta las doce. Harry me lanzaba miradas que claramente indicaban que temía que yo hiciera lo mismo.

Desayunamos en dos papazos, queríamos llegar a San Martín lo más temprano posible. De pronto el viaje parecía muy largo. Harry fue a revisar nuestro equipaje, a pagar la noche y consultar el mapa de carretera con George. Les prometimos volver en la primavera cuando fuéramos a visitar los viñedos en el norte. George se quedó ahí parado despidiéndonos, rodeado de sus perros y del aire limpio y frío de la mañana, el producto de quince años de internado en Inglaterra y cuarenta años de vida sana en Patagonia.

Esto me va gustar.

—Qué gente tan simpática y qué buenos anfitriones —le comenté a Harry al salir a la carretera principal que atravesaba kilómetros de manzanos y perales que llegaban hasta el borde de la pista.

—¿Cuánto salió la cuenta?

—Cuarenta euros—respondió Harry.

—¿Por todo? ¿Estás seguro?

—*Yes*. Cuarenta euros por los dos, con todo incluido.

Esto me va encantar.

El paisaje iba cambiando conforme subíamos y aparecían las curvas. Harry estaba totalmente concentrado en la pista y así pude observar a mi nuevo marido a mis anchas y examinar nuestra nueva vida. Por fuera es sencillo y lineal, un hombre hecho para ser feliz, pero no hay que olvidar que también es un hombre capaz de dar un giro total y cambiar de golpe su vida, un poco por mí pero mucho por él. ¿Se dará cuenta de mi dualidad, de ese querer lo que tengo pero sin dejar de mirar al pasado preguntándome si me perdí de algo mejor? Depende de mí hacerme una vida con lo que él me ofrece, pero a veces me entran las dudas y no sé si lo lograré. Las segundas oportunidades no se presentan así nomás, ni qué decir de las terceras, esas son como las apariciones del cometa Halley. Yo había logrado agarrarme de la cola del cometa con las justas y ahora seguía prendida de ella esperando que me llevara hasta el final del viaje.

Debí quedarme dormida pero por suerte me desperté justo a tiempo.

Pasando la ciudad de Zapala, al final de una curva igual a todas las otras del camino nos dimos con una vista que nos tomó completamente por sorpresa. Después de tres días de llanuras, los picos nevados de la Cordillera de los Andes aparecieron ante nosotros como gigantescas puntas de claras batidas, un enorme merengue geológico que nos dejó boquiabiertos.

—Llegamos a casa, Daisy —dijo Harry.

Su vaso está siempre mitad lleno.

—Todavía-no-Fred —le respondí calculando que aún estábamos lejos de San Martín.

Soltó una carcajada y nos detuvimos a un lado de la pista, simplemente porque no podíamos hacer menos que pararnos un rato a mirar. Esto es pan de cada día en Patagonia. La sorpresa a la vuelta del camino, la sensación de ser el primero en descubrir algo, la abrumadora escala de las cosas que devuelve al hombre al tamaño que le corresponde. Todo viene con el territorio.

Después de esa vista inicial lo demás fue, comparativamente hablando, un poco más ordinario. Una serie de quebradas y picos con poca vegetación, un riachuelo, unos cuantos árboles a lo largo de la orilla y un ranchito aislado con una pluma de humo blanco que salía de la única chimenea.

Cuando llegamos a San Martín de los Andes estaba lloviznando, pero nos sentimos como chicos ilusionados y no le hicimos mayor caso al clima.

—¿Qué dices, pasamos a ver nuestro terreno primero? Está en el camino —sugirió mi marido.

—¡Por supuesto! —le contesté muy confiada, con la tranquilidad después de todos esos viajes de saber exactamente dónde estaba.

Resultó difícil abrir la reja oxidada, reinaba un silencio sepulcral. Harry, siempre directo, lo dijo primero:

—El sitio parece abandonado.

¿Qué esperabas? Despedimos a los contratistas hace cinco meses, ¿pensaste que seguirían viniendo?

—Bueno, mi amor, claro que se ve solitario, todavía no hemos construido nada —respondí fingiendo optimismo.

Pero estaba más que abandonado. Parte del nuevo camino había desaparecido. Las puntas de los álamos que sembramos aparecían roídas, como masticadas.

¿?

A prudente distancia de nosotros y de los álamos truncos los caballos de Michel y Annie nos miraban con cara de «yo-no-fui».

En el lugar donde se limpió el terreno para construir la casa había un enorme hueco cincuenta metros de largo por veinte de ancho por cuatro de profundidad. Lo suficientemente grande como para construir toda una casa DENTRO.

—¿Y este hueco? —preguntó Harry. No parecía molesto, solo curioso.

—Creo que iba a ser el sótano de la casa. Ya sabes, la cava para el vino —dije cautelosa.

—Hmmm… deben haber pensado que chupamos como camellos —respondió con la cara seria.

—¡Ay, Harry, no me fastidies! —le contesté dándome la vuelta.

– 27 –

Siento que podemos confiar en este tipo —me dijo mi marido llevándome a un lado.

Esa mañana habíamos estado recorriendo el terreno desde temprano con López, el hombre que nos hizo el camino y limpió el terreno, tratando de decidir cuál iba a ser nuestro siguiente paso. Después de tres semanas de entrevistar a posibles constructores-cum-arquitectos estábamos lejos de encontrar el candidato ideal. Uno estaba muy ocupado, el otro era un sobrado («mi proyecto o nada» dijo, echándole apenas una mirada despectiva a mi plano) y el tercero muy bruto. En cambio el tal López era un joven chileno muy trabajador. Juntos recorrimos la ruta para evaluar el daño y decidir qué hacer.

—Mire, señora, esto es completamente normal. Era de esperarse que en el primer invierno se viniera abajo parte de la pista, así pasa aquí. Tenemos que dejar que la lluvia y la nieve hagan su cauce cosa que para la próxima primavera ya sabemos qué rumbo tomará el agua y recién ahí arreglamos el camino. Es inútil luchar contra el agua y la gravedad.

Tiene sentido.

Mi marido, el ingeniero, estaba totalmente de acuerdo. Él siempre está del lado del tipo que maneja la maquinaria pesada.

—Cuando el tiempo esté más estable volveré a traer mi máquina para limpiar y nivelar el camino y pondré unas paredes de gaviones para evitar que pase lo mismo el próximo año —agregó sin inmutarse.

—Ok, ¿y el costo? —pregunté.

Se rascó la cabeza, no sé si sorprendido por mi pregunta directa o para darse un tiempo para pensar. Estimó que necesitarían tres hombres para hacer los gaviones y que tomaría cinco días. El costo era muy razonable. Harry sonrió, yo también, y sellamos el trato con apretón de manos. Así sellaríamos de allí en adelante todos nuestros tratos con López, con un simple apretón de manos.

—Pregúntale sobre el hueco donde iba a ir la casa, ¿él lo hizo, no? —me dijo Harry, su castellano era de kindergarten y yo era la intérprete oficial.

—Ah, ¿se refiere al zanjón? —preguntó, empezando a sonreírse—. Era demasiado grande para su casa. Pero ellos me decían «López, saca la tierra de aquí hasta aquí» y yo lo hacía. Después tuvimos que hacer canaletas para sacar el agua cuando llovía. A mí me parecía demasiado grande, pero oigan, ¡yo solo manejo la máquina! —agregó.

—Bueno, vamos a tener que rellenarlo otra vez —dije yo, cosa que le venía muy bien a López.

Se le pagó por hacer el hueco y ahora se le iba a pagar por rellenarlo. Un negocio redondo. Para López.

341

En el terreno había un enorme hueco.

Estábamos ya bajando por el cerro hacia la pista principal cuando me preguntó tentativamente:

—Señora, ¿conoce a Alex Fornani? Es constructor y le hago bastantes trabajos de movimientos de tierras.

—¿Y? —le pregunté.

—Bueno, está un poco resentido porque usted nunca le pidió que le hiciera un estimado para su casa.

—Pero yo no conozco a Alex Fornari, ¿por qué va estar resentido conmigo? —le pregunté un poco desconcertada.

—Bueno, él piensa que usted debió darle una oportunidad a él también.

—Vea, López, de momento no tenemos a nadie que me construya la casa así que el señor Fornari puede presentar su propuesta cuando guste. Estaré encantada de conocerlo, ¿puede coordinar una reunión?

—Claro, señora —respondió López con una sonrisa de oreja a oreja. Estaba a punto de conseguirle trabajo al que le daba trabajo a él, y si salía bien la cosa, *tutti contenti*.

Alex Fornari debió ser suizo. Era un joven con el temple y eficiencia de un ingeniero de ferrocarriles helvecio. Ante una crisis no se le movía ni un pelo y nunca nos trajo un problema, solamente soluciones. En resumen, una verdadera joya.

Vino a la reunión para que le enseñara mi proyecto —a estas alturas ya estaba harta de tener que explicarlo una y otra vez y otra vez— y trajo a su arquitecta, una chica muy joven con cara inteligente que escuchó y miró todo con mucha atención. Fornani solo me hizo un par de preguntas y después me tocó preguntarle a mí.

—¿Lo puede hacer?

—Sí, claro que sí.

—¿En cuánto tiempo estarán listos los planos técnicos y cuánto van a costar?

Intercambió una mirada con la arquitecta.

—Veinte días a partir del día que usted diga que empecemos y cinco mil dólares.

—¿Y el presupuesto de la obra?

—Diez días después.

—¿O sea que un mes en total? —fue mi última pregunta.

—Sí. Después de veinte días le entreguemos el juego completo de planos, si usted prefiere puede hacer la obra con otra persona.

—Me parece bien. Pero con una condición. No pueden mover ni cambiar ninguna de las paredes. Ni una sola ventana ni una sola puerta de mi plano original.

—No hay problema.

—Si les damos a ustedes el contrato, ¿cuánto se demorarían en hacer la casa?

—Doce meses desde el día en que empecemos. Así llueva, truene o nieve. Nosotros nos las arreglamos.

Fiel a su palabra, veinte días después nos entregó dos voluminosas carpetas con sendos juegos de los planos detallados para todo, incluyendo muebles de cocina y espacios para armarios, acompañados de las fotos que yo les había dado como referencia.

Alex me llamó solo una vez.

—Estamos teniendo problemas con un eje y quisiéramos su autorización para mover la pared norte del comedor seis centímetros.

—Está bien. Pero que sea el único cambio.

Y así fue.

El costo por metro cuadrado nos salió la mitad del primer contrato, casi demasiado bueno para ser verdad.

—¿Está seguro de que han incluido todo? Esto nos parece hasta menos de lo que habíamos estimado —le pregunté incrédula en un momento.

Harry estaba extasiado.

—También a nosotros nos pareció bajo, pero la casa que usted ha diseñado es muy compacta y esos son los números. Los hemos chequeado una y otra vez, no podríamos cobrarle más.

También honrado.

Después se permitió un momento de orgullo profesional.

—Conozco hasta la cantidad de clavos que vamos a usar en su casa y ese estimado no cambiará —dijo, tratando de aparentar tranquilidad. Era joven, esta era una casa grande y yo sabía que nuestro proyecto significaba mucho para él también. Por eso mismo apreciaba su seguridad.

Harry no pudo con su genio y más para tomarme el pelo que otra cosa le preguntó muy serio:

—Solo una última cosa, Alex, ¿esto incluye la pintura?

Por un momento Alex perdió el aplomo y su edad lo traicionó.

—Por supuesto —respondió confundido.

—Solo quería asegurarme— le dijo Harry, guiñándome el ojo.

Encontramos a nuestro hombre.

El día que cerramos el contrato Harry respiró hondo y firmó muy seguro al pie de la página. Nos tomó un mes volver a poner las cosas en marcha. Elaboramos un expediente de cinco kilos que presentamos al banco local. Impresionados por el legajo en varios idiomas extranjeros, con docenas de sellos dorados de varios países y en un momento de despiste nos dejaron traer toda la plata necesaria para construir la casa y en buena hora también. La segunda semana después de nuestra llegada a San Martín de los Andes encontré que Harry andaba muy callado. Pasó un día, pasaron dos y tres, y empecé a preocuparme seriamente. Traté de que me hablara y solo pude sacarle unos cuantos monosílabos que me asustaron más que su silencio.

—Me estoy volviendo loca de la preocupación. Por favor, dime qué te pasa —le imploré.

—Ok. No sé exactamente qué es, es solo que me siento triste, fuera de contacto. Todo me parece estar tan lejos —me dijo en una voz apagada.

Es que efectivamente estamos lejos. Y también fuera de contacto.

—Pero, mi amor, ¿acaso no es lo que tú querías? —le dije, tratando de controlar mi miedo.

¡Ay, Dios, qué hago si se arrepiente ahora!

—Es lo que ambos queríamos, Daisy —me corrigió.

—Claro que yo también quería... quiero esto —le dije, entendiendo de golpe lo que estaba pasando. Durante dos años vivimos con la adrenalina a tope, entregados por completo al 'Proyecto Patagonia' olvidándonos que lo íbamos a dejar todo para echar raíces en un sitio donde no conocíamos a ningún alma si no contábamos al constructor, al corredor de bienes raíces, a nuestros vecinos-dueños-de-los-caballos-que-se-comieron-los-álamos y a López.

—Es verdad que yo quiero esta vida, pero no al precio de tu infelicidad. Nada se ha empezado todavía, podemos vender el terreno y regresar —le dije.

—Sí, pero, ¿a dónde?

Buena pregunta.

—No sé, ya se nos ocurrirá algún sitio —contesté sin tener la más peregrina idea de dónde podría ser.

Quemar las naves trae como resultado quedarse sin boleto de regreso.

El ataque de pánico duró un día más y luego se fue al mismo lugar donde se esfuman todos los miedos que como vienen se van. El factor Piscis no es para tomarlo a la ligera. Semanas después, cuando fue mi turno de tener un momento de pánico similar, encontré a un marido alegre y optimista que inmediatamente me enmendó el rumbo.

—Ni se te ocurra dudar. Esta es la mejor decisión que pudimos tomar en la vida, Daisy —me dijo, convencidísimo de que estaba en lo cierto.

No se puede discutir con una fe como esa.

El nuevo camino se concluyó. Con hileras tras hileras de gaviones, una suerte de jaula rectangular de malla de gallinero rellena con piedras grandes de río para retener la ladera y evitar que se volviera a desmoronar. Ojalá brotara algo de verde nomás, o mejor aún flores entre los espacios de las piedras ya que de momento se parecía a Ollantaytambo pero con menos arte.

Harry era ahora el feliz propietario no de una sino de dos motosierras y había empezado a limpiar el terreno de árboles caídos y ramas secas.

Seguramente está haciendo tiempo hasta que lleguen los pumas o los indios.

Luz, otra ama de llaves con carácter, entró a mi vida para quedarse.

Venía bien recomendada y demostró que valía su peso en oro. También se trenzó en una sutil pero tenaz lucha por el control de la casa. Estaba segura de que ella podría más que yo.

—Señora, ¿por qué está siempre metida en la cocina cuando yo estoy preparando el almuerzo? —me preguntó en tono amenazador.

—Bueno, Luz, hace veinte años que cocino y hay comidas que me gustan de cierta forma —le respondí, diplomática como un Talleyrand de la época actual.

—Solo tiene que decirme cómo le gustan las cosas y yo las hago así, ¿correcto?

Correcto.

Una vez que me botó me fui a sentar frente a la compu, en la mezzanine de la casa amoblada que habíamos alquilado hasta que la nuestra estuviera habitable y donde me había hecho un espacio para trabajar.

—Parece un chalet en Megève —dijo Harry la primera vez que entró a nuestra casa alquilada. Tenía razón. Era como una cabaña con grandes y modernos espacios abiertos, bonitas vistas de San Martín y corrientes de aire por todos lados. Pese a que tenía solo un año de construida la madera se había contraído y el viento fuerte de la Patagonia se metía por los espacios entre los tablones. Felizmente mi marido, provisto con las herramientas necesarias y mucha determinación, nos traía leña del campo cada dos o tres días. Luego de esas excursiones volvía a la casa empapado en sudor, las *Wellies* cubiertas de barro, la cara roja y la sonrisa feliz del leñador curtido.

Me había casado con el suegro de Lady Chatterley.

—Señora, por favor, dígale al señor que no entre a la casa con las botas con barro —me advirtió Luz antes de que Harry produjera un desastre sobre sus pisos recién encerados.

¿Quién se atreve a desafiarla?

—Por supuesto, Luz... Harry, asegúrate de quitarte las botas en la entrada, por favor —traduje obediente.

Día a día, minuto a minuto, Luz iba ganando terreno, pero su mano en la cocina también mejoraba o sea que valía la pena.

—Michel llamó, dice que quiere hablarnos sobre el estimado para el cerco entre nuestras propiedades. Nos espera después de almuerzo —le comenté a Harry mientras tomábamos nuestros respectivos té y café frente a la chimenea. Habíamos decidido que la única manera de conservar los últimos álamos que nos quedaban era construyendo un cerco.

—Entonces llámalo y dile que estaremos allí en una hora.

—Estamos sin teléfono. Mejor nos vamos de una vez. Esos animales pueden comerse media docena de árboles en una hora —le respondí.

En la ruta hacia las montañas ya se empezaba a sentir la primavera. Brotes diminutos aparecían sobre las ramas y se notaba un resplandor verde allí donde estaba por salir el pasto nuevo. Como me pasa cada vez que llegamos al fondo de la quebrada, miro hacia la alta montaña coronada por una meseta plana y me cuesta creer que allí estará mi casa y que viviremos en este bello lugar que no se parece a nada en el mundo.

Michel nos recibió como salido de un casting para una película de gauchos. No se le había escapado el más mínimo detalle en el vestuario: botas, espuelas, bombachas con botoncito para que no se le subiera el pantalón a la hora de montar, faja a la cintura, saco largo de cuero tipo Clint Eastwood y sombrero. El único detalle disonante eran sus ojos azules y su pelo rubio, algo jamás visto en un verdadero gaucho. A los-caballos-come-álamos se les veía rebosantes de salud y el tema del cerco fue discutido con una bombilla de mate a modo de pipa de la paz.

Yo paso, gracias. No soy adicta al mate sino al Earl Grey... Aparte, no me gusta compartir una cañita con nadie.

Gauchos o no.

—Tenemos el presupuesto del alambrador. Es un viejo gaucho que trabajaría con sus dos ayudantes y dice que lo puede hacer en tres semanas. Nosotros compramos los postes y él pone el alambre —explicó Michel—. Solo quiere permiso para levantar su carpa en el terreno de ustedes para estar más cerca del río por el agua.

—¿Con este frío? —preguntó mi marido—. La temperatura sigue bajando, al menos por las noches.

—Están acostumbrados. Ellos están felices de poder trabajar y tener dónde quedarse gratis.

—¿Cómo hacemos para conseguir los postes? —preguntó Harry.

—Paso a recogerte el viernes y nos vamos al aserradero, que está a una hora del pueblo. Ahí los conseguiremos más baratos —explicó Michel mientras Annie, *een goede vrouw*, la perfecta ama de casa flamenca, nos pasaba torta y chocolates.

—Los compré en el pueblo —dijo—. Lo único que extraño aquí son los chocolates belgas —exclamó con añoranza.

Los de aquí están igual de buenos.

Mientras los tres discutían el precio de la madera yo admiraba su casa, pequeña, acogedora, limpia y ordenada como un anís. Los vidrios estaban tan relucientes que sin duda ganaría una medalla en Antwerp por tener las ventanas más impecables.

Annie resultó tener buena cabeza para los números y ser tan amarrete y frugal como sus antepasados holandeses. Pese a las bombachas y ademanes de gaucho de su marido, era ella la que llevaba los pantalones aquí y no Michel. Me vinieron a la mente Lola y nuestras noches de champagne en Saint Tropez.

Supongo que Annie y yo nunca seríamos más que vecinas.

¡Ay, Lola! Te extraño tanto…

—Tenemos que tener mucho cuidado con el alambrador y darle el dinero de a pocos o de lo contrario se irá y jamás terminará el trabajo —dijo Annie—. Por lo general son una sarta de sinvergüenzas, pero felizmente aquí todos somos europeos y hablamos el mismo idioma.

¡Qué pesada esta con su tema europeo!

Le lancé una mirada asesina a Harry que ni cuenta se dio porque estaba haciendo números con Michel.

—Listo. Entonces nos encontramos el viernes para comprar los postes —dijo Harry poniéndose de pie y dándole la mano a Michel, que nos acompañó hasta la puerta. Annie me dio tres besos en las mejillas. Uno de más.

El viernes acordado casi no se encuentran porque al día siguiente de la visita a los vecinos, Harry llegó tarde a almorzar, con la cara negra como el carbón, las cejas quemadas y oliendo fuertemente a humo.

—¿Qué te pasó? —le pregunté, mitad aliviada de verlo entrar y mitad aterrada por lo que me iría a decir.

—¡Uy, Daisy! No sabes el susto que me pegué. Había juntado un montón de ramitas secas y decidí quemarlas —explicó sacándose las botas de barro en el hall frío.

—¿Y qué pasó?

—Bueno, al comienzo no había mucho viento pero en eso se prendió un neneo. De pronto arrancó a soplar el viento y las chispas empezaron a volar por todos lados, de neneo en neneo y de arbusto en arbusto.

¡Ay, Dios mío! Me muero.

—¿Y qué hiciste?

—Primero traté de apagarlo todo con los pies, pisándolo, pero el maldito viento cambiaba de dirección cada dos segundos y las llamas se hacían cada vez más grandes. No sabes cómo tuve que luchar para no entrar en pánico. Felizmente tenía una lampa en el carro y había algo de arena por ahí y empecé a echarle arena al fuego.

¿Qué hombre anda con una lampa en la maletera? ¿Uno en mil? ¿Uno en dos mil? No pueden ser más.

—¿Encontraste arena?

—Sí, justo al lado de donde empezó el fuego —no parecía asombrado.

¿Cuáles son las probabilidades?

—¿Estás seguro de que está completamente apagado? —le pregunté maravillada por la serie de afortunadas coincidencias.

—Creo que sí. Puse la mano encima de las cenizas y no había brasas —esto lo dijo como quien ya cerró el capítulo y quiere almorzar.

—Ni hablar —le contesté— vamos ahora mismo a asegurarnos.

—¿Ahora mismo?

—Ahora mismo. Por favor, Harry —supliqué.

—Ok, Daisy, pero solo porque me lo has pedido así —dijo, levantándose para darme un beso.

Durante el trayecto no dejé de preocuparme por lo que podríamos encontrar: el cerro y el bosque totalmente carbonizados en un mar de cenizas humeantes. Mi imaginación calenturienta ya visualizaba un apocalíptico guión por el cual siempre seríamos recordados en San Martín como la pareja belga que le prendió fuego a la montaña. Por si acaso me puse a planear una ruta de escape que consistía en no parar y seguirnos de largo hasta el aeropuerto, donde tomaríamos el primer vuelo y dejaríamos Patagonia para siempre sin dejar dirección.

Cuando llegamos al sitio y evaluamos la situación mi respeto por Harry aumentó considerablemente. Debió ser muy difícil luchar solo contra ese fuego. El área negra donde había empezado era mucho más grande de lo que me esperaba. Las cenizas estaban apenas tibias al tacto, pero aún demasiado calientes para mí. Esa noche le rogué a Harry que volviéramos al lugar para asegurarnos de que no quedaban rescoldos prendidos bajo las cenizas. Solo cuando los toqué y comprobé que estaban fríos pude descartar mis planes de huída y pensar en dormir tranquila esa noche.

La primavera se acercaba y con los días más largos la vida en el pueblo había cambiado. Poco a poco me iba ubicando. Las calles estaban distribuidas como en un tablero de ajedrez, todas paralelas. Iban de la parte alta del pueblo al lago y de lado a lado de las montañas. Circulaban muchas camionetas 4x4 y camiones con las lunas bajas y la música a todo volumen, country o rock'n roll. Al mediodía la gente paraba a tomarse un café y conversar en el Dublín, la versión del Flore en San Martín con menos humo y mucho más sol. Aquí es donde Harry trabó sus primeras amistades. Lo acompañaba cuando íbamos juntos a comprar comida y periódicos. La parada en el correo era la segunda más importante del día.

Los días en que encontraba una carta de Laurence o de François eran muy especiales. Lola era un desastre en lo que a correspondencia se refiere. No escribe cartas virtuales y mucho menos físicas.

Había una peluquería en el pueblo pero cerró, y luego de hacer una investigación exhaustiva encontré a una chica que hacía una buena manicura por 3.50 euros. Ya no me maquillaba y cualquier cosa que usaba terminaba tapada por el saco Barbour azul que me ponía todos los días. Me importaba un pepino lo que pensaran. A nadie le interesa la moda en San Martín y en ocasiones especiales recurría a un saco de Apostrophe *circa* 1996 que me ponía con orgullo y que me daba un aire de estar a la moda.

En París no me agarran vestida así ni muerta...

Harry decía que no importaba, que igual de lejos se veía venir a la *parisienne*.

Sweet.

Una de las ventajas colaterales de vivir en Patagonia es que el gasto en ropa es cero. La misma media docena de chompas y camisas y los dos pares de botas duran años y solo es necesario comprar un jean de vez en cuando.

¡Oh maravilla! Una vida sin la obsesión de la última cartera de moda.

Mi marido hacía incursiones diarias a la ferretería del pueblo donde ya no se despedían de él con un adiós sino con un «hasta mañana». Estaba feliz con su última motosierra nueva, listo para conquistar los Andes: un hombre fácil de complacer que se contenta con las cosas básicas de la vida. Ya no se preocupaba por mantener el carro limpio. Las primeras semanas insistía en llevarlo a lavar.

Paciencia.

—Daisy, me voy a que laven el carro —anunciaba.

—Ya, ok. Como quieras —le respondía lacónica.

No solo de pan vive el hombre sino del placer de tener su carro limpio y reluciente.

Ahora nuestra camioneta tenía la misma capa de barro que lucían todos los vehículos del pueblo, una señal que distinguía a los locales de los citadinos. Estos últimos insisten en lavar sus carros cada dos días, lo que es muy bueno para la economía del lugar. De cuando en cuando, Luz agarraba un balde y un trapo y lavaba el carro, pero creo que solo lo hacía para ver la cara que ponía Harry cuando veía el carro al salir por la mañana.

Los horarios de las tiendas son muy particulares. Abren a eso de las nueve o diez y vuelven a cerrar al mediodía para el almuerzo y la siesta. Algunas abren a las cuatro, otras a las cinco y otras a las seis. La hora punta es entre las siete y las nueve de la noche y todo el que vende comida atiende también los domingos y feriados.

La tienda de frutas y verduras es de Martha y sus hijos. Apuntó mi nombre correctamente desde la primera vez y tomaba mis pedidos por teléfono, me fiaba y abría los domingos pero solo a partir de las seis para poder pasar el día en el campo con su familia. Mujer inteligente. Siempre se la veía trabajando, sus productos eran los mejores y jamás se sentaba. Debía irle muy bien pero el éxito se lo había ganado sola.

El castellano de mi marido progresaba como la obra, lentamente al principio, pero después ambos proyectos tomaron viada y despegaron. Una vez que se rellenó el hueco-cráter hubo que volver a cavar un segundo hueco para el nuevo sótano. López hizo ambos trabajos en un santiamén. El último hueco se veía perfecto. En el primero enterramos las cajas de embalaje que usaron los de la mudanza en París, o sea que siempre habrá un poquito de Francia debajo de nosotros. Harry se sintió inmensamente satisfecho al lanzar dicho material dentro, así como todas las ramas y arbustos secos que encontró, evitando cualquier amenaza pirotécnica a futuro.

Además de ser permanente enterrar es mucho más seguro que quemar.

Ahora que las paredes del sótano habían sido impermeabilizadas con brea, la construcción de la casa ya podía empezar. Su diseño no era muy innovador ni estilizado. Era una casa casi cuadrada porque no sé dibujar sino casas cuadradas. Se parecía a la casa que dibujaría un niño, con la puerta en el centro flanqueada por dos ventanas y otras tres arriba en el segundo piso.

Suena horrible pero no.

Cuando cancelamos el proyecto del Rubio dudé entre varias opciones para el estilo de la casa que iba a hacer por mi cuenta. La cabaña-lodge de pesca, el *mountain retreat* de piedra, la vieja estancia de troncos y tejuelas y lo que los lugareños llaman el estilo New Patagonia, que consiste en hartos techos a dos aguas de calamina negra —*¡quelle horreur!*— en todos los ángulos imaginables y mucho vidrio. Esta última un espanto. Mi marido es del norte de Europa, nuestros muebles son de Francia y de Inglaterra y mi corazón de diseñadora siempre ha tenido una vida secreta en Provence. La solución estaba en una casa de campo de estilo clásico, con cuartos grandes y simétricos tomando en cuenta la escala y la volumetría; en un edificio eso es todo lo que importa, como lo han sabido los griegos desde tiempos inmemoriales. El resultado es un poco de todo lo anterior. Una casa inspirada en los libros de casas suecas al estilo gustaviano y que saliendo del pasto alto armonizara bien con el bosque y la nieve y también con los muebles.

El revestimiento exterior sería gris pálido y los marcos blancos. Tendría tejuelas de madera natural en el techo, chimeneas de piedra y una puerta principal amarilla.

No tengo idea de lo que opinarían los patagones antiguos y nuevos de nuestra casa. Esperábamos que escondida en un acantilado viviría sin estar expuesta a la mirada de curiosos que sin duda se preguntarían ¿Tanto alboroto por una casa tan simple?

Pero Alex estaba tan emocionado como nosotros y arrancó con la energía de su juventud y la disciplina de un general con un buen plan de campaña.

—¿A dónde te vas tan temprano? —le pregunté a Harry una vez que se levantó sigilosamente en medio de la oscuridad de la madrugada.

—No quería despertarte, *darling*, pero hoy vienen a vaciar el piso y quiero estar seguro de que las mezcladoras van a poder maniobrar la subida. Es la primera vez que van a usar el nuevo camino.

¡*Ayyy!*

—Yo también voy, Harry. Esto no me lo puedo perder.

Media hora más tarde los dos estábamos afuera, en el frío de una mañana espectacular, esperando que el primer camión subiera por nuestra versión-de-la-carretera-de-la-India-a-Nepal-solo-que-más-empinada y me estaban dando retortijones de solo pensar que no iban a poder llegar. Alex andaba fresco como una lechuga. Ni bien el primer rayo de sol iluminó su frente lisa y despreocupada, él ordenó la subida del primer camión. El chofer maniobró bien la primera curva (se supone que la fácil) y se atracó en la segunda. Alex le indicó a cuatro de sus hombres que lo siguieran y por supuesto Harry también se fue con ellos.

—Dale para atrás —le indicó Alex al chofer— y ustedes traigan piedras y grava de allá con las carretillas y vayan rellenando debajo de las llantas—. Harry era el primero en llenar su carretilla y vaciarla.

—Ya, suficiente —ordenó Alex—. Ahora meté el cambio, acelerá fuerte y soltá el freno —todo el valle resonaba con el rugir del motor acelerando al máximo. Me tapé los ojos con las manos enguantadas.

¡Ahorita se desbarranca!

Pero hice trampa y miré entre los dedos.

Parece que está saliendo... sí... ¡Sí! ¡Salió!

Los muchachos lanzaron un grito de guerra y el capataz indicó a los otros camiones que lo siguieran. Eran quince los que tenían que subir en total. Harry bajó de la curva y me abrazó.

—¡Harry! ¡Estuviste genial! Casi me muero de los nervios.

—Bah, en realidad no era nada del otro mundo —dijo con una calma Zen—. El tipo mariconeó a la primera y entró muy lento a la segunda curva, yo lo hubiese podido hacer con la mano izquierda.

Sí, claro.

—Pero todavía tenemos el problema de los otros quince camiones, ¿podrán subir el cerro?

Quiero que me aseguren que no se van a resbalar cuesta abajo y terminar en el valle derramando camionadas de concreto, *une catastrophe.*

—No seas tonta, por supuesto que van a poder, ellos saben.

—¿Todos? ¿Los quince camiones?

—Pan comido.

Alex vino caminando hacia nosotros, lo más difícil ya había pasado y se permitió un pequeño descanso y una sonrisa discreta.

—Esta casa va a tener suficiente concreto como para aguantar todas las inclemencias del clima, incluyendo un terremoto. Va a seguir aquí cuando nosotros ya no estemos —nos aseguró.

La línea de camiones subió en procesión lenta hasta la cima, sin que la segunda curva presentara más problemas.

López nos ha construido una pista de primera. Barata no es, pero valió la pena.

—Bueno, los dejo. En cualquier momento empiezan a vaciar el cemento y tengo que estar allí —dijo despidiéndose y enrumbando hacia el cerro.

La casa nos estaba dejando atrás como pasa cuando los niños crecen y no necesitan más a sus padres. Ya no había nada que la detuviera, a no ser que nos quedáramos sin plata, *¡Inch Allah!* Ahora la casa era el bebé de Alex y pronto no sería el bebé de nadie; quedaría sola allí sobreviviéndonos por años cuando todos estuviéramos muertos.

Merde.

– 28 –

Harry me anunció que se tenía que ir a París. Esa era la mala noticia. La pésima era que se tenía que quedar un mes para terminar unos asuntos pendientes de su antigua compañía, una tarea pesadísima que involucraba a *l'Administration Française.* Me sentía físicamente mal ante la idea de que se fuera. No conocíamos a más de cinco personas en San Martín y todas estaban relacionadas con algún servicio o comercio.

—Tengo que traerte más leña, Daisy, va a hacer frío durante por lo menos un mes más. Alex va a ir a la obra y quiero hablar con él sobre la caldera, ¿vienes? —me preguntó.

—Claro, espérame un cinco… voy por mi abrigo.

Cuando ya estaba afuera sonó el teléfono y dos segundos después salió Luz detrás de mí gritando:

—¡Señora, es para usted. Es un caballero, ¡pero no entiendo lo que dice!

—Qué deprimente no poder hacerme entender, *m'dear* —resonó un vozarrón familiar al otro lado del teléfono—. Y pensar que estaba usando mi español más castizo.

—¡Guy! ¡Viejo zorro! ¡Qué deleite escuchar tu voz!

—Veo que mi voz todavía produce un atisbo de emoción en tu voluble corazón.

—Increíble, justo el otro día estuve pensando en ti —le dije mientras le hacía señas a Harry para que me esperara.

—Deplorable. Deberías pensar en mí todos los días —agregó—. ¿Cómo has estado, *m'dear*?

—Muy bien, feliz y con bastante trabajo. Aunque te advierto que me he vuelto una *sauvage* y ya no soy digna de la sociedad parisina.

—No te preocupes, hoy en día nadie lo es. París está repleto de *parvenus* rusos y de nuevos ricos franceses provincianos, indecentemente ricos, cuyos padres trabajaban para los míos.

—¿Y qué hay de nuevo? —pregunté, sabiendo que Guy siempre llamaba por alguna razón.

—Lo que hay de nuevo es que ya que tú no te dignas a venir a verme, iré yo a verte a ti —anunció.

—¿Qué? ¿A San Martín de los Andes?

—No seas ridícula, ni siquiera sé dónde queda. A Buenos Aires. Una editorial argentina está traduciendo mi primer libro y quieren que esté allí para la presentación, me han enviado los pasajes y tengo una reservación en el Hotel Alvaro.

—Alvear —le corregí.

—Lo que sea. Les he dicho que ustedes serán mis invitados, tú y tu marido por supuesto —aun con sus modales impecables, Guy logró que la invitación a Harry sonara como una adenda. Él prefería no elaborar sobre mi nuevo estado civil. Cuando lo invité a mi matrimonio su comentario fue, «Qué inconveniente que te cases justo ahora que Mimi está fuera nueve meses del año».

—Felicitaciones, claro que estaremos allí. Me encantará volver a verte —le dije con absoluta sinceridad.

—Estupendo, quedamos en eso entonces. Le diré al editor que te envíe la invitación, es para fines del mes entrante.

—Ay, Harry no va a estar acá. Se va a París dentro de unos días y sabe Dios cuánto tiempo tenga que quedarse —le expliqué, realmente con pena.

—¡Perfecto! Entonces tú serás mi *date*, como dicen en Norteamérica —sonó encantado.

El viejo león no ha cambiado nada... me alegro por él y por mí.

Harry tocó la bocina y apresuré mi despedida. Guy ni se dio cuenta, ya había logrado lo que quería.

—¿Quién era? —preguntó mi marido cuando subí al auto.

—Te cuento en el camino —le dije, todavía sonriendo ante el encanto indomable de Guy.

Ahora sí que había llegado la primavera. Pasamos por campos de pastos verdes salpicados de cerezos, perales y manzanos en flor, las flores blancas y rosadas en las ramas oscuras se recortaban contra un cielo celeste totalmente despejado. Por primera vez pudimos ver un poco de la casa desde el fondo de la quebrada y no estaba segura de si eso era algo bueno o malo. Por un lado estaba contenta de que la obra avanzara a ese ritmo —ya iban por el segundo piso— pero, por otro lado, ahora existía una cosa hecha por el hombre allí donde antes lo único que había eran árboles, pasto y pájaros. Desde que el mundo era mundo nunca nadie había vivido aquí, en la punta de este cerro, nosotros seríamos los primeros.

Da qué pensar.

Alex y yo nos quedamos conversando dentro del carro. Para mí todavía hacía mucho frío como para quedarme parada afuera, aunque a nadie más parecía afectarle la temperatura, menos aún a los muchachos que habían acompañado a Harry hasta el río para traer la leña. Al cabo de unos minutos ellos estaban de vuelta jalando la carreta repleta. Harry no venía con ellos.

—¿Dónde está el señor? —preguntó Alex.

—Se quedó atrás, ingeniero. Dijo que quería irse pa' arriba a la quebrada, pa' ver dónde nace la cascada —respondió uno de ellos.

No sé por qué, pero esto no me gustó. En mi mente se prendió una lucecita roja. Seguí hablando con Alex sobre los pisos y la tina, pero ya no pude concentrarme. La lucecita roja se había convertido en una luz parpadeante que no me dejaba pensar.

—Ok, Alex, mañana decidimos sobre los baños. No te quiero demorar más. Me voy al río a darle el encuentro a mi marido —dije con voz serena tratando de aparentar una tranquilidad que no sentía. Me acerqué con la camioneta lo más cerca que pude al río, la estacioné y me eché a andar. Cuando llegué a la orilla el ruido del agua ahogaba cualquier otro sonido, pero igual empecé a llamar a Harry a voz en cuello. Me esforzaba por escuchar cualquier sonido nuevo del bosque, un eco quizás, pero no se oía nada. Para subir por la quebrada era necesario cruzar el río, pero la corriente era tan fuerte que no veía cómo podía hacerlo. Empecé a sentir pánico, pero seguí caminando cuesta arriba, por la misma ribera mientras los minutos seguían pasando. Continué llamando a Harry y los sonidos del bosque se mantuvieron igual de imperturbables.

La naturaleza no se altera por nadie.

Pasaron más de diez minutos, luego quince, y durante ese tiempo repasé diversos guiones en mi mente:

- Harry yace con una pierna rota al otro lado del río, donde no lo puedo alcanzar.
- Harry yace sin vida con el cuello roto en un lugar donde sí lo puedo alcanzar.
- Harry se ha doblado un tobillo y está en un lugar donde sí lo puedo alcanzar, pero no lo puedo traer de regreso.
- Si no está muerto, lo mato.

Tenía una sensación horrible, ya había trascurrido demasiados minutos y no lo encontraba. Había seguido cuesta arriba, pegada a la orilla, gritando su nombre cada diez segundos. De pronto vi algo que se movía detrás de los matorrales, por la cascada. Pensé que era el viento, pero poco después se abrieron las ramas y vi a Harry mirándome del otro lado del río.

—¿Estás bien? —grité.

Asintió con la cabeza y me dijo algo, pero era imposible escucharlo por el ruido. Parecía que no había una forma segura de cruzar, pero igual se metió al río. El agua no era muy profunda pero sí muy turbulenta y las rocas en el cauce se veían sumamente resbaladizas. Harry perdió el equilibrio y cayó. Enseguida entré para ayudarlo y me resbalé también. El agua estaba *helada*. La corriente me empujó rápidamente hacia donde estaba él. Quedamos frente a frente, agarrados de la misma roca, en medio del río tratando de ver la forma de salir del entuerto.

¡Qué par de tarados!

Después de varios intentos torpes logramos llegar al otro lado, mojados hasta los huesos, con los dientes castañeteando y parcialmente entumecidos.

—Esto queda entre nosotros —murmuró Harry mientras caminamos cojeando hasta la camioneta, apoyándonos el uno sobre el otro, los dos relativamente ilesos si no contamos con el ego de Harry.

Una vez dentro del carro, Harry intentó una sonrisa justificadora y me dijo:

—Valió la pena, ¿sabes? Encontré el lugar donde empieza la cascada, es justo donde pensé que estaría. Y yo fui el único en llegar hasta allí.

Cuando llegamos a casa Luz nos recibió en la puerta anunciando que estábamos tarde para almorzar. Al vernos enmudeció y cuando empezó a articular la pregunta obvia le lancé una mirada que lo decía todo:

No pregunte.

Era una chica inteligente y no preguntó. Se acababa de asegurar el empleo.

Iván fue nuestro primer «chanta». Hasta entonces solo habíamos conocido gente que nos había ayudado o, como mucho, que había hecho el intento de aprovecharse de nuestra falta de experiencia y cobrarnos derecho de piso.

O sea el doble. Pero Iván nos almorzó crudos, con zapatos y todo. Necesitábamos contratar a un «casero» —así es como se les llama a los guardianes por aquí— para que ayudara a Harry con la limpieza del terreno, y el casero necesitaba una cabaña donde vivir. Alex estaba haciendo un buen trabajo con la casa y no queríamos distraerlo, así que buscamos en los clasificados del diario local y encontramos a un tipo que dizque «instala una cabaña prefabricada en diez días y la conecta a la red de luz, agua y gas» a un precio sin competencia.

Nos encontramos con él una noche en su casa y nos dio todo un rollo sobre el gran servicio que nos ofrecía y que debíamos estar agradecidos de haberlo encontrado.

—Este sitio está repleto de «chantas» que buscan aprovecharse de extranjeros como ustedes. Han hecho muy bien en buscarme a mí.

No buscamos mucho. El tuyo era el único aviso en el periódico.

Elegimos una cabaña sencilla, con techo de calamina pintada de negro.

Fea como ella sola pero no importa. Tarde o temprano la arreglo.

Le dimos un fajo de pesos como adelanto y cerramos el trato con un apretón de manos. Nos acompañó hasta la puerta repitiendo por enésima vez que habíamos encontrado a un verdadero amigo en él. Había algo en el hombre que me daba muy mala espina.

—¿Qué es un «chanta»? —me preguntó Harry una vez en el auto.

—Si no me equivoco es la versión argentina de un súper-sinvergüenza pero con cierto encanto —expliqué. La reunión me había dejado una sensación de malestar, pero Harry viajaba dentro de unos días y las cosas tenían que seguir avanzando.

Casi no dormía. Mis noches de insomnio estaban atiborradas de preocupaciones que me daban vuelta una y otra vez. Harry, en cambio, se levantaba todas las mañanas bien descansado, lleno de energía y se iba al campo a seguir con la limpieza del terreno, evitando el río. De regreso pasaba por la oficina postal para ver si nos había llegado algo y luego se iba al Dublín a tomarse su café del mediodía.

—¡Daisy, tengo la solución a tu problema! —me anunció un día al regresar del café.

—¿Cuál problema?

—Tu problema de insomnio. Vengo de tomarme un café con un joven médico muy simpático y le conté que no puedes dormir.

—No me digas, ¿y cuál es su especialidad?

—Hmmm... creo que huesos.

—Ah, ya veo, ¿y qué puede hacer por mí?

—De todo. Dentro de un rato viene a dejarte unas pastillas para dormir.

Delivery de pastillas para dormir cortesía del propio médico... este país tiene ciertas ventajas inesperadas.

Dicho y hecho, antes del almuerzo se presentó un muchacho simpático con un bebé en brazos. Era el médico, que me entregó una caja con veinte pastillas. Harry le agradeció con una botella de nuestro mejor tinto. Le pidió su teléfono y esta previsión me salvó la vida solo unas semanas después.

Habían pasado diez días desde que mi marido partió a Francia. Sabía que me extrañaría, pero jamás pensé que tanto. Entre volver a dormir aunque fuera a puchos —cortesía del huesero— y de vez en cuando dormir hasta tarde no me estaba yendo del todo mal. Por otro lado, las llamadas de Harry me partían el alma. Parecía frustrado y muy solo. Por lo menos yo tenía a Luz que me acompañaba y mantenía la conversación viva —aunque fuera unilateral—, su cotorreo incesante llenaba los silencios.

A mediados de la primavera tuvimos una inusitada tormenta de nieve, era la primera vez que veía nevar en San Martín, y los copos de nieve sobre los manzanos en flor formaban un cuadro espectacular. Saqué rápidamente la camioneta para ir a la obra. También era la primera vez que veía mi casa bajo nieve y no me lo quería perder.

Al dar la vuelta en la curva donde arrancaba la quebrada divisé la casa rodeada de árboles con ramas que parecían hechas de cristal y la montaña detrás cubierta de la nieve recién caída. El interior de la casa aún no se terminaba de techar y parecía una escena del Doctor Zhivago con la nieve como polvo cubriendo los cuartos fantasmales. Era domingo y no había trabajadores, pero vi que salía humo de la carpa improvisada con lonas de plástico azul colgadas entre los árboles que habían instalado los alambradores.

—Hola, ¿hay alguien ahí? —llamé y no me sorprendí cuando salió la cara curtida del gaucho más viejo del interior de la carpa de plástico. Los otros dos estaban sentados junto al fuego.

—Buenos días señora —me saludó, su cara amable y abierta.

—No sé si serán muy buenos para ustedes —le respondí, sorprendida de lo cómodos que se veían a pesar de la nieve que los rodeaba.

—Ah, esto es solo una bromita de la Madre Naturaleza. No va a durar mucho y nos da un día de descanso, o sea que estamos bien —respondió.

—¿Seguro que están bien ahí dentro? —pregunté.

¿Qué tan bien se puede estar con la nieve colándose por el poncho y cubriendo prácticamente los catres?

—No se preocupe, señora, estamos bien. Tenemos comida para dos días y hay agua y leña de sobra. Mañana seguro empieza a derretirse la nieve y podremos seguir trabajando —contestó, indicándole a uno de sus muchachos que trajera más leña.

¡Tomen nota, obreros franceses! Este hombre no tiene idea de lo que son «las 35 horas» y es un ser feliz, aunque de momento con un poco de frío.

Me tranquilizó saber que pensaban reasumir el alambrado a la brevedad, ya que al inspeccionar nuevamente los álamos descubrí que los caballos del vecino habían seguido banqueteándose de lo lindo con los brotes tiernos. Terminar el cerco era mi máxima prioridad.

El viejo gaucho tenía razón. Al día siguiente paró de nevar.

Cada día había más actividad y más tránsito en el pueblo, a la entrada se formaba un pequeño cuello de botella como en las grandes ciudades. Trataba de mantenerme ocupada y alargar mis actividades diarias, pero igual los días se hacían largos sin Harry. Pese a sus dos o tres llamadas diarias su ausencia me pesaba como una piedra y esto se reflejaba en todo lo que hacía.

El teléfono sonó temprano por la mañana.

—*Bonjour*, habla Annie —me sorprendí al escuchar su voz. No los había visto desde que mi marido salió de viaje y, la verdad, entre el campo y la casa casi me había olvidado de ellos.

—Hola Annie, ¿cómo estás? —la saludé aún medio dormida.

—Bien, pero hay un problema en el campo con el alambrador y el cerco —me dijo—Michel se ha ido con el topógrafo para tratar de solucionarlo.

—¿Topógrafo? ¿Qué topógrafo?

—Michel lo llamó la semana pasada —continuó—. Parece que hay un error con los linderos de nuestros terrenos.

Ahora tenía toda mi atención.

—¿Qué error? —pregunté.

—Bueno, la verdad no lo sé. Pero Michel le ha dicho al alambrador que no continúe con el cerco hasta que se solucione. Él está allá con el topógrafo, pero no es necesario que vayas. Si quieres, él te lo explica después.

¿?

—No te preocupes —le afirmé antes de colgar el teléfono—. Ahora mismo voy para allá.

Me vestí a cien por hora y veinte minutos después estaba en la parte baja del cerro, desde donde vi a Michel y a otros dos tipos caminando en dirección opuesta a mí. Lo llamé, pero no se volteó ni se detuvo.

Dejé el carro ahí mismo y empecé a subir el cerro llamando a Michel. Es una subida empinada y para cuando los alcancé me faltaba el aire.

—¿No oíste cuando te llamaba? —le pregunté jadeando.

—No, no te escuchamos. Descansa, pareces muy agitada —respondió Michel de pronto muy preocupado por mí.

¿Ah sí?

—¿Supongo que tampoco escuchaste mi carro.

—No, no te vimos llegar.

—Annie llamó para decirme que hay un problema con el cerco —le dije recuperando el aliento al fin.

—Oh, no debió molestarte. Queremos asegurarnos de que los linderos estén bien.

Había un tipo de aspecto siniestro parado junto a él (*¿el topógrafo?*), además del gaucho viejo que se quitó el sombrero y me saludó inclinando la cabeza.

El tipo siniestro me miró y dijo:

—El señor Michel dice que aquel maitén grande a la izquierda está dentro de su propiedad.

¿QUÉ? Ese maitén es el árbol más lindo en kilómetros a la redonda.

—Pero los marcadores están afuera de esa área. Su terreno termina por lo menos a veinte metros del maitén como podrán ver —les contesté, caminando hacia los viejos marcadores de hierro enterrados.

Michel volteó y me dijo:

—Tenemos razones para pensar que cuando los antiguos dueños dividieron la vieja estancia existían ciertas irregularidades y que el maitén debería estar en nuestro terreno —me explicó bien seco mirándome directamente.

Ah ya, así es la cosa. Yo no sé qué pasa con «debería», pero este árbol es mío.

—Verás, Annie y yo hemos hecho picnics debajo de ese árbol desde que vinimos a vivir aquí y siempre pensamos que nos pertenecía —dijo usando un tono más conciliador.

—Puede que hayan venido a hacer picnics bajo el árbol, pero no está en tu lado. Mira, aquí está clarísimo en los títulos y planos perimetrales —le contesté, enseñándole las copias que gracias a Dios tuve la previsión de llevar.

—Estaría dispuesto a pagar por otra medición, ¡y quién sabe!, tal vez hasta descubras que tienes más terreno del que creías —habló tratando de parecer jovial.

Hypocrite.

—Mira, Michel —le dije en mi mejor tono *Fraulein Rotentweiller*—, nosotros compramos el terreno que está en este título debidamente registrado en el Ayuntamiento. Estamos muy contentos con el terreno tal cual. No necesitamos ni una hectárea ni un metro más. Aquí hay suficiente terreno para todos y tú y Annie tienen el doble de lo que tenemos nosotros.

Y mi árbol no lo tocas.

Presentado mi argumento, el tipo siniestro (efectivamente, el topógrafo) se dio cuenta de que no habría medición ni honorarios que cobrar y empacó su teodolito. Michel le hizo una seña al alambrador para que continuara con su trabajo y se despidió. El alambrador me sonrió, llamó a sus muchachos y llevándose varios postes bajo el brazo se dirigieron al cerco. Regresé a mi carro y pensé por qué será que la gente siempre quiere el pasto del vecino que está al otro lado del cerco y que siempre parece más verde, el origen del noventa por ciento de todas las guerras.

Había localizado las tres mejores opciones en el pueblo y salí a una tarde de shopping. En Cardon —bastante chic dentro del estilo gaucho y probablemente donde los diseñadores de Ralph Lauren sacan sus ideas— encontré un saco de gamuza con flecos, una faja de algodón grueso para amarrarme a la cintura y un excelente par de jeans.

Las compras me habían puesto de excelente humor, así que decidí buscar a Tomás Ayala hijo, quien me podría enseñar a pescar. Manejamos en dirección norte por una pista afirmada hasta llegar a un viejo puente de madera sobre un riachuelo. Caminamos por el recodo del río hasta llegar a un claro. En mi enésimo intento la tanza cruzó el aire silbando y se posó, delicada, en una línea perfectamente derecha a diez metros de mí.

¡Guau!

Quise volver a hacerlo inmediatamente y ya no me ligó. Este es un deporte de paciencia. Una virtud sobre la cual sigo trabajando con mucha determinación pero sin mayor éxito hasta ahora.

Cuando llegué a casa el teléfono estaba sonando. Era Harry preguntando cómo había pasado el día, le di un informe pormenorizado y se rió.

—¡Puedes sacar a la mujer de París, pero no puedes sacarle París a la mujer!

—Excepto que aquí los precios no son los de París, todo es baratísimo —añadí.

Menos mal que me divertí porque sería el último día agradable que pasaría en mucho tiempo.

Todavía estaba oscuro cuando el dolor me lanzó fuera de la cama y tuve que ir corriendo al baño. No llegué.

¡Qué es esto! ¿Cólera?

Llamé a Alex a su celular y me mandó a su esposa. Para cuando llegó había pasado un total de dos horas sentada en el wáter. Los cólicos me estaban matando, mi cama estaba hecha un desastre, y me di cuenta de que nunca había estado tan mal, y eso que soy una sobreviviente de la sala de Emergencias del Hospital Bellevue en Nueva York, donde la marea de la ciudad arroja a la escoria de adictos, traficantes y similares, y donde los pasillos están atiborrados y el olor es infernal. Después de turnos de treinta y seis horas los médicos huelen igual. Parte de su trabajo consiste en cachetear a los pacientes semiinconscientes preguntándoles cómo se llaman, qué día es y el nombre del presidente de los Estados Unidos.

San Martín no era Nueva York, era domingo y no podía encontrar a un médico.

¿Por qué será que estas cosas siempre pasan en domingo?

En mi enésimo intento la tanza cruzó el aire silbando.

La joven y bella esposa de Alex me informó que tenía dos opciones.

—Una es el hospital, pero no creo que le guste, la podrían poner en una cama junto a un mapuche.

La chica tiene ojos azules, pelo rubio pita y parece una vikinga. No excusa el comentario, pero lo explica.

La segunda opción era el Centro Médico, que estaba desierto a esas horas de la mañana. El médico de turno era un muchacho amable y no tenía la más vaga idea de lo que me pasaba. Me sugirió tomar «harto Gatorade» y que regresara dentro de una semana si los síntomas persistían.

Bromea, ¿verdad? ¡Dentro de una semana voy a estar muerta o reducida a un charquito en el piso!

Me preocupé aún más cuando me enteré que:

a) el joven doctor estaba adscrito al Regimiento de Caballería de Junín.

¿Será también veterinario? Y

b) que se apellidaba Wang. En Bellevue mi doctor era un pakistaní —y no es que tenga nada con que surjan la India y la China, aunque me gustaría que terminen de surgir ya de una vez para poder pasar todos a otra cosa— pero eso era Nueva York, esto es Patagonia y aquí exijo que me atienda un local.

Cargada de Gatorades de todos los colores y sabores —todos horribles— intenté curar mi enterocolitis lo mejor que pude. Llamé a Harry hecha un mar de lágrimas.

Ya está bueno. Quiero que vuelva.

Dejando de lado toda su natural reserva belga gritó al teléfono:

—¡Te vas a morir! ¡Tienes que ir a Bariloche o a Neuquén ahora mismo!

No hablas en serio. Bariloche está a 250 kilómetros —una parte sin asfaltar— y Neuquén está a cinco horas de aquí. Olvídate. Morir por morir, prefiero morir en mi propia cama... además me mareo en carro.

Tuve que ir volando al baño o sea que ahí terminó la conversación.

Y no tengo intenciones de morirme hasta que no termine de construir la bendita casa.

El lunes la situación mejoró en algo porque volvió Luz, pero en el tema salud, estaba peor.

Si alguien se entera de una cura basada exclusivamente en la ingestión de Gatorade, favor avisarle al Vaticano.

Si por un lado algunos servicios médicos en esas latitudes dejan mucho que desear, en cambio las servidoras del hogar son de primera. Luz inmediatamente tomó el control de la situación, cambió las sábanas, limpió el cuarto, el baño, me preparó una dieta de pollo y rebuscó en el amplio y surtido botiquín de medicamentos franceses de Harry algo para darme. Durante la mudanza me deshice de la mayoría, pero Harry los reemplazó y empacó el doble a mis espaldas. Dios lo bendiga.

Encontró lo necesario y es así como, a pesar de la distancia, Harry, mi amoroso marido belga, un hipocondríaco confirmado pero sólido como una roca me salvó la vida.

Llamé a nuestro amigo, el joven médico huesero, quien me recomendó a su colega, una doctora que no era ni china ni escocesa ni mapuche, sino nacida en Buenos Aires quien inmediatamente le puso fin al Gatorade.

Bravo.

Además, me recetó una dosis masiva de antibióticos y un análisis de sangre.

Después de todo, parecía que iba a vivir para terminar mi casa y encontrarme con Guy la siguiente semana en Buenos Aires.

En mi última visita al laboratorio para recoger mis análisis, un gaucho alto y guapo se paró junto a mí y se dirigió en voz alta a la técnica del laboratorio.

—Che, Mariana, ¿tenés una espátula que me prestés? Tengo que sacarle una muestra vaginal a mi yegua.

¿Querías color local? Toma mientras.

Estaba en franca mejoría, pero lo que tuve no había sido como para tomarlo a la ligera, jamás me había sentido tan mal ni por tanto tiempo. Luz había sido mi salvación.

Venía hasta los domingos para ver cómo estaba. Al séptimo día los antibióticos empezaron a surtir efecto y comencé a sentirme mejor. Todavía no podía comer nada y había bajado varios kilos.

Siempre hay un lado bueno en todo.

Así las cosas, me llamó Iván para decirme que ya había terminado de levantar la cabaña y que fuera de inmediato.

—¿Por qué? ¿Hay algún problema?

—No, ninguno, pero me tiene que dar el saldo —dijo.

—Está bien, pero he estado muy enferma, ¿no puede esperar?

—Bueno, si está enferma yo puedo ir a su casa por la plata.

Primero quiero ver qué estoy pagando.

—No, ya estoy mejor. Mañana nos encontramos allí al mediodía.

En ese momento me entra la duda de si el tipo nos ha engatusado, está demasiado ansioso por cobrar.

Temprano a la mañana siguiente, antes de la hora acordada, fui al campo y me encontré con la choza de paja de Los Tres Chanchitos: una frágil casita que seguro no resistiría al primer vendaval de la temporada. Entre desconcertada y desesperada, decidí ir al taller donde Harry llevaba nuestra camioneta y le conté todo al dueño, un hombre correcto y de mirada inteligente que nunca nos había cobrado de más.

—Enséñeme la cabaña —dijo, cerrando su taller y subiéndose a mi auto.

Una vez allí la inspeccionó minuciosamente.

—Esta casa no va a aguantar un invierno —dijo mientras iba probando las puertas y ventanas—. No, me equivoco. No va a aguantar ni quince minutos cuando empiece a llover —aseguró en un tono sin el menor atisbo de ironía.

—Necesito saber sobre el techo, ¿usted cree que está impermeabilizado?

—Impermeabilizado sí está. Excepto que el agua se congelará encima porque no tiene aislante térmico. Su casero adentro también se va a congelar —sentenció con aire muy competente.

—¿Y no le podemos poner fibra de aluminio como aislante debajo del techo? —pregunté.

—Esa no es la forma de hacerlo. Primero se coloca el aislante y el techo lo ponen después encima.

No entiendo bien los tecnicismos, pero lo que sí tenía clarísimo es que nuestro «amigo» Iván nos había vendido gato por liebre.

Hablando del diablo, Iván apareció en ese mismo momento acompañado por su capataz, que se mantenía a un lado evitando mirarme a los ojos y obviamente avergonzado. Le repetí a Iván todo lo que me acababa de explicar el mecánico.

Iván escuchó callado y al terminar me preguntó con arrogancia:

—¿Y se puede saber quién es este hombre? —refiriéndose a mi *consigliore*, el mecánico.

—Es un amigo nuestro. Mi esposo no está y como yo no sé mucho sobre la construcción de cabañas lo he llamado a él para que me aconseje.

—Quizás usted acostumbre ventilar su vida privada frente a desconocidos, pero yo no —agregó con una voz francamente amenazante.

¿Vida privada? ¡Se trata de un techo!

Volteé a ver a mi *consigliore* en busca de apoyo y lo pesqué mirando al sudeste.

¿Adónde se fue el macho latino?

—Oiga, lo único que quiero saber es si podemos instalar el aislante después de que el techo ha sido colocado —insistí.

—Y yo lo único que quiero saber es cuándo me va a pagar. Ya terminé de hacer su cabaña y usted me debe el saldo —dijo, mostrando lo que realmente era.

Yo lo que debo es darte un puñete.

—Pero no tiene ni luz, ni gas, ni agua y usted dijo que todo estaba incluido —no me iba a dejar amedrentar por este abusivo.

—Eso tendría si estuviese cerca a una ciudad, pero usted está en el campo. Aquí no hay líneas eléctricas ni redes de gas o de agua. Tiene que poner un generador, comprar un balón de gas para cocinar y traer agua del río. Lea su contrato —señaló con un aire insufrible del que tiene la razón.

Me rendí y le pagué al «chanta». Cualquier cosa con tal de no tener que verle la cara. A veces me lo cruzo en el pueblo y le dirijo miradas fulminantes que no parecen hacerle el menor efecto.

De vuelta al carro el inútil de mi *consigliore* me dijo:

—Pensé que era mejor no meterme, si no hubiese tenido que romperle la cara al tipo.

Sí pues.

La espera terminó y me encontraba en la recta final, rumbo a Buenos Aires después de un largo retiro en las montañas de Patagonia. Necesitaba un corte de pelo, una manicure y pedicure a gritos y hacerme la cera en diferentes partes del cuerpo en previsión de un encuentro del primer, segundo y/o tercer tipo con humanos y con mi marido.

Sentada en la cafetería del aeropuerto de Chapelco, donde transcurre una parte importante de la vida social de San Martín, esperaba con paciencia mi vuelo retrasado. Nada me podía desanimar. Al día siguiente sería la presentación del libro de Guy y el día después llegaría Harry de París. El retraso del vuelo se debía a una descomunal tormenta en Buenos Aires y a que hace meses que no funciona el radar porque le cayó un rayo y lo dejó *kaputt* y no hay plata para arreglarlo. Desde entonces el tráfico aéreo se maneja visualmente con *walkie-talkies* al otro lado del río en Uruguay. Como tenía tiempo por delante me entretuve pensando en cómo sería pues: «Che vos, el 747, te dije a la izquierda, no, ¡A LA IZQUIERDA! Ya. Quedáte allí nomás.

Ahora vos, el avión azul —¿quién sos?— ah sí, el Airbus 320, girá a la derecha y aguantá un rato que voy a ver dónde te pongo, a ver si el avioncito verde de marras que tenés enfrente decide bajar de una vez por todas».

Mi hermana me recibió, aliviada de verme, en la puerta de su departamento.

—¿Qué tal tu vuelo? Estuve pensando en ti todo el tiempo —me dijo dándome un beso.

Toda mi familia vive pendiente de mi legendario miedo a volar.

—A decir verdad me fue muy bien —le contesté besándola también.

—Me imagino que estarás agotada. Compré bistés y puedo hacer una ensalada para no tener que salir —se ofreció.

—¿Estás loca? ¡Quiero restaurantes, luces, gente y mucho, mucho pescado!

Para cuando me encontré con Guy al día siguiente todo rastro de mi vida patagónica había desaparecido. En San Martín jamás uso lápiz de labios, ando con las uñas cortas y rotas, mi pelo crece como sea y me pongo botas de jardinería, chompas viejas y el mismo saco Barbour que tengo desde hace años. Un estilo que he bautizado como mi fase CbC —*Camila before Charles.* Pero después de una larga sesión en la mejor peluquería de la ciudad camino más alta, más derecha, más segura y, por qué no, más limpia también. Llegué —algo tarde— al Alvear a la presentación del libro de Guy. Lo vi de inmediato, alto como es, rodeado de un contingente de porteñas aficionadas a los títulos franceses y encantadas de codearse con un Louvois más leonino que nunca.

—Llegas tarde —sentenció con la misma voz estentórea de antes, aunque ahora había aumentado unos decibeles más; debe ser porque está más sordo. Espero que no estés adquiriendo ese pésimo hábito latino de llegar tarde pero no importa. Eres un placer para mis ojos. Ven acá para besarte —me dijo tan contento como yo de encontrarnos, y me plantó dos besos abrazándome más fuerte y más largo de lo normal.

—Guy, ¡qué felicidad volver a verte! ¡Te he extrañado un montón! —exclamé mientras llevaba mi mano a sus labios, mirándome todo el tiempo con esa sonrisa de pícaro.

—Bien hecho, eso te pasa por dejarme —dijo tomándome del codo y alejándome un poco del grupo de damas de la *high society* que no le quitaban los ojos de encima, atentas a todo lo que decía.

—Esto es trabajo duro y no es broma —comentó, ya fuera del círculo—. La mayoría de estas señoras son muy simpáticas y hablan muy bien francés, pero las que no hablan francés son las que más me hablan y no tengo idea de lo que me están diciendo, solo asiento con la cabeza, esperando que me estén pidiendo algo indecoroso. Tengo que quedarme un rato más y después te llevo a cenar. Anda ve, date una vuelta, toma un champagne que está muy bueno. Yo mismo lo escogí —dijo mientras era absorbido nuevamente por el círculo de *fans* que nos había seguido a una distancia prudente.

Cenamos en La Bourgogne, el restaurante del hotel y supuestamente el mejor de la ciudad; ciertamente es el más caro. Aunque eso es lo de menos tomando en cuenta la relación euro-peso. Como de costumbre Guy se tomó su tiempo estudiando la carta y consultando con el *maître* antes de pedir. La sensación de *déjà vu* me descolocó un poco. Me contó sobre el éxito que había tenido su libro.

—A todos nos sorprendió, sobre todo a Mimi que ahora quiere hacer una presentación del libro en El Cabo. A decir verdad, mi agente de viajes en París dijo que la mejor forma de llegar a Sudáfrica es por Buenos Aires, o sea que cuando termine con esto me voy a visitarla y a ver ese jardín del que tanto me habla, probablemente no es ni la mitad de lindo que el que dejó atrás… qué mujer tonta—. Guy detestaba la deserción, y la mía agregada a la de Mimi lo ponía de mal humor. Inmediatamente cambié el tema y le conté sobre nuestras aventuras en Patagonia, adornándolas un poquito quizás —pero solo un poquito— con lo que recobró el buen humor y terminó riéndose de nuestros reveses.

—Este tipo con el que te casaste resultó bastante bien después de todo, o por lo menos así parece —dijo, dejando un pequeño signo de interrogación suspendido en el aire.

Un delicioso bocado de crepe de salmón me impidió responderle, pero asentí con la cabeza.

—Dicho sea de paso, vi a tu antiguo *amoureux* en una cacería en Louvois, justo antes de venir —continuó—. Sabía que en unos días estaría en la Argentina y me preguntó si te iba a ver.

No comenté nada. Seguí concentradísima en la crepe y lo miré de reojo, esperando a que disparara el cañón de Castilla.

—Entonces le dije que sí, que había hablado contigo pero que no vivías en Buenos Aires sino en Patagonia, *culis mundis*, un sitio llamado San Martín de las Montañas, por lo demás muy bonito según me dicen —concluyó, agarrando su copa de vino.

—De los Andes —le corregí por fin encontrando mi voz.

—¿Qué dijiste? Vas a tener que hablar más fuerte, *m'dear*.

—Es San Martín de los Andes, no de las Montañas —repetí tímidamente.

—Lo que sea. Es la misma cosa. ¿Acaso los Andes no son una cadena de montañas? Me dio la impresión de que el muchacho quería decirme algo más, pero se quedó ahí parado abriendo y cerrando la boca como un pez. A este chico siempre le faltó valor. La cacería de la tarde no estuvo buena tampoco y tu amigo en particular disparó como un animal. Entre eso y mi inminente partida de Francia estuve de muy mal humor el resto del día —dijo volteándose para pedir el postre.

No quería volver a oír el nombre de ese tipo, no por rencor sino por miedo. Miedo a que su nombre me trajera una ola de recuerdos que un dique improvisado no podría contener. Justo antes de salir de París metí todas las joyas que me había regalado en una bolsa y se las di a la chica que hacía la limpieza en agradecimiento por sus años de fiel servicio. También lo hice por miedo y no por rencor.

Temía que si me las ponía de nuevo atraería una maldición y jamás podría abrazar el tipo de felicidad que Harry me estaba ofreciendo. La chica de la limpieza se quedó muda. Nunca se esperó nada como eso.

La noche de la cena en el Alvear con Guy me di cuenta que uno puede huir y esconderse, pero hay ciertas cosas que siempre te encuentran.

Al día siguiente, el hall de llegadas del aeropuerto Ezeiza estaba repleto de gente, pero Harry y yo nos vimos de inmediato entre el gentío.

—No quiero volver a hacer esto, Daisy —dijo besándome.

—Yo tampoco —le respondí abrazándolo muy fuerte, oliendo ese olor a pan recién horneado que tienen los hombres buenos.

—¿Me lo prometes?

—Te lo prometo.

Una promesa que bien valía la pena cumplir.

– 29 –

Fue uno de los veranos más secos que se recuerde. Durante casi dos meses no hubo una nube en el horizonte y algunos días el viento soplaba con furia.

Nada bueno si tienes más de trescientos álamos jóvenes secándose por falta de agua.

Todos los días por las mañanas temprano estábamos en el campo, trabajando de espalda a los vientos cambiantes que se alternan democráticamente —el Traum, viento del oeste con nombre alemán, y el Puelche, viento del este con nombre mapuche— girando como derviches entre los remolinos de tierra y arena. La ropa gaucha no parecía servir de mucho y contemplamos disfrazarnos *à la* Peter O'Toole en Laurence of Arabia, con turbante y camello incluido, seguro la mejor manera de vestirse en un clima como este. Regresábamos a casa antes del anochecer cubiertos de polvo y con la garganta como lija, un buen pretexto para abrir una botella de Chandon y darnos un baño caliente, no sin antes chequear el riachuelo que discurre del terreno de Michel hacia nuestro campo, nuestra única fuente de agua y una constante preocupación.

—Si se seca antes de que termine el verano van a tener que bombear agua del río —nos advirtió Alex luego de revisar el agua que había almacenada en barriles para usar en la obra.

—Pero ¿cómo? ¡Habría que subirla casi cien metros! —le respondió Harry.

En efecto, ¿cómo?

—Se puede si construimos un pequeño dique en el río e instalamos una serie de tres bombas para subir el agua en tres etapas —sugirió el siempre ingenioso Alex.

—No creo que debamos hacer eso —respondí, volteando a mirarlos—. No hemos venido aquí para estar cambiando la naturaleza según nos convenga. No me gusta la idea de meterle concreto al río, estaríamos interfiriendo en su curso y además ¿qué pasa cuando falla la electricidad? No hay más agua ¿verdad?

Se miraron entre ellos claramente pensando... *mujeres.*

—Se puede hacer con solo un poco de concreto y bastantes piedras —propuso Alex.

—Esperemos un poco a ver qué pasa —respondí como para ganar tiempo.

¿Desafiar la gravedad? Nunca una buena cosa.

No tuvimos que esperar mucho, unos días después Annie nos llamó.

—Alguien ha desviado nuestro riachuelo desde arriba, seguro que fue tu capataz —me dijo.

—¡Nosotros no le hemos dado la orden a nadie para que haga eso! —le respondí—. Harry está en el pueblo comprando madera para la cabaña pero apenas vuelva vamos para allá.

El capataz de la obra estaba indignado.

—Jamás he estado por allá arriba y ninguno de mis hombres sale del perímetro de la obra sin que yo lo autorice, saben que si lo hacen los despido ahí mismo.

No poníamos en duda lo que decía, jamás nos había dado motivos para hacerlo.

Harry y yo decidimos ir a inspeccionar nosotros mismos. La subida es empinada y no pudimos acercarnos a la fuente porque no está de nuestro lado y ahora existe el cerco nuevo, pero sí llegamos a ver un murito de piedra que desviaba un hilo plateado de agua hacia el costado y que definitivamente iba derechito al terreno de nuestro vecino.

Nos miramos estupefactos.

—¡Ellos mismos se han jalado el agua desde arriba y se va toda hacia su lado! ¡Qué tales hipócritas!

¿Y esto de la pareja amable que nos recibió con brazos abiertos y la razón principal por la que compramos el terreno?

No sabía qué pensar.

En un instante me vinieron a la mente todas esas antiguas historias de peleas a muerte por el agua. Patagonia se encarga de poner en orden las prioridades: el agua es lo primero, todo lo demás es secundario. Nos fuimos a la casa de Michel y tocamos el timbre llamándolo a la puerta. Sabíamos que estaba allí; podíamos ver su bastón en la entrada, pero se hizo el muertito y no salió.

Pasamos la noche insomnes planeando diversas estrategias, algunas involucrando armas de fuego.

—¿Por qué simplemente no lo llamas y le dices que nos reponga el agua? —le pregunté a Harry a las cuatro de la mañana.

—Estoy seguro de que jamás aceptará. No, esto se tiene que planificar como una operación comando y yo mismo voy a fotografiar el sitio desde un helicóptero. Conocí a un tipo en el Dublín que tiene uno. Luego les enviaremos la foto a las autoridades. Lo que está haciendo es ilegal aquí y en la China. El curso del agua no se puede tocar.

¿En Argentina? No estoy tan segura…

—Harry, no es una buena idea, con el viento que hay el helicóptero se hará puré contra el cerro antes de que puedas tomar una sola foto —le dije.

Mi pánico de volar también incluye a mis seres más queridos.

—Mis armas todavía están en la aduana pero no se van a quedar allí para siempre, y si nada más resulta… —continúo Harry dejando la frase colgada.

Harry, el hombre más gentil que conozco.

—Hagas lo que hagas habla primero con él, no con ella. Annie es una versión nórdica de La Pasionaria, estoy segura de que Michel será más receptivo —le aconsejé sabiamente.

Y funcionó. Claro que nos faltó poco para suplicarle, pero le explicamos por qué no podíamos seguir sin agua.

—Nosotros también tenemos que pensar en nuestros caballos —dijo Michel—. Usamos el agua para regar el pasto, para que tengan qué comer en el verano.

—Bueno, nosotros necesitamos agua para nosotros, para la casa, o de lo contrario no vamos a poder vivir allí —dijo Harry—. Estoy seguro que tú entiendes que las personas están antes, ¿no? El capataz dice que solo necesita un poquito, hasta que empiece a llover de nuevo. Con que haya un chorrito estamos salvados.

Casi podíamos escuchar el cerebro de Michel maquinando. No respondió nada pero que me corten la cabeza si no estaba pensando en qué nos podía sacar a cambio del agua. Por fin mostró el juego.

—Ok —dijo— pero el próximo invierno si nos quedamos aislados por la nieve nos gustaría poder usar el camino de ustedes para llegar a nuestra casa, así no tengo que limpiar el mío, que es más largo.

Nos esperábamos algo así. No por nada los flamencos son comerciantes desde hace siglos.

Al día siguiente nos repuso el agua y llenamos la cisterna. La obra podía continuar.

Llegó nuestro casero. Se llama Rolo, un joven fornido de hombros anchos y manos como jamones, siempre sonriente. Sus especialidades son la carpintería, la mecánica automotriz y las armas de cacería. O sea, el alma gemela de Harry.

Le echó una mirada a la cabaña e inmediatamente se puso a trabajar. Harry había comprado un remolque de segunda mano y ambos fueron al depósito de maderas y regresaron con el carrito cargado de troncos partidos para la pared exterior de la cabaña. El carrito se descarriló dos veces subiendo la montaña, pero finalmente lograron trasladar todos los troncos, además de las tejas de madera para tapar el techo horroroso, el material aislante y los tablones para cubrirlo. El resultado final fue una señora cabaña con cinco capas de aislante, dos más de las que tendríamos en la casa. Rolo es rápido y eficiente. Era puestero en una estancia antes de venir aquí. El puestero vive en un puesto —de ahí el nombre— una casucha donde por lo general está solo su alma y supervisa unas quinientas hectáreas. A veces puede pasar meses sin ver a otro ser humano. Un casero cuida la casa —de ahí también el nombre— y para Rolo esto era claramente un ascenso. Le compré pintura y empezó a pintar: los tabiques celestes y verde claro y los marcos amarillo patito, el efecto final era el de una dacha rusa. Con lo que sobró de troncos partidos se hizo un cerco para marcar su jardín y sembró pasto al voleo. Le compré y planté un par de rosales, una clemátide para que se trepara al techo y un manzano para delante de la casa que dará flores blancas en primavera y —con suerte— manzanas dentro de unos años. Me observaba curioso mientras regaba con una lata lo recién plantado. Nunca antes había tenido un jardín y creo que no le parecía que era una cosa muy gaucha.

Tenía un buen televisor y me pidió que le llenara una solicitud para colocar una antena parabólica. Estuvo feliz como un niño cuando vinieron a instalarla al día siguiente. Se sentía orgulloso de su casa y nosotros también. Vivía con

Creo que no le parecía una cosa muy gaucha.

un gato llamado Chevy en honor a los camiones Chevrolet, pero íbamos a tener que conseguirle un perro.

—Uno de mis amigos del Dublín me ha ofrecido un cachorro, se lo podríamos dar a Rolo —propuso Harry un día cuando llegó a almorzar.

—¿Qué tipo de cachorro? —le pregunté sin mayor interés. Yo nunca en mi vida había tenido un perro.

—Es un Golden Retriever, tiene dos meses. Aquí tengo la dirección. Le dije al tipo que tú pasarías mañana a recogerlo mientras yo voy al médico.

Harry se hace chequeos médicos religiosamente. Yo solo voy al doctor cuando estoy en el umbral de la muerte.

Veremos cuál de los dos llega primero a la salida.

Al día siguiente recogí una bola de pelo color caramelo que durmió en su canasta junto a mí todo el camino, no vomitó e hizo pila apenas lo coloqué sobre el pasto al llegar a casa. Durmió en nuestro cuarto dentro de su canasta, debajo de una silla, y no se despertó ni lloró en toda la noche. Para cuando amaneció ya lo había decidido. A mí nadie me quitaba este cachorro.

—Pero no sabes nada de perros —dijo Harry cuando la noche siguiente lo acomodé de nuevo en nuestro cuarto a la hora de dormir.

Pero sí sé algo sobre este perro y es que se va a quedar con nosotros para siempre.

En menos de 24 horas me había enamorado perdidamente del cachorro y le puse Chasqui, que quiere decir «mensajero del Inca» en quechua.

Dos días después rescatamos de la perrera a una cachorra mitad ovejera y mitad Doberman y se la dimos a Rolo. Él le puso Yara. Yara es tan negra como nuestro Chasqui es rubio. Cuando vamos a ver la obra llevamos a Chaqui y los dos perritos juegan por horas en el campo. Son tan pequeños que se nos pierden en el pasto alto de la pampa y para volver a encontrarlos me tengo que quedar un buen rato mirando para ver dónde se mueve la hierba. A los tres meses Yara había desarrollado unas espaldas musculosas y le sacaba la ñoña al pobre Chasqui que valgan verdades era un buenazo y un amor, pero jamás sería un buen perro guardián.

—Sí, pero será un buen cazador. Le voy a enseñar a que salga de cacería conmigo; ya verás, el día que atrape su primer conejo no va a querer hacer otra cosa —decía Harry.

No sé sobre cazar conejos. Pero por ahora lo único que Chasqui no suelta es una babucha de cuero rosada que sacude con saña y que se ha convertido en su juguete preferido.

Nada me había preparado para el amor que sentía por este perro al que le hablaba como a un bebé y al que llamaba Chasquini y Chasquinini, para gran consternación de Harry.

—¡No es un juguete, es un perro!

No me importa nada. Me encanta cuando salgo de noche al jardín y lo llamo y aplaudo para que entre a la casa y viene corriendo hacia mí, las orejas volando al viento, sus ojos llenos de confianza.

El verano había llegado, el chorrito de agua del riachuelo seguía fluyendo y techaron la casa. Estábamos tranquilos sabiendo que los obreros podrían seguir trabajando durante el invierno siguiente y que nadie se iría a congelar.

Habíamos sido invitados a almorzar y a comer a algunas de las grandes estancias de la región. Ninguna tiene menos de cuatro mil hectáreas, la mayoría pasa de las diez mil; todas tienen algo especial. En esta había un lago y los dueños organizaron un picnic para unas cien personas con chicos, nanas y vecinos incluidos. Los invitados teníamos todo el lago a nuestra disposición. Todavía nos sentíamos un poco cortos —todo el mundo parece conocerse desde siempre— y después de almuerzo nos fuimos a dar un paseo de la mano por la orilla del lago. El Traum que mantenía en alto el barómetro soplaba suavemente pero había enfriado a pesar del sol. Algo proyectaba una sombra frente a nosotros.

—Mira —dijo mi marido señalando al cielo— es un águila mora.

Volaba en círculos cada vez más grandes y desapareció rumbo a la cordillera.

Había unos trozos de madera seca sobre la playa y Harry encontró uno muy bonito que se cargó al hombro. Lo trajo de vuelta a casa y se lo entregó a Rolo, quien lo colgó sobre la puerta de su cabaña.

Una de las estancias tenía un tramo de siete kilómetros de río para pescar al fondo del jardín de la casa principal. Otra tenía toda una montaña dentro de sus límites y una tercera estaba en Junín de los Andes, el pueblo más cercano a San Martín, donde el sol se puso cuando fuimos a comer. Salimos todos a la terraza para observar cómo la bola roja de fuego desaparecía detrás de las montañas.

Una noche regresamos de una estancia un poco lejana y vemos un cometa atravesando la pampa. Paramos el carro, apagamos las luces y nos quedamos ahí sentados en medio de la nada viendo su cola de millones de estrellas cruzar el cielo negro.

Una tarde volvió Harry con cara de preocupación.

—Esta mañana fui río arriba con Rolo para chequear el agua. Todavía sigue viniendo un chorrito, pero los álamos que plantamos se están muriendo de sed. Si no los regamos pronto se van a secar —dijo sentándose, agotado.

—¿Qué vas a hacer?

—Cuando baje el sol voy a subir el trailer con cuatro tambores de aceite vacíos que conseguí en la gasolinera. Voy a llenarlos con agua y ponerme a regar uno por uno.

Esa noche regresó tardísimo, muy cansado, pero contento.

—Creo que van a estar bien. Según Rolo en cualquier momento va a empezar a llover.

No llovía. Harry y Rolo tuvieron que regarlos varias veces más. Mientras tanto, yo había descubierto la cueva de Alí Babá, una especie de hangar-granero lleno de antigüedades: baúles, tocadores, aparadores, puertas y un surtido de piezas de antiguas estancias vendidas por una mujer con cara de no aguantar pulgas. Nos comprendimos perfectamente desde el comienzo. Encontré dos muebles ideales para mi cocina. Eran de pino lavado pero los quería pintar.

—Sé quién le puede hacer ese trabajo —dijo mi nueva amiga—. Aprendió pintura decorativa, estoy segura que se van a llevar bien.

Es así como conocí a Inés, la chica más linda de San Martín, quien pintó mis aparadores y después los cuartos en el ático de la casa nueva y una serie de granadas —la fruta que aparece en todas las pinturas coloniales como símbolo de la abundancia— en la parte de afuera de las ventanas del tercer piso. Cuando la casa estaba por terminarse venía todos los días y trabajaba en silencio a partir de una serie de libros que le había dado. Una guirnalda por aquí, un par de cintas entrelazadas por allá, un friso a todo lo largo de la escalera; Harry y yo la llamábamos *la belle Inés* a sus espaldas.

La sequía había sido declarada oficialmente. Nos quedábamos despiertos por las noches preguntándonos si aguantaríamos hasta que llegaran las primeras lluvias.

¿Y si no llegan? ¿Habremos entrado de cabeza dentro del calentamiento global?

Una noche sentimos pasos en el jardín al otro lado de la pared de nuestro dormitorio. Harry se levantó inmediatamente.

—Ladrones —susurró.

O indios.

—Ten cuidado —le dije mientras salía como fantasma con su bata blanca aleteando por el aire de la noche.

Esos ladrones —o lo que fueran— se van a dar el susto de su vida.

Escuché más ruidos desde el jardín justo al otro lado de la pared y a Harry gritando. No lograba entender el porqué de semejante alboroto; parecía que Harry estuviera en peligro. Pero al rato regresó con la satisfacción reflejada en la cara.

—¿Qué fue todo eso?

—Caballos salvajes en el jardín, eran tres.

¿?

—Me olvidé de cerrar la reja y creo que tenían hambre. Bueno, en todo caso se han comido todo el trébol, así que ya no voy a tener que cortar el césped. Estupendo. Regresemos a la cama. Ya cerré la reja.

Dos noches después volví a sentir el mismo barullo.

—Despiértate, mi amor. Creo que se han vuelto a meter los caballos —le dije a Harry, sacudiéndolo para despertarlo, tarea nunca fácil.

Se sentó sobre la cama a escuchar y me miró con una sonrisa de oreja a oreja.

—No seas tonta. No son caballos, son truenos, se nos viene una tormenta. Al fin va a llover.

Nos quedamos despiertos escuchando la lluvia caer sobre el techo y sintiendo el olor a tierra mojada que entraba por las ventanas, la mejor sensación que teníamos en mucho tiempo.

—Se nos apareció la Virgen —me susurró Harry al oído antes de volver a dormirse.

– 30 –

Dentro del tiempo y presupuesto estimados, nuestra casa estuvo lista antes de que empezara el segundo verano. Nos mudamos de inmediato, sintiéndonos afortunados de no haber vivido ninguna de las historias de horror que nos contaban los recién llegados sobre la experiencia de hacerse una casa en Patagonia. Después de un mes de mudados aún no terminábamos de desempacar. Luz y su ayudanta trabajaban sin parar. Harry le enseñaba a Chasqui a cazar conejos, Rolo llenaba nuestro depósito con leña para el próximo invierno, y yo plantaba lo que esperaba sería mi último jardín. *La belle Inés* había pintado un viejo madero con el nombre de nuestra casa, «La Ñusta» —princesa Inca en quechua—, que colgamos entre dos postes a la entrada del campo.

—¿Cuándo vamos a poder invitar a nuestros amigos? —preguntó Harry una mañana, mientras tomábamos desayuno aún rodeados de cajas cerradas de diferentes formas y tamaños.

—¡Harry, por favor! ¡Mira todo lo que nos falta desempacar! Deja que termine primero —le supliqué.

—Yo te ayudo —se ofreció.

—¿Estás seguro? —le pregunté de puro compromiso antes que se arrepintiera.

—¡Claro!, esto no es nada. No debería tomarnos más de dos días.

Pobre, no sabe en lo que se mete.

Varios días después, antes de poder siquiera contemplar la posibilidad de invitar a nadie a casa, nos invitaron a almorzar a una de las estancias más grandes y más lindas del norte de Patagonia.

Aleluya.

Esto nos dio un respiro del polvo y de la montaña de cajas aún por desembalar. Hacernos nuevamente presentables para otros seres humanos nos tomó algo de tiempo e imaginación. El día del asado Harry y yo estábamos como dos chicos en un día sin colegio, impacientes por emprender el camino de dos horas y felices ante la perspectiva de dejarles todo el trabajo a Luz y su asistente y de sostener otro tipo de conversación que no fuera solamente responder a la pregunta, «¿y dónde va esto, señora?».

El imponente casco de la estancia de nuestros anfitriones parecía un castillo en Baviera —todo piedra por fuera y astas de venado por dentro— colocado sobre una montaña a vista de pájaro sobre el lago que se veía al fondo.

Los invitados, vestidos para matar, literalmente, con ropa austriaca de cacería —chaquetas loden verde oscuro con puños de terciopelo y botones de plata—, eran casi todos rubios de ojos azules. Harry y yo nos veíamos ligeramente fuera de lugar, bueno, Harry quizás no.

¿Qué es esto? ¿Bechtesgaden o la Novicia Rebelde?

Había un suntuoso buffet pre-almuerzo, con variedades de *schnapps* y felizmente también muy buen champagne. Harry se deja entender en alemán y con su aspecto decididamente nórdico se mezclaba bien dentro del paisaje. Lo dejé conversando a cien por hora con unos nuevos amigos que compartían su pasión por la cacería. La corriente de gente me empujaba de grupo en grupo sin que pudiera hacerme un sitio en la impenetrable línea Sigfrido que los rodeaba. Al poco rato me aburrí, me di por vencida y me fui a la terraza a contemplar la vista y a esperar el almuerzo.

—Impresionante, ¿no? Es así como se ve desde un avión —volteé y me encontré con un hombre vestido de tirolés de pies a cabeza parado a mi costado, un vaso de cerveza en una mano y una botella de champagne en la otra, mirando de frente hacia el lago.

¿Estará a punto de mandarse un yodeling?

No lo hizo sino que giró hacia mí y me ofreció rellenar mi copa.

—Vi que estabas tomando champagne y pensé que ya estarías lista para otra copa —dijo mientras me servía—. ¿Te importá si te acompaño? Hay una banca de madera en esa loma, por allá. Si querés vamos a sentarnos. Todavía falta media hora para que sirvan el almuerzo —observó, con la familiaridad de alguien acostumbrado a que lo sigan.

Ya fuera de la vista de la gente de la terraza, sentados en la banca, continuó:

—Disculpa, no me he presentado. Me llamo Ernesto —dijo poniendo la botella en el pasto y dándome la mano—. Y yo sé quién sos vos.

—¿Ah sí? —le pregunté algo perpleja.

—Sé que ustedes, vos y tu marido, son nuevos en Patagonia y que viven en San Martín, donde han comprado tierra y se están construyendo una casa.

Conciso y exacto.

—Sí, así es, solo que la casa ya está lista —le respondí.

—Hace poco estuve con un amigo tuyo en Buenos Aires que me habló de vos. Se llama Jamil Mansour.

—No recuerdo ese nombre —le respondí.

—Bueno, también lo llaman Alfredo Montino.

Este es el último sitio en el mundo donde hubiese esperado encontrarme con alguien que me hablara de Montino.

—¿Cómo así conoces a Montino? —estaba intrigada y mi corazón latía rápido.

—Lo conocí hace unos años en el Líbano, donde mi familia tenía unos negocios. Los dos tenemos raíces argentinas, o sea que fue una amistad natural. Por ese entonces usaba su nombre árabe, ya no lo usa. Hace tiempo que lo cambió por Alfredo Montino, pero para mí sigue siendo Jamil —me explicó—. Estaba muy interesado cuando le conté que tenía información sobre el secuestro de John Murphy, y me pidió que te buscara en Patagonia. Él sabe que vengo aquí todos los veranos. Me dijo que compartiera la información con vos —agregó, esperando mi reacción—. Tenemos un poco de tiempo y si todavía querés saber que pasó, te lo puedo contar.

Asentí con la cabeza, no quería romper el momento.

—Según todos los parámetros, el secuestro de Murphy había salido muy bien. El hecho de que Montino fuera el mediador garantizaba que no habría problemas y todo debía concluir rápidamente. Entonces, como sabés, la familia de Murphy a través de su hermano mellizo y de su abogado hizo una contraoferta a los secuestradores. Ellos proponían duplicar la cantidad del rescate y sacar también provecho de la situación. Al mismo tiempo se rehusaron a pagarle a Jamil, perdón, a Montino, su comisión. Ahí es cuando Montino se retiró de las negociaciones. Las cosas se estancaron por un tiempo. Siempre es difícil reiniciarlas cuando cambian los participantes. Pero a fin de cuentas a todos les interesaba continuar, así que se retomaron las negociaciones.

«Si todavía querés saber que pasó, te lo puedo contar».

Mientras tanto la moral de John estaba por los suelos. Fue un golpe durísimo para él saber que no lo soltarían cuando dijeron que lo harían. Se dio cuenta que las cosas no andaban bien y que había demoras, siempre una mala señal. Como sabés, los sesenta millones del rescate se pagaron. Otros sesenta millones más salieron del país a una cuenta numerada del hermano mellizo y John fue hallado muerto en la playa, ejecutado de un disparo en la nuca.

Los secuestradores habían pedido que se les pagara un millón en efectivo a los dos hombres que iban a entregar a John. Eso era para gastos operativos y como «propina» para los tipos que lo custodiaban. Precisamente el tipo de arreglo que Montino jamás hubiese aceptado. En la madrugada del día acordado llegaron al lugar del encuentro llevando a John.

El Mellizo y el abogado estaban esperándolos a unos cincuenta metros, cada uno cargaba un maletín grande. Uno de los hombres caminó hacia ellos dejando a John custodiado por su compañero y allí mismo le ofrecieron un nuevo trato que él aceptó. El arreglo era solamente para él y su compañero. El Mellizo y el abogado traían no uno sino dos millones, y les ofrecieron un millón más por matar a John. El tipo vio lo que había en el maletín, aceptó la oferta, agarró los maletines y regresó donde John estaba esperando. No estoy seguro de lo que sucedió luego, pero es obvio que los dos hablaron entre ellos y decidieron olvidarse de los demás. También se puede asumir que le quitaron la venda a John, pues tenía los ojos descubiertos cuando lo encontraron. Con la luz del amanecer John probablemente empezó a caminar hacia su hermano y su amigo, hacia lo que él pensaba era la libertad, y fue precisamente ese el momento que eligieron para meterle un tiro en la nuca. Debió caminar unos pasos más porque había huellas donde cayó en la arena. Lo último que vio fue seguramente a su hermano esperándolo y viéndolo morir.

Nos quedamos sentados en la banca un buen rato más, el dolor sordo en mi corazón esparciéndose por todo mi pecho como si me hubiesen golpeado con un objeto contundente que me quitó el aire. Veía a los invitados que avanzaban hacia el bosque con sus platos servidos para sentarse a almorzar bajo los pinos, pero era como una película muda.

—Me imagino que debe ser duro para vos escuchar esto, pero también sé por Montino que por años has querido saber la verdad de lo que realmente pasó. Estarás más tranquila, siempre es mejor saber la verdad por más que duela —dijo con algo que podía ser tristeza en los ojos.

—¿Cómo sabes todo esto? ¿Conociste a John o a su hermano o a la gente que lo tuvo? —le pregunté, todavía llena de incógnitas.

—Nunca conocí a los Murphy y no tuve nada que ver con el secuestro, tampoco te lo diría si hubiese participado, pero creéme que no participé en nada. Ninguno de nosotros existe en un solo plano, entramos y salimos de historias sueltas que juntas forman la historia de nuestra vida. En una de mis tantas vidas me enteré de lo que le pasó a John Murphy y en otra vida más reciente estuve con Jamil, quien me habló de vos.

Humo y espejos y, de cuando en cuando, un atisbo de la verdad.

—La historia tiene una posdata —continuó—. Los verdugos de Murphy entregaron uno de los maletines con parte del primer millón a sus jefes y desaparecieron al día siguiente con el resto antes que el cadáver de John fuese descubierto. Finalmente los abalearon en un pueblo cerca de la frontera con Colombia —seguramente intentaban cruzarla y comprarse un sitio en algún cartel como protección— pero los mataron antes de que pudieran llegar. Nunca se encontró la plata que se llevaron y supongo que ya has visto al Mellizo.

—Sí, lo vi el año pasado en Buenos Aires —le respondí mientras se levantaba de la banca y me indicaba que lo siguiera.

—Vamos, ya empezó el almuerzo y tu marido debe estar preocupado. No queda nadie en el jardín.

Caminé a su lado pensando en cómo fue que llegué hasta aquí, a uno de los sitios más lindos del mundo para enterarme de los últimos momentos de John, la búsqueda llegaba a su fin después de tantos años. Y de la manera más inesperada. Miré a mi acompañante y me entró una curiosidad.

—¿Te importa si te hago una pregunta?

—No, seguí nomás.

—En esas vidas diferentes que llevas, ¿tienes distintos nombres como Alfredo Montino?

—¡No, qué va! —respondió riéndose por primera vez—. Yo siempre soy Ernesto. La vida de Jamil es mucho más secreta que la mía. Él se tiene que cuidar porque al fin y al cabo su trabajo es peligroso. Yo, por otro lado, solo soy un simple estanciero que vive del campo y la próxima vez que te vea seguiré siendo Ernesto —agregó como flirteando.

—Ah, ya veo, eres estanciero. La mujer del Mellizo me contó que el abogado se había comprado una estancia en la Argentina, ¿lo conoces? —le pregunté.

Habíamos llegado al claro donde estaba el asado. Se detuvo y me miró.

—Pensé que sabías. Se estrelló con su coche en Año Nuevo, camino a una fiesta. Fue un choque frontal contra un bus. Él y su mujer murieron instantáneamente.

La muerte de John quizás fuera prematura, pero se llevó uno a uno a todos los culpables.

Cuando llegué a nuestra mesa Harry ya estaba sentado y me indicó el sitio que me estaba guardando al lado suyo.

—¿Dónde andabas, Daisy? Ya me estaba empezando a preocupar —dijo en tono de broma pero sus ojos decían otra cosa—. ¿Estabas flirteando con el tipo alto con el que te vi caminando?

—¿Flirteando? No, nada de eso, me estaba explicando cómo las antiguas familias alemanas llegaron a Patagonia. Me aseguró que las que están aquí hoy vinieron mucho antes de la Primera Guerra Mundial y no tuvieron nada que ver con los que llegaron después de la Segunda —le respondí.

—Eso ya lo sabía yo, te lo hubiese podido decir. ¡Me muero de hambre! Vamos por un pedazo de carne —me dijo, recogiendo un plato de madera para mí y otro para él.

– 31 –

La neblina cubría el valle abajo como un manto de algodón y daba la impresión de un lago blanco, inmenso, suspendido al pie de las montañas. Encima de ese lago, en la punta del cerro mi casa empezaba a calentarse bajo el sol radiante de la mañana.

Otro día perfecto.

Bajé al jardín desde muy temprano para ponerme a trabajar en mis rosas antes de que empezara el calor. Crystal había estado una semana con nosotros montando los caballos que trajimos cuando nos mudamos. Lola y el Tigre habían llegado la noche anterior en su avión para recogerla, después de haber estado en Punta del Este viendo las carreras de los maxi botes.

Al parecer todos dormían aún.

—No, señora, la señorita Crystal se levantó tempranito y salió a montar en su yegua —me informó Luz cuando entré a la cocina por mi primera taza de Earl Grey, el que me carga las baterías para poder arrancar el día—. Dijo que estaría de vuelta para desayunar. Aquí está su té, tómelo antes de que se le enfríe.

Me senté en la mesa de la cocina que da a la Cordillera —hacia donde está el sol— y a través de la gran ventana admiré la silueta del volcán Lanín, eternamente cubierta de nieve.

No pudimos encontrar un sitio mejor para la casa.

Era un placer sentarse aquí por las mañanas sin importar si llovía o si hacía buen tiempo y contemplar el inmenso panorama. Es algo de lo que jamás iba a cansarme. La casa todavía tenía ese olor a pintura fresca y una sensación a cosa nueva que me empujaba a caminar en puntillas, como una intrusa. Las dos nos estábamos conociendo. Las habitaciones estaban llenas de luz, las cortinas nuevas se movían suavemente con la brisa de verano. Cada vez que entraba a un cuarto después de algunos días me sonreía sola de puro placer.

El jardín era joven. Dentro del perímetro cercado con troncos partidos y malla-contra-conejos-y-zorros que Harry y Rolo habían instalado, las plantas eran nuevas. Empecé a desherbar y a remover la tierra alrededor de los arbustos del cerco para que el agua penetrara mejor y mantuviera las raíces húmedas al mediodía. No toqué las decenas de rosales que tenía en dos hileras frente a la ventana del living, pues les iba muy bien con el aire frío y seco de la montaña y no había tenido que fumigarlos desde que los planté. Pero pasarían algunos años antes de ver el resultado final.

—No hay nada más agradecido que un jardín —me dijo Mimi Pearson hace años en Louvois—. Te paga con creces el tiempo que pasas en él.

Ella más que nadie debe saber lo que dice. Su jardín en El Cabo es fabuloso a juzgar por la revista «Coté Sud» que le dio la carátula el mes pasado.

Sin darme cuenta llegó la media mañana y vi a Lola saliendo al jardín y viniendo hacia mí.

—Ya sabía que te encontraría aquí —dijo sonriendo—. No puedo creer la vista que tienes —agregó con los brazos abiertos, como para abarcarla toda—. Bien, ahora háblame de tu paraíso, ¿hay alguna serpiente escondida entre los arbustos? —le encantaba fastidiarme sobre mis nociones románticas y decía que nada podía ser tan perfecto.

—Tienes razón. Hay una serpiente, pero es más insidiosa que peligrosa —le respondí en broma. Me quedé callada un minuto, dejando que los recuerdos que tenía guardados afloraran a la superficie—. ¿Sabes qué me da una pena terrible? Pensar que vendí la casa de campo que tenía en

Francia. Bueno, no tanto la casa, eso me importa menos pero vender mi jardín me partió el alma. A veces tengo pensamientos raros en los cuales mis plantas y mis rosas me dicen «¿Por qué te fuiste? ¿Ahora qué va a pasar con nosotras?». Estoy segura que nadie las va a cuidar como lo hice yo.

—¡Pero, *darling*, son solo plantas! ¿Qué tal si pones a la gente primero?

Lola no me entiende. Nunca le interesó la jardinería.

—Bueno, en cuanto a gente tengo varios nuevos conocidos. Pero a veces me siento un poco sola. Me falta una amiga o amigo con quién hablar.

—No hablarás en serio —dijo Lola— porque tengo entendido que tú y Harry se han hecho amigos de medio pueblo y de todos los dueños de estancias en un radio de 200 kilómetros.

—Sí, es verdad pero no es igual. Ninguno de mis nuevos amigos me conocieron cuando era joven y eso me da un poco de pena. A estas alturas de la vida todos cargamos tanto equipaje. ¿Cómo le explicaría mi vida a alguien que acabo de conocer? Además, ¿por qué habría de hacerlo? Muy larga. Demasiado trabajo. ¡Se aburrirían a muerte antes de que llegue a la parte jugosa!

—La parte jugosa, hmmm... ¿Sigues pensando en tu novio francés, no?

Típico de Lola, siempre al grano.

—Bueno... sí, de vez en cuando —murmuré.

Más de lo que quisiera.

—¡Era un pelotudo! ¡Andabas tan embelesada porque era guapo y tenía buenos modales! A mí siempre me pareció un idiota, muerto de susto a pesar a su posición y su plata. Le tenía miedo hasta a su propia sombra.

Así que Lola también...

—Creo que estás siendo muy dura con él —le respondí.

—¡No entiendo por qué defiendes a ese idiota! Tú fuiste lo mejor que le pudo pasar en la vida y no tuvo la inteligencia de darse cuenta o el valor para quedarse contigo!

—aquí Lola ya estaba montando en cólera—. Y después te soltó como una papa caliente.

—Creo que no tuvo otra opción, no quería causarle dolor a su familia —respondí, haciendo un último intento por defenderlo.

—Cojudeces. Solo quería salvar su delicado pellejo —dijo Lola poniéndole fin a la discusión.

Tiene razón.

De pronto Lola se puso nostálgica y me dijo:

—Sabes que yo también te extraño horrores. Siempre pensé que envejeceríamos juntas en el mismo sitio. Qué sonsa fui al imaginar algo así. Nos conocimos en un país extranjero y lógicamente tarde o temprano cada una iba a irse por su lado.

Asentí con la cabeza.

—¡Pero por qué tuvo que ser Patagonia! ¿Por qué no te pudiste haber ido a Miami como todo el mundo? ¡Te vería todos los meses! —a Lola nunca le duraba mucho la nostalgia. Me reí con ella y regresamos a la casa justo cuando el Tigre salía a darnos el encuentro.

—Hola, buenos días. Lola, ¿dónde está Crystal? El piloto acaba de llamar del aeropuerto y quiere que salgamos en menos de una hora. Parece que el pronóstico esta tarde sobre la pampa no es bueno, dijo que habría aire caliente ascendente con turbulencia.

Lola no conoce el miedo a volar y la noticia ni le va ni le viene.

—Creo que salió a montar la yegua —respondí.

—Bueno, ya debería estar regresando si queremos salir a tiempo —comentó impaciente, a nadie en particular.

Los tres volvimos a la casa y nos encontramos con Harry bajando a desayunar.

—Me dicen que quieres salir temprano y que Crystal no regresa aún —le dijo al Tigre y luego se volteó donde Luz—. Luz, por favor dígale al Rolo que me ensille el potro. Yo iré a buscarla. Esa chica pierde la noción del tiempo apenas se sube a un caballo.

Desde que mi ahijada Crystal llegó para quedarse con nosotros había pasado todo el tiempo sobre un caballo, solo se bajaba para comer. Harry le había tomado mucho cariño y la protegía como una mamá gallina. A los pocos minutos apareció Rolo con el caballo ensillado y Harry me dijo:

—Dile a Luz que me guarde el desayuno. Lo voy a tomar con Crystal cuando regresemos.

Lola, el Tigre y yo fuimos al comedor a tomar el nuestro. Miré por la ventana. El sol calentaba pero todavía no disolvía la niebla espesa que seguía como una alfombra gruesa a nuestros pies.

Yo fui la primera en escuchar un caballo galopando hacia la casa. Ya hacía un rato que solo oía la conversación del comedor a medias. Tenía la oreja parada tratando de escuchar cualquier sonido que viniese de afuera y que pudiera indicar el regreso de Harry y de Crystal.

—¡Papá, mamá! ¡Por favor ayúdenme! —era Crystal llorando y casi no entendí lo que estaba tratando de decir—. ¡Daisy! ¡Harry se ha caído del caballo y está herido! ¡Oh Dios, papá, no respiraba! —antes que terminara de hablar ya estaba corriendo hacia la camioneta.

—¡Rápido, Luz! ¡Avise a Rolo que siga a Crystal en el otro caballo! Yo voy en el carro hasta la cascada, dígale que nos encontramos allí —mi voz sonaba firme, pero sentía que el corazón se me salía por la boca. La cascada estaba cerca de donde Crystal dijo que Harry se había caído. El Tigre subió al auto conmigo.

Lo encontramos rápido. Estaba de espaldas, inmóvil, blanco como un papel y tenía la pierna izquierda en un ángulo imposible, lo que me indicó que estaba rota sin remedio. Cuando me acerqué me di cuenta que apenas respiraba. El pie miraba a un lado, la pantorrilla a otro y el muslo a otro. La pierna estaba rota en varios sitios y Harry estaba a punto de entrar en shock.

—Mi amor, aquí estoy. Todo va salir bien —le dije mientras me quitaba el saco para ponérselo encima. Rolo llegó a caballo y no perdí tiempo en improvisar una suerte de

400

camilla con una manta de caballo—. Ayúdenme a llevarlo a la camioneta —les ordené al Tigre y a Rolo—. ¡Cuidado!, su pierna se ve muy mal —lo metimos al asiento de atrás y gritó de dolor.

Crystal me miraba casi tan pálida como Harry.

—No te preocupes —traté de tranquilizarla—. Va a estar bien.

Ojalá. No lo creo ni por un momento.

—Tranquilo Harry. Estoy aquí a tu lado, dame tu mano —le dije mientras el Tigre arrancaba la camioneta tratando de ir lo más rápido posible sin sacudirnos mucho en el asiento de atrás.

Lola y Luz nos estaban esperando frente a la casa y nos ayudaron a sacarlo del auto y moverlo al sofá blanco del living, el más grande.

—Tenemos que llamar al doctor de huesos —exclamé, a nadie en particular.

—Ya lo hice —dijo Luz— lo llamé a su celular, está en camino.

—Qué bueno —le contesté y me concentré en Harry, que tenía la cara distorsionada por el dolor—. Por favor, tráiganme más frazadas mientras lo esperamos.

—¡Ay, papá, es mi culpa! Yo iba a venir más temprano pero me perdí en la neblina, no se veía nada por la cascada —se lamentó Crystal con los ojos brillosos de lágrimas—. Harry no podía ver que había unas yeguas sueltas al otro lado del agua, pero el potro las olió y se puso como loco y ahí es cuando se cayó —agregó, empezando a llorar a mares.

—No llores, amor. No es culpa tuya ni de nadie, por eso se llaman accidentes —le respondí tomando su mano.

Después de lo que me pareció una eternidad pero que en realidad fueron solo veinte minutos, llegó el joven doctor. Para ese entonces Harry estaba respirando con dificultad.

Esto es más que una pierna rota.

Se tomó unos minutos examinando a Harry y luego se volteó para decirme:

—La rotura es muy mala. De lo que puedo ver aquí y así necesita operarse de inmediato si quiere volver a caminar. Además tiene una conmoción severa también. Aquí no estamos preparados para algo así, hay que llevarlo al hospital de Neuquén lo antes posible.

Todos nos miramos y todos pensamos en lo mismo.

—Lo vamos a llevar a Buenos Aires de inmediato, doctor —dijo el Tigre.

—Pero el avión no llega hasta por la tarde, si no se atrasa, y eso podría ser fatal para él —respondió el doctor.

—Tengo mi avión en Chapelco. Podemos salir dentro de una hora y estar en Buenos Aires en menos de dos —le dijo al doctor—. Pero va a necesitar un médico durante el vuelo, ¿puede acompañarnos?

—Sí, por supuesto que voy con ustedes. Ah, ya recuerdo. Vi aterrizar su avión ayer. Solo tengo que avisarle a mi mujer —respondió honrando su juramento hipocrático y también —sospecho— emocionado de volar en un Citation nuevecito en una misión de socorro.

—Listo, vamos entonces. Puede llamarla desde el carro —explicó el Tigre evaluando la logística y haciéndose cargo de la situación—. También puede ir avisándole al hospital en Buenos Aires que llevamos con un pasajero gravemente herido y que vamos a necesitar una ambulancia que nos recoja del aeropuerto cuando aterricemos.

Lola se casó con el tipo adecuado. Bueno en una emergencia, dispuesto a tomar al toro por las astas y sin miedo a su sombra. Ni a ninguna otra cosa más.

Una parte de mí sabía que el tiempo estaba malo para volar sobre la pampa, pero por primera vez en mi vida no pensé en eso. Mi única preocupación era que Harry llegara vivo a Buenos Aires. Dudaba mucho de que nos estrelláramos. Ya habíamos tenido nuestra cuota de accidentes por hoy y la probabilidad de que ocurriera otro era casi nula.

Ya en el avión antes de despegar acostamos a Harry sobre dos asientos convertidos en cama, sujeto con los cinturones para mayor seguridad y para mantenerlo inmóvil.

Yo estaba sentada en el piso, a su lado, agarrándole la mano. Aún cuando empezó la turbulencia a nadie se le ocurrió decirme que me sentara: me quedé ahí prendida del brazo del asiento sin soltar su mano haciendo todo tipo de tratos con Dios a cambio de que salvara a Harry.

Por favor, Dios mío, que no se muera. Te juro que no te vuelvo a pedir ninguna otra cosa más por el resto de mi vida.

Harry parecía ir de mal en peor. El doctor lo examinó y se fue hacia la parte delantera del avión para hablar con el Tigre quien, a su vez, entró a la cabina para consultar con el piloto.

Miré a Lola desconcertada.

—¿Qué está pasando? —vocalicé mi pregunta sobre el ruido de los motores.

Se acercó a mí.

—El doctor nos ha pedido que tratemos de apurarnos, Harry no se ve bien. Quiere que pidamos prioridad para aterrizar y que pasemos antes de cualquier otro avión. Debemos estar en tierra lo antes posible.

El aeropuerto sin radar y los uruguayos manejando el tráfico aéreo desde el otro lado del río... ¡ay Dios!

—¿El piloto sabe lo del radar, o mejor dicho, que no hay radar? —le pregunté.

Hizo un intento triste de sonreír y asintió con la cabeza.

—Sí, no te preocupes, *sweetie,* sí que lo sabe —me dijo, acariciándome la cabeza.

Pero sí me preocupaba. Harry ya no respondía a mi voz o a la presión de mi mano, estaba perdiendo el conocimiento. El doctor venía cada cinco minutos a chequearlo, dupliqué las oraciones y mis promesas a Dios.

Nunca me voy volver a molestar con él, nunca más te voy a pedir nada para mí. Por favor, no dejes que se me muera, es el amor de mi vida.

Y cuando desfilaron esas palabras por mi mente me di cuenta de que eso es lo que era exactamente, el hombre de mi vida. Solo en ese momento, con la vida que se le iba, tuve la absoluta certeza de que me importaba un bledo el pasado, el jardín que había dejado atrás o el Francés que hasta hace poco pensé que habitaba en algún rincón oculto en mi corazón.

Miré su cara y los ojos se me llenaron de lágrimas.

—Ay, Harry, ¡qué ciega he sido! Sabía que te quería, pero no sabía que eres todo para mí, por favor no me dejes ahora —le rogué con una sensación horrible en la boca del estómago.

Como inducido por una fuerza interior, Harry abrió sus ojos un poco y trató de hablar, casi no podía entender lo que me quería decir.

—¿Dónde estoy? —su voz apenas era un susurro.

—Estamos volando a Buenos Aires. Vas a ir a un excelente hospital donde te van a arreglar la pierna. Solo aguanta mi amor. Te quiero, por favor aguanta —le susurré sonriéndole.

Sus ojos se cerraron despacio, apenas un rayito de luz pasaba entre sus párpados.

—Yo también te quiero, Daisy. Perdóname, no creo que lo logre.

Los doctores empezaron a trabajar desde el momento que entramos al hospital. Las primeras dos horas estabilizándolo y después varias horas más operándole la pierna en varios sitios. Nuestro médico de San Martín se quedó con él en todo momento. Cuando Harry salió de la cirugía parecía un muerto.

—Es normal. Ha estado bajo anestesia por muchas horas. Apenas se le empiece a ir el efecto le regresará el color. Pero está bastante bien, considerando…— dijo el cirujano, un moreno guapísimo que parecía un jugador de polo solo que más serio.

—¿Considerando qué?

—Que estuvo a un paso de ser declarado muerto cuando lo trajeron. Estamos admirados de su tenacidad. Cada vez que pensábamos que se nos iba, regresaba —agregó nuestro amigo, el joven traumatólogo.

¡Ese es mi Harry. ¡Terco y tenaz como buen flamenco!

—¿Y cuál es el siguiente paso?

—Que no entre en coma profundo. Una vez que pase lo peor del dolor post operatorio, que será en un par de días, hay que tratar de mantenerlo alerta —me explicó.

Me pasé los días en un cubículo sentada en una silla junto a él y las noches en el departamento de mi hermana donde ella se aseguró que no me faltara nada. Luego de esperar a que Harry saliera de cuidados intensivos, Lola, Crystal y el Tigre regresaron a casa. Me despedí de ellos en el pasadizo del hospital.

—No tengo palabras para agradecerte. Después te contaré lo que esto ha significado para mí —le dije a Lola despidiéndome de ella con un beso y abrazándola.

—Me puedo quedar —me dijo al oído mientras estábamos abrazadas—. Siento que no debería dejarte. Eres mi mejor amiga —siguió, la angustia reflejada en su cara.

—No te preocupes, vamos a estar bien. Váyanse nomás que ya pasó lo peor. Tú también eres mi mejor amiga Lola.

No paré de hablarle a Harry, algo que normalmente lo saca de quicio, pero no estaba en posición de quejarse. También le puse mi iPod junto a su almohada con la música que le gustaba. Todo lo que se me ocurría para mantenerlo despierto.

Al tercer día empezó a murmurar algo en flamenco y yo llamé de inmediato a la enfermera.

—Creo que está delirando —me asusté.

—Nada de eso. Al contrario, está volviendo en sí —me respondió mientras revisaba los tubos y los cables de Harry.

—¿Pero por qué está hablando en flamenco? No ha usado ese idioma desde que era un niño en Amberes.

—Bueno, está regresando de un lugar muy lejano, o sea que me imagino que está empezando por el principio — respondió sonriendo.

Claro, lógico.

En la noche de ese mismo día me miró y me habló en francés, supongo que había pasado de la infancia y que había vuelto al presente.

—*Bonjour*, Daisy, no te imaginas el sueño que tuve —me dijo sonriendo.

—¿Qué sueño fue ese, mi amor?

—Soñé que había muerto y que estaba en sitio muy extraño —dijo bien bajito.

Eso no fue un sueño.

—Y estaba mi hermanito, de quien en realidad no me acuerdo porque murió cuando yo aún era un niño, pero supe de inmediato que era él. Se le veía muy bien y estuve jugando un rato con él, pero no me acuerdo a qué. No tenía ganas de quedarme sino de ir a Patagonia y sabía que no podía pedirle que se viniera conmigo, pero no me importaba despedirme de él. Qué raro sueño, ¿verdad?

Para nada. Estoy tan convencida de que eso fue exactamente lo que pasó.

—No te preocupes, Harry. Lo importante es que ahora ya estás aquí —le contesté, dándole un beso con todo mi amor.

Tres meses después tomamos un avión comercial de regreso a San Martín, un vuelo estupendo con cielos tranquilos. Fuimos recibidos por Rolo y su cara se partió en una sonrisa de oreja a oreja cuando nos vio.

—Bienvenido, patrón; bienvenida, señora —dijo al acercarse para ayudar a Harry a salir de la silla de ruedas para entrar a la camioneta.

Era un día perfecto de veranillo en San Martín. Las cimas de los cerros parecían incendiarse con las lenguas rojas y el naranja quemado de los raulís. Los largos álamos color amarillo dorado, como hileras de centinelas, dividían los pastos verdes donde las yeguas y sus crías galopaban en libertad. Harry estaba muy callado, pero por el rabillo del ojo yo podía ver cómo bebía el paisaje. Sabía que jamás me hablaría de eso, de lo cerca que estuvo de perder su Patagonia.

Subimos nuestra querida montaña y desde la parte baja de la quebrada vimos el techo de La Ñusta, ahora parte del bosque gracias al sol del verano que había desteñido las tejuelas de madera y les había dado el mismo color y la misma textura que tienen los troncos de los árboles. Pasamos frente a la cabaña de Rolo y vi que por primera vez el manzano de su jardín tenía unas pequeñas frutas. Maniobramos la empinada subida que se hacía cada vez más fácil con el paso de innumerables carros y camiones, y al final de la alameda, frente a la puerta bajo las granadas que pintó *la belle Inés* estaban Luz y su ayudante esperándonos.

Chasqui casi se volvió loco de contento cuando nos vio y todos nos hicimos los que estábamos ocupados con las maletas mientras Harry derramaba una lagrimita.

—No te imaginas la cantidad de e-mails, llamadas y mensajes que tenemos —le dije esa noche a mi marido mientras lo ayudaba a acostarse.

—Hmmm... ven aquí, échate a mi lado, Daisy. Todo lo demás puede esperar —me contestó, abrazándome.

Sentí que había vuelto a casa por segunda vez ese día.

– 32 –

La recuperación de Harry resultó ser tan difícil como el camino que hizo López. Después de largas horas de ejercicios, Harry se desplomaba agotado en la cama y a veces no quería volver a levantarse y había que subirle las comidas al cuarto. Entre Luz y yo le preparábamos todo tipo de delicias cargadas de vitaminas para que recuperara el apetito, pero parecía haber perdido las ganas de seguir esforzándose.

—¡Maldita pierna, mejor me la hubiesen cortado. Me siento tan inútil! —se quejaba frustrado.

Regresé donde nuestro amigo, el médico de huesos, y él le dio una serie de ejercicios. Venía tres veces por semana después de sus consultas para hacerlos junto con Harry.

El hombre es un santo.

Traté de volver a mi rutina, cosechar las frambuesas para hacer mermeladas y preparar el jardín para el invierno.

Todavía quedaba mucho por hacer y no podía yo sola. Harry siempre se había encargado de lo más pesado y yo estaba en la luna en lo referente a caballos, gallinas, abastecimiento de agua y leña, limpieza de la maleza y reparación de cercos.

Rolo también estaba perdido sin Harry, y yo no podía estar encima de él porque me pasaba la mayor parte del día cuidando a Harry y acompañándolo.

—Estoy aburrido como una ostra, Daisy, ¿qué puedo hacer? —se quejaba.

—Bueno mi amor, podrías leer o ver la tele o llamar a alguien —le sugería mientras trataba de ordenar la correspondencia y las cuentas atrasadas.

—Ya me he leído todos los libros que hay en la casa y el pedido que he hecho a Buenos Aires no llega sino hasta la próxima semana. Casi todos nuestros amigos ya regresaron a la ciudad y como bien sabes detesto la televisión —me respondió rotundamente.

Cada día suena más como mi papá, y eso que nunca se conocieron.

—Bueno, apenas termine con esto nos tomamos una taza de té, ¿qué te parece? —le respondí distraída, el teléfono había empezado a sonar.

¡Por qué nadie levanta el teléfono en esta casa! Como si no tuviera suficientes cosas que hacer...

Terminé contestando yo. Era Pancho llamando de Provence.

—¿Y cómo está la *chère Mademoiselle Nightingale?* —preguntó.

—¿Cómo en *Florence?* —le respondí, segura de que la tensión en mi voz se transmitía a través del océano—. Pues bien, gracias.

—¿Ah sí? No parece —respondió, cambiando su tono automáticamente y poniéndose serio.

—A decir verdad, estoy agotada, deprimida, con miedo y frustrada. Harry no parece estar progresando y la casa se me cae encima, es decir, la casa está bien, con Luz y la asistenta me las arreglo perfectamente, pero el campo es demasiado para mí.

—¿Aún con el fiel Rolo?

Desde que François se enteró de que tenemos un verdadero gaucho trabajando en el campo no pierde la oportunidad de mencionarlo. Está loco por conocerlo.

—Rolo es el peor. Deambula como un cachorro perdido y me pregunta tres veces al día qué puede hacer y cuándo va a volver a trabajar el patrón —le respondí—. Chasqui, el verdadero cachorro, se sienta afuera del cuarto todas las mañanas para ver si Harry lo va sacar. Los dos me parten el alma.

—¿Y cree que a la larga va a poder con todo? —me preguntó interesado.

—Francamente no lo sé, eso es lo que más miedo me da —admití.

—Mire, quizás sea muy prematuro pero, ¿recuerda esas fotos que me envió de la casa justo antes del accidente?

—No, la verdad no recuerdo, pero no tiene nada de raro. Me he olvidado de miles de cosas desde el accidente.

—Dijo que pensaba elegir una entre las varias fotos que había tomado —muy buenas por cierto— para usarla como tarjeta de Navidad el año pasado.

¿Navidad? ¿Cuándo fue eso?

—Ah, ¡es verdad! Se las envié porque quería que me aconsejaran —le dije, acordándome recién del sobre con fotos que metí en el buzón.

—Bueno, el asunto es que las tenía sobre mi escritorio la otra noche y vinieron unos amigos a comer. Ellos trajeron a otros amigos que estuvieron en Aix para el Festival y uno se enamoró completamente de su casa. Me hizo un millón de preguntas y quería saber todo sobre ella. Solo le conté que estaba en Argentina, en San Martín de los Andes, y que no estaba a la venta.

—¿Y? —pregunté.

—Y el tipo me llamó esta mañana, insistió que hablara con los dueños y les hiciera una oferta. Una oferta muy generosa por cierto —continuó, soltándome una cifra astronómica.

¿Somos dueños de una casa que vale una pequeña fortuna? Quién lo hubiera pensado....

—No sé qué decir François, la verdad es que me he quedado lela. He tenido que sentarme. Literalmente.

—Yo también me tuve que sentar cuando lo escuché.

Haciendo un esfuerzo por calmarme y pensar claramente le dije:

—Bueno, no importa lo que pensemos ahora. No voy a decidir nada antes de hablar con Harry.

—Claro, por supuesto.

—¿Y quién es el caballero en cuestión?

—A estas alturas preferiría no decirlo. Él tampoco sabe quiénes son ustedes. Es mejor mantenerlo así por el momento.

—Totalmente de acuerdo. Hagamos eso por ahora.

Estoy repitiendo todo como un loro, pero desde que Pancho soltó la cifra mi vocabulario se ha reducido considerablemente.

—No es una broma, ¿no?

Nunca se sabía bien con Pancho. Su sentido del humor podía ser bien particular.

—¡Por supuesto que no! Jamás bromeo cuando se trata de dinero —concluyó.

Pasaron tres días y todavía no le había dicho nada a Harry. Teníamos planeado pasar el resto de nuestras vidas en esta casa, pero a estas alturas hacer planes era como mucho un ejercicio que conllevaba grandes riesgos. La tercera noche, cuando terminamos de comer y Harry se desplazó laboriosamente del comedor al living para sentarse frente a la chimenea, le solté la propuesta de François.

—Hablas en serio ¿no?

—Bueno, al menos François sí —le respondí.

—Es un montón de plata. Mucho más de lo que invertimos —empezó cauteloso.

—*D'accord* —respondí con la misma cautela.

410

—¿Qué quieres hacer tú? —me preguntó directamente.

—Tú sabes que yo adoro esta casa y también sé lo mucho que significa para ti, pero tengo miedo que sea demasiado difícil llevarla en las circunstancias actuales —le contesté mirando para otro lado.

—¿Por circunstancias actuales te refieres a mi pierna?

—Bueno, sí, me preocupa.

—Hmmm... ¿y François te dijo cuál sería el siguiente paso?

—Dijo que el hombre haría la oferta por escrito —le respondí.

—Entonces, Daisy, esperemos a que llegue y hablaremos de eso cuando lleguemos al puente.

Harry a menudo confunde las metáforas.

—Esta leña no es buena para la chimenea, va a humear. Rolo la ha cortado muy grande —gruñó impaciente—. No dejes de decírselo por la mañana.

—Lo haré mi amor.

Si me sobra un momento.

François llamó dos días después diciendo que había recibido la oferta por escrito y que nos la iba a escanear por correo. Si estábamos de acuerdo con la oferta, el hombre quería cerrar el trato lo antes posible. Al parecer se había retirado de la política y tenía dos hijos viviendo en Argentina.

Ese día anduve ocupada con un problema de la bomba de agua y no abrí mi correo hasta muy tarde por la noche.

Leí rápido el texto y me fui directo al nombre al final de la segunda página. No sé por qué no me sorprendió, es más, creo que desde el principio supe en mi corazón que el misterioso comprador era mi antiguo amante francés.

Las bromas que nos juega el destino. Realmente es como para morirse de risa.

La luna llena bañaba el jardín debajo de mi cuarto con una luz plateada y teatral, como en «La Nuit Americaine», la luz artificial predilecta de los cineastas franceses. Me quedé sentada allí un buen rato releyendo la carta y mirando la luna a través de la ventana.

«Nunca mires la luna llena si no es a través de un vidrio o te quedarás ciega», me dijo mi amante francés hace muchos años, cuando me abrazó frente a la ventana de un cuarto iluminado por la luz de la luna en un hostal donde nos quedamos un fin de semana.

Como muchas cosas que me dijo, esa también resultó ser mentira.

Me fui a acostar y decidí que al día siguiente le diría a Harry que habíamos llegado al puente y que era el momento de hablar.

– 33 –

Seis meses después, finalmente, celebramos nuestra varias-veces-postergada- fiesta-de-inauguración-de-la-casa. Era nuestro tercer verano en Patagonia y el segundo en La Ñusta, y la lista de invitados era larguísima. A los amigos de San Martín habíamos sumado nuestros amigos dueños de grandes estancias vecinas. Comparada a ellas, La Ñusta era solo un puntito en el paisaje, pero igual nos adoptaron a Harry y a mí.

Luego de varias tribulaciones, el grupo de París también vino para la celebración de nuestra nueva casa, nuestros respectivos cumpleaños —que el año anterior pasaron desapercibidos—, y la recuperación de Harry. Era la primera vez que Philippe y Laurence salían de Europa y creo que solo lo hicieron por tratarse de nosotros. Esperábamos a más de cincuenta invitados y en los últimos tres días Luz había estado insoportable, mandoneando a todo el mundo especialmente a Rolo, su *bête noire*.

Solo Harry —por quien tiene un santo respeto— se salvaba. A mí me hacía cero caso.

—¡Señora, no la quiero ver en mi cocina hasta que termine la fiesta y cada plato esté lavado, secado y de vuelta en su sitio!

Mansa, obedecí, y me fui a ver las mesas. Habían sido puestas según las estrictas reglas de una cena francesa y se veían elegantísimas con sus manteles antiguos de lino almidonado, diferentes juegos de platos para las diferentes mesas —como hace un siglo hice en París— y las copas de vino Louis XIII, regalo de matrimonio de nuestros amigos. La casa resonaba con las voces de nuestros invitados alistándose para la fiesta. Lola, la *Contessina* y yo compartimos un momento el vestidor de mi cuarto.

—¿Y qué hay con tu ex novio? Le preguntamos a la *Contessina*, quien nos sorprendió a todos llegando de la mano de un Coleccionista de aspecto subyugado.

—Oh, no es nada en realidad. Ahora que vendió el yate pasa mucho tiempo en Toscana metiendo las narices en el negocio de aceite de oliva —que dicho sea de paso, va muy bien— y hemos pensado que no sería una mala idea comprar un viñedo.

—¿Y ya vieron uno? —preguntó Lola, que tiene mejor cabeza para los negocios de lo que el Tigre se imagina.

—No. Le dije que las verdaderas gangas estaban aquí en Argentina. La próxima semana nos vamos a Mendoza. Tenemos tres bodegas en la mira.

A sus espaldas, Lola me hizo señas con los pulgares para arriba.

—¡Sería genial si compras una bodega, así nos veríamos más!

—Esa es la idea —dijo la *Contessina* sonriendo de oreja a oreja —también nos hemos enamorado de este sitio.

—Por favor, no le digas a nadie más lo lindo que es —le bromeé— si no todo el mundo va a querer venirse para acá.

—No te preocupes. Al irnos cerraremos la puerta —respondió y se marchó a terminar de arreglarse para la fiesta.

Lola se fue hacia la salida y se quedó allí un momento. Mirándome con ojos cargados de recuerdos compartidos me dijo:

—Esta es la vida que querías, ¿no? La que buscabas cuando llegaste a París.

—No, Lola, no lo es. Esta es mucho mejor —y al decirlo me di cuenta de que era la pura verdad.

Desde la ventana de mi cuarto podía ver a Laurence dibujando en el jardín; no había dejado de pintar acuarelas desde que llegó. La noche anterior antes de acostarse, mientras los demás seguían abajo, entró a mi estudio y me enseñó una acuarela de La Ñusta, su regalo para Harry. Estoy segura que a Harry le va a encantar.

—También tengo algo para ti. Lo hice hace tiempo pero no tenía cuándo dártelo. Supongo que ahora es tan buen momento como cualquier otro —comentó entregándome un cuadro envuelto en papel marrón. Lo abrí y encontré un dibujo de mi jardín en Francia.

—Lo dibujé la primera vez que te fui a visitar pero tú sabes, con lo desordenado que es mi taller, lo tenía refundido no sé dónde. Lo busqué como loca y recién lo encontré unos días antes de venir —agregó con una sonrisa triunfal—. Philippe estaba furioso conmigo por traspapelarlo. Claro que tu jardín se hizo más lindo con los años. Este dibujo en realidad no le hace justicia, le faltan algunos arbustos, si quieres lo puedo retocar...

—No, Laurence. Está perfecto, me encanta. Es justo lo que quería para colgar detrás de mi escritorio. Gracias —le dije besándola en ambas mejilla. Ella se sonrojó con el cumplido, como siempre.

El living abajo se llenó de invitados y la fiesta parecía haber empezado muy bien. La gran ponchera de plata estaba al tope con hielo y botellas de champagne que eran repuestas ni bien se terminaban.

A estos precios el champagne puede correr como agua.

La casa se veía estupenda. El atardecer perduraba en el verano austral, impartiéndole a todo un tono rosado. Harry, parado junto a mí, vestía sus bombachas rojas —un compromiso entre París y Patagonia— hechas especialmente para la ocasión por el sastre del pueblo. Se apoyaba apenas un poco en su bastón, una rama de raulí que le había hecho Rolo como regalo de cumpleaños; solo cojea cuando está muy cansado.

A la mañana siguiente de recibir la oferta por la casa le conté a Harry que venía de mi antiguo amante francés. Nunca habíamos hablado mucho de él y Harry estaba solo vagamente enterado de su existencia. Cuando nos conocimos me pareció mejor no entrar en los detalles de esa patética historia.

—¿A ti ya no te interesa ese tipo, verdad? —me preguntó.

Si me lo hubiera preguntado hace un año no habría sabido qué decirle. Pero ahora lo sé.

—No, no me interesa para nada —le respondí.

—Bueno, no quiero venderle nuestra casa. Es más, no quiero volver a saber nada de él y no tengo intenciones de venderle esta casa a nadie más. Me pienso quedar contigo y con la casa tal como planeamos desde un comienzo —dijo levantándose de la cama—. ¡Ah!, y por favor dile a Luz que de ahora en adelante voy a desayunar abajo y también que le pida a Rolo que venga. Tengo que planear lo que tiene que hacer hoy, empezando por cortar la leña mucho más chica.

Fue la chispa que encendió el motor que lo enrumbó hacia la mejoría.

También fue la última vez que hablamos de casas en venta y antiguos amantes.

El Embajador hacía las rondas por el living. Vino desde Buenos Aires a Patagonia a visitar al gobernador de Neuquén en busca de una alianza política y después de largas deliberaciones anunció que se daría un salto a visitarnos a La Ñusta, aprovechando que estaba cerca. Una vez que llegó no paró de hablar de las vistas, del jardín, de la casa y de pregonar que esto era, sin duda alguna, el paraíso del que hablaba la Biblia.

El entusiasmo por su país derrotó su proverbial aversión a la clorofila.

Pancho y Lucho bajaron con sus sacos de verano mandados a hacer en Londres para la ocasión, en lino color lavanda y ribetes amarillos y viceversa. Se veían espectaculares.

—¿Cómo supieron que esos eran los colores de mi jardín? —les pregunté, realmente intrigada.

—Ah, es que hemos estado hablando con Luz desde Provence —dijo Lucho.

—A sus espaldas, por supuesto —agregó Pancho.

—No sabía que hablaban castellano.

Estos tipos son la caja de Pandora.

—No hablamos castellano, pero Luz entiende el francés bastante bien.

¡!

—Tranquila, siempre podrá seguir hablando en inglés. Ya probé y no entiende una palabra —dijo Pancho.

No estaría tan segura.

—Enséñeme su jardín —me pidió tomándome del brazo—. Para después de la cena estará oscuro.

Caminamos sobre el pasto verde hasta llegar al cerco de troncos partidos que separaba el jardín del bosque.

—Me alegra que decidieran no vender la casa, aun cuando significó decirle adiós a una comisión muy jugosa —rió—. El cliente se puso muy triste cuando se enteró que habían rechazado su oferta. Pensó que el precio era tan bueno que no rehusarían. Hasta vino a hablar conmigo personalmente para saber por qué.

—¿Ah sí?, ¿y qué le dijo?

—No mencioné su nombre, si eso es lo que quiere saber. Solo le comenté lo que me pidió que le dijera, o sea que no quería vender la casa porque «era muy feliz aquí y tenía una vida muy placentera». Reaccionó de una forma muy peculiar. Se quedó callado por un buen rato y después me dijo, «En ese caso, *Monsieur*, no insistiré», se levantó y se fue sin decir más.

—Perfecto, François, gracias —le dije, sintiendo como si una gran ave posada sobre mi hombro hubiera levantado vuelo—. Ahora volvamos. Si llegamos tarde a comer Luz me va a matar. Cocina de maravilla, pero cuando se trata de puntualidad es peor que los franceses.

La inauguración estuvo tan divertida como cualquiera de las mejores fiestas en París, con buena comida y vino en abundancia, aunque con más música. Luz había llegado a dominar el difícil arte de hacer tartas y quiches perfectos y ya era famosa por su masa de hojaldre. Nunca servimos carne —ya hay demasiado de eso— pero nuestro curry de pollo, según la receta infalible de Laurence, es un gran favorito y lo servimos a menudo. Teníamos varios postres pero todos se fueron directo al Némesis, la torta de chocolate sin harina que debería estar prohibida por ser pecado.

La casa estaba más acogedora que nunca con el olor a comida, pisos encerados y buen perfume. La mitad de los invitados hablaba francés y la otra mitad eran franceses o belgas —Michel y Annie se habían vuelto a congraciar con nosotros y vivimos en lo que espero será una tregua permanente— o sea que Harry se sentía un poco frustrado de no poder practicar su recién aprendido castellano con nuestros invitados. Se dirigió hacia el grupo de los más jóvenes que sí conversaban en castellano pero a mil por hora, lo cual le resultaba demasiado difícil, por lo que se retiró con la cola entre las piernas adonde yo estaba sentada con el Tigre y Lola agarrados de la mano, como los tórtolos de siempre.

—No sé por qué —dijo Harry— pero cuando el Tigre habla español entiendo todo.

—¡Eso es porque habla español como un *Dominican York*! —le contestó Lola, guiñándome el ojo a mí y escudándose detrás de Harry de la furia del Tigre que la perseguía.

Harry me miró como para que le explicara. Yo encogí los hombros y él me lanzó una mirada tierna que decía «nunca las entenderé».

Ay, Lola, Lola, me matas.

EPÍLOGO

Vivo en el sitio más lindo del mundo. Apenas calienta un poco el sol me voy a sentar sobre la roca donde hace tiempo Harry planeó hacer un mirador para defender la casa de los pumas y los indios.

Alguna vez llegó a ver unas huellas de puma junto al cobertizo del jardín —les sacó fotos con su cámara y se las enseña a los amigos europeos que nos visitan— pero finalmente ha aceptado que la única india —o mitad india— que debemos temer es nuestra formidable ama de llaves.

Desde este lugar estoy protegida del Traum, el viento que viene de la Cordillera y puedo tomar un poco de sol y ver crecer mi jardín. No se parece al jardín que dejé de Francia pero cada año me gusta más; hace tiempo me reconcilié con la idea de que nunca se puede regresar. A veces veo a Harry que sale de la casa con la escopeta al hombro y Chasqui caminando feliz a su lado dispuesto a encontrar una liebre escurridiza, o irse a buscar a Rolo, que siempre anda cortando leña en alguna parte del bosque. Su pierna ya sanó completamente y puede desplazarse perfectamente por todo el campo salvo por las partes más empinadas.

Nunca vamos a París. El último viaje que hicimos fue un desastre tras otro. Mal clima, vuelos cancelados, conductores groseros, maletas robadas de nuestro carro alquilado, tráfico espantoso y amigos estresados. No veíamos las horas de regresar a casa. Juramos no volver. No lo hemos hecho. En junio pasado hicimos una excepción y fuimos a un matrimonio en Provence, volando directamente a Charles de Gaulle y de allí a Toulon. Aprovechando la nueva ley y después de más de treinta años de convivencia, Pancho y Lucho decidieron formalizar su relación. Fue uno de los matrimonios más graciosos a los que he ido. Estuvo todo el grupo de amigos de París de siempre y un fuerte contingente de sus épocas de *Bigoudies*.

Harry me codeaba a cada rato para preguntarme *sotto voce* si estaba segura de que tal o cual era gay.

Todos lo eran.

Además del próspero negocio de aceite de oliva en Toscana, el hombre anteriormente conocido como el Coleccionista y la *Contessina* son dueños ahora de un gran viñedo en Mendoza. Pasan una gran parte del año en Argentina y con frecuencia vienen a vernos a La Ñusta. Se me ocurre que dentro de poco habrá otra boda.

La prole de Laurence aumenta cada año. Lo único triste en nuestras vidas fue la muerte del querido cascarrabias de Philippe, lamentada por todos. Estuvo enfermo por un año antes de morir la primavera pasada y contrario a su carácter, nunca se quejó durante esos últimos meses de constante dolor. La acuarela que hizo Laurence de Rolo sentado orgulloso frente a su cabaña con su perro a los pies llamó la atención de una galería de arte en París y le propusieron hacer una exposición de su trabajo. Estamos encantados porque significa que tendrá que volver muy pronto a completar la serie.

Guy escribió un segundo mega best-seller. En virtud de su gran éxito decidió dejar Louvois a sus hijos y mudarse al Cabo donde Mimi para seguir escribiendo. «¡El frío y la humedad de Louvois me están matando! Tenemos los jardines más bellos de Francia, pero ¡a qué precio! Además, Mimi se muere antes de admitirlo, pero la pobre chica no puede vivir sin mí». Nos enviaron fotos de la casita que le han hecho a d'Agincourt en un extremo del ahora famosísimo jardín de Mimi. Han perfeccionado el arte del *menage à trois* y lo han llevado a otro nivel completamente. Uno que espero sinceramente no

«El sitio más lindo del mundo».

involucre ninguna actividad sexual aunque con este par nunca se sabe.

La vida del Tigre y de Lola gira alrededor de Crystal, que se ha tomado muy en serio lo de ser jugadora de polo y ahora es capitana de su propio equipo. Ellos siguen la temporada de polo de país en país y pasan un buen tiempo en Argentina viéndola jugar y comprándole nuevos caballos. Cada vez que vienen se quedan por lo menos dos semanas con nosotros. El año pasado Crystal fue a Kapurthala a jugar y conoció al hijo menor —y al más guapo— de Bandar. El flechazo no se hizo esperar. Es gracioso ver al Tigre muerto de preocupación porque mi ahijada se ha enamorado de un playboy. «¿Lola, cómo puedes estar tan tranquila?», se lamenta. «No es que tenga algo en contra del muchacho, sus padres son gente encantadora, pero trae locas a las chicas y veranea en Saint Tropez. ¡Le romperá el corazón a Crystal y tendré que matarlo!». Lola solo voltea los ojos y mira al techo.

Si alguien va a romper corazones lo más probable es que sea Crystal. No solo es una belleza sino que maneja a los hombres y a los caballos con la misma habilidad y mano firme.

El Fotógrafo y su mujer tuvieron un total de cinco hijos. Hasta ahora. Viven en una casa vieja llena de recovecos en la costa de Bretaña y él se ha convertido en uno de los fotógrafos más acreditados de Europa. Tiene un *ketch* amarrado cerca a la casa y les ha enseñado a navegar a todos sus hijos. Cambió la moto por el bote, una condición que le puso su mujer cuando salió embarazada por cuarta vez. Sus hijos tienen un montón de pelo, lo que es un gran alivio para él, que abandonó para siempre la idea de hacerse otro trasplante. «Me han dicho que los hombres calvos son muy sexys, me comentó cuando nos encontramos en la boda de los *Bigoudies*».

La vanidad en cambio no lo ha abandonado.

Después de muchas intrigas y empujones al Embajador lo nombraron Canciller y Ministro de Relaciones Exteriores.

Con las justas.

Actualmente está entre los candidatos finales al puesto de Secretario de las Naciones Unidas en las próximas elecciones.

La profecía de mi madre se cumplió al pie de la letra solo que se confundió de hijas. Mi hermana ahora vive inmersa en su vida citadina, colecciona arte contemporáneo en serio, va al teatro por lo menos una vez por semana y tiene un abono para toda la temporada de ópera en el Colón. El shopping es su deporte favorito y su única mascota es un canario que canta demasiado fuerte para mi gusto. Yo la visito en la ciudad, ella viene muy poco por acá. Todavía somos íntimas.

El tercer y último acto de mi vida hace rato que empezó. Es un acto difícil y técnicamente imposible de repetir, o sea que es importante tenerlo claro desde el principio. Las alternativas quedaron casi todas atrás y las opciones son más limitadas. Pero la vida no me debe nada; me guardó lo mejor para el final. A menudo pienso que he vivido la vida al revés, encontrando tarde la alegría y la despreocupación que normalmente nos ofrece el amor cuando somos jóvenes, siempre y cuando tengamos suerte y sepamos aprovecharlo. Mi suerte empezó cuando conocí a Harry, pero fui aún más afortunada cuando descubrí que mi amor por él era más profundo de lo que pensé al comienzo. Él me dio el balance y la madurez que siempre se me habían eludido o que yo había evitado deliberadamente durante toda mi vida.

¿Pienso a veces en el pasado? Claro que sí, todos lo hacemos. Al envejecer el mundo que nos rodea se va quedando vacío y el que llevamos en la cabeza se va llenando con la gente que conocimos, pero sobre todo con la gente que quisimos. Siempre nos acompañan y no importa dónde vayamos nunca estamos solos. El fantasma de John ya no me hace sufrir. Se ha convertido en una sombra amiga que entra y sale de mi vida dependiendo de su humor y del mío. Me imagino que diría: «Así que esto es lo que buscabas todos esos años que te conocí, ¿quién lo hubiera dicho, cholita?».

Las altas montañas que rodean mi casa también rodean y protegen mi corazón, finalmente a salvo y en su sitio. Más de una vez sentada aquí, un ave sobrevuela mi cabeza y por un momento tapa el sol: es la sombra majestuosa del águila mora que observa el valle desde lo alto.

El año pasado mi hijo se convirtió en el padre de una niña. Le pusieron Margaret por su madre, pero todo el mundo le dice Daisy. Muero por ella. Me temo que estuvieron un poco decepcionados cuando nació. No es bonita, al menos no de manera convencional. Sus piernas son un poquito chuecas, tiene unos ojitos marrones divertidos, el pelo crespo y un bultito diminuto de nariz.

No te preocupes, chiquita, yo sé lo que te digo. Espera nomás y verás.